李健吾译文集 VIII

上海译文出版社

● 莫里哀喜剧全集 卷四

与巴金、曹禺、郑振铎、靳以等在第一届文代会期间的合影

湖南人民出版社 1984 年初版《莫里哀喜剧》第四卷

目 录

德·浦尔叟雅克先生 …………………………………… 001
贵人迷 …………………………………………………… 067
司卡班的诡计 …………………………………………… 179
艾斯喀尔巴雅斯伯爵夫人 ……………………………… 245
女学者 …………………………………………………… 273
没病找病 ………………………………………………… 351

• 德·浦尔叟雅克先生 •

原作是散文体。喜剧——芭蕾舞。1669 年 10 月 6 日，在尚保 Chambozd 庄园首演，11 月 15 日在巴黎演出。

演员

德·浦尔叟雅克先生①

奥隆特

玉　丽　　　奥隆特的女儿。

赖利娜　　　女谋士②。

吕赛特　　　冒充加斯科尼女人③。

艾拉斯特　　玉丽的情人。

斯布里嘎尼　那不勒斯人,谋士。

医生甲

医生乙

药剂师

一个农民

一个农妇

歌唱家甲④

歌唱家乙⑤

律师甲

---

① 由莫里哀饰演这个角色。根据他死后财产目录的清单,他演这个角色的服装是:"包括着加花边的红锦缎短裤,一件假金装饰的绿绒的紧身外衣,一条有流苏的腰带,绿松紧袜带,一顶装有绿羽的灰帽,绿塔夫绸披巾,一双手套,加花边的绿塔夫绸裙,一件黑塔夫绸外套,一双皮鞋;价值三十法郎。"
② 根据 1682 年版,补加:"冒充彼卡尔狄人 Picarde"。彼卡尔狄是法国西北一省,省会是亚眠 Amieno。
③ 加斯科尼 Gascogne 是法国纪龙德 Gizonde 河入口处一带一个旧公园,在法国西南部。1734 年版改为朗格道克 Languedoc 人。省会是图卢兹,在加斯科尼之东。吕赛特说他自己是佩齐纳斯 Pezenao 人,佩齐纳斯在朗格道克境内。
④ 即第二插曲的古怪医生。
⑤ 即第二插曲的古怪医生。

律师乙

瑞士门房甲

瑞士门房乙

一位警官

两个弓箭手①

几位歌唱家、乐器演奏者与舞蹈家。

景在巴黎②

---

① 即警察。
② 当时舞台装置家的记载是:"舞台前部有两所房子,其余是一座城市。三张座椅或者圆凳。一个注射器。两枝短筒火枪。马口铁注射器。"房子是奥隆特和医生甲的房子。其实这里是一个十字路口。

序曲

艾拉斯特提供序曲，他领导了一个歌唱和器乐的大音乐会，演奏小夜曲，三个声部歌唱对话式的词句，词句和喜剧的主题相关，表现两个情人的感情，他们在一起，受到任性的父母的阻挠。

第一声部

撒呀，迷人的夜，拿你罂粟的芬芳

　　撒向人人的眼睛，

　　在这些明媚的地方，

爱神执行权力，只要有心之人苏醒。

　　你的阴影和你的安静，

　　比最晴和的白昼还要美丽，

提供甜蜜的时间追求爱情。

第二声部

　　我们追求爱情，

　　是件美好的事情，

要是没有力量反对我们的爱情！

我们的心要我们相抚相爱，

可是偏偏就有家长从中作梗。

　　我们追求爱情，

　　是件美好的事情，

要是没有力量反对我们的爱情！

第三声部

　　一切反对力量,

在完美的爱情这里无计可行,

　　克服一切困难,

　　只要相爱就成。

三个声部

　　所以让我们永久热烈相爱:

　　父母的严厉,残暴的管束,

　　敌视的命运,别离和劳苦,

　　只能加强我们友情的诚笃。

　　所以让我们永久热烈相爱:

　　　　两心相爱,

　　　　无毒不败。

　　小夜曲完了,接着就是两个侍童跳舞,同时有四个好奇的观众在一道争吵,手里拿着宝剑。他们打过一场相当悦目的比斗之后,过来两个瑞士门房把他们分开,言归于好,和他们一道跳舞,伴奏着所有的乐器。

第 一 幕

第 一 场

玉丽，艾拉斯特，赖利娜。

玉　丽	我的上帝！艾拉斯特，当心别叫人看见，我直害怕人家看见我们在一起；人家不许我跟你在一起，看见你我在一起，那就毁定啦。
艾拉斯特	我四面看啦，什么也没有看见。
玉　丽	赖利娜，你也要留神，小心有人过来。
赖利娜①	有我呐，你们只管放心好啦；你们有话说，放大胆子说吧。
玉　丽	你对我们的事想出什么好办法没有？我父亲一心要我结的那门讨人嫌的亲事，艾拉斯特，你真有办法改变得了？
艾拉斯特	反正我们都在拼命干；我们已经预备好了一大批排炮来摧毁这可笑的计划。
赖利娜②	不得了！你父亲来啦。

---

① 根据 1734 年版，补加："（退到舞台后部。）"
② 根据 1734 年版，补加："（跑过来，向玉丽。）"

	不对，不对，不对，别动；我看错啦。
玉　丽	我的上帝，赖利娜，你真胡闹，看你吓了我们这一大跳！
艾拉斯特	是的，美丽的玉丽，我们为这事布置了许多机关；按照你先前的许可，我们全部开动，决不迟疑。你不用问我们要玩些什么戏法，到时候有你开心就是了；好比看喜剧，你顶好跟着我往下看，有意想不到的快活，用不着把戏文一五一十全打听出来。我们准备下了种种策划，单等时机一到就施展，主持人是机伶的赖利娜和快手①斯布里嘎尼，你知道这些也就够了。
赖利娜	当然。你父亲不是开玩笑是什么？把他的里摩日②律师，德·浦尔叟雅克先生塞给你做姑爷，他一辈子见也没有见过，当着我们的面，坐公共马车把你接走。难道单凭你叔父一句话，加上三四个艾居，就把你心爱的情人扔掉？像你这么一个美人，难道是为一个里摩日人准备的？他想结婚，娶一个里摩日女人不就结了，吵扰基督徒做什么？单浦尔叟雅克这个姓，我听了就怒火冲天。我恨透了德·浦尔叟雅克先生。单就为他这个姓，德·浦尔叟雅克先生③，我也要赢这场官司，反正我要破坏这门亲事，你决不会是浦尔叟雅克夫人。浦尔叟雅克！谁受得了这个？

---

① 斯布里嘎尼 sbrigani 来自意大利字 Sbrigare，有"迅速"、"快捷"的含意。
②③ 里摩日 Limoges 在法国中部稍稍偏西。为什么德·浦尔叟雅克律师偏偏是里摩日人？传说莫里哀剧团在这里演戏，不受欢迎，因而后来就开了这个玩笑。其实，民间关于里摩日的取笑，早就从辣布莱开始一点消息了。里摩日的猪很有名，供应巴黎猪肉市场。"浦尔叟"Pourceau 有小猪的意思，所以单这个姓，就惹赖利娜生气。"德"是"属于"的意思，"德"后是土地，表示他的身份是贵人。这位土地贵人又是律师，实际是资产阶级中人，因为，很少贵人去当文职官员，特别是司法官员。他应当是一位新贵，即新兴的"乡绅"。"雅克"ghac 是"浦尔叟"这个姓的字尾，在里摩日并不少见。

	不成：浦尔叟雅克，我就受不了；我们要耍他一个好看的，我们要玩他玩个够，我们要把德·浦尔叟雅克先生发回里摩日。
艾拉斯特	我们的精明的那不勒斯人来啦，他会有消息告诉我们的。

第 二 场

斯布里嘎尼，玉丽，艾拉斯特，赖利娜。

斯布里嘎尼	少爷，你的对头来啦，我在停公共马车的地方看见他的，离这里不到九里①远；他下车到厨房用饭，我研究他足足研究了大半小时，背也背下来了。说到他的外貌，我不想跟你们谈：你们回头就看见了，大自然用什么方式把他描画出来，他那么打扮是不是和他相称。可是说到他的头脑，我不妨先告诉你们，世上顶笨的人有他一份；我们遇到他，真还遇着啦。你撒网，他上网，可得心应手啦。
艾拉斯特	你告诉我们的是真话？
斯布里嘎尼	没错儿，我这双眼睛看人准着呐。
赖利娜	小姐，他的名气大着呐；你的事情交给他办，可稳当啦；干大事，他是我们世纪的英雄：他是这样一个人，为了帮助朋友，一生有二十回，见义勇为，冒着划桨②的风险，

---

① 法国一古里 cieue，合 4.444 公里，不到 9 华里。
② 旧时罪犯往往罚在战舰上摇桨。

	宁可丢掉胳膊和肩膀,也要把顶困难的意外事情结束好;像你现在看见的,他被放逐在祖国之外,为了拔刀相助,不知道干出了多少体面事。
斯布里嘎尼	你这样一称赞,倒把我窘住啦;你平生惊天动地的事迹,我说是恭维,不如说是公道,主要是你得到的声誉,你规规矩矩,在赌博之中,赢了带到你家里的年轻的外国爵爷一万二千艾居;又如,你漂漂亮亮签了那张假契,害了整整一家人;又如,你心地高尚,居然否认人家存在你家里的东西;又如,你慷慨出庭作证,成全了两个不该上绞刑架的人的死刑。
赖利娜	这些都是小事,根本不值一提,你这么一表扬,我倒脸红了。
斯布里嘎尼	我情愿顾全你的谦虚,不谈也罢。为了开始我们的事业,我们要赶快跟我们的外省老爷接触,同时,你那方面,你要让喜剧的其他演员全都做好准备,随时要派用场。
艾拉斯特	小姐,少说也得记住你的角色:为了掩饰我们捉弄他,像先前对你讲的,你对父亲的决定要装出一百二十分满意的样子。
玉 丽	假如只要我做这事,一定马到成功。
艾拉斯特	不过,美丽的玉丽,假使我们的机关全部失灵了呢?
玉 丽	我就对父亲宣布我的真情。
艾拉斯特	假如他不顾你的感情,固执到底呢?
玉 丽	那我就吓唬,说我要进修道院。
艾拉斯特	可是,他不管这个,逼着你结这门亲事呢?
玉 丽	你要我对你讲什么?

艾拉斯特　　我要你对我讲什么？
玉　丽　　　是的。
艾拉斯特　　一个人真心相爱就会说。
玉　丽　　　说什么呀？
艾拉斯特　　没有力量管束得住你，不管父亲使用全部的力量来阻拦，你也要答应嫁给我。
玉　丽　　　我的上帝！艾拉斯特，我现在的所作所为，你就满意了吧，别考验我将来的决心了；建议我走极端，惹乱子，别这么强调我的责任了吧，也许我们就根本用不着这么做；万一有必要那样做的话，你就答应我见机行事，起码再说吧。
艾拉斯特　　可是……
斯布里嘎尼　我的天，我们的对头来啦，想着我们要做的事。
赖利娜　　　啊！看这个德行样儿哟！

第 三 场

　　德·浦尔叟雅克先生（面向他来的那边，好像在同随着他的人们讲话），斯布里嘎尼。

德·浦尔叟雅克　得啦，什么？怎么回事？怎么的啦？这蠢城，跟这里愚蠢的居民，都给我见鬼去！人就别想迈一步，总有无赖在看你、在笑你！哎！闲逛的先生们，干活儿去，别笑话人了，放人过去吧。我要是再看见有谁带头发笑，我不让他尝尝拳头滋味呀，鬼把我带走！

斯布里嘎尼① 先生们,出了什么事?这是什么意思?你们在取笑谁?怎么寻开心寻到远地来的规矩人身上来了?

德·浦尔叟雅克　这儿有一位就懂道理,这位先生。

斯布里嘎尼　你们这叫什么做法?有什么好笑的?

德·浦尔叟雅克　很对。

斯布里嘎尼　难道先生身上有什么可笑?

德·浦尔叟雅克　是呀。

斯布里嘎尼　跟别人有什么两样?

德·浦尔叟雅克　我是拱腰,还是驼背?

斯布里嘎尼　看人也得先认人。

德·浦尔叟雅克　说得好。

斯布里嘎尼　先生的脸相值得尊敬。

德·浦尔叟雅克　是真的。

斯布里嘎尼　是有身份的人。

德·浦尔叟雅克　是的,里摩日的贵人。

斯布里嘎尼　人有才学。

德·浦尔叟雅克　他念过法律。

斯布里嘎尼　到你们这座城来,是赏你们脸。

德·浦尔叟雅克　还用说。

斯布里嘎尼　先生不是一位逗笑的人。

德·浦尔叟雅克　当然。

斯布里嘎尼　谁笑话他,我不答应。

德·浦尔叟雅克　先生,我一万二千分地承情。

斯布里嘎尼　先生,像你这样一位人物,受到这种款待,我实在看不下

---

① 根据1734年版,补加:"(向同一处人们发话。)"

去,我替全城请求你的宽恕。

德·浦尔叟雅克 多谢之至。

斯布里嘎尼 先生,今天上午你用饭的时候,我看见你,还有公共马车;看你吃面包的那种文雅劲儿,我立刻就对你起了好感;我知道你从前没有来过这地方,一切生疏,我现在又看到你,非常高兴,有机会向你效劳,做向导,带你各处走走,本地的人对正经人缺欠应有的尊敬,往往也是真的。

德·浦尔叟雅克 你待我太好啦。

斯布里嘎尼 我已经对你说了,从我看见你那时候起,我就感到一种向往之情。

德·浦尔叟雅克 感谢之至。

斯布里嘎尼 我欢喜先生的相貌。

德·浦尔叟雅克 十分荣幸。

斯布里嘎尼 我一看就知道你为人正派。

德·浦尔叟雅克 多谢之至。

斯布里嘎尼 为人可爱。

德·浦尔叟雅克 啊!啊!

斯布里嘎尼 为人文雅。

德·浦尔叟雅克 啊!啊!

斯布里嘎尼 为人和善。

德·浦尔叟雅克 啊!啊!

斯布里嘎尼 为人庄严。

德·浦尔叟雅克 啊!啊!

斯布里嘎尼 为人坦率。

德·浦尔叟雅克 啊!啊!

斯布里嘎尼　为人热诚。

德·浦尔叟雅克　啊！啊！

斯布里嘎尼　我告诉你，我愿意为你效劳。

德·浦尔叟雅克　我非常承情。

斯布里嘎尼　我的话是从心窝里掏出来的。

德·浦尔叟雅克　我相信。

斯布里嘎尼　假使我有荣幸见知于你，你就知道我是一个十分真诚的人。

德·浦尔叟雅克　我不怀疑。

斯布里嘎尼　我是奸诈的对头。

德·浦尔叟雅克　这我明白。

斯布里嘎尼　我就不能遮掩自己的看法。

德·浦尔叟雅克　我也这样想。

斯布里嘎尼　你看我的衣服，不和别人一样①；不过，我原籍是那不勒斯，我希望保留一下衣着的样式和对家乡的真挚之情②。

德·浦尔叟雅克　做得对极了。拿我来说，我就喜欢按照宫廷的时尚穿衣服。

斯布里嘎尼　我的天！穿在你身上，比我们个个廷臣都相宜。

德·浦尔叟雅克　我的裁缝也这样讲：衣服又趋时，又富丽，会轰动巴黎的。

斯布里嘎尼　毫无疑问。你去不去卢佛③?

---

① 斯布里嘎尼是一个丑角，依照传统，穿一身花花绿绿的衣服，帽子镶着红白带子。
② 那不勒斯人当时以反复无常出名。
③ 卢佛 Louvre 当时是王宫。

德·浦尔叟雅克　总该走走才是。

斯布里嘎尼　国王看见你一定欢喜。

德·浦尔叟雅克　我相信。

斯布里嘎尼　你有住所没有？

德·浦尔叟雅克　没有；我这就去找。

斯布里嘎尼　我高兴陪你一同去找，这一带地方我全熟。

第 四 场

艾拉斯特，斯布里嘎尼，德·浦尔叟雅克。

艾拉斯特　啊！这是谁？我看见谁啦？真运气！德·浦尔叟雅克先生！看到你我多高兴呀！怎么？你像记不得我了！

德·浦尔叟雅克　先生，抱歉之至。

艾拉斯特　五六年工夫，你就把我忘光啦？这可能吗？你不记得浦尔叟雅克一家人最好的朋友啦？

德·浦尔叟雅克　原谅我。（向斯布里嘎尼。）说真的！我不知道他是谁。

艾拉斯特　里摩日的浦尔叟雅克，从顶大的到顶小的，我没有一个不认识的，我在当地的期间，只跟他们来往，我有几乎每天看见你的荣幸。

德·浦尔叟雅克　先生，有荣幸的是我。

艾拉斯特　你真就想不起我的脸相来了吗？

德·浦尔叟雅克　没有的话。（向斯布里嘎尼。）我一点也不认识他。

艾拉斯特　你不记得我有幸跟你在一起喝酒喝了不知道多少回？

德·浦尔叟雅克　宽恕我。(向斯布里嘎尼。)我不知道这是怎么回事。

艾拉斯特　里摩日的那位大师傅,烧得一手好菜,他叫什么来的?

德·浦尔叟雅克　小约翰?

艾拉斯特　就是他。我们经常一起在他那里寻欢作乐。里摩日的散步地方,你叫它什么来的?

德·浦尔叟雅克　圆剧场公墓①?

艾拉斯特　正是。我就是在这个地方听到你的愉快谈话,一来就是好几小时。你连这也想不起来啦?

德·浦尔叟雅克　对不住,我想起来啦。(向斯布里嘎尼。)活见鬼,我一点也不记得!

斯布里嘎尼　像这种事,成千成百地在脑子里来来去去,人是记不住的。

艾拉斯特　搂搂我吧,我求你了,把我们过去的友谊恢复起来吧。

斯布里嘎尼　他是一位非常爱你的人。

艾拉斯特　告诉我一下你全家人的消息吧:他近来怎么样啦,你那位……他……人可正派啦。

德·浦尔叟雅克　我的哥哥调解官②?

艾拉斯特　是的。

德·浦尔叟雅克　他好着呐。

艾拉斯特　真的,听见这话,我开心。还有那位脾气好极了的先生……他……你的……

德·浦尔叟雅克　我的表哥陪审官?

艾拉斯特　就是他。

---

① 公墓靠近一个罗马的圆剧场遗址。1714 年圆剧场被拆掉,成了一个广场。
② 调解官élu 是法院调解商务方面的一个职务。

德·浦尔叟雅克　总快活，总爱捣蛋？

艾拉斯特　我的天！我听见了，开心之至。你叔叔怎么样了？他……

德·浦尔叟雅克　我没有叔叔。

艾拉斯特　可是当时你有……

德·浦尔叟雅克　没有叔叔，有也只有一个姑姑。

艾拉斯特　你姑姑，我要说的正是她。她近来好吗？

德·浦尔叟雅克　她死了有半年啦。

艾拉斯特　哎呀！可怜的女人！她为人那样好！

德·浦尔叟雅克　我们还有一个侄子是主教的议事司铎，后来害天花害死了。

艾拉斯特　真可怜！

德·浦尔叟雅克　你也认识他？

艾拉斯特　岂止认识！一个高个儿的壮实孩子。

德·浦尔叟雅克　不算顶高。

艾拉斯特　不，可是身材挺好。

德·浦尔叟雅克　哎！是的。

艾拉斯特　他是你侄子……

德·浦尔叟雅克　是呀。

艾拉斯特　你哥哥还是你妹妹的儿子……

德·浦尔叟雅克　正是。

艾拉斯特　议事司铎……教堂……叫什么来的？

德·浦尔叟雅克　圣·艾田①。

艾拉斯特　正是他，我认识的就是他。

德·浦尔叟雅克　我家里人全叫他说了。

---

① 圣·艾田 St. Etienne 是里摩日的大礼拜堂。

斯布里嘎尼　他认识你比你要清楚多了。

德·浦尔叟雅克　就我看来,你在我们城里待得很长久?

艾拉斯特　整整两年。

德·浦尔叟雅克　那么,当时我的调解官表弟抱着他的孩子,请我们的省长大人做义父,你在场吧?

艾拉斯特　可不是嘛,请客里头我是头一个。

德·浦尔叟雅克　可讲究啦。

艾拉斯特　非常讲究。

德·浦尔叟雅克　那场酒席可真考究啊。

艾拉斯特　那还用说。

德·浦尔叟雅克　那么,当时我跟那位佩里高尔①的贵人争吵,你也在场了?

艾拉斯特　是呀。

德·浦尔叟雅克　家伙!他算碰上对手啦。

艾拉斯特　啊!啊!

德·浦尔叟雅克　他打了我一记耳光,可是我骂他骂得可凶啦。

艾拉斯特　当然。话说回来,我不希望你住到别人家去,要住就住在我家。

德·浦尔叟雅克　我不好……

艾拉斯特　你说笑话?我顶好的朋友不住在我家,住到旁的地方,我决不答应。

德·浦尔叟雅克　那会对你……

艾拉斯特　不,你得住在我家,不然的话,鬼抓了我去!

斯布里嘎尼　既然他这样坚持,我劝你就接受他的好意吧。

---

① 佩里高尔 Perigord 是旧时法国的一个伯国,后改为省,约当于现今多尔多涅省。

艾拉斯特　　你的行李呢?

德·浦尔叟雅克　　在我下车的地方，跟我的听差在一起。

艾拉斯特　　叫人把它们搬过来吧。

德·浦尔叟雅克　　不行，我不许他走动，除非是我亲自去一趟，我害怕上当。

斯布里嘎尼　　是要想得谨慎些。

德·浦尔叟雅克　　对本地还是小心点儿好。

艾拉斯特　　我看处处都有精明的人。

斯布里嘎尼　　我陪先生去一趟，再带他回到府上来。

艾拉斯特　　好吧。我正有话吩咐下人，你们只要到那边那所房子① 就行。

艾拉斯特　　我盼你们来，可别把我盼急了。

德·浦尔叟雅克②　　我一点也没有想到会碰上这种好交情。

斯布里嘎尼　　他的相貌是一个正经人。

艾拉斯特　　（一个人。）家伙！德·浦尔叟雅克先生，我们要请你尝尝各种味道；全准备好了，只要我一拍手就成。

---

① 指医生的房子。
② 根据1734年版，补加："(向斯布里嘎尼。)"

第 五 场

药剂师，艾拉斯特。

艾拉斯特　　方才我叫人去请医生，想必就是先生吧。

药剂师　　不是，先生，我不是医生；我没有那种荣誉，我只是药剂师，不称职的药剂师，为你效劳。

艾拉斯特　　医生在家里吗？

药剂师　　在家，有几个病人，他正在忙着开方子，我去告诉他你在这里等他。

艾拉斯特　　不，别动，等他完了事好啦；我们有一位亲戚，我已经同他说过，一来就犯疯病，我们请他医治，希望在他结婚以前，能把他治好了。

药剂师　　我知道这是怎么回事，我知道这是怎么回事，你们跟他谈这件事的时候，我正跟他在一起。我的天！我的天！你们算遇着啦，天下的医生数他能干呐：这个人精通医道，就跟我背熟我的看图识字①一样；病人要是该死，古人的规则别想他肯改动一个字。是的，他总走大路，总走大路，正午是正午，决不在下午两点找正午；人世的金子都搬在他眼面前，学院不许开的方子，他也决不肯开别的方子治疗病人。

艾拉斯特　　他做得十分有理：学院不同意，病人就不该希望把病治好。

---

① 看图识字 Croix de par Dieu，是一本拼音入门、启蒙的书。

药剂师	我说这话，不是因为我们是好朋友，而是因为做他的病人，有一种乐趣，一种乐趣：因为，不管出什么变化，只要按规律办事，人也心安理得了；死在他手里头，你的承继人不会怪罪你的。
艾拉斯特	这对死人是一种老大的安慰。
药剂师	当然，至少是根据方法死的，也就可以开心啦。再说，他不是那些拿病当生意做的医生；这是一位爽快人、爽快人，希望赶快送走他的病人；一个人要死，到了他手上，死得真是顶快不过了。
艾拉斯特	说实话，直截了当地把事交代完毕，痛快之至。
药剂师	也的确是：围着锅台乱转，老讲价，老还价，有什么用？应当马上把病情认准了才对。
艾拉斯特	你这话有道理。
药剂师	我的孩子里头，已经有三个有荣幸由他调理病，不到四天就死了，交给别人，会拖上三个多月的。
艾拉斯特	这样的朋友，就该多交几位才是。
药剂师	还用说。我现在跟前只有两个孩子了，他照料他们，就跟照料自己的孩子一样，他按照他的想法照料、管理，我决不过问；我从城里回来，我时常看见他们根据他的吩咐放血、灌肠，我惊奇得不得了。
艾拉斯特	关心到这步田地，太该感谢了。
药剂师	那不是他，那不是他，他来啦。

第 六 场

医生甲，一位农民，一位农妇，艾拉斯特，药剂师。

农　民　　先生，他顶不住啦，他说，他觉得头疼得要命。

医生甲　　病人是傻瓜，他就不知道，他害的这个病，不是头疼，根据嘎连①，疼的应当是脾脏。

农　民　　先生，不管是什么，半年以来，头疼之外，他一直泻肚子。

医生甲　　好，这表示里头在清除。我三两天里头去看他，可是，万一他在这以前死了的话，别忘记通知我一声，因为，让医生去看一个死人，是不礼貌的。

农　妇　　先生，我父亲的病情越来越沉重啦。

医生甲　　这不是我的过失：我给他开了方子；他凭什么不好？他放过多少回血？

农　妇　　先生，十五回啦，二十六天以来。

医生甲　　放过十五回？

农　妇　　是呀。

医生甲　　还不见好？

农　妇　　不见好，先生。

医生甲　　这表示病不在血里头。我们再让他洗十五回肠，看病是不是在气里头；要是还不见效的话，我们就送他洗澡去。

药剂师　　这个办法就是高，医道真高。

---

① 嘎连 Galien(约130—约200)是古希腊名医，在生理解剖方面有贡献。

艾拉斯特	先生，前几天，为了一位亲戚，我叫人请你给他看病，他精神有点错乱，我希望他住在府上，一则医治起来方便，二则也少人看望他。
医生甲	是的，先生，我已经全安排好了，我答应尽可能做到安全就是。
艾拉斯特	他来啦。
医生甲	来的时机太巧啦，我这儿正有一位老朋友，我很高兴有他同我研究一下病情。

第 七 场

德·浦尔叟雅克先生，艾拉斯特，医生甲，药剂师。

艾拉斯特①	我临时出了一件小事，不得不离开你，不过这儿有一个人，我把你交托给他，他会为我尽心照料你的。
医生甲	这是我职业上应尽的责任，你交给我办，我一定尽心就是。
德·浦尔叟雅克②	这是他的管家，他一定是一位贵人。
医生甲	是的，我答应你，我一定按照方法照料先生，完全符合我们技术上的全部规则。
德·浦尔叟雅克	我的上帝，用不着待我那么多的礼貌；我不是添麻烦来的。

---

① 根据1682年版，补加："（向德·浦尔叟雅克。）"
② 根据1734年版，补加："（旁白。）"

医生甲　　这样用我只能使我开心。

艾拉斯特　　这里是我先付的六个皮司陶①，以后要付的不在内。

德·浦尔叟雅克　　不，请你不要为我破费，我不要你为我添置东西。

艾拉斯特　　我的上帝！由它去吧。这不是为你用的。

德·浦尔叟雅克　　我求你只把我当朋友看待就行了。

艾拉斯特　　这正是我所要做的。（低声，向医生。）我特别请你费心，别放走他；因为，他有时候直想溜掉。

医生甲　　你不必挂记。

艾拉斯特　　（向德·浦尔叟雅克）我请你宽恕我礼貌不周。

德·浦尔叟雅克　　你说笑话，你待我太厚道啦。

第 八 场

医生甲，医生乙，德·浦尔叟雅克先生，药剂师。

医生甲　　先生，挑我为你效命，对我是太大的荣誉。

德·浦尔叟雅克　　甘当为你效劳。

医生甲　　这是我的同事，一位能干人，我们要一道研究料理你的方式。

德·浦尔叟雅克　　我告诉你们，用不着过多的礼节，照日常的样子我就满意了。

医生甲　　来吧，端坐椅来②。

---

① 根据1682年版，改为十个皮司陶。皮司陶一般值六个法郎，但是在莫里哀时代，值十一法郎。
② 根据1734年版，补加："（进来几个听差，端上坐椅。）"

德·浦尔叟雅克[①]　一位年轻人，用的些底下人，却都那么阴森森的！

医生甲　　　先生，来吧；请坐，先生。

〔他们就座，两位医生一人拿起他一只手号脉。

德·浦尔叟雅克　（伸出手去。）承情之至。（看见他们给他号脉。）这是什么意思？

医生甲　　　先生，你胃口好吗？

德·浦尔叟雅克　是呀，不但能吃，还能喝。

医生甲　　　糟糕：这种贪凉、贪湿的奇好的胃口是一种内热和内干的表示。睡得好吗？

德·浦尔叟雅克　饭一吃饱，就睡好了。

医生甲　　　你做梦吗？

德·浦尔叟雅克　有时候。

医生甲　　　是哪种性质？

德·浦尔叟雅克　梦的性质。活见鬼，这叫什么谈话呀？

医生甲　　　大便怎么样？

德·浦尔叟雅克　家伙！我简直不懂这些问话的意思，我倒想喝一杯。

医生甲　　　忍一下吧，我们就要当着你的面讨论你的问题了，为了你听得懂，我们就用法文来讨论[②]。

德·浦尔叟雅克　为了吃东西，要大讨论一番，有这种必要吗？

医生甲[③]　　病不完全认识，就不可能治好病，所以，想要完全认识病，就不能不对病建立一种特别观点，而正确的分类，依照诊断和病症的标志，学长先生，请允许我在接触病情为

---

① 根据1734年版，补加："（旁白。）"
② 他们是"学者"，用拉丁文来讨论。
③ 医生甲先讲话，因为像他们说的，他比医生乙年事低。依照当时会诊规则，班次低的先发言，医生乙是"学长"，所以最后发言。

治好这种病我们开出适当药方之前，先考虑一下有关疾病的问题。所以，先生，请你允许我说，我们现在这位病人，不幸受到这种疯症所打击、所感染、所侵袭、所破坏：这种疯症，我们有一个很好的名称，叫做小腹性悒郁症，是一种极难医治的疯症，必须有一位精于医道、像你这样一位艾斯库拉普①，才能把它治好，我说你，因为阁下如人所云，老于此道，各种样式的疯症经你调治的，就不知道有多多少少。我把这叫做小腹性悒郁症，以便和另外两种区别；因为知名的嘎连，这样称呼所谓的悒郁症，以渊博的方式，把日常这种疾病分为三类，不仅拉丁叫悒郁症，就是希腊也叫悒郁症，这特别值得我们注意：第一类，来自头脑本身的缺点；第二类，来自血，变成黑色的液体；第三类，叫小腹性，就是我们要治的这种病，来自小腹和下部某一部分的缺点，特别是脾脏，由于它发热和发炎的结果，给我们病人的脑子带来许多浓厚和肮脏的黑气，这种恶毒的黑气造成主要器官的功能的恶变，导致这种疯病的出现。依据我们的理论，他显然就受到它的侵袭和克制。根据我说起的无可争辩的诊断，作为例证，你只要观察一下你所看到的他那种极为严肃的神情就明白了；这种伴有恐惧与疑心的忧郁，正是这种疾病本身所具有的个别标记，曾经由神明的老人伊包克拉特②一清二楚地指示出来；这种面貌、这双惊惶失措的红眼睛、这把大胡子、这种又细又长又黑又多毛的身体的习惯，表示他在

---

① 艾斯库拉普 Esculape 是古希腊和罗马的医神；他是日神阿波罗的儿子。艾斯库拉普即高明的医生。
② 伊包克拉特 Hippocrate 是公元前五世纪的古希腊最著名的医生。

害这种疾病，而且非常严重，来自小腹的缺点：这种疾病经过长时间的移植，再老化、习惯化，取得居留权，就可能恶化为躁狂症，或者恶化为肺结核，或者恶化为中风，或者甚至于恶化为高度癫痫症与狂怒症。假使这些设想对症，认识疾病等于治好一半，因为 ignoti nulla eat eunatiomoiti①，同意我们给先生开的药方，在你也就不成其为困难。首先，医治这种闭塞性过剩现象和这种全身性的茂盛的虚弱现象，我的意见是慷慨大度地静脉出血，就是说，要经常大量放血：先放臂内的视力血管、再放臂内的脑力血管；甚至于，病要是坚执不愈的话，就该给他打开前额血管，开口要大，让血尽量流出；同时，用适当的特别的清洗药物，就是，清洗胆汁、黑胆汁以及其他等等进行灌肠，洗肠，清除；由于一切疾病的真正原因不是一种浓厚的有渣滓的浊气，就是一种粗糙的黑色气体变暗，污染并弄脏动物性元神，所以随后，他就该用一种洁净与纯粹的水沐浴，搀和大量澄清的奶汁，用水洗清浓厚的浊气的渣滓，用澄清的奶汁消除这种气体的黑色；不过，我认为首先对他有益的，是用愉快的谈话、歌唱和乐器使他感到欢悦，有舞蹈家参加，也没有什么不方便，因为他们的行动轻巧、灵活，可以刺激和唤醒他的迟钝的精神和懒惰，因为懒惰滋生他的血的浓度，而血的浓度是他的病根。这就是我想到的医疗方法，学长大师先生，根据你历年行医的经验、判断、智慧与才能，可能增加许多更

---

① 拉丁文："没有一种病是不能医治的"。

好的方法。Dixi①。

医生乙　先生，你方才谈的道理，上帝明鉴，我确实是无话可添！关于先生的疾病的标记、症候和原因，你的言论非常精采；你的理论是十分渊博、十分美丽，他就不可能不疯、不是小腹性悒郁症；倘如他不是的话，为了你言论的美丽和你理论的正确，他也必须是疯症，小腹性悒郁症。是的，先生，一切和这种疾病相关的地方，graphice dehinxiati②，你全图解地描画出来，令人一目了然：关于这种疾病，无论是诊断，无论是病象，无论是医疗，凡是你宣布的，都不可再渊博、再明智、再巧妙地孕育、思考、想象了；我现在所能做的，只有向先生道喜，他落在你手里，告诉他，他害疯症，太走运了，能享受到你十二分合理地建议的方案的神妙与仁慈。我全部赞成，maniluo et pedilus deocendoin tuam rententiam③，我所要增加的无非是用单数放血和灌肠：numaeris deur impavi gaudet④；在沐浴之前，先用澄清的奶汁，前额放上一条有盐的绷带，盐是智慧的象征；把他住房四墙粉刷成白色，驱散他精神上的黑暗：allum est disgvegati vum visuo⑤立刻就给他进行一次小型洗肠，作为采用那些合理的方案的序论和导言，如果他得救的话，他应该有舒适之感。先生，但愿上天让你这些方案，遵照我们的意愿，

---

① 拉丁文："我的话完了"。
② 拉丁文："图解地描画出来"。
③ 拉丁文："五体投地地赞同"。
④ 拉丁文："神明喜爱单数"。
⑤ 拉丁文："白色使视物清晰"。

使病人复元!

德·浦尔叟雅克 两位先生,我听了你们一小时。我们是不是在这里演喜剧?

医生甲 不,先生,我们不是演喜剧。

德·浦尔叟雅克 这全是怎么回事?你们唧里咕噜说了半天,都在胡闹些什么呀?

医生甲 好,骂人啦。我们正少这个症候证明他的疾病,这很可能变为躁狂症。

德·浦尔叟雅克 他们把我交给什么人啦?

〔他唾了两三次。

医生甲 多痰,又是一种症候。

德·浦尔叟雅克 不谈这个,我们出去吧。

医生甲 不安于一个地点,又是一种症候。

德·浦尔叟雅克 这到底是怎么回事?你们要拿我做什么?

医生甲 按照我们方才开的处方,给你治病。

德·浦尔叟雅克 给我治病?

医生甲 是呀。

德·浦尔叟雅克 家伙!我不是病人。

医生甲 一个病人不体会自己有病,是恶劣标记。

德·浦尔叟雅克 我告诉你们,我好着呐。

医生甲 你有病没有病,我们比你清楚,我们是医生,我们清楚你的体质。

德·浦尔叟雅克 你们是医生,跟我不相干;医学就不在我的心上。

医生甲 哼,哼:你这个人比我们所想象的还要疯。

德·浦尔叟雅克 我的父亲和我的母亲从来就不肯吃药,他们两个人临死就没有医生帮忙。

医生甲　我不奇怪他们养出一个儿子是疯子。好啦，开始治疗吧，先用动听的轻快的和声，减轻、安定、镇静他精神上的不安吧，我看他要闹了。

第 九 场

德·浦尔叟雅克。

德·浦尔叟雅克　这是什么鬼把戏？难道本地的人都是疯子？我从来没有见过这种人，我简直什么也弄不明白。

第 十 场

两位歌唱家（古怪医生装扮的意大利人），跟着八个舞蹈家（伴着乐器的合奏，歌唱家唱着歌）。

两位歌唱家

>Bon di bon di, bon di:
>non vi lasciate uecidere
>Dal dolor malinconico
>noi ri farems ridere
>Col nostro canto harmonico;
>　Sol per guarirvi
>Siams venuti gui,

> Bon di, bon di, bon di.①

歌唱家甲

> Altro non è la pazzia
>
> Che malinconia.
>
> Il malato
>
> non è disperato,
>
> Se Vol pigliar lenpoco d'allegria
>
> Altro non è la pazzia
>
> Che malinconia.②

歌唱家乙

> Sù, Cantate, ballate, ridete;
>
> E se far meglis valete,
>
> Quando Sentite il deliro vicino,
>
> Pigliate del vino,
>
> E qualche volta un pó pó di tabac.
>
> Alegramente monsu poarceaughac! ③

---

① 意大利文："日安，日安，日安。不要让忧郁的痛苦将你杀害。我们要用和谐的歌唱使你发笑，我们来这里只为治你的病。日安，日安，日安。"
② 意大利文："疯狂不是别的，只是忧郁。病人不就无望，假如他愿意娱乐娱乐，疯狂不是别的，只是忧郁。"
③ 意大利文："来呀，歌唱吧，舞蹈吧，欢笑吧；你觉得快要疯了，假如你要好，喝酒吧，有时候吸一点、一点鼻烟。快活吧，德·浦尔叟雅克先生！"

第十一场

药剂师,德·浦尔叟雅克先生[①]。

药剂师　　先生,这儿有一小剂药。一小剂药,你一定要服,请吧,请吧。

德·浦尔叟雅克　怎么?我用不着这东西。

药剂师　　这是开出来的药,先生,开出来的药。

德·浦尔叟雅克　啊!吵死人啦!

药剂师　　服吧,先生,服吧:这不会对你有害的,不会对你有害的。

德·浦尔叟雅克　啊!

药剂师　　这是一点洗肠子药水,一点洗肠子药水,好吃,好吃;它好吃,好吃;来,服吧,服吧,服吧,先生:这为了洗肠子,为了洗肠子、洗肠子……

〔两位歌唱家,伴着舞蹈家和乐器,围着德·浦尔叟雅克跳舞,在他面前站住,唱着:

Piglia—lo sù,

Signor monsu,

Piglia—lo, piglia—lo, piglia—lo Sù.

Che non ti farà male,

Piglia—lo sù questo servitiale;

Pignor—lo Sù

---

①　根据1734年版,补加一场舞剧:"(舞蹈家围着德·浦尔叟雅克先生跳舞。)"

gignoz monsa
Piglia——lo Piglia——lo，Piglia——lo Sù.①

德·浦尔叟雅克　（逃走。）见你们的鬼去！

〔药剂师、两位歌唱家和舞蹈家跟着他，手里全拿着一个灌肠器。

---

① 意大利文："服吧，先生，服吧，服吧，服吧，这不会对你有害的，灌一次肠吧，服吧，先生，服吧，服吧，服吧。"

第 二 幕

第 一 场

斯布里嘎尼，医生甲。

医生甲　他冲开我布置的种种障碍跑掉，我开始要给他吃的药，他也不吃。

斯布里嘎尼　简直是自己跟自己作对，躲避你开的有益于他的身体的方子。

医生甲　不愿意把病治好，是头脑凌乱和理智损伤的标记。

斯布里嘎尼　只要你治，一定会把他治好的。

医生甲　毫无疑问，就是同时害十二样病，也医治得好。

斯布里嘎尼　可是他这样一逃，你应该有五十皮司陶到手，就无影无踪了。

医生甲　我？我不能丢这笔钱，不管他怎么样，也要医治他。他是我的病人，就得服我的药，只要我在什么地方找到他，作为医学的逃犯、我的处方的违抗者，我就要叫人把他抓回来。

斯布里嘎尼　你有理，你的药妙手回春，他不服，等于偷你的钱财。

医生甲　我从什么地方可以得到他的消息？

斯布里嘎尼	一定是在奥隆特老头子家，他来娶他女儿，他不知道他未来的姑爷有病，说不定想急着成亲。
医生甲	我马上就对他讲去。
斯布里嘎尼	你这样做对。
医生甲	他受我的诊断的全面控制，病人不能拿医生开玩笑的。
斯布里嘎尼	你这话讲得对极了；我要是你的话，你不给他吃药吃到你心满意足，你就不许他结婚。
医生甲	交我办好了。
斯布里嘎尼①	我这方面，再布置一组排炮，老丈人和姑爷一样要上当的。

第 二 场

奥隆特，医生甲。

医生甲	先生，有一位德·浦尔叟雅克先生要娶你的女儿。
奥隆特	是呀，我等他从里摩日来，他也该到啦。
医生甲	他是到啦，人家把他送到我家，他跑掉了；可是，我以医学的名义，禁止你们进行你们讲定的婚事，除非是我为结婚已经准备妥善，他有资格生产心身完全符合条件的子女。
奥隆特	这是怎么回事？
医生甲	你的未来的女婿已然正式构成我的病人：人家要我治好他

---

① 根据1734年版，补加："（旁白，走开。）"

的疾病，他的疾病变成归我所有的一件家具，成为我的一部分财产，我向你宣告，我不许他结婚，除非是他首先满足医学，接受我给他开的医疗方案。

奥隆特　他有病？

医生甲　是的。

奥隆特　请教，什么病？

医生甲　你不用操心。

奥隆特　难道病是……？

医生甲　医生有保守秘密的义务。我吩咐你，你和你女儿，没有我的同意，不得和他举行你们的婚礼，否则，就要结怨医学院，经受我们送给你们的各种疾病。

奥隆特　既然是这样的话，我对结婚这件事加意小心就是了。

医生甲　有人把他送给我看管，他就不得不是我的病人。

奥隆特　好吧。

医生甲　他逃不掉，我要让法院判决，他要由我医治。

奥隆特　我同意。

医生甲　是的，他不死，就是我治好了他。

奥隆特　但愿如此。

医生甲　万一我找不到他，我就拿你当他，把你治好了。

奥隆特　我身子好着呐。

医生甲　我不管，反正我得有一个病人，我能找到谁，就算谁。

奥隆特　随你的便，反正不会是我。①听听这理由看，有多充分！

---

① 根据1734年版，补加："（一个人。）"

第 三 场

斯布里嘎尼(福朗德①商人装扮)，奥隆特。

斯布里嘎尼　先生子，吵你啦，俺是福朗德一个外国的跑买卖的，有点子小事跟你先生打听。

奥隆特　什么事，先生？

斯布里嘎尼　先生子，请喽，你戴上子帽子。

奥隆特　告诉我，先生，你有什么事。

斯布里嘎尼　俺煞个子也不说，先生子，你不戴上帽子。

奥隆特　行。先生，什么事？

斯布里嘎尼　你知道不知道这城里头有一个先生子，叫奥隆特的？

奥隆特　是呀，我知道。

斯布里嘎尼　他这人是个啥样子，先生子，请问你喽。

奥隆特　跟别人一样。

斯布里嘎尼　先生子，俺要知道的，他是不是一个有钱的阔人？

奥隆特　是的。

斯布里嘎尼　先生子，阔得了不得。

奥隆特　是的。

斯布里嘎尼　先生子，那俺就大大放心咧。

奥隆特　你问这干什么？

斯布里嘎尼　先生子，对俺们这点子小事关系可重大得了不得。

---

① 福朗德 Flandre 在法国西北部，原归西班牙，自 1659 年起，才归法国，所以剧内仍以"外国人"自居。

奥隆特	说呀,到底为什么?
斯布里嘎尼	先生子,是这个子,奥隆特先生子要把他的女娃子嫁给一个叫德·浦尔叟雅克先生子。
奥隆特	怎么样?
斯布里嘎尼	是这个子浦尔叟雅克先生子,先生子,欠下福朗德那个子地方十个子,要不就是十二子做买卖的人的钱,数日子老大老大子,他们全到贵地找他来咧。
奥隆特	这位德·浦尔叟雅克先生欠十一二位商人的债?
斯布里嘎尼	说的就是哇,先生子;有八个月了,俺们把他告下来了,叫他子拿奥隆特先生子嫁女娃子的钱了清债务。
奥隆特	哼,哼,他拿我给女儿的钱还债?
斯布里嘎尼	可不是,先生子,俺们全诚心诚意子就等着他办这门子喜事咧。
奥隆特①	幸而听到。②再见啦。
斯布里嘎尼	先生子,俺要多谢你指教个子。
奥隆特	不敢当。
斯布里嘎尼	先生子,俺要多谢先生子给俺的那个子好消息。③不坏。扔掉我的福朗德人的打扮,想想别的机关吧;在老丈人跟姑爷之间,试着多来些疑心、误会,把说妥了的亲事给拆散了。两个人全容易上钩,事情就好办了,遇到这种容易到手的野味,我们这第一流的骗子也就是玩耍玩耍罢了。

---

① 根据1734年版,补加:"(旁白。)"
② (高声。)
③ 根据1682年版,补加:"(他摘掉胡须,脱去罩在外头的福朗德衣服。)"

第 四 场

德·浦尔叟雅克先生，斯布里嘎尼。

德·浦尔叟雅克① Piglia—lo Sù，Piglia—lo Sù，Signor monsu②：这算什么鬼话？③啊！

斯布里嘎尼 先生，你怎么啦，出了什么事？

德·浦尔叟雅克 我看见的样样事，都像在洗肠子。

斯布里嘎尼 怎么啦？

德·浦尔叟雅克 你把我领到那所房子门口，你不知道我在里头遇到的事？

斯布里嘎尼 真是不知道：到底遇到了什么事？

德·浦尔叟雅克 我以为人家照规矩厚待我。

斯布里嘎尼 怎么样？

德·浦尔叟雅克 你把我交给那位先生。④几位穿黑衣服的医生。一把椅子里。按脉。像那样子。他疯了。两个脸庞子丰满的大块头。大帽子。Bon di，bon di。⑤六个老头子。⑥达，

---

① 根据1734年版，补加："(以为就是自己一个人。)"
② 意大利文："服吧，服吧，先生"。
③ 根据1734年版，补加："(望见斯布里嘎尼。)"
④ 他脑子里乱，把话说得颠三倒四的。"你"指艾拉斯特，"那位先生"指医生甲。
⑤ 意大利文："日安，日安。"
⑥ "老头子"Pantalon是意大利职业喜剧里一个戴小假面具的定型人物，他是一个老头子，长头发，平顶黑帽子，下巴留着公山羊胡须；短裤和长袜连在一起，所以被人误会成"长裤人"Pantalon了，专饰博士、队长和听差一类滑稽人物。这里指那些舞蹈家。

拉，达，达，达，拉，达，达。Alegramente monsu Pourceaugnac。①药剂师。洗肠子。服吧，先生，服吧，服吧。它好吃，好吃，好吃。这是为了洗肠子，为了洗肠子，洗肠子。Piglia—lo Sū, Signor Monsu Piglia—lo, Piglia—lo, Piglia—lo Sù。②我从来没有见过这么多瞎闹的事。

斯布里嘎尼 这全说的是什么呀？

德·浦尔叟雅克 意思就是说，那个家伙呀③拥抱我，搂我，是一个骗子，把我放在一个人家，为了开我玩笑，跟我捣鬼。

斯布里嘎尼 会有这种事？

德·浦尔叟雅克 毫无疑问，他们是一打鬼迷了心窍的人，在后头追我；我吃够了苦头，才逃出了他们的爪子。

斯布里嘎尼 你看，脸貌可真能骗人哟！我还以为他是你最亲热的朋友。这可真意外啦，我简直要以为世上到处都是骗子啦。

德·浦尔叟雅克 我有没有洗肠子的气味？闻闻看，求你啦。

斯布里嘎尼 哎！倒有那么点近似的味道。

德·浦尔叟雅克 我的嗅觉和我的想象装满这东西，我总像看见有一打来的灌肠器，对准了我。

斯布里嘎尼 真有这种混账事！人都成了奸细跟坏蛋！

德·浦尔叟雅克 请你告诉我奥隆特先生的住处，我恨不得马上就去他家。

---

① 意大利文，"快活吧，德·浦尔叟雅克先生"。
② 意大利文，"服吧，先生，服吧，服吧，服吧"。
③ 指艾拉斯特。

斯布里嘎尼　啊！啊！原来你是个多情种子呀！你听人讲起奥隆特先生有一个女儿……？

德·浦尔叟雅克　是的，我来娶她。

斯布里嘎尼　娶……娶她？

德·浦尔叟雅克　是的。

斯布里嘎尼　正式结婚？

德·浦尔叟雅克　难道还有别的方式？

斯布里嘎尼　啊！那就另作一说了，我请你原谅。

德·浦尔叟雅克　这话是什么意思。

斯布里嘎尼　没意思。

德·浦尔叟雅克　到底怎么啦？

斯布里嘎尼　听我说，没怎么，我把话讲得太快了点。

德·浦尔叟雅克　我求你啦，你就把隐情讲给我听吧。

斯布里嘎尼　不，没有这个必要。

德·浦尔叟雅克　谢谢你。

斯布里嘎尼　不行，请你宽恕我这次吧。

德·浦尔叟雅克　难道你不是我的朋友？

斯布里嘎尼　是朋友，可也不能过了头。

德·浦尔叟雅克　你就不该有话瞒着我不讲。

斯布里嘎尼　这不单是你的事，还牵连着别人的。

德·浦尔叟雅克　为了你打开你的心，我有一个小小的戒指，求你为我的缘故就把它收下来吧。

斯布里嘎尼　你先让我研究一下我这么做会不会违背良心。①这是一个贪图财富的人，想方设法，要给他女儿寻一个有大利可图

---

① 根据 1734 年版，补加："（稍稍离开德·浦尔叟雅克先生之后。）"

041

的好人家，应该不祸害别人才是。这些事是世人都知道的，不过由我揭露给一个不知道底细的人听，不许说人讲他的坏话。这是实情。可是，另一方面，这是一位外乡人，人家有意欺负他，他却好心好意来娶一位姑娘，这姑娘他不认识，也从来没有见过；人家是一位心地坦率的贵人，我觉得自己对他有好感，他赏脸把我看成他的朋友，什么话也告诉我，还要我为他的缘故留下一个戒指①。是的，我觉得我可以对你讲，并不损害我的良心；不过，我尽可能轻描淡写地告诉你，也要尽可能帮人遮掩一下。我不妨告诉你，那位姑娘生活可不检点啦，其实这话也有点过火；把问题给你解说清楚，还得换上一些比较好听的字眼。摩登女郎这句话不足以说明问题；交际花这句话倒正合我的心意，我可以用过来老老实实地对你说出她的为人。

德·浦尔叟雅克　难道他们真想把我当成傻瓜看？

斯布里嘎尼　也许实际上不像人想的那么坏。何况有些人，说到了，就不拿这些事放在心上，认为他们的名声不靠这些……。

德·浦尔叟雅克　承你的情，我还不想朝自己头上戴那么一顶绿帽子，德·浦尔叟雅克这个家伙爱的是扬着头走路。

斯布里嘎尼　她父亲来啦。

德·浦尔叟雅克　那个老头子？

斯布里嘎尼　正是，我走啦。

---

① 根据 1734 年版，补加："（向德·浦尔叟雅克先生。）"

第 五 场

奥隆特，德·浦尔叟雅克。

德·浦尔叟雅克 日安，先生，日安。

奥隆特 效劳，先生，效劳。

德·浦尔叟雅克 你是奥隆特先生，不是吗？

奥隆特 正是。

德·浦尔叟雅克 我呐，是德·浦尔叟雅克先生。

奥隆特 好吧。

德·浦尔叟雅克 奥隆特先生，你以为里摩日全是傻瓜吗？

奥隆特 德·浦尔叟雅克先生，你以为巴黎人全是蠢货吗？

德·浦尔叟雅克 奥隆特先生，你真还自信，像我这样一个人，会是一个急色儿？

奥隆特 德·浦尔叟雅克先生，你真还自信，像我这样一位小姐，会急于嫁男人？

第 六 场

玉丽，奥隆特，德·浦尔叟雅克先生。

玉 丽 父亲，方才有人对我讲，德·浦尔叟雅克到啦。啊！不用说，那就是他，我的心也对我这么讲。多好的形体！多好的风度！嫁这样一位丈夫，我多满意！答应我搂搂他吧，

	向他表示表示……
奥隆特	且慢,女儿,且慢。
德·浦尔叟雅克①	家伙!好摩登哟!她一下子就热火上来啦!
奥隆特	德·浦尔叟雅克先生,我倒想知道,你凭什么理由敢来……
玉 丽	看见你,我开心死啦!我一心就盼……
奥隆特	啊,女儿!听我的吩咐,离开这里。
德·浦尔叟雅克②	(玉丽走到德·浦尔叟雅克先生跟前,一副媚态看着他,想握他的手。)喝,喝,多轻佻哟!
奥隆特	我倒想知道,我说,请你玩玩,你凭什么理由,竟敢……③
德·浦尔叟雅克④	活要人命!
奥隆特⑤	又来啦?你这是做什么?
玉 丽	你不愿意我亲热亲热你给我挑的丈夫?
奥隆特	不愿意。回家里去。
玉 丽	让我多看看他。
奥隆特	进去,听我的吩咐。
玉 丽	请你就让我在门口多待一会儿。
奥隆特	我不愿意,我;你要不马上进去,看我……
玉 丽	好啦!我进去。
奥隆特	我女儿是一个不懂事的蠢丫头。
德·浦尔叟雅克⑥	她一下子就看上我啦!

---

① 根据 1734 年版,补加:"(旁白。)"
② 根据 1734 年版,补加:"(旁白。)"
③ 根据 1734 年版,补加:"(玉丽继续同样的表演。)"
④ 根据 1734 年版,补加:"(旁白。)"
⑤ 根据 1682 年版,补加:"(向玉丽。)"
⑥ 根据 1734 年版,补加:"(旁白。)"

奥隆特①　　你不愿意进去?

玉　丽　　你到底在什么时候才让我跟先生成亲?

奥隆特　　永远不；你嫁不了他。

玉　丽　　我呀,既然你答应把他给我,我就要他。

奥隆特　　我要是先前答应把他给你,现在我又不答应啦。

德·浦尔叟雅克②　她直想嫁我。

玉　丽　　你白反对,就让世人都反对,我们也要在一道结婚。

奥隆特　　我对你说明了吧,我非把你们两个人拆开不可。看这丫头任性到了什么程度!

德·浦尔叟雅克　我的上帝!我的未来的岳父,你用不着在这上头操心啦,我一点也没有意思要拐你的女儿走,你那些假招子骗不了人。

奥隆特　　你那些假招子也统统要落空。

德·浦尔叟雅克　你别做梦了,你真就以为我莱奥讷尔·德·浦尔叟雅克是一个糊涂虫,好歹讨个老婆拉倒,头脑里一点是非也没有,不作主打听一下世人的议论,也不看看他的名声受不受伤就结婚?

奥隆特　　我不知道你说这话的意思；可是你真就以为一个六十三岁的老头子就那么没有头脑,那么不看重他的女儿,把她嫁给一个你知道自己有什么,还叫人送给一个医生看病的人吗?

德·浦尔叟雅克　这是人家对我用的一个诡计,我根本就没有病。

奥隆特　　医生亲自对我讲你有病。

---

① 根据1734年版,补加:"(向玉丽,她走开几步又停住了。)"
② 根据1734年版,补加:"(旁白。)"

德·浦尔叟雅克　　医生撒谎：我是贵人,我要拿剑把他干掉。

奥隆特　　我知道我该相信的事,你在这上头骗不了我,还有你欠人家的债,你妄想拿我女儿的钱去抵债,也办不到。

德·浦尔叟雅克　　哪些债?

奥隆特　　装蒜没有用,我见到那个福朗德买卖人啦,跟别的债主一道,把你告下来,已经有八个月啦。

德·浦尔叟雅克　　哪个福朗德买卖人?哪些债主?告下我什么?

奥隆特　　我的话呀你全懂。

第 七 场

吕赛特,奥隆特,德·浦尔叟雅克先生。

吕赛特[①]　　啊!侬来啦个搭!我到处寻,到处寻,走了勿晓得几何地方,总算寻着侬啦,我倒要看看侬面孔阿会红伐!

德·浦尔叟雅克　　那个女人要干什么?

吕赛特　　我要啥,死人!侬假装勿认得我?真正气杀我啦,皮厚到个升地步,面孔都勿红[②],先生,我勿晓得人家讲个阿是侬,阿是伊想讨侬囡吭做老婆!勿过,我要告诉侬,伊是有老婆个,我嫁拨伊已经七年啦。伊经过佩齐纳斯个辰光,花言巧语个骗我,先生,侬还勿晓得伊骗人个本事几何好,骗得上仔伊个当,吭没办法,只好嫁拨伊。

---

① 根据1682年版,补加:"(冒充朗斯道克女人。)"参看演员表注。
② 根据1734年版,补加:"(向奥隆特。)"

奥隆特　　　　噢！噢！

德·浦尔叟雅克　这是什么鬼话？

吕赛特　　　　格个丧天良个，三年以后就离开仔我，讲要回到啥地方去一趟，一去就无影无踪。去就去，个种嘎人也勿值得我想。勿过前一向我听人家讲，伊到仔格个地方，又想跟另一个年轻姑娘结婚，还骗人家爷娘，讲伊哄没老婆，格还了得！我拚仔性命赶到个搭来，一定要救出格个姑娘，戳穿伊个西洋镜！

德·浦尔叟雅克　一个不害臊的活怪物！

吕赛特　　　　勿要面孔，侬还敢骂我？！真正是丧尽天良，简直是一歇歇也勿在乎。

德·浦尔叟雅克　我，我是你丈夫？

吕赛特　　　　啥？侬还想骗人！其实心里厢顶清爽，我讲个事体才是真个。侬格个丧天良的，我为啥命嘎苦，偏偏碰着仔侬，我本来也是一个年轻姑娘，天真活泼，根本勿晓得啥叫忧，啥叫愁！现在变成格副样子，日脚过得像黄连一样苦。我一片真心换来个啥，真是难过得死个心也有。伊倒一副无所谓的样子，一歇歇可怜我的意思也哄没。

奥隆特　　　　我简直忍不住要哭。①滚吧，你是一个坏人。

德·浦尔叟雅克　她讲的事我就不知道。

---

① 根据1734年版，补加："（向德·浦尔叟雅克先生。）"

第 八 场

赖利娜(冒充彼卡尔狄女人)，吕赛特，奥隆特，德·浦尔叟雅克先生。

赖利娜 啊！咱走不动咧，咱气也喘不出来咧！啊！混账东西，你害得俺好苦，你别想逃得过俺。法院，法院！咱要挡住他成亲①。先生，他是俺的男的，这该死的东西，咱要人把他吊死。

德·浦尔叟雅克 又一个！

奥隆特② 这人是个什么鬼东西哟？

吕赛特 侬讲啥？啥挡啊，吊啊，伊是侬个男人？

赖利娜 着哇，太太，咱是他的婆娘。

吕赛特 瞎三话四，我才是伊个老婆，要吊也要等我来吊。

赖利娜 俺又懂你说个啥。

吕赛特 得侬讲，我是伊个老婆。

赖利娜 他的婆娘？

吕赛特 对啦。

赖利娜 俺对你讲，你听着，他的婆娘是咱。

吕赛特 我得侬讲清爽，伊老婆是我，是我！

赖利娜 俺嫁他有四个年头咧。

吕赛特 我啊，伊讨我做老婆已经有七年啦。

---

① 根据 1734 年版，补加："(向奥隆特。)"
② 根据 1734 年版，补加："(旁白。)"

赖利娜	俺讲煞也有凭有据。
吕赛特	我妮个搭个人才晓得个。
赖利娜	俺那里做见证的有一城人。
吕赛特	佩齐纳斯的人才看见我得伊结婚个。
赖利娜	秦·冈丹的人都参加俺们的喜礼的。
吕赛特	再也呒没啥比我讲个更加真了。
赖利娜	俺俩再实在不过了。
吕赛特①	杀千刀个,侬敢讲格个不是真个?
赖利娜	坏东西,你也好说俺撒谎?
德·浦尔叟雅克	个个真,一个真似一个。
吕赛特	勿要面孔!侬这个丧天良的,难道自嘎亲生的囡呒福朗斯瓦丝,特仔亲生的伲子约翰还勿想要了?
赖利娜	你少胡闹吧。咋着?你就一点子也不记得这可怜女娃子,咱们的小马德兰,你把她留给俺,说有了她,就不会负心俺?
德·浦尔叟雅克	两个死不要脸的臭娘儿们!
吕赛特	啊,福朗斯瓦丝;啊,小约翰,统统过来,到个搭来,看看格个做爷的人心几何狠!
赖利娜	来啊,马德兰,俺的好闺女,快来这地方,看看你爹,把这不要脸的臊回去。
小约翰,福朗斯瓦丝,马德兰②	啊,爹爹,爸爸!爹爹!爸爸!
德·浦尔叟雅克	臭婊子养的这堆龟儿子!
吕赛特	啊?杀千刀个!西洋镜已经全部拆穿了,侬还勿想认自价

---

① 根据 1734 年版,补加:"(向德·浦尔叟雅克先生。)"
② 根据 1734 年版,小孩子上,另分一场。

	个亲生子女？侬休想再逃走，侬走到嗐里我就跟到嗐里，我要到处讲，到处喊，一直到我报仇为止，一直到我能够吊死侬为止。对，我一定要亲自看到侬来啦绳子浪吊死！
赖利娜	你讲这话，也不害臊，这可怜的囝女亲仔，你也狠着心肠不答理？俺要抓破你的脸皮，你别想逃得过；你的牙厉害也不顶事，俺是你婆娘，俺叫人都知道，还叫人家把你吊死。
孩子们	（一道。）爹爹！爸爸！爹爹！爸爸！
德·浦尔叟雅克	救命！救命，我逃到哪儿？我受不住啦！
奥隆特①	走，你们有理，他该受处分，他该吊死。

第 九 场

斯布里嘎尼。

斯布里嘎尼　我隔着老远指挥，样样如意。我们这位外省人累坏了，家伙，他也该开步走啦。

第 十 场

德·浦尔叟雅克，斯布里嘎尼。

---

① 根据1734年版，补加："（向吕赛特和赖利娜。）"

德·浦尔叟雅克　啊！我要死啦！活受罪！该死的城！四面八方有人谋害！

斯布里嘎尼　什么事，先生？又出了什么岔子？

德·浦尔叟雅克　是的。这地方到处是老婆和洗肠器。

斯布里嘎尼　怎么搞的？

德·浦尔叟雅克　两个臭娘儿们，唧哩咕噜的说怪话，告我娶过她们，要我吃官司。

斯布里嘎尼　这种事难办着啦，本地的法院对这类罪行严得要命。

德·浦尔叟雅克　是的，不过也会听证、传讯、通告，就算来个意外判决，还有缺席和抗传，加以我还有移转辖区的条例来拖延时间，宣告程序无效的方法来应付。

斯布里嘎尼　句句有根有据，先生，我看得出，你是一位行家。

德·浦尔叟雅克　我，一点也不！我是贵人。

斯布里嘎尼　开口成章，你一定研究过诉讼法。

德·浦尔叟雅克　不：我也就是根据常识来判断罢了。我总有事实辩护，仅凭一面之词的控告，不检查证据，不当面质对，就判断我有罪，那是不会的。

斯布里嘎尼　这些话比方才的还要精明。

德·浦尔叟雅克　我就不知道我怎么会说出这些话的。

斯布里嘎尼　我认为一位贵人的常识可以想象得出法院的权力和程序，可是不会知道正确的诉讼名词。

德·浦尔叟雅克　这些字句是我看小说记下来的。

斯布里嘎尼　啊！很好。

德·浦尔叟雅克　为了向你表示我根本不懂诉讼，我求你带我去看一位律师，研究一下我的案情。

斯布里嘎尼　甘当效劳。我带你去看两位非常能干的先生；不过，我事先要警告你，不要见怪他们说话的方式：他们在法庭沾染上某种演说的习惯，别人听了还以为他们在唱歌；他们对你讲的话，你会以为全是音乐。

德·浦尔叟雅克 只要他们把我要知道的事告诉我，随他们怎么说，不管我的事。

第十一场

斯布里嘎尼，德·浦尔叟雅克先生。两位歌唱家律师，一位说话十分慢，另一位非常快，伴着两位检察官和两位执达吏。

律师甲 （拖长语言。）
　　一夫多妻是一个案子，
　　　一个吊死的案子。

律师乙 （急而不清楚。）
　　你的案子
　　清楚明朗，
　　法律处治
　　你这种事，
　　直截了当。
　　假如你问我们的作家，
　　立法人和注释家，
　　玉斯提年、巴被年、
　　余耳片和屯保年、
　　费尔南、赖驳夫、约翰·伊冒勒，

保罗、卡斯脱、玉连、巴尔陶勒、
雅松、阿耳齐雅特和居雅斯，①
这位老练的大师：
一夫多妻是一个案子，
　　一个吊死的案子。

有法治的民族、
通情的民族，
法兰西、英吉利、荷兰、
丹麦、瑞典、波兰、
福朗德、意大利、西班牙、
德意志、葡萄牙，
对这案子全是一样的话，
立法也只此一家：
一夫多妻是一个案子，
　　一个吊死的案子。

〔德〕浦尔叟雅克先生打他们。两位检察官和两位执达吏跳第一节舞，直到闭幕。

---

① 这里都是一群有名无名的法学家，较知名的如：
　　玉斯提年 Justinian(527—565)是东罗马帝国皇帝，以编纂法律知名。
　　巴被年 Papinian 是罗马法官，死于212年。
　　余耳片 ulpian(170—228)是罗马法官。
　　屯保年 Tribonian 是东罗马帝国法官，死于545年。
　　玉连 Julèan 是二世纪罗马法官。
　　巴尔陶勒 Barthole(1314—1357)是意大利著名法学家。
　　阿耳齐雅特 Alciat(1492—1550)是意大利法学家。
　　居雅斯 Cujas(1552—1590)是法国著名法学家。

第 三 幕

第 一 场

艾拉斯特,斯布里嘎尼。

斯布里嘎尼 是的,凡百如意;他的知识非常浅薄,他的理解也极其有限,所以他一听我说起本地法院要从严处理,已经准备好了判他死刑,他吓得要命,直想逃走;我告诉他,城门口有人等着捉拿他,为了容易逃避起见,他决定化装,把自己打扮成一个女人。

艾拉斯特 我倒想看看他这种打扮。

斯布里嘎尼 你那方面想着结束这出喜剧吧;在我同他扮演我的场面的时候,你先走开吧①……你明白了吧?

艾拉斯特 明白啦。

斯布里嘎尼 我把他打发走了②……

艾拉斯特 很好。

斯布里嘎尼 父亲一收到我的警告③……

---

① 根据1682年版,补加:"(他对他耳语。)"
② 根据1734年版,补加:"(他对他耳语。)"
③ 根据1734年版,补加:"(他又对他耳语。)"

艾拉斯特　　太好啦。

斯布里嘎尼　　我们的贵妇人来啦：快走吧，别让他看见我们在一起。

第 二 场

德·浦尔叟雅克先生（妇女打扮），斯布里嘎尼。

斯布里嘎尼　　叫我看，我不信这么一改装，人能认出你来；照现在这个样子，貌儿挺像一位贵妇人。

德·浦尔叟雅克　　我奇怪的是，本地就不按照法院的程序办事。

斯布里嘎尼　　是呀，我早就对你说过了，本地先绞死人，再打官司。

德·浦尔叟雅克　　这个法院简直违法。

斯布里嘎尼　　特别关于这类罪行，严得就跟进鬼门关一样。

德·浦尔叟雅克　　可是冤枉了怎么着？

斯布里嘎尼　　没关系，他们不为这追根究底的。再说，本城的人恨极了你们那个地方的人，见到绞死一个里摩日人，他们才叫开心呐。

德·浦尔叟雅克　　里摩日人又怎么他们啦？

斯布里嘎尼　　他们是野蛮人，成了别的城市的文明与成就的死对头。单拿我来说，我不妨告诉你，我可真为你担足了心；你要是上绞刑架，别想我这辈子能安慰得了。

德·浦尔叟雅克　　我不是怕死才逃，是因为一位贵人上绞刑架，那就难堪了，有碍我们贵族的头衔，倒成了把柄了。①

---

① 旧时，贵人以断头为刑，绞刑架是给平民用的。

斯布里嘎尼　你有道理,这样死过以后,就连盾士头衔,人家也不见得承认了。①得啦,我挽着你的手,你研究一下学女人走路,模仿一下贵人的语言和各种姿态吧。

德·浦尔叟雅克　我学得好的,我见过上等人;成为问题的,是我有点胡须。

斯布里嘎尼　你的胡子不算什么,有些女的长着胡须,跟你一样多。来,让我看看你学得怎么样。②好。

德·浦尔叟雅克　怎么啦,我的马车?我的马车哪儿去啦?我的上帝,净用这样的底下人,我可受苦啦,难道整天让我在马路上等,没有人让我的马车过来?

斯布里嘎尼　很好。

德·浦尔叟雅克　喂!喂!车夫,车童!啊!小流氓,回头有的是鞭子我让人抽你!车童,车童!这个车童到底上哪儿去啦?车童的影子怎么也见不着?真就没有人把这个车童给我叫过来吗?难道我在世上连个车童也没有?

斯布里嘎尼　妙到丝毫,简直神啦;不过,我发现一个差池,这顶女帽子太薄;我去找一顶厚实点的,万一遇到人,可以把脸给你藏起来。

德·浦尔叟雅克　你走了,我怎么办?

斯布里嘎尼　你就在这儿等我。我一会儿工夫就来;你就散散步吧。③

---

① 盾士écuyer是末级贵人,专为骑士掌盾,从十五世纪起,就滥用这个头衔,1554年10月30日,巴黎的最高法院不得不下令禁止随意使用这种头衔。
② 根据1734年版,补加:"(在德·浦尔叟雅克先生模仿贵族女人之后。)"
③ 根据1734年版,补加:"(德·浦尔叟雅克先生在舞台上转了几匝,继续模仿贵族夫人。)"

第 三 场

两个瑞士门房，德·浦尔叟雅克先生。

瑞士门房甲① 来啦，快些，伙计，咱们得赶到格莱茹广场②，瞅瞅那个德·浦尔叟雅克先生上刑，小子给判决啦，脖子扎条绳绞死。

瑞士门房乙③ 想瞅见上刑，咱们得赁一扇窗户。

瑞士门房甲 听人家讲，那边已经立了一只老大的绞刑架，光光新，好吊死那个波尔斯雅克。

瑞士门房乙 好家伙，到那边瞅吊死那个里摩日人，心里头别提那个高兴透顶啦。

瑞士门房甲 是啊，两个脚巴鸭子当着大家吊得高高的，摆过来摆过去。

瑞士门房乙 这小子可缺德啦，是啊：听他们讲，他成了三回家。

瑞士门房甲 一个人捞三个老婆睡，真不像话，一个老婆就够啦。

瑞士门房乙④ 啊！你好，太太。

瑞士门房甲 独自在这搭干啥呀？

德·浦尔叟雅克 先生们，等我的用人。

瑞士门房乙 我的天！标致哎！

德·浦尔叟雅克 先生们，礼貌些。

---

① 根据 1734 年版，补加："(没有看见德·浦尔叟雅克先生。)"
② 格莱茹 Grève 广场，1804 年改为市政府广场，一般行刑都在这个广场。
③ 根据 1734 年版，补加："(没有看见德·浦尔叟雅克先生。)"
④ 根据 1734 年版，补加："(看见德·浦尔叟雅克先生。)"

瑞士门房甲　你这位太太，要不要去格莱茹广场看个乐子？好看着啦，要吊死一个人，咱俩会叫你瞅见的。

德·浦尔叟雅克　谢谢。

瑞士门房乙　是一个里摩日的贵人，立了一个老大的绞刑架，要把他活活吊死。

德·浦尔叟雅克　我可不想看。

瑞士门房甲　瞅这个小奶头子，怪滑稽的。

德·浦尔叟雅克　别动手动脚。

瑞士门房甲　我的天！咱倒想跟你睏一觉。

德·浦尔叟雅克　啊！太过分啦，对我这样一位贵妇人讲话，可不能说脏话。

瑞士门房乙　你算啦，走开；想跟她睏觉的是咱。

瑞士门房甲　咱偏不走开。

瑞士门房乙　咱要你走开，咱。

　　　　　　〔他们用力扯她。

瑞士门房甲　咱呀，不干。

瑞士门房乙　你呀，扯蛋。

瑞士门房甲　扯蛋的是你自家。

德·浦尔叟雅克　救命！警察！

第 四 场

一个警官，两个弓箭手，瑞士门房甲和乙，德·浦尔叟雅克先生。

警　察　　什么事，胡闹些什么？你们想对太太干什么？来，老实讲，要不然呀，你们蹲牢的。

瑞士门房甲　娘的，算了，你弄不到手。

瑞士门房乙　娘的，算了，你也弄不到手。

德·浦尔叟雅克　先生，多谢你啦，帮我把这两个坏人赶走。

警　察　　看啦！你这张脸怪像人家给我描画的那张脸。

德·浦尔叟雅克　我敢说，那不是我。

警　察　　啊！啊！这话是什么意思？

德·浦尔叟雅克　我不知道。

警　官　　那你为什么说这话？

德·浦尔叟雅克　不为什么。

警　官　　你这话里头有话，你成了我的犯人啦。

德·浦尔叟雅克　哎！先生，饶了我吧。

警　官　　不，不，看你的脸，听你的话，你一定就是我搜索的那个德·浦尔叟雅克先生，假装成这副模样；你马上跟我进牢房去。

德·浦尔叟雅克　哎呀！

第 五 场

警官，两个弓箭手，斯布里嘎尼，德·浦尔叟雅克先生。

斯布里嘎尼　啊！老天！这是怎么回事？

德·浦尔叟雅克　他们认出我来啦。

警　官　　是啊！是啊，我为这事可开心啦。

斯布里嘎尼　哎，先生，看我的分上：你知道，我们好久以来就是朋友啦，我求你别带他进牢房。

警　官　不行，我做不到。

斯布里嘎尼　你这人一向好说话：难道就没有法子把事情安排安排，出几个皮司陶？

警　官　（向他的弓箭手们。）你们走到那边去。

斯布里嘎尼①　你要他放你，就得破财。快点吧。

德·浦尔叟雅克②　啊！该死的城哟！

斯布里嘎尼　好啦，先生。

警　官　多少？

斯布里嘎尼　一，二，三，四，五，六，七，八，九，十。

警　官　不成，我有特殊命令。

斯布里嘎尼　我的上帝！等一下。快吧！再拿那么多给他。

德·浦尔叟雅克　可是……

斯布里嘎尼　你倒是快呀，听我说，别浪费时间啦：等到人家把你吊死，你就开心啦。

德·浦尔叟雅克　啊！

斯布里嘎尼　给你，先生。

警　官　这下子我得跟你一道逃，因为，本地对我就不安全啦。让我带他走吧，你就在这儿待下吧。

斯布里嘎尼　那我求你可得好好照料他。

警　官　我答应你，我不把他带到安全地点，我决不离开他。

德·浦尔叟雅克③　再见。你是我在本城遇见的唯一正经人。

---

① 根据 1682 年版，补加："（向德·浦尔叟雅克先生。）"
② 根据 1734 年版，补加："（取钱给斯布里嘎尼。）"
③ 根据 1682 年版，补加："（向斯布里嘎尼。）"

斯布里嘎尼　别多耽搁啦；我爱你爱极啦，恨不得你已经走得老远老远的。①愿上天领着你走路！我的天！活活儿一个大傻瓜！不过这里……

第 六 场

奥隆特，斯布里嘎尼。

斯布里嘎尼　啊！天下就有这种怪事！做父亲的听了这消息要多伤心！可怜的奥隆特，我多可怜你！你该说什么？你有什么法子承担这致命的痛苦？

奥隆特　什么事？你预言我要遭逢不幸，什么不幸？

斯布里嘎尼　啊！先生，里摩日那个坏家伙、那个黑良心的德·浦尔叟雅克先生，拐走了你的女儿。

奥隆特　他拐走我女儿？

斯布里嘎尼　说的是呀，她迷上了他，丢下你跟他跑啦；人家讲，他有一张妖符，能叫个个女人爱她。

奥隆特　快到法院去。叫弓箭手把他们追回来。

第 七 场

艾拉斯特，玉丽，斯布里嘎尼，奥隆特。

---

① 根据1734年版，补加："（一个人。）"

艾拉斯特①	来吧,不管你愿不愿意,你也得来,我要把你交到你父亲手里②。好啦,先生,这是你女儿,她要跟着那个人逃走,我用了好大力气才从那个人手里把她夺回来;唯一的原因是由于尊重你;一点也不是为了你女儿自己。因为,她干出这种事来,我应当蔑视她,我先前对她的爱情也完全治好啦。
奥隆特	啊!我把你这不要脸的东西!
艾拉斯特③	怎么?我对你表示种种友情之后,你会这样待我?你听令尊大人的盼咐,这我不怪你:大凡他做什么事,一向有见识,公正无私,所以他不要我,要别人,我决不埋怨他。他假如对我失信,他这样做,他有自己的理由。人家让他相信,那个人比我有钱,多四五千艾居:四五千艾居可是了不起的数目,一个人为这失信也值得,可是一下子就忘记我对你表示过的整个热情;换了一个新人,你马上就热火起来,不得令尊大人的同意,在人家讲他犯罪以后,你还不顾廉耻跟他跑掉,这是一种人人谴责的丑事,你就怪不得我无情地责骂你。
玉 丽	好啦!是的,我起了爱他的心思,我要跟他走,因为他是家父给我看中的丈夫。随你怎么说,他是一个十分正经的人;人家控告他的种种罪状,全是可怕的谎言。
奥隆特	住口!你这不识抬举的东西,这事我比你清楚。
玉 丽	不用说,那全是别人对他的诡计④,就许是他出的这个坏

---

① 根据1734年版,补加:"(向玉丽。)"
② (向奥隆特。)
③ 根据1734年版,补加:"(向玉丽。)"
④ 根据1734年版,补加:"(指着艾拉斯特。)"

	主意，叫你讨厌他。
艾拉斯特	我，我会干这种事！
玉　丽	是呀，你。
奥隆特	住口！听我讲。你是一个傻瓜。
艾拉斯特	不，不，你别以为我有任何意思打消这门亲事，我把你追回来，是由于我的激情。我已经对你讲过了，我唯一的愿望是对令尊大人的尊敬，我不能容忍，像他那样一位正经人，也受人家的羞辱，你干出这种事来一定会引起人家背后的议论的。
奥隆特	艾拉斯特爵爷，我万分感激你。
艾拉斯特	再见，先生。我先前有种种最高的热情同你联亲；我尽我的一切力量，来争取这种荣誉，可是我不走运，你认为我配不上这种恩典。这拦不住我对你本人所有的尊重和敬仰的感情；倘使我不能做你的女婿，至少，我照样永远为你效劳。
奥隆特	站住，艾拉斯特爵爷，你的行为感动我，我把小女许给你。
玉　丽	除去德·浦尔叟雅克先生，我决不要别人做丈夫。
奥隆特	我呀，我要你马上就嫁艾拉斯特爵爷。来，拿手来。
玉　丽	不，我偏不肯。
奥隆特	你耳根子痒痒。
艾拉斯特	不，不，先生！我求你，别打她。
奥隆特	她应该顺从我，我要让她知道当家的是我。
艾拉斯特	你看她多爱那个人了吧？你要我光娶一个身子，可是心归别人受用？
奥隆特	他拿妖法把她迷住了，你看吧，不用多久，她的感情就会

	改过来的。把你的手给我。听话。
玉 丽	我不……
奥隆特	啊,再嚷嚷看!来,听我讲,你的手。啊,啊,啊!
艾拉斯特	你别以为我把手给你,是为了你的缘故:我爱的是令尊大人,我娶的是他老人家。
奥隆特	我非常感谢你,我给女儿嫁赀,再添一万艾居。好啦,叫公证人来,把婚书立下来吧。
艾拉斯特	我们一面等他来,一面可以欣赏一下季节的娱乐,叫那些戴假面具的人们进来,他们听说德·浦尔叟雅克先生要举行婚礼,从本城四处都赶过来啦①。

第 八 场

形形色色的戴假面的人们,有的占据阳台,有的在空场,以各种唱歌、舞蹈和游戏,想方设法,提供有益的欢乐。

一个埃及女人②	离开,离开这些地方,
	焦虑,苦恼和忧伤;
	来呀,来呀,喜笑和游戏,
	欢乐,爱情,和柔情蜜意。
	我们要时刻想着快活:

---

① 一般演出,让德·浦尔叟雅克先生在观众席中出现,穿着他的贵妇人服装,遥遥对斯布里嘎尼做出友情表示,希望他去里摩日,到他家里做客。
② 埃及人 Egyptien 即流浪人,旧时误把波希米亚人 Bohémien 当作埃及人。波希米亚人是一个流浪民族,参看《逼婚》。

　　　　　　　重要的事情是来作乐。

埃及女人　　你们全跟我跟到此地，
　　　　　　你们的热情不同寻常，
　　　　　　你们碰上了好运气，
　　　　　　自己却倒凄凄惶惶：
　　　　　　要爱就一爱到底，
　　　　　　这是快活的秘方。

一个埃及人　我们要一爱到死，
　　　　　　理性是我们的依据：
　　　　　　嗜！万一不相爱，
　　　　　　人生还有什么乐趣，
　　　　　　啊！宁可舍掉性命，
　　　　　　也不舍掉我们的爱情。

　　〔双方对唱

埃及人　　　财富、

埃及女人　　光荣、

埃及人　　　显要、

埃及女人　　人心向往的权势

埃及人　　　爱情不朝这里放下它的热情，全算不了什么。

埃及女人　　没有爱情，人生种种乐趣，就不值得一试。

双　　方　　（合唱。）
　　　　　　要爱就一爱到底，
　　　　　　这是快乐的秘方。

小合唱　　　（在这末两行唱过以后。）
　　　　　　来吧，来吧，全来唱歌，
　　　　　　舞吧，跳吧，都来作乐。

一位歌唱家　（独唱。）

　　　　　　　大家相聚为了欢笑，

　　　　　　　依我看，最聪明的人，

　　　　　　　就是那些人顶爱胡闹。

全　　体　我们要时刻想着快活：

　　　　　　　重要的事情是来作乐。①

---

① 根据1682年版，补加："〔芭蕾舞进场。由两个老太婆、两个司卡拉木赦、两个老头子、两个博士和两个阿耳干构成。"
　　司卡拉木赦是意大利职业喜剧著名演员，全身衣著为黑色。
　　阿耳干 Arlequen 同样是意大利职业喜剧一定型人物，衣裤由种种花色拼成。
　　根据1734年版，补加："芭蕾舞第一场。野蛮人舞。
　　"芭蕾舞第二场。
　　"毕司卡叶人舞"。
　　毕司卡叶 Biscaye 在西班牙西北，濒近比斯开湾。

· 贵人迷 ·

原作是散文体。喜剧——芭蕾舞。1670年10月14日,第一次演出。1671年刊印。

演员

汝尔丹先生　　资产者。

汝尔丹太太　　他的太太。

吕席耳　　　　汝尔丹先生的女儿。

妮考耳　　　　使女。

克莱翁特　　　吕席耳的求婚人。

考维艾耳①　　克莱翁特的听差。

道琅特　　　　伯爵、道丽麦娜的情人。

道丽麦娜　　　侯爵夫人。

音乐教师

音乐教师的学生

舞蹈教师

剑术教师

哲学教师

裁缝师傅

裁缝学徒

两个跟班

几位男歌唱家、女歌唱家、乐器演奏者、舞蹈家、厨子、裁缝学徒、以及间奏曲与芭蕾舞②中的人物。

---

① 考维艾耳 Covielle 是意大利职业喜剧里的一个定型人物,原来叫考维艾楼(Coviello)或雅考维艾楼 Jacoviello,戴假面具,属于意大利南部那波利的舞台造型。莫里哀借用这个人物,不戴面具,性格没有什么改动,还是那么机灵、主意多。
② 芭蕾舞当时有歌,不是脚尖舞。直到 1776 年,巴黎才出现了没有歌的芭蕾舞。所以这里所谓的芭蕾舞,实际只是舞剧,和现代芭蕾舞不同。

地点

巴黎。①

序曲由许多乐器演奏；舞台当中，有音乐教师的一个学生，坐在桌前，为资产者②指定的小夜曲写谱。

---

① 根据当时舞台装置方面的记载，台上"是一个房间。有一个门框"。门框可能指和过厅相连的进口。
② 指汝尔丹先生。后同。

第 一 幕

第 一 场

音乐教师，舞蹈教师，三位歌唱家，两位提琴家，四位舞蹈家。

音乐教师 （向他的歌手。）进来吧，到这大厅里来吧；你们待在这儿，等他来。

舞蹈教师 （向舞蹈家。）你们也进来，待在这边。

音乐教师 （向学生。）谱好了吗？

学生 好啦。

音乐教师 给我看看……谱得不错。

舞蹈教师 新谱的曲子？

音乐教师 是的，这是一支小夜曲。我们那位先生还没有醒，我就让他在这儿谱了。

舞蹈教师 可以看看吗？

音乐教师 回头他来了，你就听见了，还有对唱。他也就该来了。

舞蹈教师 咱们两个人的事，现在有起色啦。

音乐教师 可不是嘛。咱们总算在这儿遇到了一个你我都需要的人，这位汝尔丹先生，一心想当贵族，一心想干风流事，咱们这下子可生财有道啦。你的舞蹈和我的音乐真还巴不得人人像他哩。

舞蹈教师　也别完全像；我真还希望他对咱们为他准备的表演更在行点儿。

音乐教师　不错，他不在行，可是他出钱出得多呀。咱们的艺术，眼下对这方面的需要，比对什么也急。

舞蹈教师　我嘛，老实对你讲，有点儿看重名声；听见拍手喝采，我就起劲。把艺术表演给一些傻瓜看，容忍一个蠢人乱谈我们的作品，等于受老大的活罪。有些人能感受一种艺术的妙处，晓得怎么样欣赏一件作品的优点，来几句令人欢欣鼓舞的称赞，报答你的辛苦，你得承认，为他们工作，才有兴趣。是的，咱们从自己的作品所能得到的最愉快的报酬，就是看见它们出名，看见有人拍手喝采，给你带来声誉。在我看来，酬谢咱们的千辛万苦，什么也赶不上这个；听到真知灼见的赞扬，人有一种说不出来的好受味道。

音乐教师　我同意你的话；我跟你一样，喜欢这种味道。也的确没有比你说起的采声再给人快感的了。可是光靠焚香顶礼，人也活不下去；听几句誉扬的话，一个人也不会过舒服日子。这中间还得搁一点实在东西，所以称赞的最好的方式，就是用钱称赞。我们这位先生，的确才学浅陋，一开口就出岔子，一喝采就离题八丈远，可是他的银钱补足他判断上的缺陷；他的钱包装着鉴别力；他的誉扬是金子银子打的；你看见的，这位不学无术的资产者，对我们说来，就比介绍我们来的那位有修养的大贵人有用多了。

舞蹈教师　你的话有几分道理；只是我觉得，你有点太看重钱财了。

	这种兴趣实在鄙不足道，君子人决不该对它露出迷恋的心情来。
音乐教师	可是我们这位先生给你钱，你照样收下。
舞蹈教师	当然收下；不过我并不把这看作我唯一的幸福，我真还希望他在财富之外，还有一点欣赏力。
音乐教师	我也同样希望，所以咱们两个人才这样卖力气。无论如何，他总算给了咱们一个成名的机会；他替别人出钱，别人替他称赞。
舞蹈教师	说着说着，他来了。

第 二 场

汝尔丹先生，两个跟班，音乐教师，舞蹈教师，提琴家，歌唱家和舞蹈家。①

汝尔丹先生	先生们，怎么样？今天来点儿什么？你们逗人的小玩意儿可以给我看了吧？
舞蹈教师	怎么？什么逗人的小玩意儿？
汝尔丹先生	哎！那……你们怎么叫来的？你们的前奏曲，要不就是对唱，又有歌，又有舞的。
舞蹈教师	啊，啊！
音乐教师	您看，我们已经准备好了。

---

① 1734年版："汝尔丹先生（穿睡衣，戴睡帽），音乐教师，舞蹈教师，音乐教师的学生，一位女歌唱家，两位男歌唱家，舞蹈家，两个跟班。"

汝尔丹先生　我让你们多等了一会儿，原因是我今天照贵人的样子穿衣服，我的裁缝给我送来一双丝袜子，我这辈子就别想穿得上。

音乐教师　我们来府上就为等您有空闲的。

汝尔丹先生　我求你们两位先生不要走，等我的衣服送来以后，穿上给你们看看。

舞蹈教师　您说怎么样就怎么样。

汝尔丹先生　回头你们看好了，我从头到脚，装扮得有模有样。

音乐教师　那是一定的了。

汝尔丹先生　我特意给自己做了这么一件印花布①料子。

舞蹈教师　很美。

汝尔丹先生　我的裁缝告诉我，贵人早上穿这个。

音乐教师　您穿在身上，配对极啦。

汝尔丹先生　跟班！喂，我的两个跟班！

第一个跟班　老爷，有什么吩咐？

汝尔丹先生　没有事。试试你们听见我叫了没有。（向两位教师。）我的跟班穿的这身制服，你们觉得怎么样？

舞蹈教师　好看极啦。

汝尔丹先生　（他敞开他的睡衣，露出红绒窄灯笼裤和绿绒上衣②。）这是我练早操穿的一身短打。

音乐教师　漂亮。

---

① 印花布（indienne）当时由印度进口，极受欢迎，便装与家具每多采用。后来法国有了仿制品，就不时兴了。现在演出，多改用绸缎作衣料，由演员根据衣料，临时换名称。

② 这种上衣（camisole）是一种短睡衣，穿在衬衫外面；有时白天也穿，穿在外衣（pourpoint）里面。

汝尔丹先生 跟班！

第一个跟班 老爷。

汝尔丹先生 另一个跟班！

第二个跟班 老爷。

汝尔丹先生 ①拿着我的袍子。②你们看我这样好吗？

舞蹈教师 好极啦。不能再好啦。

汝尔丹先生 看看你们的准备吧。

音乐教师 您要的小夜曲，③他方才谱好了，我希望您先听一下。他是我的一个学生，对这一类工作，很有才分。

汝尔丹先生 好；可是不该叫一个学生做；你自己干这个活儿，也不见得就应付得了。

音乐教师 先生，您千万不要听见学生这个称呼，就起误会。像他这样的学生，和大师晓得的一样多；他谱的这首歌真是好听极了。您听听就晓得啦。

汝尔丹先生 ④把我的睡衣给我，可以听得好一些……不必啦，我相信我还是不穿睡衣，听得好一些……不；还是给我吧，听起来好多了。

男歌唱家 （唱。）

　　只为你美丽的眼睛待我残酷，

　　我昼夜伤情，已经是病入膏肓：

　　伊丽丝，爱你的人你这样对付，

　　哎呀！对你的仇敌你又待怎样？

---

① 1734 年版增添："（脱掉他的睡衣。）"
② 1734 年版增添："（向音乐教师与舞蹈教师。）"
③ 1734 年版增添："（指着他的学生。）"
④ 1734 年版增添："（向他的跟班。）"

汝尔丹先生 我觉得这首歌有点悲惨,让人想打盹,有些地方我希望,你能改得快活一点。①

音乐教师 先生,旋律一定要配合字句。

汝尔丹先生 前些日子,有人教了我一首歌,才叫好听。等一下……啦……词儿是什么来的?

舞蹈教师 说真的,我不知道。

汝尔丹先生 里头有绵羊。

舞蹈教师 有绵羊?

汝尔丹先生 是呀。啊!(汝尔丹先生唱。)

> 先前我以为小金金
>
> 她是又美又温存,
>
> 先前我以为小金金
>
> 比绵羊还要柔顺:
>
> 哎呀!哎呀!如今
>
> 她比林子里的老虎
>
> 还要一千倍狠心。

妙不妙?

音乐教师 妙不可言。

舞蹈教师 您唱得也好。

汝尔丹先生 我可没有学过音乐。

音乐教师 先生,像您学舞蹈一样,您也该学音乐才是。这两种艺术,关系很密切。

舞蹈教师 而且增长人对美的感受。

---

① 前两行诗作成歌的前半,歌的后半用后两行诗,一连重复两次,最后又全重复一次。"哎呀!"重复两次。无怪乎汝尔丹先生觉得单调。

汝尔丹先生	贵人也学音乐吗？
音乐教师	先生，也学。
汝尔丹先生	那我就学。可是我不晓得我什么时间才能学；因为除去教我的剑术教师以外，我还雇了一位哲学教师，今天早晨就开讲。
音乐教师	哲学未尝不可以学；可是音乐，先生，音乐……
舞蹈教师	音乐和舞蹈……音乐和舞蹈，是我们的左右手。
音乐教师	在一国之中，什么也没有音乐那样有用。
舞蹈教师	什么也不像舞蹈那样是人所必需。
音乐教师	没有音乐，国家就不能存在。
舞蹈教师	没有舞蹈，人就寸步难行。
音乐教师	正因为不学音乐，世上才有骚乱，才有战争。
舞蹈教师	正由于不会舞蹈，人才遇到不幸，历史上才充满了变乱，政治家才有差错，将军才吃败仗。
汝尔丹先生	怎么会的？
音乐教师	发生战争，不是由于不和吗？
汝尔丹先生	不错。
音乐教师	假如人人都学音乐的话，不就有了群情协调、遍地和平的方法吗？
汝尔丹先生	你说得对。
舞蹈教师	治家也罢，治国也罢，治军也罢，一个人措置失当，我们不总在讲："某人做某事，步伐错乱？"
汝尔丹先生	对，我们讲这话。
舞蹈教师	步伐错乱，不是由于不会舞蹈，还会由于什么？
汝尔丹先生	不错，你们两个人全有道理。
舞蹈教师	我们是要您了解舞蹈和音乐的妙处和用处。

汝尔丹先生　我现在懂啦。

音乐教师　您愿意看看我们两个人的准备吗？

汝尔丹先生　愿意。

音乐教师　我已经对您说过了，这是我往日对音乐所能表现的各种心情的一个小试验。

汝尔丹先生　很好。

音乐教师① 　来，到前面来。②您一定要想象他们是牧羊人的装束。

汝尔丹先生　为什么老是牧羊人？到处只看见牧羊人了。

舞蹈教师　人物用唱歌代替说话，为了逼真起见，就一定要用牧歌形式。唱歌一向就认为是牧羊人的事；王公或资产者在对唱中歌唱他们的心情，就不自然了③。

汝尔丹先生　好啦，好啦。先听听看。

对唱

一位女歌唱家与两位男歌唱家，

女歌唱家

　　一个人害了相思病，
　　千愁万虑总无奈：
　　据说害病、叹气都高兴，
　　　这话不一定，
　　什么也没有无拘束那样自在。

---

① 1734年版增添："（向歌唱家。）"
② 1734年版增添："（向汝尔丹先生。）"
③ 牧歌体剧作，当时非常流行。莫里哀虽然写过一出《滑稽牧歌》（1666年），似乎对这种体制没有好感，体会舞蹈教师这里的说明，莫里哀显然对牧歌体剧作有讥讽的意思。莫里哀的现实主义精神对上等社会仕女所爱好的牧歌的假味道显然是有抵触的。

第一男歌唱家

什么也没有恩爱那样甜蜜,

能让陌生两颗心

活在一个愿望里。

不害相思,幸福就没有你的份:

把爱情赶出生活,

你就赶出了欢乐。

第二男歌唱家

只要能在爱情里找到不负心,

受它管辖也乐意,

可惜爱情不公平,

牧羊女郎不忠贞:

水性杨花的女人活着也厌气,

只会让人永远放弃爱情。

第一男歌唱家

可爱的痴情,

女歌唱家

幸福的自由自在,

第二男歌唱家

害人的妖精,

第一男歌唱家

我一心把你膜拜!

女歌唱家

我对你很有好感!

第二男歌唱家

看见你我就讨厌!

第一男歌唱家

　　相爱就要把恨撂在一旁。

女歌唱家

　　我能让你看到
　　忠贞的牧羊女郎。

第二男歌唱家

　　哎呀！哪儿去找？

女歌唱家

　　为了我们的名声，
　　我愿意把心献上。

第二男歌唱家

　　牧羊女郎，我能
　　相信你不是说谎？

女歌唱家

　　看将来两个人当中
　　哪一个人更是多情。

第二男歌唱家

　　谁将来不从一而终，
　　让神明给谁膺惩！

三个人

　　爱情像花那样美，
　　人人意惹情牵，
　　恋爱的味道这么甜，
　　只要两情不变心！

汝尔丹先生　完啦？

音乐教师　完啦。

汝尔丹先生 编得很不坏；里头有些警句，怪有意思的。

舞蹈教师 现在该看我的了。这是一个关于舞蹈所能变化出来的最美的动作和最美的姿态的小试验。

汝尔丹先生 又是牧羊人吗?

舞蹈教师 您高兴说成什么，就是什么。①开始吧。

〔四位舞蹈家根据舞蹈教师的要求，表演各种动作和各类步伐，这段舞蹈作成第一间奏曲。

---

① 1734年版增添："(向舞蹈家。)"

第 二 幕

第 一 场

汝尔丹先生,音乐教师,舞蹈教师,跟班。

汝尔丹先生 玩意儿不赖,这些人蹦蹦跳跳,有两下子。
音乐教师 把音乐和舞蹈安排在一起,效果还要好。我们为您排练的小芭蕾舞,到时候您看好了,一定不同凡响。
汝尔丹先生 这留着回头用,有一位贵妇人赏光,来舍下用午饭,这都是为了招待她预备的。
舞蹈教师 全齐备啦。
音乐教师 先生,单单这个,还算不了什么:像您这样一位人物,讲究排场,爱好艺术,每星期三或者星期四,家里就该举行一次音乐会才是。
汝尔丹先生 贵人这样做吗?
音乐教师 是啊,先生。
汝尔丹先生 那么,我也这样做。真好听吗?
音乐教师 当然好听。来上三位歌手:一位男高音,一位女高音,一位男低音;乐器方面,来一架六弦大提琴,一架十弦吉他,一架三角琴,给低音作伴奏;再来两架小提琴,演奏反复调。

汝尔丹先生　还应当来一架单弦子。我喜欢这种单弦子乐器，弹得出和声来。①

音乐教师　您交给我们办。

汝尔丹先生　好吧，可是别忘了回头给我派歌手来，在用饭的时候唱歌。

音乐教师　回头一样也短不了您的。

汝尔丹先生　可是芭蕾舞要特别精采。

音乐教师　您一定会满意的。中间还有小步舞曲，您会特别满意的。

汝尔丹先生　啊！我就喜欢小步舞曲。②我要你现在就看我跳小步舞。来吧，我的教师。

舞蹈教师　先生，请您找一顶帽子戴。③拉、拉、拉；拉、拉、拉、拉、拉；拉、拉、拉（重复。）；拉、拉、拉；拉、拉。请您合拍子。拉、拉、拉、拉。伸右腿。拉、拉、拉。肩膀不要乱动。拉、拉、拉、拉；拉、拉、拉、拉。你的两只胳膊不够有劲儿。拉、拉、拉、拉。仰起头来。脚尖儿朝外。拉、拉、拉。身子挺直。

---

① 单弦子（trompette marine）是一种简单乐器，六面，最宽的一面有一根粗弦，长约六尺半，整个形状为一长三角形。用马鬃弓拉。发音如海螺或低沉的喇叭，所以原文叫作"喇叭"。这种简单乐器，中世纪在欧洲常见，后来发展为大提琴。一根弦子，当然弹不出和声来。

② 小步舞（menuet）是一种贵族社会交际舞。三拍，男女双人舞，要求凝重、文雅；当然不是又胖又笨的汝尔丹先生所能胜任的。开始时，男方向女方脱帽行礼；结束时，又脱帽行礼；其余时间，戴着帽子。

③ 1734 年版增添："（汝尔丹先生去取来跟班的帽子，戴在他的睡帽上。教师挽着他的手，唱着小步舞曲，教他跳舞。）"

汝尔丹先生　哦？①

音乐教师　跳得再好也没有啦。

汝尔丹先生　我倒想起来啦。②教教我怎么样向一位侯爵夫人致敬，我回头有用。

舞蹈教师　向一位侯爵夫人致敬？

汝尔丹先生　对，一位叫道丽麦娜的侯爵夫人。

舞蹈教师　把手给我。

汝尔丹先生　用不着。你做好了，我记得住。

舞蹈教师　假如您想对她表示很大的敬意，就该先后退一步，行鞠躬礼，然后朝她走过去，向前鞠躬三次，最后一次，头要低得和她的膝盖一般齐。

汝尔丹先生　你做做看。③好的。

第一个跟班　老爷，您的剑术先生在那边等您。

汝尔丹先生　告诉他，到这儿来教我。④我要你们看我练剑。⑤

---

① 根据标点符号的不同，有两种解释：一种是他累了，说"哦！"。另一种比较合适，就是他希望看他跳舞的人夸他两句，"哦？"等于"怎么样？"。
② 他结束跳舞，鞠躬，因而想起了回头要接待侯爵夫人一事。
③ 1735 年版增添："（舞蹈教师行过三个鞠躬礼以后。）"
④ 1734 年版增添："（向音乐教师和舞蹈教师。）"
⑤ 关于舞蹈教师教汝尔丹先生跳小步舞这场戏，一般演出在莫里哀原作的基础上，根据否尔（Faure；大革命前，他是歌剧院的舞蹈家，1808 年加入法兰西剧院，饰《贵人迷》中舞蹈教师，增加剧词，极为成功）的增改，加强表演效果，照译如下：
　　"舞蹈教师……站好了，身子挺直，头仰起来，嘴唇要微笑。好的。——第三个姿势：右脚脚后跟摆在左脚鞋面玫瑰结那个地方。肩膀朝后……再朝后一些，胳膊肘悬空……不要发僵。胸脯向前挺……缩一点点。小指伸开了——我们说姿势优美，就是这样子。微笑。好。我们用右胳膊行礼。（他行礼。）一次、两次、三次、四次。——现在看左胳膊：胳膊肘和肩膀一样平。把胳膊伸直了，手从您的眼面前过去，带着微笑，把手献给女方。就像这样：（情意绵绵地。）"夫人！"我一个人跳一回，看好了：（他边唱边跳舞。）拉、拉、拉、拉、拉、拉、拉，等　　（转下页）

第 二 场

剑术教师，音乐教师，舞蹈教师，汝尔丹先生，两个跟班。

剑术教师　（把剑递给汝尔丹先生以后。）①来吧，先生，行礼。身子挺直。靠左面大腿那边偏一点点。腿不要太分开了。脚站在一条线上。手腕对着屁股。剑尖儿跟肩膀齐。胳膊不要伸得太直。左手举起来，和眼睛一般齐。左肩膀往里去。头伸直了。眼神集中。朝前走。稳住身子。照第四个式子，对着我的剑，一直刺过来。一，二。回到原来姿势。再来一回，脚不要动。往后跳。先生，冲刺的时候，身子一定要靠后，剑一定要先出去。一，二。好，照第三个式

（接上页）　等。"先生，该你来了。（汝尔丹先生跳舞，舞蹈教师唱着。）拉、拉、拉、拉、拉；请你合拍子。拉、拉、拉、拉、拉；右腿。拉、拉、拉。好的。
　　"先生，现在一块儿来。
　　"你在这边；我在这边。（边唱边跳舞。）拉、拉、拉、拉、拉、拉、拉，等等。
　　"好的。——先生，站直了。身子靠着后面那一条腿。下巴朝肩膀，看着我；微笑。我们分开了。向前两步；合拍子：(他和汝尔丹先生一块儿跳舞。）拉、拉、拉。肩膀不要乱动。把手给我。拉、拉、拉。先生，从胳膊底下，温文尔雅地看着我。看；您的两只胳膊不够有劲儿。
　　"先生，我们继续来。胳膊弯子弯好了。您的手腕要有劲儿，向前两步。合拍子：(他边唱边跳舞。）拉、拉、拉、拉、拉。仰起头来。把手给我。拉、拉、拉。脚尖朝外。拉、拉、拉。挺直身子。好的。转的时候，右脚和左脚还是原来的姿势。脚后跟跷起来，不要太高，先生，不要太高！＊——好。行礼。微笑……好极啦！"

　　＊　脚的姿势一共有五个，现在是第三个：右脚在前，脚后跟顶住左脚中部，成一直角。脚尖沾地，脚后跟跷起。

① 1734年版增改："由跟班手里取过两把剑来，分一把给汝尔丹先生。"

子，对着我的剑，一直刺过来。①朝前走。稳住身子。朝前走。就在这儿刺出去。一，二。回到原来姿势。再来一回，往后跳。护好了，先生，护好了。

〔剑术教师朝他冲刺了两三次，一边喊着："护好了。"

汝尔丹先生　哦？②

音乐教师　您的剑法可真神啦。

剑术教师　我已经对你说过了，比剑的秘诀只有两个，那就是：攻和守。我那一天也实地表演给你看过了：如果你懂得怎么样把对方的剑锋从你的身边移开，你就决不会让对方刺到；只要你的腕子朝里轻轻一动，或者朝外轻轻一动，就办到了。

汝尔丹先生　那么，照这样下去，一个人尽管胆小，也有把握弄死对方，不让对方弄死自己。

剑术教师　当然有把握。你不是看见我实地表演来的？

汝尔丹先生　看见来的。

剑术教师　所以你明白，我们在国家里面就该受到人们的尊重，剑术这门学问可高啦，相形之下，所有其他无聊的学问就全差远啦，什么舞蹈喽，音乐喽……

舞蹈教师　慢夸口，耍剑的：说起舞蹈来，态度要放尊重。

音乐教师　谈到音乐的美妙，请你放客气。

剑术教师　想拿你们那些噱头和我这门学问比，你们活活儿可笑。

音乐教师　看这家伙多妄自尊大！

---

① 第四个式子是腕子朝外，小胳膊伸出，剑刺出去，停在对方剑的右方；第三个式子是腕子朝里，小胳膊伸出，剑刺出去，停在对方剑的左方。
② 参看第二幕第一场的"哦？"——还有一种解释，说汝尔丹先生挨了剑术教师好几剑，在手忙脚乱之下说的。

舞蹈教师　扎着他的皮护胸，简直是一个滑稽畜牲！

剑术教师　我的小舞蹈教师，当心我叫你跳个好看。还有你，我的小音乐家，当心我叫你唱出好听的来。

舞蹈教师　耍把式的，你欠我教你。

汝尔丹先生　(向舞蹈教师。)他懂得第三个式子、第四个式子，又会实地表演弄死人，你跟他吵，不是疯啦。

舞蹈教师　我才不在乎他的什么实地表演，什么第三个式子和什么第四个式子。

汝尔丹先生①我劝你还是和气的好。

剑术教师②　怎么？不识好歹的小家伙！

汝尔丹先生　哎！我的剑术教师。

舞蹈教师③　怎么？大浑小子。④

汝尔丹先生　哎！我的舞蹈教师。

剑术教师　我要是扑到你身上啊……

汝尔丹先生⑤慢着。

舞蹈教师　我要是抓住了你啊……

汝尔丹先生⑥使不得。

剑术教师　我把你揍个……

汝尔丹先生⑦行行好！

舞蹈教师　我把你打个……

---

① 1734年版增添："(向舞蹈教师。)"
② 1734年版增添："(向舞蹈教师。)"
③ 1734年版增添："(向剑术教师。)"
④ 当时演剑术教师的演员是一个大高个子。
⑤ 1734年版增添："(向剑术教师。)"
⑥ 1734年版增添："(向舞蹈教师。)"
⑦ 1734年版增添："(向剑术教师。)"

汝尔丹先生①求求你。

音乐教师　你闪开，让我们教教他怎么说话。

汝尔丹先生②我的上帝！住手。

第 三 场

哲学教师，音乐教师，舞蹈教师，剑术教师，汝尔丹先生，跟班。

汝尔丹先生　妙啊，哲学先生，你和你的哲学，来得正是时候。劝和劝和这些人看。

哲学教师　什么事？先生们，你们怎么啦？

汝尔丹先生　他们各说各的职业好，说恼了，就破口大骂，眼看就要动武啦。

哲学教师　就为这个呀？先生们，这也犯得上发脾气？你们没有念过塞涅卡写的那篇谈怒的渊博论文吗？③这种感情，把人变成一只野兽，还有什么比这种感情再下流、再可耻的？难道理性不该控制我们的全部精神活动？

舞蹈教师　你不知道，先生，他骂我们两个人，看不起我的职业——舞蹈和他的职业——音乐。

哲学教师　一个人有涵养，不管人家怎么骂他，也不搁在心上；他对

---

① 1734 年版增添："（向舞蹈教师。）"
② 1734 年版增添："（向音乐教师。）"
③ 塞涅卡 Sénèque（公元前 3—公元 65）是罗马帝国时代新斯多葛派的代表。《论怒》（De Ira）一书，共分三卷。

|剑术教师|侮辱的最好回答，就是克制和忍耐。
这两个家伙，居然拿他们的职业和我的职业比。
|哲学教师|你也好为这生气？人就不该为了浮名和身份彼此争吵。人的高低全看智慧和道德。
|舞蹈教师|我对他坚持：舞蹈这门学问，就没有足够的荣誉相配。
|音乐教师|我同样坚持：音乐这门学问，受到历代的敬重。
|剑术教师|我呀，我对他们两个人坚持：比剑这门学问，在所有学问之中，最高尚，也最有需要。
|哲学教师|这么一来，哲学成了什么东西？我觉得全是无理取闹，三个人不识天高地厚，竟敢在我面前胡言乱语，拿学问这个名称，随便送礼，一个比武的，一个唱唱儿的，一个跳蹦蹦儿的，就连艺术这个名称都不该用，要用也只有下流玩意儿这种名称还凑合叫叫！
|剑术教师|滚你的，狗东西哲学家。
|音乐教师|滚你的，讨饭的书呆子。
|舞蹈教师|滚你的，天字号儿的学究。
|哲学教师|怎么？你们这些可恶的东西⋯⋯

〔哲学教师扑过去，三个人都打他，边打边往外走。

|汝尔丹先生|哲学先生。
|哲学教师|无耻的东西！混账东西！蛮不讲理的东西！
|汝尔丹先生|哲学先生。
|剑术教师|犯瘟的畜牲！
|汝尔丹先生|先生们。
|哲学教师|没羞没臊的东西！
|汝尔丹先生|哲学先生。
|舞蹈教师|鬼抓了你，蠢驴！

汝尔丹先生　先生们。

哲学教师　无赖!

汝尔丹先生　哲学先生。

音乐教师　见你的鬼,不识好歹的东西!

汝尔丹先生　先生们。

哲学教师　捣蛋鬼!叫化子!坏蛋!骗子!

　　　　　（他们下。）

汝尔丹先生　哲学先生,先生们,哲学先生,先生们,哲学先生。①哦!你们高兴打架,打下去好了,反正我拿你们没有办法,也犯不上为了劝架,坏掉我的睡衣。②夹在中间,挨几拳头,打伤我什么的,除非我是疯子。

第 四 场

哲学教师,汝尔丹先生。

哲学教师　（整理他的领巾。）我们上课吧。

汝尔丹先生　啊!先生,他们打了你一顿,我心里过意不去。

哲学教师　没有什么。哲学家晓得怎么样逆来顺受;我用余外纳的笔调,写一首诗讽刺他们,就把他们葬送了。③不谈这个。您想学什么?

汝尔丹先生　我能学的,我都学,因为我一心一意就想作学者。我气我

---

① 1734 年版,在这里另分一场,只有汝尔丹先生一个人。
② 汝尔丹先生练剑后,又穿上了睡衣。
③ 余外纳 Juvénal(约 65—128)是罗马帝国时代的讽刺诗人。

	年轻的时候，父母没有好好儿叫我钻研一下所有的学问。
哲学教师	这是一种合理的心思。Nam sine doctrina Vitaest quasi mortis imago。您懂得这话。毫无疑问，您认识拉丁。
汝尔丹先生	认识，不过你权当我不认识好了：你给我解释一下这句话的意思。
哲学教师	意思是："没有学问，生命差不多就是死亡的形象。"①
汝尔丹先生	拉丁这家伙有道理。
哲学教师	您对各种学问有没有一点根底、一些基本知识？
汝尔丹先生	哦！有的，我能读，也能写。
哲学教师	您愿意先学什么？您要我教你逻辑吗？
汝尔丹先生	逻辑这东西是什么？
哲学教师	它教三种推理的步骤。
汝尔丹先生	这三种推理的步骤又是什么？
哲学教师	就是第一种、第二种、第三种。第一种是靠普遍概念来认识。②第二种是靠范畴来判断。③第三种是靠三段论法来下结论，有 Barbara，有 Celarent，有 Darii，有 Ferio，有 Baralipton，等等。④
汝尔丹先生	这些字太诘屈聱牙啦。我学不来这种逻辑。教我一点好玩的。
哲学教师	您想学伦理吗？
汝尔丹先生	伦理？

---

① 引自拉丁诗人卡东（Dionysius Caton，生年不详）。
② 当时认为普遍概念有五种：类、种、差别、本质、偶然。
③ 根据亚里士多德的《范畴篇》，共有十种：实体、数最、性质、关系、地点、时间、姿态、状况、活动与遭受。
④ 这些拉丁字，本身并无意义，仅因母音异同，代表三段论法中（共十九格）的某格。例如 Barbara，代表第一格，属于全称肯定。

哲学教师	对。
汝尔丹先生	伦理谈点什么?
哲学教师	探讨幸福、教人克制感情,以及……
汝尔丹先生	算啦,不学这个。我这人肝火再旺不过,伦理管不了我;我高起兴来呀,发脾气就要发它一个十足。
哲学教师	您想学物理吗?
汝尔丹先生	物理这东西教点什么?
哲学教师	物理解释自然现象的原则和物质的成分;讲说各种元素、金属、矿物、石头、植物和动物的性质;传授我们产生全部天象的原因,例如虹啊、闪啊、雨啊、雪啊、电啊、风和旋涡运动①啊。
汝尔丹先生	这里头太嘈杂、太乱。
哲学教师	那您要我教您什么?
汝尔丹先生	教我拼音吧。
哲学教师	非常愿意。
汝尔丹先生	然后你再教我历书,也好晓得什么时候有月亮,什么时候没有月亮。
哲学教师	好吧。为了满足您的希望,并且像哲学家那样谈这门学问,就该按照事物的程序,先从对字母的性质和各个字母的不同拼法的准确认识开始。说到这儿,我应当告诉您:字母分母音、子音两种。其所以叫作母音,因为它们表达各种声音;其所以叫作子音,因为它们随着母音发音,仅

---

① "旋涡运动"(tourbillon)是法国哲学家笛卡儿解释宇宙的学说:"在有行星的天空,物质不断以圆形旋转,仿佛一个以太阳为中心的旋涡。"他在 1637 年提出这种说法,认为星体是由微粒的旋涡运动所形成的,引起很大的争论,直到 1686 年,牛顿的宇宙引力学说才推翻了他的假设。

仅为了区别声音的种种切合。母音有五个：啊、哀、衣、喔、迂。

汝尔丹先生 这我全懂。

哲学教师 张大了嘴，就发出母音"啊"来了："啊"。

汝尔丹先生 "啊"，"啊"。对。

哲学教师 下颚骨凑近上颚骨，就发出母音"哀"来了："啊"，"哀"。

汝尔丹先生 "啊"，"哀"，"啊"，"哀"。可不！对。啊！真妙！

哲学教师 上、下颚骨再往近里凑，嘴犄角朝耳朵两边裂，就发出母音"衣"来了："啊"，"哀"，"衣"。

汝尔丹先生 "啊"，"哀"，"衣"，"衣"，"衣"，"衣"。是真的。学问万岁！

哲学教师 再把上、下颚骨张开，收拢嘴犄角，就发出母音"喔"来了："喔"。

汝尔丹先生 "喔"，"喔"。没有再准确的啦！"啊"，"哀"，"衣"，"喔"，"衣"，"喔"。真绝啦！"衣"，"喔"，"衣"，"喔"。

哲学教师 口张开了，正好就像一个小圆圈圈，和母音"O"一样。

汝尔丹先生 "喔"，"喔"，"喔"。你说得对。"喔"。啊！知道点儿东西，有多好啊！

哲学教师 牙齿凑近，不要闭紧，上、下嘴唇朝外伸，凑近了，不要怎么碰着，就发出母音"迂"来了："迂"。

汝尔丹先生 "迂"，"迂"。没有再真的啦！"迂"。

哲学教师 您的上、下嘴唇朝外伸，像要噘嘴的样子，所以如果您想对谁噘嘴，表示看不起，您只要对他说"迂"就成了。

汝尔丹先生 "迂"，"迂"。是真的。啊！我老早学，不就全知道了吗?

哲学教师 明天我们再教别的字母,也就是子音。

汝尔丹先生 还有和这一样有趣的东西吗?

哲学教师 当然有喽。譬方说,舌头顶住上边的牙,就发出了子音"的"(d):"搭"(da)。

汝尔丹先生 "搭","搭"。对。啊!真妙!真妙!

哲学教师 上边的牙挨近下嘴唇,就发出了子音"缚"(f):"发"(fa)。

汝尔丹先生 "发","发"。真是这样。啊!我的爹妈呀,我多怨恨你们哟!

哲学教师 还有"儿"(r)。舌头一直卷到上腭,然后送一口气出来,把舌尖吹开,可是舌尖像打哆嗦的样子,总又回到原来位置:"儿","儿","拉"(ra)。

汝尔丹先生 "儿","儿","拉";"儿","儿","儿","儿","儿","拉"。是真的。啊!你这人可真聪明!多少时候让我白过了啊!"儿","儿","儿","拉"。

哲学教师 我将来再仔细给您解释这些有趣的东西。

汝尔丹先生 一定要教我。还有,我有一桩心事,非告诉你不可。我爱上一位贵妇人,我希望你帮我给她写一封短信,我想扔在她的脚跟前。

哲学教师 好极啦。

汝尔丹先生 要风雅,是的。

哲学教师 当然要风雅。您要给她写诗吗?

汝尔丹先生 不,不,不要诗。

哲学教师 您只要写散文?

汝尔丹先生 不,我不要散文,也不要诗。

哲学教师	不用这个,就得用那个。
汝尔丹先生	为什么?
哲学教师	先生,理由就是,表现自己,除去用散文,还就是用诗。
汝尔丹先生	除去用散文,还就是用诗?
哲学教师	可不,先生:不是散文的,就是诗;不是诗的,就是散文。
汝尔丹先生	那么,一个人说话,又算什么?
哲学教师	散文。
汝尔丹先生	什么?我说:"妮考耳,给我拿我的拖鞋来,给我拿我的睡帽来",这是散文?
哲学教师	是啊,先生。
汝尔丹先生	天啊!我说了四十多年散文,一点也不晓得;你把这教给我知道,我万分感激。我想在信里写这样一句话:"美丽的侯爵夫人,你的美丽的眼睛我爱得要死。"可是我要句子的式样风雅,造句造得漂漂亮亮的。
哲学教师	那就写:她的眼睛的火把您的心烧成了灰烬;您白天黑夜为她忍受着一种剧烈的……
汝尔丹先生	不,不,不,我不要这种句子;我只要我告诉你的:"美丽的侯爵夫人,你的美丽的眼睛我爱得要死。"
哲学教师	应当拉长点儿才好。
汝尔丹先生	不,你听我说,我只要信里写这样一句话;不过造句要时髦,照规矩往好里安排。我求你把各式各样的写法告诉我,研究研究看。
哲学教师	首先,可以像您说的那样写:"美丽的侯爵夫人,你的美丽的眼睛我爱得要死。"或者:"我爱得要死,美丽的侯爵夫人,你的美丽的眼睛。"或者:"你的美丽的眼睛我爱得,

美丽的侯爵夫人,要死。"或者:"要死你的美丽的眼睛,美丽的侯爵夫人,我爱得。"或者:"爱得你的美丽的眼睛,美丽的侯爵夫人,我要死。"

汝尔丹先生 可是在所有这些式样当中,哪一个顶好?

哲学教师 您说的那一个:"美丽的侯爵夫人,你的美丽的眼睛我爱得要死。"

汝尔丹先生 可是我并没有研究过,就一下子把它写对了。我从心里感谢你,求你明天早点来。

哲学教师 我一定来。

汝尔丹先生[①] 怎么?我的礼服还没有送来?

第二个跟班 没有,老爷。

汝尔丹先生 偏巧今天这么忙,这该死的裁缝叫我等他。气死我啦。害疟疾害死这狠心的裁缝!鬼把裁缝抓了去!害黑死病害死这个裁缝!这可恶的裁缝、这狗裁缝、这丧尽天良的裁缝我现在要是捉住了他呀,看我……

第 五 场

裁缝师傅,裁缝学徒(捧着汝尔丹先生的礼服),汝尔丹先生,跟班。

汝尔丹先生 啊!你可来啦!我正要生你的气。

裁缝师傅 再早我来不了啊,我用了二十个学徒在做您的礼服。

---

① 1734 年版在这里另分一场,哲学教师下。

汝尔丹先生 你给我送来的丝袜子，紧极了，我费了好大的事才穿上，有两个地方已经挑丝啦。

裁缝师傅 穿下去会松的。

汝尔丹先生 对，老挑丝的话。还有你给我做的鞋，把我疼死了。

裁缝师傅 先生，不见得。

汝尔丹先生 怎么，不见得？

裁缝师傅 可不，不是鞋让您疼。

汝尔丹先生 你听我讲，我说是鞋让我疼。

裁缝师傅 您想着疼才疼。

汝尔丹先生 我想着疼，因为我觉得疼呀。听听这种怪理由看！

裁缝师傅 看呀，这是宫廷最华贵的礼服，配得也好极了。发明一件庄严的礼服，不用黑颜色，真是一件杰作。本领最高的裁缝，我给他六次机会，他也做不出来。

汝尔丹先生 这是怎么一回事？你把花儿做倒啦。

裁缝师傅 您先前没有告诉我，要花儿正着呀。

汝尔丹先生 这也得交代？

裁缝师傅 是呀，当然要交代啦。贵人的礼服，花儿都是这样倒着的。

汝尔丹先生 贵人的礼服，花儿是倒的？

裁缝师傅 对，先生。

汝尔丹先生 哦！那就行啦。

裁缝师傅 你喜欢花儿正着，我改过来好啦。

汝尔丹先生 不用啦，不用啦。

裁缝师傅 凭您一句吩咐，就好改过来的。

汝尔丹先生 我说不用啦。你做得很好。你看礼服合不合我的身材？

裁缝师傅 您问到哪儿去啦？我敢说，就是一位画家给您画像，也别想能把礼服画得这样合您的身材。我有一个学徒，是世上做莱茵裤①的最大的天才，还有一个学徒，是今天做外衣②的名手。

汝尔丹先生　假头发和翎子都弄好啦？

裁缝师傅　都弄好啦。

汝尔丹先生　（打量裁缝的礼服。）啊！啊！裁缝先生，这是你上一回给我做礼服的料子。我一看就看出来了。

裁缝师傅　那是因为呀，我觉得料子特别好，也给自己剪了一件。

汝尔丹先生　对，那你也不该用我的料子啊。

裁缝师傅　您要不要试试您的礼服？

汝尔丹先生　好，让我试试看。

裁缝师傅　等等。这样做不像话。我带了人来，合着节拍给您穿。穿这一类衣服是有仪式的。喂！进来吧。你们按照你们给贵人穿礼服的样式，给先生穿上这件衣服。

〔进来四个裁缝学徒，两个学徒剥掉他练操穿的灯笼裤，另外两个剥掉他的上衣，然后给他穿上他的新礼服。汝尔丹先生在他们中间走来走去，指礼服给他们看，看是不是合适。一切按着乐队的音乐进行。

裁缝学徒　我的贵人，请您赏学徒们几个酒钱吧。

汝尔丹先生　你称我什么？

裁缝学徒　我的贵人。

汝尔丹先生　"我的贵人！"这就是作贵人装束的好处。你们老穿资产者

---

① 莱茵裤 rhingrave 是德国莱茵伯爵为了便于骑马兴起的一种大肥灯笼裤，所以叫作莱茵裤；这位伯爵娶了一位法国小姐，常到法国来，莱茵裤就在法国兴起来了。

② 外衣 pourpoint 是紧上身，下摆有一道窄贴边，周围有若干小孔，用细绳或带子和灯笼裤连在一起。

那身衣服吧，决不会有人称你们"我的贵人"。①拿去，这是为了"我的贵人"。

裁缝师傅　爵爷，我们谢谢您啦。

汝尔丹先生　"爵爷"，喝！喝！"爵爷！"等一下，我的朋友："爵爷"这个称呼值得给酒钱，"爵爷"不是一个随便称呼。拿去，这是爵爷赏你们的。

裁缝学徒　爵爷，我们全喝酒去，恭祝大人健康。

汝尔丹先生　"大人！"喝！喝！喝！等一下，先别走。称我"大人！"②说真的，他要是称我"殿下"呀，我钱包里的钱就全成了他的啦。③拿去，这是为了"我的大人"。

裁缝学徒　爵爷，我们这边谢赏啦。

汝尔丹先生　还好，他没有称我别的，要不然呀，我真要全给他啦。

〔四个裁缝学徒表示欢喜，跳起舞来：这作成第二间奏曲。

---

① 1734年版增添："（给钱。）"
② 1734年版增添："（低声，旁白。）"
③ 1734年版增添："（高声。）"

第 三 幕

第 一 场

汝尔丹先生,跟班。

汝尔丹先生 跟我走,我要到街上显示一下我的礼服;你们两个人尤其要当心,紧跟在我后头,也好让人一看,就看出你们是我的跟班。

跟班 是,老爷。

汝尔丹先生 给我喊妮考耳来,我有话吩咐。别走,她来啦。

第 二 场

妮考耳,汝尔丹先生,跟班。

汝尔丹先生 妮考耳!

妮考耳 什么事?

汝尔丹先生 听我讲。

妮考耳① 嘻,嘻,嘻,嘻。

汝尔丹先生 有什么好笑的!

妮考耳 嘻,嘻,嘻,嘻,嘻。

汝尔丹先生 这鬼丫头犯了什么毛病?

妮考耳 嘻,嘻,嘻。看您这副样子!嘻,嘻,嘻。

汝尔丹先生 怎么的啦?

妮考耳 啊,啊!我的上帝!嘻,嘻,嘻,嘻,嘻。

汝尔丹先生 看这鬼丫头!你是在笑我吗?

妮考耳 不是的,老爷。我要是笑您的话,我会难过的。嘻,嘻,嘻,嘻,嘻。

汝尔丹先生 你再笑下去,我打扁你的鼻子。

妮考耳 老爷,我是没有办法不笑啊。嘻,嘻,嘻,嘻,嘻。

汝尔丹先生 你停不停?

妮考耳 对不住,老爷;不过您好玩儿极了,我就没法子不笑。嘻,嘻,嘻。

汝尔丹先生 看你有多放肆!

妮考耳 您这模样可真滑稽啦。嘻,嘻。

汝尔丹先生 我……

妮考耳 求您饶了我。嘻,嘻,嘻。

汝尔丹先生 听着,你只要还有一点点笑声出口,我发誓要照准你的脸,给你一个你从来没有挨过的顶响的耳刮子。

妮考耳 得,老爷,这下子好啦,我不笑啦。

汝尔丹先生 小心别笑。回头你要擦……

妮考耳 嘻,嘻。

---

① 1682年版增添:"(笑。)"

汝尔丹先生　好好儿擦……

妮考耳　　　嘻,嘻。

汝尔丹先生　我说,你要擦干净客厅,再……

妮考耳　　　嘻,嘻。

汝尔丹先生　还笑!

妮考耳　　　得啦,老爷,干脆还是揍我一顿,叫我笑个够吧,那我就好受多了。嘻,嘻,嘻,嘻。

汝尔丹先生　把我气死。

妮考耳　　　行行好,老爷,求您就由着我笑吧。嘻,嘻,嘻。

汝尔丹先生　我要是看见……

妮考耳　　　您不让我笑的话,老爷、爷,我要憋、憋死的。嘻,嘻,嘻。

汝尔丹先生　谁从来见过像她这样一个死鬼的?不听我的吩咐,还没有上下,冲着我大笑特笑?

妮考耳　　　老爷,您要我干什么呀?

汝尔丹先生　混账丫头,要你记着把我的房子准备好,回头有客人来。

妮考耳　　　啊,说真的!我再也不想笑啦;您那些客人呀,把家里弄得天翻地覆,单客人两个字,我听了就脑壳发胀。

汝尔丹先生　难道我为了你,就该把人全关在大门外头?

妮考耳　　　起码有些人,就该关到大门外头。

第 三 场

汝尔丹太太,汝尔丹先生,妮考耳,跟班。

汝尔丹太太　啊！啊！又翻新花样啦！我的老爷子，你这身打扮，到底算个什么名堂？你这样一身披挂，是不拿人放在眼里，还是怎么的？你是要人到处笑话你，还是怎么的？

汝尔丹先生　太太，也只有那些傻瓜才笑话我。

汝尔丹太太　其实呀，也用不着等到现在。你那些怪做法，早就成了人人的笑柄啦。

汝尔丹先生　请问，你说的人人都是谁？

汝尔丹太太　都讲道理，都比你头脑清楚。拿我来说，我就看不惯你这种生活。我们这个家呀，就不像一个家，倒像天天在过狂欢节，从早上起，怕不热闹，就乱哄哄闹成一团，不是拉小提琴，就是唱歌，吵得东邻西舍，都不能安宁下来。

妮考耳　太太说的对。您把这一群人弄到家里来，来来往往的，我就没有法子把屋子收拾干净。他们走遍了四城，把鞋底板子上的烂泥，统统带到家里来，您那些漂亮教师，每天到时候把地板踩脏了，可怜的福朗斯瓦丝擦了又擦，活活累得要死。

汝尔丹先生　可不得了，看看我们妮考耳这丫头，尖嘴利舌的，简直不像一个乡下姑娘。

汝尔丹太太　妮考耳的话有道理，见识比你高多了，我倒想晓得，活到你这把子年纪，找一个舞蹈教师干什么。

妮考耳　还有耍剑的大块头教师，脚一蹬，整个儿房子跟着动，连我们客厅的花砖都松动了。

汝尔丹先生　闭上你们的嘴巴，我的丫头，我的太太。

汝尔丹太太　你路都快走不动了，倒想学跳舞？

妮考耳　难道您学剑，想杀谁不成？

汝尔丹先生　闭上你们的嘴巴，我说。你们两个不学无术，就不懂得这

　　　　　　些学问的特权。①

汝尔丹太太　你顶好还是想着女儿的亲事吧,她到了嫁人的年龄啦。

汝尔丹先生　有了门当户对的人家,我会想到我女儿的亲事的;可是我自己也想学学那些大学问。

妮考耳　太太,我还听见人讲,他嫌不够,又找了一位哲学教师。

汝尔丹先生　正是:我要有才情,能和君子人在一起高谈阔论。

汝尔丹太太　像你这个岁数,还想有一天上学堂挨教鞭去?

汝尔丹先生　凭什么不?但愿上帝马上让我在众人面前尝尝教鞭的滋味,知道人在学堂里学些什么。

妮考耳　是呀,那可对您真有用啦。

汝尔丹先生　当然有用。

汝尔丹太太　这对你料理家务,都是很必要的喽。

汝尔丹先生　当然必要。你们两个人说起话来,颠三倒四的,我为你们的不学无术害臊。②譬方说,你现在说的话,你知道是什么吗?

汝尔丹太太　是呀,我知道我说的话,说的头头是道,你就该换一个样子过活才是。

汝尔丹先生　我不是说这个。我是问你,你这时候说的话是什么。

汝尔丹太太　这都是些通情达理的话,可是你的行为根本就不通情达理。

汝尔丹先生　我不是说这个,我说,我是在问你:我对你说的话,我现在和你讲的话,是什么?

汝尔丹太太　瞎扯。

---

① 汝尔丹先生错把"特权"(Prérogative)当作"好处"使用。
② 1734年版增添:"(向汝尔丹太太。)"

汝尔丹先生　哎呀！不对。不是这个。我们两个人说的话，我们现在用的语言是什么？

汝尔丹太太　怎么样？

汝尔丹先生　叫什么名堂？

汝尔丹太太　爱叫什么名堂，就叫什么名堂。

汝尔丹先生　不学无术的人哟，叫散文。

汝尔丹太太　散文？

汝尔丹先生　对了，散文。是散文的，就不是诗，不是诗的，就不是散文。①嗐！这就叫作求学问。②还有你说"迁"的时候，你知道该怎么做吗？

妮考耳　怎么样？

汝尔丹先生　对。你说"迁"的时候，你怎么做？

妮考耳　什么？

汝尔丹先生　说说"迁"看。

妮考耳　好吧，"迁"。

汝尔丹先生　你是怎么说的？

妮考耳　我说"迁"呀。

汝尔丹先生　对。不过你说"迁"的时候，你是怎么说的？

妮考耳　你叫我怎么说，我怎么说。

汝尔丹先生　唉呀！跟笨人打交道，活要人命！你拿嘴唇朝外伸，上颚骨和下颚骨凑近了。③"迁"，你看见没有？我在噘嘴："迁"。

妮考耳　对，可好看啦。

---

① 他多说了一个"不"字。
② 1734 年版增添："（向妮考耳。）"
③ 他把发"衣"的嘴形用进来了。

汝尔丹太太 可真有意思啦。

汝尔丹先生 你要是听见了"喔"和"搭"、"搭","发"、"发"呀,那才叫妙呐。

汝尔丹太太 你这些南腔北调,到底算个什么呀?

妮考耳 全有什么用呀?

汝尔丹先生 看见女人们不学无术,我真有气。

汝尔丹太太 得啦,这些人呀,还有他们那些无聊的把戏,你就该一个个请走。

妮考耳 特别是那个高个子大怪物剑术教师,弄得到处都是灰尘。

汝尔丹先生 好啊,你顶见不得这位剑术教师。我要你马上晓得你多么不识好歹。(他叫人拿过剑来,分给妮考耳一把。)看实地表演。从身边移开。①照第四个式子冲刺,我就这样做;照第三个式子冲刺,我就这样做。我这样做,人就杀不了我啦。跟人打架,先拿稳了自己不死,你说妙不妙?来,刺过来吧,试试看。

妮考耳 好,怎么样?

〔妮考耳击中了他几下。

汝尔丹先生 慢着,喂!哎,慢来呀,见鬼哟,混账丫头!

妮考耳 是您叫我刺呀。

汝尔丹先生 对;可是我还没有来得及照第四个式子冲刺,你就照第三个式子冲刺了,你就不给我招架的工夫。

汝尔丹太太 我的老爷子,你一脑门子的怪想法,简直是疯了。这都是你钻营贵族门路,才成了这样的。

汝尔丹先生 我钻营贵族门路,表示我有见地;这比钻营你的资产阶级

---

① 他乱用剑术教师的术语。

门路，要好多了。

汝尔丹太太 可真好啦！你跟你的贵人们来往，你可沾光啦。你跟你迷上了的那位漂亮伯爵先生干的事呀，可见得人啦。

汝尔丹先生 住口！想想你说的话吧。太太，你说他的时候，你可知道，你就不知道你在说谁吗？你就想不出他是一位什么样的重要人物。他是一位出入宫廷的重臣，一言九鼎，和国王讲话，就像我和你讲话一样。这样一位大人物，常到我家里来，把我叫作他的亲爱的朋友，把我当作有同等身份的人看待，难道对我不是一件大体面事？他待我的那些恩情，你就怎么也猜不出来；他在众人面前，对我表示亲热，连我本人都发窘。

汝尔丹太太 对，他待你有恩情，对你表示亲热，可是他呀，向你借钱。

汝尔丹先生 哎呀！把钱借给这样一位大人物，难道对我还不体面？一位爵爷，把我叫作他的亲爱的朋友，我能不报效吗？

汝尔丹太太 这位爵爷又报效你什么来的？

汝尔丹先生 什么事，你要是知道了呀，你会惊呆了的。

汝尔丹太太 说说看？

汝尔丹先生 多啦。我说也说不清楚。反正我借给他的钱，用不了多久的时候，他就会还我的。

汝尔丹太太 对，你就等着他还吧。

汝尔丹先生 当然还：他不明明对我讲来的？

汝尔丹太太 对，对：他到时候就兑不了现。

汝尔丹先生 他以他贵人的名义对我赌咒来的。

汝尔丹太太 废话。

汝尔丹先生 哎呀，太太，你这人可真固执。我告诉你，他不会对我失

汝尔丹太太　我呀,我拿稳了没有这档子事。他对你做的种种亲热表示呀,只是为了哄你上钩。

汝尔丹先生　住口:他来啦。

汝尔丹太太　我们就欠他来啦。他也许又是向你借钱来啦。我一看见他,就倒胃口。

汝尔丹先生　住口,我说。

第 四 场

道琅特,汝尔丹先生,汝尔丹太太,妮考耳。

道琅特　我亲爱的朋友、汝尔丹先生①,您好啊?

汝尔丹先生　先生,很好,就等着机会给您效劳呐。

道琅特　汝尔丹夫人也在,您好啊?

汝尔丹太太　汝尔丹夫人该怎么好,就怎么好。

道琅特　怎么,汝尔丹先生?世上数您风雅啦!

汝尔丹先生　您看。

道琅特　您穿着这件礼服,一表堂堂,我们宫廷里的年轻人都没有您漂亮。

汝尔丹先生　嘻,嘻。

汝尔丹太太②他专投他爱听的说。

---

① 根据当时风俗,称呼对方,在"先生"或"夫人"之外,把姓也加上,并不礼貌。所以道琅特这样称呼汝尔丹,是有意看不起他,同时又欺负他不懂。
② 1734 年版增添:"(旁白。)"

道琅特　　您转转身子。简直是风度翩翩。

汝尔丹太太①可不，后头和前头一样蠢。

道琅特　　说真的！汝尔丹先生，我恨不得时刻见到您。您是我最敬重的社会名流，今天早上我还在国王的寝宫讲起您来的。

汝尔丹先生　先生，您太赏脸啦。（向汝尔丹太太。）在国王的寝宫！

道琅特　　好，戴上帽子……

汝尔丹先生　先生，我这是对您应有的敬意。

道琅特　　我的上帝！戴上吧：求您啦，千万不要拘礼。

汝尔丹先生　先生……

道琅特　　听我说，戴上吧，汝尔丹先生：您是我的朋友。

汝尔丹先生　先生，实在不敢。

道琅特　　您不戴上的话，我也不戴上了。

汝尔丹先生②我宁可失礼，也不要惹您讨厌。③

道琅特　　您知道，我是您的债户。

汝尔丹太太④是呀，我们太知道啦。

道琅特　　您有许多次，慷慨大方，借钱给我，我自然是万分承情。

汝尔丹先生　先生，您在说笑话。

道琅特　　不过我晓得还债的，也晓得感谢人家对我的盛意的。

汝尔丹先生　先生，那是一定的。

道琅特　　我希望和您把账算算清楚，我来就是为了和您在一起算算账。

---

① 1734年版增添："（旁白。）"
② 1734年版增添："（戴上帽子。）"
③ 根据当时风俗，贵族社会看不起资产阶级这种客气话。
④ 1734年版增添："（旁白。）"

汝尔丹先生① 怎么样！太太，你把人认错了吧。

道琅特 我这人就喜欢早日了清债务。

汝尔丹先生② 我早就对你说过了。

道琅特 看看我欠您多少。

汝尔丹先生③ 你看你疑心人家，多不应该。

道琅特 您一共借了我多少钱，您记得清楚吗？

汝尔丹先生 我相信我记得。我有一份小账单子的。这就是。有一次付您两百路易。

道琅特 有过。

汝尔丹先生 又一次，一百二十。

道琅特 是的。

汝尔丹先生 还有一次，一百四十。

道琅特 不错。

汝尔丹先生 三笔账一共是四百六十路易，合五千零六十法郎。

道琅特 账一点也不错。五千零六十法郎。

汝尔丹先生 一千八百三十二法郎，付您的羽翎商。

道琅特 正对。

汝尔丹先生 两千七百八十法郎，付您的裁缝。

道琅特 不错。

汝尔丹先生 四千三百七十九法郎十二苏八代尼耶④，付您的绸布商。

道琅特 很好。十二苏八代尼耶：账对极了。

---

① 1734年版增添："（低声向汝尔丹太太。）"
② 1734年版增添："（低声向汝尔丹太太。）"
③ 1734年版增添："（低声向汝尔丹太太。）"
④ 一苏等于一法郎的二十分之一，即五分辅币；一代尼耶值十二分之一苏，六代尼耶即半个苏。

汝尔丹先生　还有一千七百四十八法郎七苏四代尼耶，付您的鞍鞯商。

道琅特　完全正确。一共有多少？

汝尔丹先生　总数：一万五千八百法郎。

道琅特　总数很对：一万五千八百法郎。您再借我二百皮司陶，加在一起，正好凑足一万八千法郎。我一方便就还您。

汝尔丹太太①好啊！我不早就猜着了吗?

汝尔丹先生②少说话！

道琅特　我说的那个数目，您会不会觉得不凑手？

汝尔丹先生　哎！凑手。

汝尔丹太太③这家伙把你当成他的账房啦。

汝尔丹先生④住口。

道琅特　您不凑手的话，我到别处借去。

汝尔丹先生　不，先生。

汝尔丹太太⑤他不败掉你的家当呀，就不会知足的。

汝尔丹先生⑥听我说，住口。

道琅特　您不方便，尽管对我讲好了。

汝尔丹先生　没有的话，先生。

汝尔丹太太⑦他是一个大骗子。

汝尔丹先生⑧给我住口。

---

① 1734年版增添："（低声，向汝尔丹先生。）"
② 1734年版增添："（低声向汝尔丹太太。）"
③ 1734年版增添："（低声，向汝尔丹先生。）"
④ 1734年版增添："（低声向汝尔丹太太。）"
⑤ 1734年版增添："（低声，向汝尔丹先生。）"
⑥ 1734年版增添："（低声向汝尔丹太太。）"
⑦ 1734年版增添："（低声，向汝尔丹先生。）"
⑧ 1734年版增添："（低声向汝尔丹太太。）"

汝尔丹太太① 他连你最后一个小钱也要挤干了的。

汝尔丹先生② 你住不住口？

道琅特　　 我有许多人，乐意借我钱；不过您是我顶好的朋友，所以我相信，我向旁人借钱，就会对不住您的。

汝尔丹先生　先生，您太赏我脸啦。我这就给您办。

汝尔丹太太③ 什么？你还借钱给他？

汝尔丹先生④ 你叫我怎么着？这样一位大人物，今天早上在国王的寝宫讲起我来的，你也好要我拒绝吗？

汝尔丹太太⑤ 得啦，你简直是一个冤大头。

第 五 场

道琅特，汝尔丹太太，妮考耳。

道琅特　　 我觉得您闷闷不乐，汝尔丹夫人，您怎么啦？

汝尔丹太太　我不怎么。

道琅特　　 您的小姐在什么地方，我怎么没有看见？

汝尔丹太太　我的小姐在她在的地方。

道琅特　　 她近来好吗？

汝尔丹太太　她原来就不错。

---

① 1734 年版增添："（低声，向汝尔丹先生。）"
② 1734 年版增添："（低声向汝尔丹太太。）"
③ 1734 年版增添："（低声，向汝尔丹先生。）"
④ 1734 年版增添："（低声向汝尔丹太太。）"
⑤ 1734 年版增添："（低声，向汝尔丹先生。）"

道琅特　　　您愿意哪一天带她到宫里看芭蕾舞和喜剧吗?

汝尔丹太太　说的也就是呀,我们直想寻寻乐,直想笑笑。

道琅特　　　我想,汝尔丹夫人,您年轻的时候,追的人一定不少,您当时长的一定又美又随和。

汝尔丹太太　可不得了啦!先生,难道汝尔丹夫人成了老废物,头已经老在摇晃啦?

道琅特　　　啊!说真的!汝尔丹夫人,请您宽恕。我没有想到您还年轻。我常常心不在焉。求您就原谅我的失言吧。

第 六 场

汝尔丹先生,汝尔丹太太,道琅特,妮考耳。

汝尔丹先生[①]这是两百路易,我点过啦。

道琅特　　　汝尔丹先生,您放心好了,我一定效劳,我恨不得立时就到宫里为您美言两句。

汝尔丹先生　那我就太承情啦。

道琅特　　　假如汝尔丹夫人想到宫里看戏的话,我可以给她找到顶好的座位。[②]

汝尔丹太太　汝尔丹夫人谢谢您啦。[③]

道琅特　　　(低声,向汝尔丹先生。)我已经写过一个条子通知您,我们的美丽的侯爵夫人,就来府上用饭,看芭蕾舞,我最后

---

① 1734年版增添:"(向道琅特。)"
② 一个普通资产阶级的妇女想到宫里看戏,和国王平起平坐,简直是骗小孩子。
③ 意思是谢绝。

|||||总算说服她来领您的盛宴啦。

汝尔丹先生 我们站远一点谈，理由您明白。

道琅特 我有一个星期没有见到您，您托我转赠给她的钻石，我也没有写回信给您，那是因为我费了千辛万苦，打破她的顾虑，也就是今天，她才决定接受的。

汝尔丹先生 她觉得钻石怎么样？

道琅特 好极了；我没有弄错的话，这颗美丽的钻石帮她对您起了不小的好感。

汝尔丹先生 但愿这样就好！

汝尔丹太太[①]他和他到了一起，就别想分手。

道琅特 我还特意对她讲起这件礼物多么名贵、您的痴情多么真挚。

汝尔丹先生 先生，您待我恩重如山。像您这样一位贵人，不惜为我屈尊受累，我实在是惶愧到了万分。

道琅特 您说到哪儿去啦？朋友相处，还用得着这一点顾虑？遇到同一机会，您不也一样为我效劳吗？

汝尔丹先生 哦！那还用说，我是求之不得。

汝尔丹太太[②]看着这人，我就闷气！

道琅特 我这人，只要能帮朋友，就什么也不考虑。和我相识的那位可爱的侯爵夫人，您一对我说起您对她的痴情，您看见的，我马上就自告奋勇，为您的爱情效劳。

汝尔丹先生 说实话，您的恩德我就没有法子报答。

汝尔丹太太[③]他简直不走啦？

---

① 1734 年版增添："（低声，向妮考耳。）"
② 1734 年版增添："（低声，向妮考耳。）"
③ 1734 年版增添："（低声，向妮考耳。）"

妮考耳	他们粘在一块儿啦。
道琅特	您选了一个妙法儿打动她：女人就爱别人为她们花钱。您经常演奏的小夜曲、您经常送去的鲜花、她在湖上看见的美妙的烟火、您送她的钻石，还有您现在为她预备的盛宴：这一切比您亲自对她说情话，还要对她有效验。
汝尔丹先生	只要我能这样得到她的垂青，花多少钱我也甘心。我看见一位贵妇人，就神魂颠倒，不惜出任何代价，也要买到这种荣誉。
汝尔丹太太①	他们有什么好说的，一说说了这么久？你轻轻凑过去听听看。
道琅特	回头您就可以痛痛快快享受看她的愉快了，您就可以大饱眼福了。
汝尔丹先生	为了万无一失起见，我安排我太太到妹妹家用饭，饭后留在那边，也不回来。
道琅特	您的安排很有见地。您太太很可能碍我们的事。我已经为您吩咐厨子准备酒菜，和所有关于芭蕾舞的措施。芭蕾舞是我设计的，只要能照我的想法做，表演就会……
汝尔丹先生	（发觉妮考耳偷听，打了她一记耳光。）哎嗜！简直岂有此理。②我们出去吧，请。

第 七 场

汝尔丹太太，妮考耳。

---

① 1734年版增添："（低声，向妮考耳。）"
② 1734年版增添："（向道琅特。）"

115

妮考耳	说真的！太太，这是我偷听的报应。不过我相信他们有什么事，鬼鬼祟祟的瞒着人，还不希望您知道。
汝尔丹太太	妮考耳，我不是今天才对我丈夫有疑心。不是我弄错了呀，就是他正在闹什么恋爱把戏，我很想把事情弄明白了。不过眼下还是先想着我女儿吧。你晓得克莱翁特爱她。我喜欢克莱翁特，愿意成全他的好事，我要是能作主的话，就把吕席耳嫁给他。
妮考耳	说实话，太太，我见您有这种想法，简直高兴极了；因为您喜欢主人，我不见得就不喜欢听差。我盼望我们能托他们的福，把亲事一道儿办了。
汝尔丹太太	你去告诉克莱翁特，回头看我来，好一同求我丈夫应允我女儿的亲事。
妮考耳	太太，我高兴死了，我马上就去，没有比这再开心的差事了。①我想，我这一去，他们不晓得要乐成什么了。

第 八 场

克莱翁特，考维艾耳，妮考耳。

妮考耳②	啊！您来得再巧没有啦。我是一个报喜信的，我正要……
克莱翁特	走开，口是心非的丫头，别拿你那些鬼话来骗我。
妮考耳	您就这样接待……？

---

① 1734年版增添："（一个人。）"
② 1734年版增添："（向克莱翁特。）"

克莱翁特　听我说，走开，马上告诉你那无情无义的小姐，她这一生休想再骗得了心地太老实的克莱翁特。

妮考耳　到底犯了什么神经？我的考维艾耳，说给我听，这是怎么一回事。

考维艾耳　混账丫头，你的好考维艾耳！快给我滚，别待在我眼面前，坏丫头，别吵闹我。

妮考耳　什么？你对我也……？

考维艾耳　听我说，别待在我眼面前，这辈子也别跟我说话。

妮考耳　哎嗐！两个人全怎么的啦？去把这新鲜事儿禀告小姐知道吧。

第 九 场

克莱翁特，考维艾耳。

克莱翁特　什么？应当那样对待情人吗？何况是情人里头顶忠心、顶痴心的情人。

考维艾耳　真正岂有此理，她们就不拿我们两个人当人看。

克莱翁特　凡人想得出的柔情蜜意，我都做给她看啦；我在世上只爱她一个人，心里也只有她一个人；我的全部关怀、全部希望、全部欢乐都在她一个人身上；我一谈就谈到她，一想就想到她，一做梦就梦见她，我为她呼吸，我的心整个儿为她跳动：这就是我神魂颠倒的好报酬！我两天没有看见她，对我说来，两天就像两百年那样可怕；我偶然遇见了她；我一看见她，心里好生快活，喜笑颜开，兴高采烈，

	朝她奔去；可是负心的女子，看也不看我一眼，就快步走开了，好像她生平不认识我一样！
考维艾耳	我说的话，和您的话完全一样。
克莱翁特	考维艾耳，谁见过像薄幸的吕席耳那样忘恩负义的？
考维艾耳	少爷，像死丫头妮考耳那样忘恩负义的？
克莱翁特	我为她的花容月貌，做下多少巨大的牺牲，害下多少相思，发下多少心愿！
考维艾耳	我在她的厨房对她献过多少殷勤，陪过多少小心，帮过多少忙！
克莱翁特	我在她的膝盖前流过多少眼泪！
考维艾耳	我为她打过多少桶井水！
克莱翁特	我爱惜她的表示，比起爱惜自己来，要热心多了！
考维艾耳	我替她转烤肉的叉子，热火把我烧坏了！
克莱翁特	她看不起我，躲开了我！
考维艾耳	她厚着脸皮，把背给我！
克莱翁特	这种负心的行为，该受最大的惩罚。
考维艾耳	这种翻脸无情的表示，该挨一千记耳光。
克莱翁特	求你以后再也别帮她说好话了。
考维艾耳	少爷，我帮她说好话！下辈子见！
克莱翁特	千万不要为这负心女子求情。
考维艾耳	您放心好了。
克莱翁特	你看好了，随你说什么话替她回护，也不顶事。
考维艾耳	谁想回护来的？
克莱翁特	我要长远保持对她的怨恨，和她断绝一切关系。
考维艾耳	我赞成。
克莱翁特	那位伯爵先生到她家来，也许把她迷住啦。我看出来了，

贵族身份打动了她的心。可是我为了我的荣誉，一定要防止她变心。我看她在朝负心的路跑，可是我偏要快马加鞭把她追上，不给她机会把我丢了。

考维艾耳　说得很好。我这方面，和您的看法完全一样。

克莱翁特　坚定一下我的怨恨，支持一下我的决心，我爱她的心思，可能还有一丝半点没有死绝。我恳求你，把你能想到的关于她的坏话，引起我恨她的形容，你全说给我听吧。你能看到的她的种种缺点，你也给我指出来吧，也好叫我想起来就讨厌她。

考维艾耳　她呀，少爷！一个傻里傻气的丑八怪，一个装模作样的骚丫头，值得您那样相爱！让我看呀，她不过是一个极寻常的姑娘；配得上您的有的是，还轮不到她。头一样，她眼睛小。

克莱翁特　对，她眼睛小；可是里头一团火，我从来没有见过像她那样水汪汪的、亮晶晶的、妩媚动人的眼睛。

考维艾耳　她嘴大。

克莱翁特　是的；可是没有一个人的嘴有她的嘴那样可爱。这是世上顶销魂、顶逗人爱的嘴了，我不看则已，一看就动心。

考维艾耳　说到她的身材呀，个子不高。

克莱翁特　算不得高，可是又轻盈，又匀停。

考维艾耳　她说话、做事，故意装出一副不在乎的神气。

克莱翁特　不错；可是别有风韵；而且姿态美妙，我就说不出来有什么东西在勾人的心。

考维艾耳　说到才情……

克莱翁特　啊！考维艾耳，她有的是才情，不但俊逸非凡，而且精细入微。

考维艾耳　　她说话……

克莱翁特　　她说话娓娓动听。

考维艾耳　　她老是一副庄重的模样。

克莱翁特　　你倒喜欢呵呵大笑,一天到晚嘻嘻哈哈呀?有些女人时刻在笑,你不觉得讨厌?

考维艾耳　　可是她这人三心二意,真难伺候啦。

克莱翁特　　对,三心二意,我同意你的说法;可是人一美呀,什么都相宜,我们受了,也心甘情愿。

考维艾耳　　这样看来,您是有意永远爱她的。

克莱翁特　　我呀,我宁可寻死;我要恨她像先前爱她一样深。

考维艾耳　　您认为她十全十美,怎么恨得起来呀?

克莱翁特　　所以我的报复才要格外惊人,所以我才要叫人看看我的意志有多坚强。不管我觉得她多美、多迷人、多可爱,我也要恨她,也要把她丢了。她来啦。

第 十 场

克莱翁特,吕席耳,考维艾耳,妮考耳。

妮考耳[①]　　太不像话,我听了可有气啦。

吕席耳　　妮考耳,也许就是为了我对你说的那档子事。那不是他。

克莱翁特[②]　　我简直不要和她说话。

---

① 1734 年版增添:"(向吕席耳。)"
② 1734 年版增添:"(向考维艾耳。)"

考维艾耳　　我跟您学。

吕席耳　　克莱翁特,到底是怎么一回事?你怎么啦?

妮考耳　　考维艾耳,你到底怎么啦?

吕席耳　　你有什么事不开心吗?

妮考耳　　你为了什么事怄气呀?

吕席耳　　克莱翁特,你哑巴啦?

妮考耳　　考维艾耳,你没有舌头啦?

克莱翁特　　简直是罪该万死!

考维艾耳　　真是丧尽天良!

吕席耳　　我看,方才我没有理你,你受了刺激。

克莱翁特①　　啊!啊!人家看出来啦。

妮考耳　　我早上冷淡了你,你就有气啦。

考维艾耳②　　人家猜对碴儿啦。

吕席耳　　克莱翁特,你说对不对,你是为了这个,才有气的?

克莱翁特　　是的,负心女子,就是为了这个,既然非说不可;你要知道,你别以为你不守信义,可以称心如意;我不给你撑我走的便宜,我要抢在前头先和你绝交。当然啦,取消我对你的爱情,我要痛苦的,我要伤心的,我要难过一时的;不过我能坚持的,我宁可寻死,也不要示弱,和你再好。

考维艾耳③　　我也这样说。

吕席耳　　简直是无中生有。克莱翁特,我今天早上为什么躲开你,我愿意说给你听。

---

① 1734 年版增添:"(向考维艾耳。)"
② 1734 年版增添:"(向克莱翁特。)"
③ 1734 年版增添:"(向妮考耳。)"

克莱翁特① 不,我什么也不要听。

妮考耳② 我们刚才为什么走得那样快,我愿意让你知道。

考维艾耳③ 我什么也不要听。

吕席耳④ 你晓得,今天早上……

克莱翁特⑤ 我说啦,我不听。

妮考耳⑥ 你要知道……

考维艾耳⑦ 负心丫头,我不听。

吕席耳 听我讲。

克莱翁特 少啰嗦。

妮考耳 让我说。

考维艾耳 我是聋子。

吕席耳 克莱翁特。

克莱翁特 不成。

妮考耳 考维艾耳。

考维艾耳 白叫。

吕席耳 站住。

克莱翁特 废话。

妮考耳 听听看。

考维艾耳 无聊。

吕席耳 一小会儿。

---

① 1682年版增添:"(假装走开,围着舞台转。)"
② 1734年版增添:"(向考维艾耳。)"
③ 1734年版增添:"(也想避开妮考耳。)"
④ 1682年版增添:"(跟着克莱翁特。)"
⑤ 1682年版增添:"(跟着考维艾耳。)"
⑥ 1734年版增添:"(不看吕席耳,一直在走。)"
⑦ 1734年版增添:"(也不看妮考耳,一直在走。)"

克莱翁特	办不到。
妮考耳	耐烦一下。
考维艾耳	做梦。
吕席耳	一句话。
克莱翁特	没有用,吹啦。
妮考耳	半句话。
考维艾耳	不来往。
吕席耳①	好吧!你既然不要听,爱怎么想就怎么想,高兴怎么做就怎么做吧。
妮考耳②	你既然这样固执,你要怎么样就怎么样吧。
克莱翁特③	我倒要听听冷淡我的理由。
吕席耳④	我不喜欢再说啦。
考维艾耳⑤	把前后经过给我说说。
妮考耳⑥	我呀,说给你听,我不那么高兴。
克莱翁特	告诉我……
吕席耳	不,我什么也不要说。
考维艾耳	给我讲讲……
妮考耳	不,我什么也不讲。
克莱翁特	求求你。
吕席耳	我说啦,不成。
考维艾耳	行行好。

---

① 1734 年版增添:"(站住。)"
② 1734 年版增添:"(也站住。)"
③ 1734 年版增添:"(转向吕席耳。)"
④ 1682 年版增添:"(轮到她假装走开了,照克莱翁特的老路走。)"
⑤ 1734 年版增添:"(转向妮考耳。)"
⑥ 1734 年版增添:"(轮到她也避开考维艾耳。)"

妮考耳	少啰嗦。
克莱翁特	我恳求你啦。
吕席耳	走开。
考维艾耳	我央求你啦。
妮考耳	滚开。
克莱翁特	吕席耳。
吕席耳	不成。
考维艾耳	妮考耳。
妮考耳	白叫。
克莱翁特	看在上天分上！
吕席耳	偏不。
考维艾耳	说给我听。
妮考耳	办不到。
克莱翁特	打消我的疑心。
吕席耳	不，我什么也不干。
考维艾耳	治治我的心病。
妮考耳	不，我不高兴。
克莱翁特[①]	好吧！你既然不拿我的苦恼搁在心上，也不想解释你为什么对不起我爱你的那番心思，忘恩负义的人，你这是末一回看见我了，我要离开你，为痛苦和爱情而死。
考维艾耳[②]	我呀，也要跟着他走。
吕席耳	克莱翁特。
妮考耳[③]	考维艾耳。

---

① 1734年版增添："（向妮考耳。）"
② 1734年版增添："（向想出去的克莱翁特。）"
③ 1734年版增添："（向跟随主人走的考维艾耳。）"

克莱翁特①　哎?

考维艾耳②　什么事?

吕席耳　　　你到哪儿去?

克莱翁特　　去我对你说过的地方去。

考维艾耳　　我们寻死去。

吕席耳　　　克莱翁特,你寻死去?

克莱翁特　　是呀,狠心的人,既然你愿意我死。

吕席耳　　　我,我愿意你死?

克莱翁特　　是的,你愿意我死。

吕席耳　　　谁告诉你的?

克莱翁特③　你不愿意去掉我的疑心,不就等于愿意我死吗?

吕席耳　　　难道是我的错吗? 你先前要是肯听我的话呀,我不就告诉你了吗? 你抱怨的事,是因为今天早上跟我在一起的,还有一位老姑妈;她见不得男人挨近女孩子,这要是落在她眼里呀,女孩子就算声名扫地啦,她一年到头在这方面教训我们,把个个儿男人都给我们说成了魔鬼,见了就得躲开。

妮考耳④　　这就是事情的真相。

克莱翁特　　吕席耳,你没有骗我?

考维艾耳⑤　你没有胡弄我?

---

① 1734 年版增添:"(站住。)"
② 1734 年版增添:"(也站住。)"
③ 1734 年版增添:"(走到吕席耳跟前。)"
④ 1734 年版增添:"(向考维艾耳。)"
⑤ 1734 年版增添:"(向妮考耳。)"

吕席耳① 再千真万确不过了。

妮考耳② 实情就是这样。

考维艾耳③ 我们投降吧?

克莱翁特 啊!吕席耳,你晓得你说一句话,我就心里没有事啦!我们多容易相信我们相爱的人的话!

考维艾耳 我们可真容易叫这些鬼灵精给迷住啦!

第十一场

汝尔丹太太,克莱翁特,吕席耳,考维艾耳,妮考耳。

汝尔丹太太 克莱翁特,我看见你很欢喜,你来得正是时候。我丈夫来啦;赶快趁这个机会求他把吕席耳许配给你吧。

克莱翁特 啊!伯母,这句话可合我的心思啦,我听了真受用啦!我听到的吩咐,还有比这再美的?我受到的恩惠,还有比这再高的?

第十二场

汝尔丹先生,汝尔丹太太,克莱翁特,吕席耳,考维艾耳,妮

---

① 1734 年版增添:"(向克莱翁特。)"
② 1734 年版增添:"(向考维艾耳。)"
③ 1734 年版增添:"(向克莱翁特。)"

考耳。

克莱翁特　　先生，有一件事，和我有密切关系，我考虑了很久，不想找别人求你，就自己承当下来了。我不兜圈子，干脆对您说了吧，当您的女婿是莫大的荣幸，我求您赏我这种恩典。

汝尔丹先生　　先生，在没有答复你以前，我求你先告诉我：你是不是贵人。

克莱翁特　　先生，大多数人遇到这种问题，并不左思右想，就很快解决了。他们什么也不顾虑，就戴上了贵族头衔；这种盗窃行为，目前似乎得到了世俗的许可[①]。拿我来说，我不妨对您实说，我对这种事的想法，还更慎重一些。我认为一位正人君子，不该干这种骗人的事；掩饰上天给我们的身份，用偷来的头衔向世人夸耀，甘心冒名顶替，就是品行不端。我生在一个确实清白的人家。我在军队上有过六年光荣的历史；财产够我在社会上维持相当的地位。旁人在我这种情形，也许以为可以冒充贵族了，不过尽管我有条件，我也不愿意冒用这种头衔。所以我对您实说了吧，我不是贵人。

汝尔丹先生　　先生，一言为定：我女儿不给你。

克莱翁特　　怎么？

汝尔丹先生　　你不是贵人，你就娶不了我女儿。

[①] 1667年，政府下令，要所有的贵族拿文件来证明本人的贵族身份。这说明当时的混乱情形。

汝尔丹太太　你说贵人，到底是什么意思？难道我们又是圣·路易①的后代？

汝尔丹先生　住口，太太：我晓得你要说什么。

汝尔丹太太　难道你我不都是资产阶级正经人家的儿女？

汝尔丹先生　这不明明是胡扯？

汝尔丹太太　你父亲和我父亲，不都是生意人吗？

汝尔丹先生　这臭娘儿们！她一次也不放过。如果你父亲是生意人的话，活该他是；可是说到我父亲呀，也就是一些牵强附会的人才这么说。我嘛，只有一句话对你讲，就是我要一个贵人女婿。

汝尔丹太太　应当给你女儿找一个门当户对的丈夫。对她来说，一个品貌端正的富裕的正人君子，比一个品貌不正的叫化子贵人，要合适多了。

妮考耳　真是这样子。我们村里有一个贵人的儿子，丑得出奇，傻得出奇，我还从来没有见过那样的人。

汝尔丹先生　住口，没上没下的丫头。旁人说话，你总要插嘴。我有的是财产给我女儿作陪嫁，我需要的只是身份，我要她当侯爵夫人。

汝尔丹太太　侯爵夫人？

汝尔丹先生　对，侯爵夫人。

汝尔丹太太　哎呀！上天保佑，千万别这样子！

汝尔丹先生　我打定了主意这样做。

汝尔丹太太　我呀，说什么也不同意。和门第高的人家攀亲，向来没有

---

① 圣·路易即路易九世(1214—1270)，是法国国王，参加最后一次十字军远征，死于中途。

好结果。我决不要一位女婿，嫌我女儿的父母出身低，他的子女喊我外婆，也嫌难为情。万一她看我来，一副贵妇人气派，凑巧一时大意，忘了招呼哪一位街坊，马上就闲话多啦，说什么："你们看呀，这位侯爵夫人，有多神气啊？她是汝尔丹先生的女儿，小时候跟我们一块儿装贵妇人玩儿，就快活得不得了。她现在派头儿十足，往常也不见得：她的两位爷公，从前就在圣·伊诺桑大门①附近卖布来的。他们给孩子们攒了一笔家业，眼下也许在阴间正受报应呐，正经人决发不了这样大的财。"我不愿意听这些风言风语。总之，我愿意一个男人，娶了我女儿还承我的情，我还能对他说："姑老爷，你那边坐，和我一块儿用饭。"

汝尔丹先生 愿意老待在下流社会，简直是死脑壳的想法。别再跟我啰嗦啦：哪怕人人反对，我女儿当定了侯爵夫人；你要是惹起我的火儿来呀，我就叫她当公爵夫人。

(他下。)

汝尔丹太太 克莱翁特，不要就灰心②。女儿，跟我来，索性咬定牙根，对你父亲讲：你嫁不了他，你就谁也不嫁。

---

① 圣·伊诺桑大门(la Porte saint-Innocent)据说就在莱市附近。当地有一所教堂、一所公墓、一座喷泉叫圣·伊诺桑。巴黎没有一个城门这样称呼的。一般学者认为指公墓大门。根据 17 世纪福尔及耶尔(Furetière)字典，有人认为 la Porte 应写为 l'apport，当时字义是市场。总之绝不是城门。

② 1734 年版增添："(向吕席耳。)"

第十三场

克莱翁特,考维艾耳。

考维艾耳 您那些漂亮见解,帮您办得好漂亮事。

克莱翁特 你要怎么着?冒充贵人不难,可是我良心不安。

考维艾耳 像他这样一种人,您也这样认真,不是开玩笑吗?您看不出他是疯子?他是异想天开,您就是迁就一下,又破费得了您什么?

克莱翁特 你说得对;不过我没有想到要当汝尔丹先生的女婿,非证明自己是贵人不可。

考维艾耳 哈,哈,哈!

克莱翁特 你笑什么?

考维艾耳 我想到一个主意,胡弄我们的老头子,让您达到目的。

克莱翁特 怎么样?

考维艾耳 主意好玩儿透啦。

克莱翁特 到底是什么?

考维艾耳 新近有人组织了一个化装舞会,对眼前这事再合适不过,我想利用他们,作成一个骗局,引我们的滑稽人上钩。这有一点喜剧味道;不过对付他这种人,冒什么险也不会出岔子,用不着考虑得那样周到。哪怕我们海阔天空,随口乱诌,他也会信以为真,把他那个角色演绝了的。我有演员,服装也都现成;您只要由着我做就是了。

克莱翁特 可是你不妨先告诉我……

考维艾耳 我会全告诉您的。他又来啦,我们还是走吧。

第十四场

汝尔丹先生，跟班。

汝尔丹先生 简直是胡闹！他们嫌我尊敬大贵人；可是我呀，只觉得和大贵人来往才对心思：荣誉和风雅，只有他们才有。我宁可手上少长两个手指头，也愿意生下来不是伯爵，就是侯爵。
跟　班 老爷，伯爵大人来啦，还领着一位贵妇人。
汝尔丹先生 呀！我的上帝！我还有话要吩咐。告诉他们，我马上就来。

第十五场

道丽麦娜，道琅特，跟班。

跟　班 老爷说，他马上就来①。
道琅特 正合我意。
道丽麦娜 道琅特，这家人我谁也不认识，冒冒失失，就跟着你来了，我不晓得我这样做，是否在情在理。
道琅特 你怕是非，不肯在府上举行宴会，也不肯在舍下举行，夫人，你到底要我挑什么地方，表示我的情意呢？

---

① 1734年版在这里另分一场，表示跟班回话后，即下场。

道丽麦娜	可是你那些痴情的过分热切的表示,我每天不知不觉就都接受了,你怎么倒不说起呢?我不许自己接受也不顶事,经不起你死纠缠,所以你那又文雅又固执的做法,就慢慢让我由你摆布了。先是常来看望,接着就是谈情说爱,随后又是小夜曲和野餐,跟着又是送礼。我不赞成,可是你不但不灰心,反而一步一步得到我的好感。我现在什么也作不了主,我先前直躲着结婚,我相信你最后要让我结婚的。
道琅特	说真的!夫人,你早就该这样做了。你是寡妇,一切自己作主。我也作得了自己的主。我爱你比爱我的性命还厉害。从今天起,你就玉成我的全部幸福,又有什么不可以?
道丽麦娜	我的上帝!道琅特,要在一起生活愉快,男女双方就得有许多优点才成。即使是两个头脑最清醒的人吧,也往往难以结合成彼此满意的姻缘。
道琅特	夫人,你给自己制造了这么多的困难,明明是有意为难。你过去的经验作不了旁人的结论。
道丽麦娜	反正我还是我的老看法:我看见你为我花钱,我简直有两个理由心不安:一个就是,不管我愿意不愿意,我欠你的情分越来越深;另一个理由是,我没有意思惹你不高兴,不过我相信你花钱,一定要负债的:这就不合我的心思了。
道琅特	啊!夫人,这算不了什么,我也不是……
道丽麦娜	我清楚我说的话;旁的不说,你逼我收下的钻石,就值……
道琅特	哎呀!夫人,照我的爱情来说,就配不上你,求你就别夸大其词了吧。你允许我……这家的主人来啦。

第十六场

汝尔丹先生,道丽麦娜,道琅特,跟班。

汝尔丹先生 （两次鞠躬之后,发现离道丽麦娜太近了。）夫人,站远一点。

道丽麦娜 怎么?

汝尔丹先生 请您退后一步。

道丽麦娜 到底怎么一回事?

汝尔丹先生 退一点点,我好行第三个礼。

道琅特 夫人,汝尔丹先生懂得上流社会的礼节。

汝尔丹先生 敝人三生有幸,得见玉驾光临,宠锡有加,体面之至,深感恩幸:对我说来,确实是莫大的光荣。夫人清德,高人一等,小子不才,辱承不弃……上天……妒忌,……赐我……机缘,得见……见……

道琅特 汝尔丹先生,够啦。夫人不爱听高深的赞词,她晓得您才华出众。（低声,向道丽麦娜。）他是一个道地的资产者,你看见的,一举一动,都有一点滑稽。

道丽麦娜① 很容易看出来的。

道琅特 夫人,他是我顶要好的朋友。

汝尔丹先生 您太抬举我啦。

道琅特 一位名实相符的君子人。

道丽麦娜 我非常敬重他。

---

① 1734 年版增添:"(低声,向道琅特。)"

汝尔丹先生　我还什么也没有做，夫人就这样错爱。

道琅特　　　（低声，向汝尔丹先生。）千万当心，不要对她提起您给她的钻石。

汝尔丹先生① 难道我只问她一声，她觉得钻石怎么样，也不可以吗？

道琅特②　　怎么？万不可以：那您就显得村俗不堪啦。您学君子人办事，就该装出您没有送她礼物的样子才是。③夫人，汝尔丹先生说，他欢迎您到他家里来。

道丽麦娜　　他太客气。

汝尔丹先生④先生，您在她跟前，这样替我说话，我太感激您了！

道琅特⑤　　我请她到府上来，费了很大的事。

汝尔丹先生⑥我不晓得怎么样感谢您才好。

道琅特　　　夫人，他说，他觉得您是世上最美的美人。

道丽麦娜　　他把我说得太好啦。

汝尔丹先生　夫人，是您把我说得太好啦……

道琅特　　　我们准备用饭吧。

跟　班⑦　　老爷，饭好啦。

道琅特　　　我们入席吧，让歌手们进来。

〔六个预备酒菜的厨子，一同舞蹈，作成第三间奏曲；他们舞蹈后，端来一张桌子，上面摆着许多菜肴。〕

---

① 1734年版增添："（低声，向道琅特。）"
② 1734年版增添："（低声，向汝尔丹先生。）"
③ 1734年版增添："（高声。）"
④ 1734年版增添："（低声，向道琅特。）"
⑤ 1734年版增添："（低声，向汝尔丹先生。）"
⑥ 1734年版增添："（低声，向道琅特。）"
⑦ 1734年版增添：跟班上场："（向汝尔丹先生。）"

第 四 幕

第 一 场

道琅特，道丽麦娜，汝尔丹先生，两位男歌唱家，一位女歌唱家，跟班。

道丽麦娜 道琅特，这是怎么说的？饭菜简直丰盛极啦！
汝尔丹先生 夫人不要见笑，我恨不得还要做得好，才配夫人赏光的盛意。

（大家就座。）①

道琅特 夫人，汝尔丹先生这样说，有他的道理。您能在他府上受到这样好的招待，我很承情。我同意他的话，饭菜不算好，有负您的盛意。菜虽然是我点的，不过我在这方面缺乏我们朋友的修养，所以您现在这顿饭很不讲究，您会发现有些菜违犯了菜谱规格，不合行家口味。如果有大密斯从中调度，就全合准则了，处处也就风雅、渊博了，他也不会错过机会，对您宣扬他烧的每一道菜，让您承认他精通烹调这门学问。他会对您说起一种面包，在炉边烤得黄黄的，面面酥

---

① 1734 年版改为："（道丽麦娜、汝尔丹先生、道琅特和三位歌唱家就座。）"

皮，咬在嘴里，轻脆可口。他还会和您说起一种远年的醇葡萄酒，色味俱佳，里面兑着不怎么太烈的新葡萄酒。他还会和您说起一种拌芹菜的羊腰肉；还会和您说起一种下江小牛①的里脊，像这样长，又白又嫩，咬在嘴里，活像咬一块杏仁糕；还会和您说起一种异香扑鼻的鹌鹑；还有他的拿手好菜、一种珍珠鲜肉汤②，中间是一只又肥又嫩的小火鸡，四角是小鸽子，上面是雪白的洋葱和菊苣。可是说到我呀，我承认自己愚昧无知；汝尔丹先生方才说得很对，我恨不得菜更好一些，报答夫人赏光的盛情。

道丽麦娜 我回答不了赞词，只有这样拿吃来表示了。

汝尔丹先生 啊！多美的一双手呀！

道丽麦娜 汝尔丹先生，手其实平常；您想必是指钻石说吧，的确很美。

汝尔丹先生 我指钻石说，夫人！上帝保佑我，我一点也没有说钻石的意思；那样一来，就不像一位君子人了；钻石实在算不了什么。

道丽麦娜 您这人眼眶子太高啦。

汝尔丹先生 您太赏脸……

道琅特③ 来，给汝尔丹先生斟酒，也给这几位先生斟上，他们就要给我们唱劝酒歌了。

道丽麦娜 珍馐配上音乐，真是没有比这再好的助兴了。我觉得今天这顿饭吃得开心极了。

---

① 指塞纳河下游，卢昂一带，两岸多是牧场，畜牧业很发达。
② "珍珠"在这里有三种说法：一种是颜色如珍珠；一种是肉丁如珍珠；一种是肉汤煮好，加冷水，油脂冒泡如珍珠。
③ 1682年版增添："(向汝尔丹先生比过手势之后。)"。

汝尔丹先生　夫人，不是……

道琅特　汝尔丹先生，我们听几位先生唱吧。他们的歌词一定会比我们的话好听多了。

（男歌唱家们和女歌唱家举起酒杯，唱了两支劝酒歌，全体乐队伴奏。）

第一劝酒歌①

一小口，菲莉丝，酒从你这儿斟起。

啊！你举起酒杯来，多么妩媚！

　　你和酒，珠联璧合，

我爱你们的心思只有加倍：

发誓吧，美人，让它和我和你

　　永远一心一德。

酒沾上你的嘴唇，就有了魅力，

你的嘴唇沾上酒，也越发好看！

　　两下里我都入魔，

有了你又有酒，我要痛饮一番：

发誓吧，美人，让它和我和你

　　永远一心一德。

第二劝酒歌②

亲爱的朋友，干杯，干杯：

---

① 1734年版增添："（第一和第二歌唱家合唱，举着酒杯。）"
② 1734年版增添："（第二与第三歌唱家合唱。）"

    时光不我待，如箭似飞；
      只要我们能做到，
      有生之日莫放过；
    等你一旦渡过奈河，
    美酒和爱情就都永别了。
      劝君更进一杯酒，
      因为机会不常有。

    什么是人生的真正幸福，
    让那些傻瓜去作答复；
      我们的哲学很简单，
      幸福只在酒壶中。
    荣誉、学问，还有财产，
    都打消不了忧心忡忡，
      只有开怀饮酒多，
      我们才能得快活。
    ①来呀，来呀，把酒都斟满，仆人们，斟酒。
    斟酒，斟酒，不说酒已够，就不要住手。

道丽麦娜	我相信不能唱得再好听啦，实在动人。
汝尔丹先生	夫人，我看见这儿还有更动人的。
道丽麦娜	哎呀！汝尔丹先生比我想到的要风雅多了。
道琅特	什么，夫人？您把汝尔丹先生当作什么样人啦？
汝尔丹先生	我真希望她从我要说的话里听出我的意思。

---

① 1734 年版增添："(三人合唱。)"

道丽麦娜　又来啦！

道琅特　您就看不透他。

汝尔丹先生　她将来随时可以看透我。

道丽麦娜　哎呀！我认输，我对答不来。

道琅特　他回敬人家的话向来快。不过您没有看见，夫人，您动过的菜，汝尔丹先生一样一样都在吃吗？①

道丽麦娜　汝尔丹先生是一个我喜欢的人。

汝尔丹先生　假如我能得到您的欢心，那我就……

第 二 场

汝尔丹太太，汝尔丹先生，道丽麦娜，道琅特，男歌唱家们，女歌唱家，跟班。

汝尔丹太太　啊，啊！原来这儿高朋满座，显然是人家不盼我来的喽。我的当家先生，你就是为了这宗好事，才那么急急巴巴，打发我到姑太太家用饭啊？我方才在那边看见搭了一个戏台子，②这儿我又看见一桌像办喜事的酒席。你就是这样花你的钱，就是这样趁我不在家，宴请这些贵妇人，请她们又听音乐又看戏，同时呐，把我调派到外头。

道琅特　汝尔丹夫人，您说到哪儿去啦？您说是您丈夫花钱，请夫

---

① 当时上菜，客人要用自己那一份叉、匙拨菜，没有另外一份叉、匙。上菜先从道丽麦娜（女客）那边开始，她动了动菜，并不全拨进她的盘子；汝尔丹先生就专挑她动过的地方，把菜拨进他的盘子。

② 戏台子可能是考维艾耳叫人搭的，为了举行土耳其典礼用。

	人吃饭，您的想法不也太离奇了吗？请您放明白吧，请客的是我；他只不过把房子借我用用罢了。您应当把事情弄明白了再说话。
汝尔丹先生	是的，不识相的女人，全是伯爵先生为夫人预备的；她是贵族夫人。他赏我脸，借我的房子用，还让我作陪的。
汝尔丹太太	一片鬼话：什么也瞒不了我。
道琅特	汝尔丹夫人，您不要瞎猜。
汝尔丹太太	我用不着瞎猜，先生，我自己有眼睛，我早就觉得不对碴儿啦，我又不是傻瓜。一位大贵人，居然帮我丈夫不正经，您也未免太不顾身份啦。还有您，夫人，引起人家夫妇不和，允许我丈夫爱您，作为一位贵妇人，既不合适，也不体面。
道丽麦娜	她胡说些什么呀？真的，道琅特，你让我听这疯婆子的胡言乱语，简直是拿我开心。
道琅特①	夫人，喂！夫人，你跑哪儿去？
汝尔丹先生	夫人！伯爵先生，替我向她道歉，想法子把她请回来。② 啊！看你多不识相！这就是你干的好事！你当着众人让我下不来台；你把贵人们从我家里撵走。
汝尔丹太太	他们贵不贵，我管不着。
汝尔丹先生	死鬼，好好儿一个宴会，叫你给搅了一个乱七八糟，我不晓得有什么拦着我，不拿桌子上的东西砸开你的脑壳。 （饭桌撤走。）③
汝尔丹太太	（朝外走。）我不在乎。我保卫我的权利；世上太太都会站

---

① 1734年版增添："（跟着走出去的道丽麦娜。）"
② 1734年版在这里另分一幕，只有汝尔丹夫妇和跟班在场。
③ 1734年版改为："（跟班撤走饭桌。）"

在我这边儿的。

汝尔丹先生 你见我发脾气,溜掉了,算你聪明。① 她来得真不凑巧。我正在兴致淋漓,有许多俏皮话讲,我还从来没有觉得我的才气有那么冲过。这人是谁?

第 三 场

考维艾耳(改装)②,汝尔丹先生,跟班。

考维艾耳 先生,我不晓得我有没有您认识我的荣幸。

汝尔丹先生 先生,我不认识您。

考维艾耳 我见过您,您那时候才不过这么高。③

汝尔丹先生 我!

考维艾耳 是呀,您是世上顶美的小孩子,个个贵妇人都把您抱在怀里香您。

汝尔丹先生 香我!

考维艾耳 是呀。我是先令尊大人的好朋友。

汝尔丹先生 先大人!④

考维艾耳 是呀。他是一位很有身份的贵人。

汝尔丹先生 您说什么?

---

① 1734 年版增添:"(一个人。)"
② 1682 年版改为:"(作旅行人装束。)"长胡须,衣服有东方色彩。
③ 1734 年版增添:"(伸手离地一尺高。)"
④ 令尊大人(monsieur votre père)这种口吻,当时仅在王公之间通用,所以汝尔丹先生才惊而发问。

141

考维艾耳	我说,他是一位很有身份的贵人。
汝尔丹先生	我父亲!
考维艾耳	是呀。
汝尔丹先生	您跟他很熟?
考维艾耳	当然啦。
汝尔丹先生	您晓得他是贵人?
考维艾耳	绝没有错儿。
汝尔丹先生	我简直不明白那些人说些什么。
考维艾耳	怎么样?
汝尔丹先生	有些胡涂虫偏说他是生意人。
考维艾耳	他,生意人。简直是诽谤,他从来也没有当过生意人。说到当时,他也就是很讲义气,很爱帮人忙罢了。由于他对绸布这方面很内行,所以他才到各地选购,运到家里,送给朋友,换钱回来。
汝尔丹先生	我高兴认识您,因为家父是贵人,有您作见证。
考维艾耳	我在人人面前都要这样讲的。
汝尔丹先生	我谢谢您。您找我有什么事?
考维艾耳	自从认识到先令尊大人以后,他是一位有身份的贵人,我已经说过了,我就周游全球去了。
汝尔丹先生	周游全球!
考维艾耳	是呀。
汝尔丹先生	我想,您去的那个地方,一定远极了。
考维艾耳	当然。我跑了许多地方,回来才不过四天;由于我对您的事一向关心,所以我来告诉您一个再好不过的消息。
汝尔丹先生	什么消息?
考维艾耳	您晓得土耳其皇太子在本地吗?

汝尔丹先生　我？不知道。

考维艾耳　怎么？随从有一大批，真神气啦，人人去看，本国把他当作国宾招待。

汝尔丹先生　家伙！我就不知道。

考维艾耳　他这一来，对您有好处，因为他爱上了您女儿。

汝尔丹先生　土耳其皇太子？

考维艾耳　可不，他想当您的女婿。

汝尔丹先生　土耳其皇太子，当我的女婿！

考维艾耳　土耳其皇太子当您的女婿。我看他去了，我精通他的语言，所以他就和我谈起来了。我们谈过一些旁的话，他就对我说："啊欺啊墨，客洛客，骚来儿，欧痴，啊拉，母斯塔弗，吉得路墨，啊马纳害墨，蛙拉希尼，乌赛来，卡儿布拉特。"这就是说："你有没有看见一位美貌姑娘，她是巴黎贵人汝尔丹先生的小姐？"

汝尔丹先生　土耳其皇太子这样说起我吗？

考维艾耳　是呀。我回答他，我和您是至交，见过您女儿，他就对我说："啊！麻拉巴巴，萨亥墨。"这就是说："啊！我多爱她呀！"

汝尔丹先生　"麻拉巴巴，萨亥墨"的意思是："啊！我多爱她呀"？

考维艾耳　是呀。

汝尔丹先生　天啊！多亏您讲给我听，因为我自己说什么也不会相信"麻拉巴巴，萨亥墨"意思就是："啊！我多爱她呀！"这句土耳其话，真是一句美妙的语言！

考维艾耳　美妙的语言，多的是。你晓得"卡卡拉卡谋趁"的意思吗？

汝尔丹先生　"卡卡拉卡谋趁"？不晓得。

143

考维艾耳　　这就是说:"我亲爱的灵魂。"

汝尔丹先生　"卡卡拉卡谋趁",意思是"我亲爱的灵魂"?

考维艾耳　　是呀。

汝尔丹先生　简直神啦!"卡卡拉卡谋趁","我亲爱的灵魂"。谁想得出这种说法呀?简直把我弄胡涂啦。

考维艾耳　　好,我把我的来意交代明白吧,他要来求您把女儿许配给他。而且为了老丈人和他的身份相称,他要封您当"妈妈母齐",在他本国,这是一种崇高的爵位。①

汝尔丹先生　"妈妈母齐"?

考维艾耳　　是呀,"妈妈母齐",翻成我们的语言,就是"武士"。"武士",古时候就是……反正就是"武士"。②世上没有比这爵位再高的啦。您将来可以和世上顶高的贵族平起平坐。

汝尔丹先生　土耳其皇太子这样厚爱我,我求您带我去见见他,也好当面道谢。

考维艾耳　　何必去呀?他就要到这儿来。

汝尔丹先生　他就要到这儿来?

考维艾耳　　是呀。他为了给您举行授爵的典礼,还要把必需的东西都带过来。

汝尔丹先生　怕是太急啦。

考维艾耳　　一点点拖延,爱情也不许他啊。

汝尔丹先生　眼前我顶为难的是,我女儿是一个死心眼儿,脑子里只有

---

① 妈妈母齐 Mamamouchi 可能是阿拉伯语妈末奴是 Mamenouschi,意思是:"不是好东西"、"废物"。
② 武士 paladin 常见于中世纪的传奇或演义诗,是骑士的别称。原字来自宫廷,应作 palatin。考维艾耳解释不了它的意思,只好马虎带过。

考维艾耳	她看见土耳其皇太子，就会改变主张的。再说，事情再巧不过，土耳其皇太子长得很像这位克莱翁特，几乎看不出是两个人来。我方才看见他了，有人指给我看来的。她爱这一个人的心思，很容易转到另一个人身上的……我听见他来啦：果不其然。

第 四 场

克莱翁特（土耳其装束，三个侍童撩起他的长帔的后摆），汝尔丹先生，考维艾耳（改装）。

克莱翁特	"安布萨希墨，喔姑衣，玻拉佛，衣欧儿低拿，萨拉麻莱姑衣。"
考维艾耳①	这就是说："汝尔丹先生，愿您的心一年四季都像一棵开花的玫瑰。"这是那些国家见面的礼数。
汝尔丹先生	我是土耳其皇太子殿下最谦恭的仆人。
考维艾耳	"卡利旮儿，刊玻掏，欧思滩，毛拉佛。"
克莱翁特	"欧思滩，姚客，卡他麻来姑衣，巴苏墨，巴赛，啊拉，毛烂。"
考维艾耳	他说："愿上天给您狮子的力气和蛇的聪明。"
汝尔丹先生	土耳其皇太子殿下这样厚爱我，我希望他事事兴盛。
考维艾耳	"喔萨，逼拿门，萨刀客，巴巴利，喔拉卡佛，欧拉墨。"

---

① 1734年版增添："（向汝尔丹先生。）"

克莱翁特	"拜耳门。"
考维艾耳	他说：您快跟他去筹备典礼，随后他好和您女儿相见，办理婚事。
汝尔丹先生	三个字说这么多的话？
考维艾耳	是呀，土耳其话就是这样的，话少意思多。快跟他去吧。

第 五 场

道琅特，考维艾耳。

考维艾耳①	哈，哈，哈，哈！家伙！可真逗哏啦。简直是冤大头一个，就算他把戏词背熟了，也不见得会演得这么好。② 啊，啊。先生，我们在这家人家办一件事，请您帮帮我们的忙。
道琅特	啊，啊，考维艾耳，谁认得出来是你啊？看你这身打扮！
考维艾耳	您看。哈，哈。
道琅特	你笑什么？
考维艾耳	先生，有一件好笑的事。
道琅特	怎么一回事？
考维艾耳	先生，我们用计谋哄骗汝尔丹先生，我敢说，您怎么猜也猜不出来。我们要他回心转意，把女儿许配给我主人。
道琅特	我猜不出来你们的计谋，可是我猜得出来一定会马到成

---

① 1734 年版增添："（一个人。）"
② 1734 年版在这里另分一场，道琅特上场。

功，因为有你在里头啊。

考维艾耳 先生，我看您是懂得不才的。

道琅特 是怎么一回事，你就说给我听吧。

考维艾耳 我看他们过来了，麻烦您站开点儿，把地方给他们腾开吧。一部分故事您回头就看见了，此外我再一边讲给您听。

〔授与资产者爵位的土耳其典礼，由舞蹈和音乐组成，作成第四间奏曲。

〔伊斯兰教教长、四位阿訇、六位土耳其舞者、六位土耳其歌手和几位土耳其乐器演奏者，形成典礼的演员。

〔教长率领十二位土耳其人和四位阿訇，祷告穆罕默德。随后，有人带来土耳其装束然而不裹头巾、不挎腰刀的资产者；教长对他唱着这些歌词：

教　长　你若知之，①

便回答之；

你若不知，

不作声之。

教长是我，

你是什么？

不明白之，

不作声之。

〔教长用同样语言，问参加典礼的土耳其人：资产者信什么教。他们说他是伊斯兰教徒。教长用法兰克语言②

---

① 原文杂七杂八，主要用地中海沿岸一带方言。
② 法兰克语言指近东或非洲一带商业上通用的一种混合语言，杂有法兰西、意大利、西班牙、阿拉伯和土耳其语言成分。

祷告穆罕默德，唱着下面的歌词：

教　　长　　我为衣欧儿低拿①

日夜祷告穆罕默德：

要把衣欧儿低拿，

封为武士来保驾。

头巾和腰刀送他，

还有小船和军舰，

保卫巴勒斯坦。

我为衣欧儿低拿，

日夜祷告穆罕默德。

〔教长问众土耳其人，资产者信奉伊斯兰教，是否坚定，他们唱着这些歌词：

教　　长　　是真正的土耳其人，衣欧儿低拿？

众土耳其人　我以真主名义保证他。

教　　长　　（舞蹈，并唱这些歌词。）

呼，拉，巴，巴，拉，书，巴，拉，巴，巴，拉，大。

〔众土耳其人用同样的歌词回答。

〔教长建议把头巾给资产者，唱着下面的歌词：

教　　长　　你不是坏蛋？

众土耳其人　不，不，不。

教　　长　　你不会捣乱？

众土耳其人　不，不，不。

教　　长　　头巾给他，头巾给他。

〔众土耳其人重复教长的话，把头巾给了资产者。教

---

① "衣欧儿低拿"即"汝尔丹"。

长和阿訇裹上典礼头巾。有人把《可兰经》呈给教长，教长和下余参加典礼的土耳其人第二次祷告；祷告后，他把佩刀给了资产者，唱着这些歌词：

教　　长　　你当贵人，并非是假。

　　　　　　把刀来挂。

　　　　　　〔众土耳其人重复同样的歌词，全都手里举起腰刀，其中有六个人围着资产者舞蹈，并拿腰刀假打了他几下。

　　　　　　〔教长命令众土耳其人杖打资产者，唱着下面的歌词：

教　　长　　打呀，打呀，

　　　　　　打了他，再打他。

　　　　　　〔众土耳其人重复同样的歌词，并按照节奏，杖打了他几下。

　　　　　　〔教长在吩咐众人打他以后，唱着对他道：

教　　长　　用不着害羞，

　　　　　　这是末一回丢丑。

　　　　　　〔众土耳其人重复同样的歌词。

　　　　　　〔教长又开始祷告，然后典礼完成，和全体土耳其人走出，谐着几件土耳其乐器的演奏，边唱边舞。

附录：

　　根据1682年版，土耳其授爵典礼改的地方很多，可能是莫里哀本人的修增，应当受到同样的（甚至于更大的）重视。

　　〔六个舞蹈的土耳其人，按照全部乐器的声响，两个一排，庄严地进来。他们带着三张很长的地毯，舞了一阵，在这第一段典礼结束的时候，把地毯举得很高。三位土耳其歌手和几位演奏乐器的人，从地毯下走过；最后押队的是四位阿訇，护送教长出来。

　　〔于是土耳其人把地毯铺在地上，跪在上面；教长站在当中，扭动身体，做着怪脸，仰起下巴祷告，手对着头，好像翅膀一样，在两边扇动。众土耳其人跪倒在地，唱着"阿里"，然后起立，唱着"阿拉"，这样交错进行，直到祷告完了；随后全体起立，唱着"阿拉，哀客白儿"。①

〔于是众阿訇把土耳其装束、不戴假头发、不裹头巾、不挎腰刀的资产者带到教长面前；他对他庄严地唱着这些歌词：

教　长　　你若知之，

　　　　　　便回答之，

　　　　　　你若不知，

　　　　　　不作声之。

　　　　　　教长是我，

　　　　　　你是什么？

　　　　　　不明白之，

　　　　　　不作声之。

　　　　　　〔两位阿訇吩咐资产者下。教长问众土耳其人，资产者信什么教，唱着：
　　　　　　说呀，土耳其人，他是什么派？
　　　　　　再领洗礼派，再领洗礼派？②

众土耳其人　（回答。）不是。

教　长　　日宛格耳的信徒？③

---

① "阿拉"是伊斯兰教信奉的唯一真主。"哀客白儿"意思是"伟大"。"阿里"意义不明。
② 再领洗礼派 anabaptiste 是德国宗教改革时期(16世纪初叶)和农民革命中所产生的教派，反对儿童领洗，认为成人必须再领洗。
③ 日宛格耳 Zwingnle(1481—1531)是瑞士宗教改革家。

众土耳其人　不是。

教　长　　考泊特教派？①

众土耳其人　不是。

教　长　　余斯的信徒？②摩尔人？③佛教徒？④

众土耳其人　不是，不是，不是。

教　长　　（重复。）

　　　　　不是，不是，不是。

　　　　　是邪教徒？

众土耳其人　不是。

教　长　　路德的信徒？⑤

众土耳其人　不是。

教　长　　清教徒？⑥

众土耳其人　不是。

教　长　　婆罗门？摩非教徒？⑦如利教派？⑧

众土耳其人　不是，不是，不是。

教　长　　（重复。）

　　　　　不是，不是，不是。

　　　　　穆罕默德的信徒？穆罕默德的信徒？

---

① 考泊特教派 Coptes 是基督教在埃及的教派，反对天主教关于耶稣的神性与人性的分裂说法，认为二者是统一的。
② 余斯 Huss（1373—1415）是捷克宗教改革家。
③ 摩尔人 Mores 是西班牙的伊斯兰教教徒。原文是 Morista，也可能指捷克摩拉维亚 Moravia 的兄弟会，发生于 16 世纪，仅信奉《福音书》。
④ 原文是 Fronista，不知所指，或疑指佛教徒。
⑤ 路德 Luther（1483—1546）是德国宗教改革家。
⑥ 清教徒是英国新教的一派，主张彻底改革教会。
⑦ 摩非教徒 Moffina，不知所指。
⑧ 如利教派 Zurina，不知所指。

众土耳其人	衣欧儿低拿,衣欧儿低拿。
教　长	衣欧儿低拿。
教　长	(跳跃并左右张望。)
	衣欧儿低拿? 衣欧儿低拿? 衣欧儿低拿?
众土耳其人	(重复。)
	衣欧儿低拿! 衣欧儿低拿! 衣欧儿低拿!
教　长	我为衣欧儿低拿
	日夜祷告穆罕默德:
	要把衣欧儿低拿
	封为武士来保驾。
	头巾和腰刀送他,
	还有小船和军舰,
	保卫巴勒斯坦。
	我为衣欧儿低拿
	日夜祷告穆罕默德。

　　〔随后,教长问众土耳其人,资产者信奉伊斯兰教,是否坚定,向他们唱着这些歌词:

教　长	是真正的土耳其人,衣欧儿低拿?(重复。)
众土耳其人	我以真主名义、真主名义保证他。(重复。)
教　长	(边唱边舞。)
	呼,拉,巴,巴,拉,书,巴,拉,巴,巴,拉,大。
	(教长下,众土耳其人边舞,边重复同样的歌词。)
	呼,拉,巴,巴,拉,书,巴,拉,巴,巴,拉,大。

　　〔教长回来,裹上他的典礼头巾,头巾绝大,插着点燃的蜡烛,有四五排。

　　〔两位阿訇护送他,尖帽子,也插着点燃的蜡烛,捧着《可兰经》。另外两位阿訇领着被典礼吓坏了的资产者，让他背向教长跪倒，然后让他弯下身子，手拄着地；他们把《可兰经》放在他的背上，给教长当书桌用；教长皱着眉，张开嘴，一言不发，作滑稽祷告；随后热烈说话，一时声音放柔，一时激昂可畏，手推着两肋，好像在挤话出来，有时候手打着《可兰经》，一副急相掀开书页，最后举起胳膊，高声喊着："呼"。①

〔就在祷告期间，参加典礼的土耳其人唱着"呼，呼，呼"，低头三次，又三次仰起，唱着"呼，呼，呼"，这样交错进行直到教长祷告完了。

〔祷告结束，阿訇从资产者背上拿开《可兰经》；资产者喊了一声"呜佛"，因为他待久了这个姿势，累坏了；他们随后把他扶起来。

教　　长　　（向资产者。）

你不是坏蛋？

众土耳其人　　不，不，不。

教　　长　　你不会捣乱？

众土耳其人　　不，不，不。

教　　长　　（向众土耳其人。）

头巾给他，头巾给他。

（他走了。）

（众土耳其人重复教长的话，边舞边唱，把头巾给了资产者。）

教　　长　　（回来，拿腰刀给资产者。）

---

① "呼" Hou 是阿拉伯语，意思是"他"，仅用于伊斯兰教对真主的称谓。

你当贵人，并非是假。

把刀来挂。

〔他随后又下。

（众土耳其人重复同样的歌词，全都手里举起腰刀，其中有六个人围着资产者舞蹈，并拿腰刀假打他几下。）

教　长　（又回来，命令众土耳其人杖打资产者，唱着这些歌词。）

打呀，打呀，打了他，打了他，再打他。

〔他随后又下。

〔众土耳其人重复同样的歌词，并合着节拍，杖打了资产者几下。

教　长　（又回来，唱着。）

用不着害羞，

这是末一回丢丑。

〔众土耳其人重复同样的歌词。

（谐着全部乐器的声响，教长扶住他的众阿訇，又开始祷告：典礼使他疲倦，众阿訇恭恭敬敬，从腋下扶着他；全体土耳其人围着教长，又跳，又舞，又唱，谐着几件土耳其乐器的声响，下。）①

——土耳其典礼完

---

① 1734年版增改为："（教长开始第三次祷告。众阿訇恭恭敬敬从腋下扶着他；然后众土耳其人围着教长，又跳，又舞，又唱，和他同下，并带走汝尔丹先生。）"

第 五 幕

第 一 场

汝尔丹太太,汝尔丹先生。

汝尔丹太太　啊!我的上帝!可不得了啦!这算怎么一回事啊?什么怪样子!难道你是要找女人掷骰子赌输赢啊?①难道现在是怪模怪样打扮去跳舞的时候?你倒是说呀,这是怎么一回事?谁把你装扮成这副样子的?

汝尔丹先生　就这样儿对一位"妈妈母齐"讲话啊,简直没有体统!

汝尔丹太太　怎么啦?

汝尔丹先生　是啊,现在应该尊敬我啦,我方才被封为"妈妈母齐"啦。

汝尔丹太太　你说"妈妈母齐",那是什么意思?

汝尔丹先生　我告诉你,"妈妈母齐",我就是"妈妈母齐"。

汝尔丹太太　这是什么怪物?

汝尔丹先生　"妈妈母齐",用我们的话说,那就是武士。

---

① 找女人掷骰子赌输赢 un Momon 是狂欢节中一种游戏。男子化装,戴假面具,拿着骰子盒找对手(往往是妇女),用实物赌输赢,但赢了以后,又往往作为礼物送还。

汝尔丹太太	舞士！你这大年纪，还去跳芭蕾舞？
汝尔丹先生	真是愚昧无知！我说的是武士，这是一种爵位，授封的典礼方才完事。
汝尔丹太太	什么典礼？
汝尔丹先生	"我为衣欧儿低拿。"
汝尔丹太太	这是什么意思？
汝尔丹先生	"衣欧儿低拿"，就是汝尔丹。
汝尔丹太太	好！汝尔丹，又怎么样？
汝尔丹先生	"要把衣欧儿低拿封为武士。"
汝尔丹太太	怎么样？
汝尔丹先生	"送他头巾和军舰。"
汝尔丹太太	这又是什么意思？
汝尔丹先生	"保卫巴勒斯坦。"
汝尔丹太太	到底是什么意思呀？
汝尔丹先生	"打呀，打呀，打了他。"
汝尔丹太太	这些怪话到底是什么呀？
汝尔丹先生	"用不着害羞，这是末一回丢丑。"
汝尔丹太太	到底都说些什么呀？
汝尔丹先生	（边舞边唱。）"呼，拉，巴，巴，拉，书，巴，拉，巴，巴，拉，大。"①
汝尔丹太太	哎呀，我的上帝！我丈夫疯啦。
汝尔丹先生	（走出。）②住口！不识体统的女人，你要尊敬"妈妈母齐"大人。

---

① 1682 年版增添："(摔倒。)"
② 1682 年版改为："(爬起来，走开。)"

汝尔丹太太[①] 他是在什么地方发了疯的?赶快拦住他,别让他出去。[②] 啊!啊!简直是祸不单行。四面八方,我看见的只有伤心。

第 二 场

道琅特,道丽麦娜。

道琅特 是呀,夫人,世上最好玩的事,你会看见的。我不相信,普天之下,还能再找到一个像他这样的傻瓜。再说,夫人,应该设法帮克莱翁特恋爱成功,让他的化装游戏进行顺利。他是一位君子人,值得朋友热心。

道丽麦娜 我很敬重他,按说他也该交交好运了。

道琅特 另外,夫人,这儿还有一个为我们排好了的芭蕾舞,我们不可以错过不看,芭蕾舞是我设计的,倒要看看到底怎么样。

道丽麦娜 我看这些准备,一定豪华;道琅特,这样下去,我是不能再许可的。是的,我要在最后阻止你乱花钱。我明白,你是为了我,才挥金如土的;为了让你今后不再为我乱花钱起见,我决计马上就和你结婚:这是阻止你浪费的唯一方法;人一结婚,这些事自然而然就不会再有了。

道琅特 啊!夫人,你真会为我,下这样有情有意的决心吗?

---

① 1734 年版增添:"(一个人。)"
② 1734 年版增添:"(望见道丽麦娜和道琅特。)"

道丽麦娜	我也就是怕你败光家业罢了。我不这样做的话,我看用不了多久,你就会一贫如洗的。
道琅特	夫人,你对保全我的财产这样关怀,我不知道怎样感谢你才是!我的财产和我的心,都完全是你的,你喜欢怎么用就怎么用好了。
道丽麦娜	将来两样儿我都要用的。不过你说的那位先生来了;这副模样可真绝啦。

第 三 场

汝尔丹先生,道琅特,道丽麦娜。

道琅特	先生新近得了爵位,又把女儿许配给土耳其皇太子,双喜临门,夫人和我特意前来道贺。
汝尔丹先生	(行土耳其礼。)①先生,我希望您有蛇的力气和狮子的聪明。
道丽麦娜	先生平步登天,位极人臣,我很欢喜我能早来一步贺喜。
汝尔丹先生	夫人,我希望您的玫瑰一年四季开花;我得了爵位;承您贺喜,万分感激;看见您又光临舍下,我非常高兴,并为内人失言,向您表示很大的歉意。
道丽麦娜	那没有什么,我原谅她那样激动;她一定看重您的情意,其实嫁给您这样一位丈夫,她有些提心吊胆,怕把您丢了,也不足为奇。

---

① 深深一躬,右手向地,然后举向嘴唇,再高过额头。

汝尔丹先生　我的情意完全献给了您。

道琅特　您看，夫人，汝尔丹先生虽然飞黄腾达，但是并不得意忘形，和朋友还能照常往来。

道丽麦娜　这是品质十分高贵的表示。

道琅特　倒说太子殿下在什么地方？我们很希望以您朋友的身份，向他致敬。

汝尔丹先生　他来了，我已经叫人喊我女儿来，当面许配给他。

第 四 场

克莱翁特（土耳其装束），考维艾耳（改装），汝尔丹先生，道丽麦娜，道琅特。

道琅特　殿下，我们是令岳大人的朋友，特意前来，向殿下致敬，并恭恭敬敬，恳求殿下差遣。

汝尔丹先生　翻译官哪儿去啦？也好告诉他：你们是谁，让他明白你们的话。你们也好听他回答什么，他说土耳其话说的多妙。喂！家伙，他上哪儿去啦？（向克莱翁特。）"思特卢弗，思特利弗，思特洛弗，思特拉弗。"先生是一位"大爵爷，大爵爷，大爵爷"；夫人是一位"大命妇，大命妇，大命妇"。①哎呀！他，先生，他是一位法国的"妈妈母齐"，夫人是一位法国的女"妈妈母齐"。我不能再往清

---

① 1734年版增添："（看见对方不懂他的话。）"

楚里说啦。可好啦，翻译官来啦。①您上哪儿去啦？您不在跟前，我们就没有法子说话，您告诉他：先生和夫人是很有身份的贵人，他们是我的朋友，特意前来，向他致敬，恳求殿下差遣。②你们看他怎么样回答吧。

考维艾耳　"啊拉巴拉，客罗欺啊墨，啊欺，玻拉墨，啊拉巴门。"
克莱翁特　"卡他莱姑衣，秃巴儿，欧兰，扫台儿，啊麻路缠。"
汝尔丹先生③听见了没有？
考维艾耳　他说，愿兴盛的雨时时浇你们家的花园！
汝尔丹先生　我早就对你们说过了，他说的是土耳其话。
道琅特　说得好极啦。

第 五 场

吕席耳，汝尔丹先生，道琅特，道丽麦娜等人。

汝尔丹先生　过来，女儿，走到殿下跟前，把手伸过去，殿下惠爱你，向你求婚来啦。
吕席耳　怎么啦，爸爸，您怎么打扮成这副模样，您是在演戏吗？
汝尔丹先生　不，不，不是演戏，是很认真的，是你所能希望的最大的荣誉。他是我为你看中的丈夫。
吕席耳　为我，爸爸！

---

① 考维艾耳上场。
② 1734年版增添："（向道丽麦娜和道琅特。）"
③ 1734年版增添："（向道丽麦娜和道琅特。）"

汝尔丹先生	是的,为你。好啦,把你的手给他,为你的幸福感谢上天吧。
吕席耳	我不要嫁人。
汝尔丹先生	我要你嫁人,我是你父亲。
吕席耳	我决不干。
汝尔丹先生	啊!瞎嚷嚷什么!好啦,听我的话。拿出手来。
吕席耳	不,爸爸,我对您说过了,要我不嫁克莱翁特,嫁另外一个人,什么力量也办不到。我宁可受尽折磨,也决不……(认出了克莱翁特。)不错,您是我爸爸,我应当完全听您吩咐,您有权照您的心思决定我嫁谁。
汝尔丹先生	啊!我欢喜看见你这样快就回心转意,尽你应尽的孝道,我高兴有这样一个孝顺女儿。

最后一场

汝尔丹太太,汝尔丹先生,克莱翁特等人。

汝尔丹太太	到底怎么啦?是怎么一回事?人家说,你要把女儿许配给一个在狂欢节戴假面具跳舞的。
汝尔丹先生	不识体统的女人,你要不要住口?你做什么事,总是怪里怪气的,就没有法子叫你明白道理。
汝尔丹太太	没有法子清醒过来的是你。你越来越发疯。你倒打的是什么主意啊,要结这门亲事?
汝尔丹先生	我要把我们的女儿许配给土耳其皇太子。
汝尔丹太太	许配给土耳其皇太子!

汝尔丹先生	是的。①这位是翻译官,你对殿下说几句礼貌上的话,请他翻译。
汝尔丹太太	我用不着翻译官,我要亲自当面告诉他,他娶不了我女儿。
汝尔丹先生	再说一回,你要不要住口?
道琅特	怎么,汝尔丹夫人,这样大喜的事,您也反对?您拒绝土耳其太子殿下当女婿?
汝尔丹太太	我的上帝,先生,管管您自己的事吧。
道丽麦娜	这种大体面事,不好错过的。
汝尔丹太太	夫人,不和您相干的事,我求您也就不必过问了吧。
道琅特	我们由于对您的友谊,才关心您的利益。
汝尔丹太太	我用不着你们的友谊。
道琅特	可是您女儿同意她父亲这样做啦。
汝尔丹太太	我女儿同意嫁一个土耳其人?
道琅特	当贵妇人,她有什么不肯干的?
汝尔丹太太	她要是干得出这种事来,我亲手把她掐死。
汝尔丹先生	简直是闲扯蛋。我告诉你,这门亲事作定啦。
汝尔丹太太	我呀,我告诉你,不作定啦。
汝尔丹先生	啊!吵什么!
吕席耳	妈。
汝尔丹太太	滚开,你这不争气的东西。
汝尔丹先生	什么?你为了她听我的话,和她吵?
汝尔丹太太	对,她是你的,可也是我的。
考维艾耳	夫人。

---

① 1734年版增添:"(指着考维艾耳。)"

汝尔丹太太　你,你有什么话好跟我讲?

考维艾耳　一句话。

汝尔丹太太　我用不着听你那一句话。

考维艾耳　(向汝尔丹先生。)先生,只要她肯私下里听我一句话,我保证她依顺您的意思。

汝尔丹太太　我决不依顺。

考维艾耳　您先听听也好。

汝尔丹太太　偏不听。

汝尔丹先生　听听他看。

汝尔丹太太　不,我偏不要听。

汝尔丹先生　他要告诉你……

汝尔丹太太　他说什么话,我也不要听。

汝尔丹先生　女人固执起来,真不得了!你听听又有什么害处?

考维艾耳　您听我说说好了;听过以后,您爱怎么做,随您。

汝尔丹太太　好吧!什么话?

考维艾耳　(旁白。)①太太,我们给您递眼色递了有一个钟头啦。您就真看不出来?我们这样做,只为了凑合您丈夫的怪想法;我们这种打扮,就为了骗他;土耳其皇太子,就是克莱翁特本人装的。

汝尔丹太太② 啊,啊。

考维艾耳③　翻译官就是我考维艾耳。

汝尔丹太太④ 啊!这样的话,我就没有话说啦。

---

① 1734 年版增添:"(低声,向汝尔丹太太。)"
② 1734 年版增添:"(低声,向考维艾耳。)"
③ 1734 年版增添:"(低声,向汝尔丹太太。)"
④ 1734 年版增添:"(低声,向考维艾耳。)"

考维艾耳① 您装作什么也不知道。

汝尔丹太太② 好,就这么办啦,我同意这门亲事。

汝尔丹先生 啊!现在人人明白过来啦。③你先还不肯听。我晓得他会把土耳其皇太子的情形给你解释清楚的。

汝尔丹太太 他给我解释得头头是道,我满意啦。去找一位公证人来吧。

道琅特 说得很好。汝尔丹夫人,为了您完全满意起见,为了您今天不再对您丈夫有丝毫疑心起见,我们邀请同一公证人给我们证婚,给侯爵夫人和我证婚。

汝尔丹太太 这我同意。

汝尔丹先生④ 这是故意做给她看的。

道琅特⑤ 一定要装假,把她哄住才好。

汝尔丹先生 妙,妙。⑥快去找公证人来。

道琅特 我们一面等他来,写婚书,一面看我们的芭蕾舞,就便欢娱土耳其皇太子。

汝尔丹先生 好主意:我们入座吧。

汝尔丹太太 妮考耳怎么办?

汝尔丹先生 我把她嫁给翻译官。还有我太太,谁要,谁娶了去。

考维艾耳 先生,我谢谢您。⑦要是世上还能找出比他更疯的人来呀,那可真是天下奇闻啦。

(一个准备好了的芭蕾舞结束喜剧。)

---

① 1734 年版增添:"(低声,向汝尔丹太太。)"
② 1734 年版增添:"(高声。)"
③ 1734 年版增添:"(向汝尔丹太太。)"
④ 1734 年版增添:"(低声,向道琅特。)"
⑤ 1734 年版增添:"(低声,向汝尔丹先生。)"
⑥ 1734 年版增添:"(高声。)"
⑦ 1734 年版增添:"(旁白。)"

各国的芭蕾舞

第 一 场

(一个男子分发芭蕾舞说明书,他一进场,就有一群各省的人,合着节拍,问他要说明书,这已经够他难应付的了,又有三个讨厌鬼,总跟着他。)

对话(合着节拍,要说明书。)

全　体
　　　　　给我,先生,劳驾,先生,给我:
　　　　　说明书,一本,给我,请你给我。

装模作样的男子
　　　　　先生,你要另眼看待我们。
　　　　　要的都是贵妇人,这边,来几本。

又一装模作样的男子
　　　　　喂!先生,先生,不要见外,
　　　　　　给这边也扔几本过来。

装模作样的女人
　　　　　哎哟,这地方有身份也没用,
　　　　　他们对你就不尊重。

又一装模作样的女人

> 他们的说明书,还有长板凳,
> 只有出身低的妇女才行。

加斯科尼人①

> 喂!发说明书的,发一份给俺!
> 咱呀早就把肚皮喊破咧。
> 你看哪,个个人都在笑俺。
> 你呀不拿说明书发给俺,
> 拿说明书倒给了那群坏蛋,
> 咱看在眼里,气也气坏咧。

又一加斯科尼人

> 家伙!你倒看看咱是啥子人哪:
> 拿一本给啊思巴拉男爵,求你咧。
> 真他妈的气人,这蠢才,咱想哪,
> 就没有荣幸认得俺咧。

瑞士人

> 你这发说明书的是怎么搞的?
> 搞得人心里直犯别扭。
> 我喊呀喊的,喉咙喊得
> 　　成了干的,
> 一本说明书也没有弄到手:
> 家伙!先生,我想你是喝醉了酒。②

---

① 加斯科尼 Gascogne 是旧时法国西南一个省份。
② 1734 年版增添:"(发说明书的人,发现那些讨厌鬼总跟着他,又累又气,就下去了。)"

爱说话的资产阶级老头子

　　　　　　　把话老实说了吧,
　　　　　　　我是不满意的啦。
　　　　　　　也简直太不像话。
　　　　　　　　我们的姑娘,
　　　　　　　又乖又长得漂亮,
　　　　　　　求婚的人儿万万千,
　　　　　　　巴了这么老半天,
　　　　　　　一本说明书也巴不到,
　　　　　　　芭蕾舞到底怎么跳,
　　　　　　　就一直莫名其妙。
　　　　　　　我们一家老和少,
　　　　　　　个个儿打扮好了,
　　　　　　　谁晓得他们乱搞,
　　　　　　　让我们和那些乡下佬
　　　　　　　坐在后头拉倒。
　　　　　　　把话老实说了吧,
　　　　　　　我是不满意的啦。
　　　　　　　也简直太不像话。

爱说话的资产阶级老婆子

　　　　　　　说实话,这是丢脸的事,
　　　　　　　我心里真是又臊又气,
　　　　　发唱本的小子,根本不干正经,
　　　　　　　　拿唱本乱扔,
　　　　　　　　是一只猩猩,
　　　　　　　　是一只蚱蜢,

　　　　　　　简直是畜牲。
　　一点也不晓得尊敬
　　我们这位如花似玉的小姐,
　　　　　王宫区靠她也才出名,
　　　　　前些日子,有一位伯爵
　　　　　在舞会,就先找她跳蹦。
　　　　　他唱本乱扔,
　　　　　是一只猩猩,
　　　　　是一只蚱蜢,
　　　　　简直是畜牲。

装模作样的男子和女人

　　　　　唉呀!
　　　　　　真闹!
　　　　　　　真吵!
　　　　　　　　真乱!
　　　　　　　　　真杂!
　　　　　一片混乱!简直没有王法!
　　　　　毫无秩序!
　　　　　　　　　寸步难行!
　　　　　活命难保。
　　　　　　　　　非死不成。

加斯科尼人

　　　　　咱完咧。

又一加斯科尼人

　　　　　气死俺,还是死了的好!

瑞士人

在大厅里头，人渴得就没有法子弄！

加斯科尼人

咱要死。

又一加斯科尼人

咱是啥也看不见咧。

瑞士人

天呀！我真想到外头走动走动。

爱说话的资产阶级老头子

来吧，好人，

跟着我走，

千万留神，

不要分手，

人家就不拿我们当人：

我受不了

这种煎熬：

这份儿乱吵、

这份儿乱挤，

到了无法忍受的地步。

我是什么也不要看了，

我这辈子要是再想起

看戏和看什么芭蕾舞，

情愿作缺胳膊、缺腿的人。

来吧，好人，

跟着我走，

千万留神，

> 不要分手，
>
> 人家就不拿我们当人。

爱说话的资产阶级老婆子

> 心肝，我们走吧，
>
> 还是回我们的公馆吧，
>
> 座儿也没有一个，
>
> 在这破地方干什么：
>
> 他们看见我们走，
>
> 会吓得浑身发抖。
>
> 这座大厅活活乱成了一团，
>
> 我宁可在菜市待上老半天；
>
> 我要是再来这种热闹地方，
>
> 情愿挨上七记、八记耳光。
>
> 心肝，我们走吧。
>
> 还是回我们的公馆吧，
>
> 座儿也没有一个，
>
> 在这破地方干什么。①

全　体

> 给我，先生，劳驾，先生，给我：
>
> 说明书，一本，给我，请你给我。②

---

① 1734年版增添："发说明书的人又回来了，那些讨厌鬼跟在后头。）"
② 1734年版增添："（那些讨厌鬼拿到了说明书，散给观众，同时发说明书的人在舞蹈。之后，他们加入他的舞蹈，形成第一场。）"

第 二 场

三个讨厌鬼舞蹈。

第 三 场

三位西班牙人① （歌唱。）

  Sé que me Muero de amor,
  Y solicito el dolor.

  Aun muriendo de querer,
  De tan buen ayre adolezco,
  Que es mas de lo que padezco
  Lo que quiero padecer,
  Y no pudiendo exceder
  A mi deseo el rigor.
  Sé que me muero de amor,
  Y solicito el dolor.

  Lisonxeame la suerte

---

① 根据1734年版,是一位西班牙人歌唱。

> Con piedad tan advertida,
>
> Que me assegura la vida
>
> En el riesgo de la muerte
>
> Vivir de su golpe fuerte
>
> Es de mi salud primor.
>
> Sé que me muero de amor,
>
> Y solicito el dolor。①
>
> (六位西班牙人舞蹈。)②

三位西班牙歌手③

> Ay! que locura, con tanto rigor
>
> Quexarse de Amor,
>
> Del niño bonito
>
> Que todo es dulcura!
>
> Ay! que locura!
>
> Ay! que locura! ④

西班牙人⑤ （歌唱。）

---

① 歌词大意：“我知道我为相思病奄奄一息，——可是我寻找的只是痛苦。我虽然为痴情奄奄一息，——死也要死得有志气，——比起我愿意受的痛苦，——我现在的痛苦还算不了什么，——我的病情尽管重，——也不能赶到我的痴情前头。
　　"我知道我为相思病奄奄一息，——可是我寻找的只是痛苦。
　　"命运可怜我，——对我十分关怀——他从死亡的危险，——把我的性命救下。——受了那样凶狠的打击，还能活着，——我的健康出现了奇迹。
　　"我知道我为相思病奄奄一息，——可是我寻找的只是痛苦。"

② 1734 年版增改："（六位西班牙人舞蹈，之后，另外两位西班牙人合舞）"。

③ 1734 年版改为"第一位西班牙人"。

④ 歌词大意："啊！简直发了疯，那样严厉地——把爱神埋怨，——他是一个可爱的孩子，——温柔到了极点！——啊！简直发了疯！——啊！简直发了疯！"

⑤ 1734 年版改为"第二位西班牙人"。

　　　　　　　　El dolor solicita

　　　　　　　　El que al dolor se da;

　　　　　　　　Y nadie de amor muere,

　　　　　　　　Sino quien no save amar.①

两位西班牙人②

　　　　　　　　Dulce muerte es el amor

　　　　　　　　Con correspondencia igual;

　　　　　　　　Y si esta gozamos hoy,

　　　　　　　　Porque la quieres turbar? ③

一位西班牙人④

　　　　　　　　Alegrese enamorado,

　　　　　　　　Y tome mi parecer;

　　　　　　　　Que en esto de querer,

　　　　　　　　Todo es hallar el vado.⑤

三人合唱

　　　　　　　　Vaya, vaya, de fiestas!

　　　　　　　　　Vaya de bayle!

　　　　　　　　Alegria, alegria, alegria!

---

① 歌词大意:"谁把自己给了痛苦,——痛苦就和谁为难;——没有人害相思病害死,——除非他不晓得怎么样相爱。"
② 1734年版改为"第一和第二位西班牙人"。
③ 歌词大意:"爱情有了报答,——就成了甜蜜的死亡;——我们今天正在两情相好,——你为什么偏要扰乱?"
④ 1734年版改为"第一位西班牙人"。
⑤ 歌词大意:"愿有情人欢乐,——并听取我的劝告,——因为有了痴情,——此外就是寻觅办法。"

Que esto de dolor es fantasia.①

第 四 场

意大利人。

一位意大利女歌唱家 （独唱，歌词如下。）

> Di rigori armata il seno,
> Contro amor ml ribellai;
> ma fui vinta in un baleno
> In mirar due vaghi rai,
> Ahi! che resiste puoco
> Cor di gelo a stral di fuoco!
>
> ma si caro è'l mio tormento,
> Dolce è si la piaga mia,
> Ch'il penare è mio contento,
> E'l sanarmi è tirannia.
> Ahi! che più giova e piace,
> Quanto amor è più vivace! ②

---

① 歌词大意："来呀，来呀，过节来呀！——来呀，舞蹈！——快活吧，快活吧，快活吧！——痛苦是瞎想出来的。"
② 歌词大意："我反抗爱情，拿冷酷来武装胸脯；——可是我望了望她那一双媚眼，——一转眼的工夫我就败下了阵；——哎呀！一颗冰冷的心，——就抵挡不了一支火热的箭！

"不过我的苦恼是那样亲密，——我的创伤是那样好受，——我的痛苦作成我的幸福，——把我医好了倒成了暴政。——哎呀！爱情越是热烈，——也就越让人快活，越让人开心！"

（女歌唱家唱歌之后，两位司卡拉木赦①、两位特利勿兰②和一位阿耳干③合着节拍，按照意大利喜剧方式，表演一夜的事④。）

（一位意大利男歌唱家走近意大利女歌唱家，和她唱着下面的歌词。）

意大利男歌唱家

Bel tempo che vola

Rapisce il contento;

D'Amor nella scuola

Si coglie il momento.⑤

女歌唱家

Insin che florida

Ride l'età,

Che pur tropp' orrida

Da noi sen và.⑥

二人合唱

Sù cantiamo,

---

① 司卡拉木赦 Scaramouche 是意大利职业喜剧的一个定型人物。创造者是菲奥莱里 Tiberio Fiorelli，1640 年来巴黎，莫里哀的剧团曾和他的剧团长期在一个剧场演出。他的服装经常是一身黑。
② 特利勿兰 Trivelin 是意大利职业喜剧的一个定型人物。创造者是劳卡太里 Dominico Locatelli。服装上有星星和月牙。与司卡拉木赦同台。
③ 阿耳干 Arlequin 是意大利职业喜剧的一个定型人物。成型很古，17 世纪随剧团在巴黎出现。戴黑面具，服装色彩斑驳（绿、红、黄、蓝），手持木刀。当时创造者是道米尼克 Dominique。
④ 所谓"一夜的事"，应当是这些意大利喜剧演员经常在舞台上所做的和夜晚有关的种种表演，例如观星、做梦、攻打、架梯、在情人窗下唱小夜曲……
⑤ 歌词大意："良辰远飞，——欢乐不再；——一个人上爱情学校，——要学会利用时间。"
⑥ 歌词大意："年月如花，——行乐应及时，——岁不我留，——一去如飞。"

> Sù godiamo,
>
> Ne'bei dì di gioventù:
>
> Perduto ben non si racquista più.①

男歌唱家

> Pupilla ch, è vaga
>
> Mill'alme incatena
>
> Fà dolce la piaga,
>
> Felice la pena.②

女歌唱家

> Ma poichè frigida
>
> Langue l'età
>
> Più l'alma rigiáa
>
> Fiamme non ha.③

二人合唱

> Sù cantiamo,
>
> Sù godiamo,
>
> Ne'bei dì di gioventù:
>
> Perduto ben non si raquista più.④

（意大利歌唱家对唱后，司卡拉木赦和特利勿兰表演

---

① 歌词大意："我们要唱歌，——我们要行乐，——我们正当年少：——幸福一去不再来。"
② 歌词大意："一只美丽的眼睛——征服一千颗心，——让伤口变得好受，——让痛苦成了幸福。"
③ 歌词大意："但是到了急景雕年，——人将老去，——冻麻了的灵魂——也就不会再有火焰。"
④ 歌词大意："我们要唱歌，——我们要行乐，——我们正当年少：——幸福一去不再来。"

欢乐舞。)

第 五 场

法兰西人。

第一支小步舞曲

两位①普瓦杜②歌唱家 (舞蹈,并唱着下面的歌词。)

  小林里四下是这样清静!

  春天带来了日暖天晴!③

在这些新绿的叶儿下面,黄莺

  歌唱着又来的愉快心情。

  这美丽的所在,

  这好听的鸟声,

  这美丽的所在

  撩起我们的爱情。

第二支小步舞曲

二人合唱

  看呀,我的克莉麦娜,

  看呀,在栎树底下,

有两只多情的小鸟儿相依相偎,

---

① 1734年版改为"第一位"。
② 普瓦杜 Poitou 是旧时法国西部一个省份。
③ 1734年版,下面改为"第二位普瓦杜人"独唱。

它们就没有一点忌讳
　　　妨害它们行乐,
　　　它们心里充满
　　　爱情销魂的火焰。
　　　它们真是快活!
　　　只要你有意,
　　　我们两下里,
　　　也会一样快活。

　　(又有六位法兰西人过来,照普瓦杜人那样装扮得漂漂亮亮的,三男三女,谐着八支长笛和风笛的吹奏,跳小步舞。)

第 六 场

　　〔最后,三个国家的人合拢,全体参加者按照舞蹈和音乐,拍手喝采,并唱着下面两行歌词:

　　　连台好戏,看得我们入魔,
　　　就连神仙的娱乐也差了许多。

司卡班的诡计

原作是散文体。1671 年 5 月 24 日,第一次演出;同年刊印。

人物

阿尔冈特　奥克达弗与赛尔比奈特的父亲。

皆隆特　赖昂德与雅散特的父亲。

奥克达弗　阿尔冈特的儿子与雅散特的情人。

赖昂德　皆隆特的儿子与赛尔比奈特的情人。

赛尔比奈特　起初被当作埃及女人①，其实是阿尔冈特的女儿，赖昂德的情人。

雅散特　皆隆特的女儿与奥克达弗的情人。

司卡班②　赖昂德的听差，无赖。

席耳外司特　奥克达弗的听差。

乃莉娜　雅散特的奶妈。

卡尔　无赖。③

两个挑夫

地点

那不勒斯。

---

① 指一般算命行乞的游民。
② 司卡班 Scapin 这个人物来自意大利职业喜剧，他是一个定型听差，叫作司卡皮漏(Scappino)，属于意大利南部那不勒斯的舞台造型，戴假面具。"司卡皮漏"这个字可能来自意大利字"司卡怕赖"Scappare，本义是"溜掉"。他不是看见危险就溜的懦夫，便是能化险为夷的聪明人。莫里哀演这个角色，不戴面具，性格也有改变。
③ 1734 年版，"无赖"改为"司卡班的朋友"。

第 一 幕

第 一 场

奥克达弗,席耳外司特。

奥克达弗 啊!谈恋爱谈得好好儿的,碰上这种大杀风景的消息!我就无路可走!席耳外司特,你方才在码头上听说我父亲这就回来?

席耳外司特 是啊。

奥克达弗 他今天早上就到?

席耳外司特 今天早上。

奥克达弗 还拿定了主意要我成亲?

席耳外司特 是啊。

奥克达弗 娶皆隆特先生的女儿?

席耳外司特 皆隆特先生的女儿。

奥克达弗 就为了这事,才从大兰多①把女儿接回来?

席耳外司特 是啊。

奥克达弗 你这消息是听我叔叔讲的?

---

① 大兰多 Tarente 在意大利南部大兰多湾。

席耳外司特	听您叔叔讲的。
奥克达弗	我父亲有信给他,讲起来的?
席耳外司特	有信给他。
奥克达弗	你说,我们干的事,叔叔全知道?
席耳外司特	全知道。
奥克达弗	啊!你倒有话说话,别老这么一句一句叫人往外挤呀。
席耳外司特	我还说什么?您说的一丝不差,什么事也没有忘记。
奥克达弗	赶上这种要命的当口,你倒是帮我出出主意,教教我该怎么办呀。
席耳外司特	说真个的,我跟您一样,不知道怎么才好,我倒巴不得有人帮我出出主意。
奥克达弗	他回来得怎么这样不凑巧,害苦了我。
席耳外司特	我也是一样。
奥克达弗	我父亲听到我干的那些事呀,我看我要挨一顿臭骂。
席耳外司特	挨骂算得了什么;但愿老天爷保佑我,这样轻轻就发落了我!您寻乐儿,看样子,我要大吃苦头。我看乱棍打下来,有我这背皮受的。
奥克达弗	天呀!四顾茫茫,哪儿是我的活路?
席耳外司特	那您就该事前想到了啊。
奥克达弗	啊!教训人也不看看时候,你活活儿把我急死。
席耳外司特	您轻举妄动,更把我急死。
奥克达弗	我该怎么办?打什么主意?拿什么应付?

第 二 场

司卡班，奥克达弗，席耳外司特。

司卡班　　什么事，奥克达弗少爷，您怎么的啦？出了什么岔子？把您急成这副样子？我看您神色可慌张啦。

奥克达弗　　啊！我的好司卡班，我毁啦，我吹啦，我成了世上顶不走运的人啦。

司卡班　　怎么一回事？

奥克达弗　　我的事你一点儿也不知道？

司卡班　　不知道。

奥克达弗　　我父亲和皆隆特先生回来啦，他们要我娶媳妇。

司卡班　　哎嗐，这有什么好叫苦连天的？

奥克达弗　　哎呀！你不知道我为什么发急。

司卡班　　不知道，可是要我早知道，全看您啦。我是分忧使者，专管年轻人的闲事。

奥克达弗　　啊！司卡班，你要是能想出一个办法，用一个计策，把我解救出来呀，我感激你呀，比生身父母还感激。

司卡班　　实对您说了吧，只要我肯干，我干不来的事就很少。当然了，上天给了我老大一份天才，斗斗心眼儿，出出鬼招子，也只有无知的人，才把这叫作欺诈。不是我吹牛，在这高贵的行艺里头，您看不见有谁比我还名气大的、有本领捣蛋出坏主意的。可是家伙，人在今天，再有本领也不顶事，我自从碰上一桩不开心的事以后，就万念俱灰，谢绝尘事啦。

奥克达弗	怎么的？什么事，司卡班？
司卡班	意想不到的事，我吃官司来的。
奥克达弗	吃官司？
司卡班	是啊，我们之间起了争执。
奥克达弗	你和司法机关？
司卡班	是啊。他们就不拿我当人看待。眼下这个世道，只有忘恩负义，我一气之下，决计什么也不干了。够份儿啦！别尽说我的。还是听听您的事吧。
奥克达弗	你知道，两个月以前，皆隆特先生和家父，为了一宗和他们有关的生意，一块儿乘船出远门去了。
司卡班	这我知道。
奥克达弗	我们两家的父亲把我和赖昂德留下来，席耳外司特看管我，你照料赖昂德。
司卡班	是啊：我很尽职。
奥克达弗	过了些时，赖昂德遇见一个年轻的埃及姑娘，爱上了她。
司卡班	这我也知道。
奥克达弗	我们是知己朋友，不久他就把他的恋爱事告诉了我，带我去看那个女孩子。我觉得她的确长得不错，不过也不就像他说的那样美。他每天不和我说话便罢，说起话来就离不了她，时时刻刻对我夸她长得美，有风韵，才情又高，说到她谈吐动人，就精神百倍，简直连她顶无所谓的一言半语，也要学给我听，还一来硬要我承认她这一言半语了不起的俏皮。他有时候跟我吵嘴，嫌我听他讲话不够热情，还成天怪我对恋爱这种事冷淡。
司卡班	您说这话，我听不出您的用意是什么。
奥克达弗	有一天我陪他去看他的心上人，路过一条冷僻街道，我们

听见一所小屋子里头有人诉苦，还夹着啼哭的声音。我们问人是怎么一回事。有一个女人就叹着气，告诉我们，里头有几个外乡人，情形凄惨，只要我们不是铁石心肠，见了没有不感动的。

司卡班　　您要我听这干什么？

奥克达弗　　我动了好奇的心思，要赖昂德一道去看看是怎么一回事。我们走进一间厅房，就见一位老太太快要死了，旁边有一个女用人直叹气，还有一个年轻姑娘哭的什么也似的。她长得又美，又感动人，我就从来没有见过。

司卡班　　啊！啊！

奥克达弗　　换了别人，处在这种境况，模样一定难看极了，因为她浑身上下，只有一条不中看的短裙和一件佛司达布①睡衣；头上是一顶睡觉戴的黄帽子，帽檐儿翘着，头发乱蓬蓬的，披了一肩膀；可是别看装扮穷，她照样儿是月貌花容，没有一个地方不招人爱，不显得美。

司卡班　　我看就要进入正题啦。

奥克达弗　　你要是看见了她呀，司卡班，像我说的那样子，你会觉得她好看的。

司卡班　　哦！我想一定是吧；我就是没有看见她，也看出她一定是千娇百媚的了。

奥克达弗　　她流眼泪，可是不像别人的眼泪，横一道，竖一道，把脸弄了个死难看；她哭起来也楚楚动人，那副伤心模样就别提有多好看啦。

司卡班　　我全看出来啦。

―――――――

①　佛司达（futaine）布是开罗近郊佛司达（Fostat）的出品：一种搀和麻线的棉布。

奥克达弗	她扑在那要死的女人身上，口口声声叫她亲娘，那副依恋的样子，谁见了也流眼泪；小姑娘天性善良，谁见了也要心碎。
司卡班	实在可怜，我看也正是这种善良天性，让您爱上了她吧。
奥克达弗	啊！司卡班，铁石心肠的人也会爱她的。
司卡班	当然，不爱还行？
奥克达弗	我见这可爱的姑娘伤心，找话安慰了她几句，就和赖昂德出来了；我问他，他觉得她怎么样，他冷冰冰回了我一句，他觉得她还算好看。他说起她来，那种冷淡模样，才叫气人，所以女孩子在我心上留下的深刻印象，我也就不肯对他明说了。
席耳外司特①	您这么唠叨下去，我们要听到明天啦。还是让我三言两语帮您结束了吧。②从那时候起，他就爱上她了。他不去安慰他可爱的伤心姑娘，他就活不下去。姑娘的母亲死了，留下女用人看管她。我们这位少爷去勤了，女用人不答应。这下子他可急啦。他又是逼，又是求，又是央告，不起作用。人家告诉他：姑娘就算没有家当，没有依靠，可也是正经人家出身，所以除非他娶她，否则就别指望人家答应他老去。困难一多，爱情反而深了。他又是心里盘算，又是坐立不安，又是左思右想，又是犹疑不决，最后打定了主意，现在是：他已经和她成亲三天了。
司卡班	我懂。
席耳外司特	眼下是一波未平，一波又起，他满以为父亲两个月以后回

---

① 1734 年版增添："（向奥克达弗。）"
② 1734 年版增添："（向司卡班。）"

187

来，不料说回来就回来。还不提叔父揭穿了瞒着人结婚这档子秘密；还不提皆隆特先生有一个女儿，要派给我们这位少爷作老婆。据说，皆隆特先生在大兰多续弦来的，女儿就是后妻养的。

奥克达弗　顶糟的还有：这可爱的人眼看就没有法子过日子，偏偏我又一个钱也没有，应不了她的急。

司卡班　话说完啦？为了这么丁点儿小事，就把你们两个人作难成了这副样子。这也犯得上担惊受怕。①就冲这芝麻大的小事，你也失了主张，害不害臊？妈的！你长得高高的，胖胖的，也好作人爹妈啦，就砸不开你的脑壳，转转心眼儿，想出一个鬼招子，来上一条小妙计，把事情安排定当？啐！害黑死病害死你这蠢才！我巴不得我先前有机会胡弄胡弄我们那个老头子，我会轻轻易易耍了他们的；我还没有这么高的时候，早就诡计百出，有了名气。

席耳外司特　你那份儿才分，我承认老天爷没有给我，也不像你一样，有本事吃官司。

奥克达弗　我可爱的雅散特来啦。

第 三 场

雅散特，奥克达弗，司卡班，席耳外司特。

雅散特　啊！奥克达弗，方才席耳外司特告诉乃莉娜，说你父亲回

---

①　应当增添："（向席耳外司特。）"

	来了，他要你另外成亲，真有这事吗？
奥克达弗	有的，美丽的雅散特，我听到这消息，急得要命。不过我看见了什么？你在哭！为什么流眼泪？说给我听，你是不是疑心我有什么负心事，放心不下我对你的爱情？
雅散特	是啊，奥克达弗，我相信你爱我，可是我不敢保你永远爱我呀。
奥克达弗	哎！爱你而不爱你一辈子，谁办得到？
雅散特	奥克达弗，我听人说，你们男人爱起人来，不及我们女人有长性，男人的爱情容易燃烧起来，可也说灭就灭。
奥克达弗	啊！我亲爱的雅散特，我这颗心可跟一般男人的心不一样，就我来说，我觉得我会爱你爱到老的。
雅散特	我愿意相信你说的是真心话，我也相信你这些话句句诚恳，不过你爱我的这番恩情，我怕有一种势力要从你心里把它打消了的。你离开了父亲活不成，他可偏偏要你娶别人。万一我遇到这不幸的事的话，我相信我会死的。
奥克达弗	不会的，美丽的雅散特，父亲休想能逼我对你做出负心的事来。不得已的时候，我宁可离乡背井，甚至于舍弃性命，也不离开你。他要我娶的那个女孩子，我见是没有见过，可是我已经憎恨到了极点。不是我心狠，我真还盼望大海把她淹了。别哭，我求你了，我可爱的雅散特，你一流眼泪，我就难过，就像心碎了一样。
雅散特	你要我揩掉眼泪，我倒乐意把眼泪揩掉了，一心一意，等老天爷为我作主。
奥克达弗	老天爷会保佑我们的。
雅散特	只要你不负心，老天爷就不会伤我的心的。
奥克达弗	我当然不负心。

雅散特	那我就称心啦。
司卡班①	说真的！她不怎么傻，我觉得她怪不错的。
奥克达弗②	我们有困难，只要这个人乐意，他就帮得了我们的大忙。
司卡班	我赌过大咒，再也不管世上的闲事了，不过你们两个人要是好好儿求求我的话，也许……
奥克达弗	啊！要是只靠好好儿求求你就行的话，我就诚心诚意求你帮我们渡过风险吧。
司卡班③	还有您，对我就没有一句话讲？
雅散特	我和他一样，以您在世上最宝贵的一切的名义，求您成全我们相爱。
司卡班	我狠不下这个心，我得讲人道。行，我愿意帮你们。
奥克达弗	你相信……
司卡班	别说啦！④您先走一步吧，放心好了。⑤至于您，您准备好了应付您父亲来吧。
奥克达弗	不瞒你说，不等他来，我先打哆嗦，我这人天生胆子小，就改不了。
司卡班	可是头一仗得特别显得硬气，怕的是他看准了您胆怯，拿您当小孩子看待。来，您想法子摆好架式。胆子放大点儿，随他对您说什么，反正您回他的话，口气要想着放硬挣。
奥克达弗	我尽力做就是了。

---

① 1734年版增添："（旁白。）"
② 1734年版增添："（指着司卡班。）"
③ 1734年版增添："（向雅散特。）"
④ 1682年版增添："（向雅散特。）"
⑤ 1730年版增添："（向奥克达弗。）"1734年版在这里另分一场，雅散特下。

司卡班	好，我们就试试看，免得临时出乱子。排练排练您的角色，看您行不行。来吧。神气要坚定，头扬高了，眼神要稳。
奥克达弗	这样行吗？
司卡班	还差点儿劲。
奥克达弗	成了吧？
司卡班	好的。把我当作您父亲。他来了，回话要强硬，就像是回他本人的话一样。"怎么，死鬼，不成材的东西、不要脸的东西、不肖的忤逆，你干的好事，我不在家，你瞒着我做坏事，居然还敢到我面前来？难道我抚养你就为了这个，败家子？难道就为了这个？这就是你的孝心？你应尽的孝道？"说话呀。"你不经父亲许可，捣蛋鬼就自作主张，竟敢胡作非为，私下和人结婚？回我话，混账东西，回我话。我倒要听听你那些漂亮理由。"哦！活见鬼！看您吓得这副神气！
奥克达弗	我还真以为是我父亲骂我呐。
司卡班	哎呀！说的是呀。单单为了这个，您也不该傻愣着。
奥克达弗	我再硬挣些就是了，我回话强硬就是了。
司卡班	当真？
奥克达弗	当真。
席耳外司特	老爷来啦。
奥克达弗	老天爷！这下子我可毁啦。①
司卡班	喂！奥克达弗，别走。奥克达弗！他还是溜啦。多没有种！我们等老头子来吧。

---

① 1682年版增添："（他溜走了。）"

席耳外司特　我对他说什么好?

司卡班　交给我办,我说话,你帮腔,就行了。

第 四 场

阿尔冈特,司卡班,席耳外司特。①

阿尔冈特②　谁可听说过像这样的事来的?

司卡班③　他已经知道啦,看他一心想着这事,独自在扯嗓子讲呐。

阿尔冈特　简直是胆大包天!

司卡班④　听他讲点儿什么。

阿尔冈特　这门漂亮亲事,我倒要听听他们有什么话好说。

司卡班⑤　不出我们所料。

阿尔冈特　他们会不会否认?

司卡班　才不,我们没有意思否认。

阿尔冈特　还是找话解释?

司卡班　这倒说不定。

阿尔冈特　他们会不会来一套鬼话骗我?

司卡班　也许。

阿尔冈特　他们说什么话也是白费唾沫。

----

① 1734年版增添:"(在舞台后部。)"
② 1734年版增添:"(以为只有自己一个人。)"阿尔冈特看见席耳外司特以前,一直是自言自语。
③ 1734年版增添:"(向席耳外司特。)"
④ 1734年版增添:"(向席耳外司特。)"
⑤ 1734年版增添:"(旁白。)"司卡班一直旁白,到"到时候再说"为止。

司卡班	回头看。
阿尔冈特	他们别想胡弄得了我。
司卡班	别吃稳。
阿尔冈特	我晓得把我死鬼儿子关到什么妥当地方。
司卡班	到时候再说。
阿尔冈特	还有席耳外司特这个混账东西,我要狠狠揍他一顿。
席耳外司特①	我正纳闷他会把我忘了。
阿尔冈特②	啊!啊!原来是你,聪明的管家、年轻人的好导师。
司卡班	老爷,您回来啦,我可欢喜啦。
阿尔冈特	你好,司卡班。③我吩咐的话,你可真照办啦;我不在家,我那儿子可真循规蹈矩啦。
司卡班	看样子,您身子挺好?
阿尔冈特	还好。(向席耳外司特。)你不开口,混账东西,你不开口。
司卡班	这趟远门得意?
阿尔冈特	我的上帝!得意得很。你就由我痛痛快快骂一场吧。
司卡班	您想骂人?
阿尔冈特	对,我想骂人。
司卡班	老爷,骂谁?
阿尔冈特④	这个坏东西呀。
司卡班	为什么?
阿尔冈特	我不在家的时候,出了什么事,难道你没有听说?
司卡班	我听说来的,也不过是一点小事。

---

① 1734年版增添:"(向司卡班。)"
② 1734年版增添:"(望见席耳外司特。)"
③ 1734年版增添:"(向席耳外司特。)"
④ 1734年版增添:"(指着席耳外司特。)"

阿尔冈特	怎么,一点小事?像这样的乱子?
司卡班	您这话有一部分道理。
阿尔冈特	像他那样胆大妄为?
司卡班	可也说的是。
阿尔冈特	作儿子的,不经父亲许可,就娶媳妇?
司卡班	是啊,也是该说。不过依我看来,您声张不得。
阿尔冈特	我呀,我可不是你这种看法,我偏声张个够。什么?难道我生气的理由,你还嫌不十足啊?
司卡班	十足。我这方面,听人说起,先也生气来的,我为您还骂过您的少爷。您问问他看,就知道我说他说得多凶了,像您这样的父亲,他跪下来看您走过的脚印子也不差什么,他竟敢不孝顺,我有不训他的?就连您自己数说他,也数说不了那么好。可是这又怎么样?我头脑冷静下来,再一细想,事实上,他也不像人想的那样大不应该。
阿尔冈特	你这叫什么话?冒冒失失就跟一个外路女子成亲,还不算大不应该?
司卡班	您要怎么着,命该如此呀。
阿尔冈特	啊,啊!理由可真充分啦。这样的话,什么犯法的事全好干啦,骗人呀,偷人呀,杀人呀,事后只要来一句借口"命该如此",也就成啦。
司卡班	我的上帝!您像哲学家一样,太爱推敲字面啦。我的意思是说,他做这事,也是迫不得已。
阿尔冈特	那他为什么做?
司卡班	您要他像您一样懂事吗?年轻人到底年纪轻,欠慎重,干出来的事,不会都通情达理的。我那位赖昂德就是一个例

	子，我再开导，我再规劝，也是白费口舌，闯的祸事比您的少爷还糟。我倒希望晓得，您有没有过年轻的时候，在您年轻的时候，像不像别人，也干过一些荒唐事。我听人讲起，您从前就爱在脂粉队里厮混，当年顶出名的风流女子，您全打过交道，而且是不到手，决不罢休。
阿尔冈特	这是实情，我不否认，可是我一向逢场作戏，决没有像他那样，一发而不可收拾。
司卡班	您要他怎么着？他看见一位年轻姑娘，姑娘喜欢他（因为他跟您一样，个个儿女人见爱）。他觉得姑娘可爱。他去看她，说说情话，情意绵绵地直叹气，做出一副多情的模样。女的依从了他，他正想就势成其好事，不料让她家里人撞见了，拿起凶器来，逼他娶她。
席耳外司特①	小子真有心计！
司卡班	难道您愿意他引颈受死？娶媳妇比死总强多了吧。
阿尔冈特	我没有听人讲起有这种经过。
司卡班②	您不妨问问他看：他不会有二话对您说的。
阿尔冈特③	他成亲是叫人逼的？
席耳外司特	是呀，老爷。
司卡班	我凭什么胡弄您？
阿尔冈特	那他就该马上到公证人那边告状，说他们勒逼成亲。
司卡班	他才不干呐。
阿尔冈特	那我退这门亲事就容易多了。
司卡班	退这门亲事？

---

① 1734年版增添："（旁白。）"
② 1734年版增添："（指着席耳外司特。）"
③ 1734年版增添："（向席耳外司特。）"

阿尔冈特	是啊。
司卡班	您退不成。
阿尔冈特	我退不成?
司卡班	不成。
阿尔冈特	什么? 难道我不是父亲,有权过问? 再说,婚姻是逼出来的,有什么不好退的?
司卡班	这事他不会同意的。
阿尔冈特	他不会同意?
司卡班	不会。
阿尔冈特	我儿子?
司卡班	您儿子。您愿意他承认自己是孱头,亲事是逼出来的吗? 他才不要这么说呐。那等于自己丢自己的脸,表示自己不配作您这样父亲的儿子。
阿尔冈特	我不在乎这个。
司卡班	为了他的脸面,也为了您的脸面,他得逢人就讲,他娶她,出自本意。
阿尔冈特	可是我呀,我要他为了我的脸面,也为了他的脸面,说相反的话。
司卡班	不会的,我拿稳了他不干。
阿尔冈特	我逼他干。
司卡班	您听我说,他不干。
阿尔冈特	不干也得干,不然呀,我就不要他继承我的家业。
司卡班	您?
阿尔冈特	我。
司卡班	好。
阿尔冈特	怎么,好?

司卡班　　您才不会不要他继承您的家业呐。

阿尔冈特　我不会不要他继承我的家业？

司卡班　　不会。

阿尔冈特　不会？

司卡班　　不会。

阿尔冈特　哎嗒！这倒成了笑话：我不会不要儿子继承我的家业。

司卡班　　您听我说，不会。

阿尔冈特　谁拦着我？

司卡班　　您自己。

阿尔冈特　我？

司卡班　　是啊。您狠不下那个心。

阿尔冈特　我狠得下。

司卡班　　您是说笑。

阿尔冈特　我不是说笑。

司卡班　　父亲的慈心不答应。

阿尔冈特　偏答应。

司卡班　　不，不。

阿尔冈特　我告诉你，偏答应。

司卡班　　瞎白。

阿尔冈特　千万不可以说瞎白。

司卡班　　我的上帝！我知道您，您这人天生心慈。

阿尔冈特　我不心慈，我愿意的话，我就心狠。别再说下去啦，越说我越有气。[①]滚，死鬼，去把我那捣蛋鬼儿子找回来，我现在去看皆隆特先生，对他说说我这糟糕事。

[①] 1734 年版增添："（向席耳外司特。）"

司卡班　　老爷，您有用得着我的地方，只要吩咐一声就成。

阿尔冈特　谢谢你啦。①啊！他怎么偏偏就是独养儿子！天公不作美，我的女儿不见啦，不然的话，如今也好叫她作我的继承人！

第 五 场

司卡班，席耳外司特。

席耳外司特　我承认你是一位伟大人物，事情这下子顺顺当当的了；可是另一方面，我们短钱使唤，活不下去，四面八方都有人盯着我们的脚后跟要账。

司卡班　　交给我办，计策已经有啦。我现在也就是想一个靠得住的人，扮扮我用得着的那个角色。先别走。站稳了。学恶汉样子，帽子一边往下拉。一只脚曲着。一只手插着腰。眼睛瞪圆了。走路像戏台子上的国王。就这样好。跟我来。我有办法改变你的脸相和你的嗓子。

席耳外司特　我求你可千万别叫我也吃官司啊。

司卡班　　没事，没事：自己弟兄，有难同当。好汉做事，还在乎罚劳役②，多三年，少三年，全无所谓。

---

① 1734年版增添："（旁白。）"
② "劳役"原文是"摇船"。当时囚犯多被送到海上摇船。

第 二 幕

第 一 场

皆隆特,阿尔冈特。

皆隆特 可不,照这样的天气,我家里人今天一定会到本地的;有一个水手,从大兰多来,告诉我说,他看见我派去的人就快上船了。可是按我们先前的计议来说,我女儿这一来,倒成了难题。令郎的事,听你说起,相当棘手,你我早先的安排,只好随它去了。

阿尔冈特 放心好了:我担保没有困难,现在我就办去。

皆隆特 说真的,阿尔冈特先生,我有一言奉告,就是:子女应当严加管教才是。

阿尔冈特 当然。你这话指什么说?

皆隆特 我是说,青年人行为不检,往往是家教不严之过。

阿尔冈特 有时候会这样的。不过你说这话有什么意思?

皆隆特 我说这话有什么意思?

阿尔冈特 对。

皆隆特 要是你当初像一位好父亲,好好儿教导令郎的话,他也就不至于这样作弄你了。

阿尔冈特	很对。那么,你更好好儿教导令郎了?
皆隆特	当然。他要是也干出像这样的事来,我会气坏了的。
阿尔冈特	万一你这位令郎,受过像你这样好父亲的好教导,干出来的事比我儿子还糟呢?哎?
皆隆特	怎么?
阿尔冈特	怎么?
皆隆特	你这话是什么意思?
阿尔冈特	意思是说,皆隆特先生,责备别人,不要把话说尽了,免得自己到时候转不过弯儿来;打算指摘别人,顶好先看看自己有没有差错。
皆隆特	我不懂你这话的意思。
阿尔冈特	有人会给你解释清楚的。
皆隆特	难道你听人说起我儿子有什么不是来的?
阿尔冈特	可能吧。
皆隆特	到底是什么?
阿尔冈特	你的司卡班,看见我在气头儿上,只对我说了一个大概;详细情形,你不妨问问他或者别人看。我这方面,立刻就去请教一位律师,看我该怎么办好。回头见。

第 二 场

赖昂德,皆隆特。

皆隆特[1]　　　这到底是怎么一回事？比他儿子还糟！叫我看，再糟也不过如此；不经父亲许可就结婚，我认为已经岂有此理到了极点。[2]啊！是你。

赖昂德　　　（跑过来吻抱他。）啊！爸爸，您回来啦，我真高兴！

皆隆特　　　（拒绝吻抱他。）慢着。先谈谈看。

赖昂德　　　我先搂搂您，再……

皆隆特　　　（又推开了他。）慢着，我说。

赖昂德　　　什么？爸爸，您拒绝我搂搂您，表示表示我多高兴！

皆隆特　　　拒绝：有点儿事，你先给我交代明白。

赖昂德　　　什么事？

皆隆特　　　站正了，我面对面看着你。

赖昂德　　　干什么？

皆隆特　　　眼睛望着我。

赖昂德　　　怎么样？

皆隆特　　　这儿出了什么事？

赖昂德　　　出了什么事？

皆隆特　　　对。我不在家，你干什么来的？

赖昂德　　　爸爸，您要我干什么？

皆隆特　　　不是我要你干什么，是我问你，你干了什么。

赖昂德　　　我，我没有干什么您好埋怨的事呀。

皆隆特　　　什么事也没有？

赖昂德　　　没有。

皆隆特　　　你口气好硬。

───────

[1]　1734年版增添："（一个人。）"
[2]　1734年版，赖昂德上，另分一场。

赖昂德	因为我相信自己没有差错呀。
皆隆特	可是你的事都让司卡班抖了底啦。
赖昂德	司卡班！
皆隆特	啊，啊！你听见这句话，脸都臊红啦。
赖昂德	他对您说我什么来的？
皆隆特	这个地方不方便，还是换一个所在，把话说清楚吧。你给我回家去。我马上也就回来。啊！不孝的忤逆，万一你丢我的脸呀，我不要你作儿子，你这辈子休想见我的面。

第 三 场

奥克达弗，司卡班，赖昂德。

赖昂德	平白无故给我使坏！这混账东西，我把我的秘密讲给他听，无论从哪一方面来看，他都应该头一个帮我隐瞒，他却偏偏头一个到父亲跟前把我告了。啊！上天明鉴，他给我使坏，我决不善罢甘休，放他过去。
奥克达弗	我的好司卡班，不是你帮忙，我简直要不得了，你这人真行！老天爷差你救我，对我可真好啦！
赖昂德	啊，啊！你倒来啦。混账东西，看见你，我可开心啦。
司卡班	少爷，有礼。您太赏我脸啦。
赖昂德	（拔剑在手。）你拿我耍着玩儿？啊！我来教训教训你……
司卡班	（下跪。）少爷。
奥克达弗	（来到两个人中间，不让赖昂德砍他。）啊，赖昂德。

赖昂德	不成,奥克达弗,别拦着我,我求你啦。
司卡班	哎!少爷。
奥克达弗	(拦他。)饶了他吧。
赖昂德	(打算砍司卡班。)让我出出我这口恶气。
奥克达弗	赖昂德,看朋友分上,别伤了他。
司卡班	少爷,我怎么啦?
赖昂德	(打算砍他。)坏东西,你怎么我啦。
奥克达弗	(拦他。)哎!使不得。
赖昂德	不行,奥克达弗,他背地对我使坏,我要他自己马上招承出来。可不,混账东西,我晓得你跟我捣乱的鬼招子,人家方才讲给我听啦;你也许以为你私下干的坏事,我不会知道;可是我偏要你亲口招承出来,不然呀,我就拿剑刺穿了你。
司卡班	啊!少爷,您狠得下这个心?
赖昂德	说吧。
司卡班	少爷,我干下什么对不起您的事啦?
赖昂德	对,混账东西,是什么事,你心里明白。
司卡班	说实话,我不知道。
赖昂德	(上前砍他。)你不知道!
奥克达弗	(拦他。)赖昂德。
司卡班	好吧!少爷一定要我讲,我就对少爷招承了吧。前几天人家送您的那小桶①西班牙葡萄酒,是我跟我几个朋友喝光了的;我还给桶开了一条缝,周围洒上水,让人相信酒全流掉了。

---

① "桶",原文是"嘎尔斗"quartaut,合六公斗七公升。

赖昂德　　死鬼，原来是你喝光我的西班牙葡萄酒，我还以为是女用人跟我捣蛋，大骂了她一顿。

司卡班　　少爷，是我干的：您饶了我吧。

赖昂德　　晓得了这个，我也开心；不过我现在问你的，还不是这事。

司卡班　　不是这事，少爷？

赖昂德　　不是：是另一件事，对我关系大多了，我要你讲给我听。

司卡班　　少爷，我不记得干过别的事。

赖昂德　　（打算砍他。）你不肯讲？

司卡班　　哎！

奥克达弗　　（拉他。）慢着。

司卡班　　对，少爷，三个星期以前，有一天晚上，您打发我送一只小表给您心爱的埃及姑娘。我回到住宅，浑身衣服都是泥，满脸都是血，对您讲：我遇见贼，挨了一顿打，还让贼把表给抢去了。其实，少爷，是我把表扣下来了。

赖昂德　　是你把我的表扣下来啦？

司卡班　　是我，少爷，好看钟点儿啊。

赖昂德　　啊，啊！我这会儿什么怪事也听到啦，我这位用人可真对我忠心啦。不过我问的还不是这事。

司卡班　　不是这事？

赖昂德　　不是，不要脸的东西：我要你招承的还不是这事。

司卡班[①]　　活要人命！

赖昂德　　快说，我还有事干。

---

① 1734 年版增添："（旁白。）"

司卡班　　少爷,我干的就是这些。

赖昂德　　(打算砍司卡班。)就是这些?

奥克达弗　(向前。)哎!

司卡班　　好吧!少爷,再有就是:您还记得,半年以前,有一只人狼①,晚上揍了您好一顿棍子,您拔腿就跑,摔到一家地窖里头,险点儿把脖子也给扭断了。

赖昂德　　怎么样?

司卡班　　少爷,人狼是我扮的。

赖昂德　　坏东西,人狼是你扮出来的。

司卡班　　是我,少爷,也就是吓唬吓唬您,别老一来天天夜晚差遣我们四下里折腾。

赖昂德　　我方才听你讲起的这些事,我到时候会跟你算账的。不过你给我痛快些,你对老爷讲了些什么,你就供出来吧。

司卡班　　对老爷?

赖昂德　　是啊,捣蛋鬼,对老爷。

司卡班　　自从他回来以后,我还没有看见他呐。

赖昂德　　你没有看见他?

司卡班　　没有,少爷。

赖昂德　　当真?

司卡班　　当真。这话我可以请他本人说给您听。

赖昂德　　我可是听他亲口说的。

司卡班　　您别见怪:他讲的不是真话。

---

① 人狼 loup-garou 是一种巫师,夜晚变成狼的模样,到外头害人。

第 四 场

卡尔，司卡班，赖昂德，奥克达弗。

卡　尔	少爷，大事不好，您的恋爱事出了岔子。
赖昂德	怎么？
卡　尔	那些埃及人这就要带您的赛尔比奈特走：她本人眼泪汪汪，要我赶快告诉您，您要是两小时以内不带钱来赎她的话，您就再也看不见她了。
赖昂德	两小时以内？
卡　尔	两小时以内。①
赖昂德	啊！我的好司卡班，我求你帮帮忙。
司卡班	（高扬着脸，从他面前走过。）"啊！我的好司卡班。"这时候人家用得着我啦，我就成了"我的好司卡班"。
赖昂德	算啦，你方才说给我听的那些事，我全饶了你，哪怕干的事还要坏，我也饶了你。
司卡班	不，不，别饶我。拿您的剑刺穿我的身子好啦。您弄死我，我倒称心了。
赖昂德	不，倒是我求你成全成全我的好事，救救我这条活命。
司卡班	不，不：您顶好还是弄死我。
赖昂德	我太器重你啦，才不那么傻呐：冲你这份儿大才，天下就没有扳不倒的事，求你就为我施展施展吧。
司卡班	不：还是那句话，弄死我。

---

① 1734 年版，下面另分一场，卡尔下。

赖昂德	啊！行行好，这话就别说它啦，单想着怎么救我吧，求你啦。
奥克达弗	司卡班，说什么也得帮他这个忙。
司卡班	把我糟蹋成了那样子，还怎么帮忙？
赖昂德	方才我是气糊涂了，求你就看开了，帮我定一个计吧。
奥克达弗	我陪他一道央告你。
司卡班	这场羞辱把我伤狠了。
奥克达弗	千万别搁在心上。
赖昂德	司卡班，你忍心看我的恋爱陷入绝境不管？
司卡班	像这样冷不防糟蹋我一顿！
赖昂德	我承认我不应该。
司卡班	骂我混账东西、捣蛋鬼、死鬼、不要脸的东西！
赖昂德	别提我多后悔啦。
司卡班	还打算拿剑刺穿我的身子！
赖昂德	我诚心诚意求你饶我；要是非跪下来求你不可，司卡班，你看，我跪在你前头，再一回求你别丢开了我不管。
奥克达弗	啊，真的！司卡班，这回说什么也该软下来啦。
司卡班	起来。下一回可别那么急躁。
赖昂德	你答应为我出力？
司卡班	我记着就是。
赖昂德	可是你知道，时间很紧。
司卡班	先别着急。您要多少钱？
赖昂德	五百艾居。
司卡班	您呢？
奥克达弗	两百皮司陶。

司卡班　　这两笔钱，我要你们的父亲垫出来。①令尊那方面，我已经想好计策了；②至于老爷，别看他啬刻万分，其实好办多了，因为您知道，说到聪明，感谢上帝！他真还有点儿头脑简单。我把他看成这么一种人，要他相信什么，他就永远相信什么。我这话并不得罪您：你们父子之间没有丝毫相似的地方；一般人的看法，您不是不晓得，他们说他不过名义上是您父亲罢了。

赖昂德　　别扯远了，司卡班。

司卡班　　好，好，人家忌讳这个：难道您倒在乎？我望见奥克达弗的父亲来啦。他先到，就先由他开张。两个人统统走开。③还有，您提醒您的席耳外司特一声，叫他快演他那个角色来啊。

第 五 场

阿尔冈特，司卡班。

司卡班④　　他在盘算事情呐。

阿尔冈特⑤　　这样不小心，欠考虑！一下子就结了这门亲事！啊，啊，任性的青年人！

---

① 1734 年版增添："（向奥克达弗。）"
② 1734 年版增添："（向赖昂德。）"
③ 1734 年版增添："（向奥克达弗。）"
④ 1734 年版增添："（旁白。）"
⑤ 1734 年版增添："（以为就是自己一个人。）"

司卡班　　老爷,有礼。

阿尔冈特　你好,司卡班。

司卡班　　您在想您少爷的事。

阿尔冈特　我告诉你,这件事简直把我气坏了。

司卡班　　老爷,天有不测风云,人有旦夕祸福,经常当心祸事临头,总错不到哪儿去。许久以前,我听人讲,古人说过一句话,我一直记着。

阿尔冈特　什么话?

司卡班　　做家长的,不拘出门久暂,都该想到回家的时候,可能发生种种不幸的意外:什么房屋失火啦、银钱被盗啦、太太死去啦、儿子断腿啦、女儿被拐啦,万一平安无事的话,就权作走运好了。拿我来说,我一想不开,就总照着这句哲理名言去做。我每次回来,心里就准备好了受主人气啦、受申斥啦、挨骂啦、屁股挨踢啦、挨打啦、挨鞭子抽啦,万一什么也没有的话,我就谢谢上苍照顾。

阿尔冈特　倒也不错。不过这门荒谬亲事,打乱我们的计划,我不能容忍。我方才看了几位律师,请教怎么退婚。

司卡班　　说真的,老爷,您要是信得过小人的话,还是另想办法退亲吧。本地打官司,您晓得是怎么一回事,等于自讨苦吃。

阿尔冈特　你说的对,我也明白。可是别的还有什么办法?

司卡班　　我想我倒有一个。方才我见您那样难受,觉得怪可怜的,就该寻思一个方法,帮您才对。我这人就是这样,看见贤德父亲受子女气,说什么也看不下去,何况我一向对您就有好感。

阿尔冈特　谢谢你的好意。

司卡班	所以我就找那个嫁给您少爷的姑娘的哥哥去了。他是一个职业打手、那路一来就动武的人,整天只谈弄死人,杀人就像喝葡萄酒一样,满不在乎。我同他谈起这门亲事,要他明白:凭他逼人成亲,何况您有作父亲的特权,有钱,又有朋友,还不提您有权干预,官司稳赢。总而言之,话出我口,头头是道,他也只好听从我的劝告,拿两个钱罢休。他同意退婚,只要您有钱给他。
阿尔冈特	他要多少?
司卡班	哦!开头他是漫天讨价。
阿尔冈特	多少?
司卡班	简直是信口开河。
阿尔冈特	到底多少?
司卡班	少于五六百皮司陶,他就不干。
阿尔冈特	发五六百回疟疾,活活儿把他烧死!他拿人开玩笑,还是怎么着?
司卡班	我也这么对他说来着。他说这话,我不但不理,还叫他明白,您不是冤大头,由着他勒索五六百皮司陶。费了不少唾沫,说到临了,谈话总算有了一个结束。他对我说:"我到入伍的时候了。我正在配备行装,你那些话,我本来不肯应承,不过我等钱用,也就只好应承下来了。我要一匹马骑,马再劣,也不能少过六十皮司陶。"
阿尔冈特	好吧!六十皮司陶,我给他就是了。
司卡班	他说:"还有全副装备和几管手枪,总得二十皮司陶耳。"
阿尔冈特	二十皮司陶,加六十,就是八十。
司卡班	正是。
阿尔冈特	够多的啦,不过,也罢,我答应啦。

司卡班	他说:"我还要一匹马,给我的听差骑,要三十皮司陶。"
阿尔冈特	怎么,活见鬼!去他妈一边的!干脆就什么也不给。
司卡班	老爷。
阿尔冈特	不成,这家伙岂有此理。
司卡班	您要他的听差走路不成?
阿尔冈特	他爱怎么走就怎么走,连主人在内!
司卡班	我的上帝!老爷,别因小失大才好。我求您还是别告状的好,宁可答应他,也胜似打官司。
阿尔冈特	好吧!就这样吧,我决定再给这三十皮司陶就是了。
司卡班	他说:"我还要一头骡子驮……"
阿尔冈特	哦!他跟他的骡子见他妈的鬼去!太不像话了,我们还是打官司吧。
司卡班	老爷,千万……
阿尔冈特	不成,我不干。
司卡班	老爷,一匹小骡子。
阿尔冈特	我连一匹驴也不给他。
司卡班	想想看……
阿尔冈特	不!我宁可告状。
司卡班	哎!老爷,您说到哪儿去啦,您打的这叫什么主意?您单看打官司,要费多少手脚,也就行了。没完没了的上诉,一重一重的审级,手续烦难,还不提个个儿如狼似虎的官员:什么承发吏啦、代诉人啦、律师啦、书记官啦、检察员啦、报事员①啦、审判官啦,还有他们的见习生,你就

---

① "检察官"原文是"代理检察官"substituts,在法庭上有权代行检察官的职务。"报事员"rapporteurs是在法庭上讲解案情的官员。

211

别想逃过这些人的手。这些官员见钱眼开，没有一个不贪赃枉法的。承发吏会送假告示给您，您遭了罪，还蒙在鼓里。您的代诉人就可能勾结您的仇家，有现钱到手，把您出卖了。您的律师一样受贿赂，该申诉的时候，偏不出庭，出庭的时候，偏又东拉西扯，辞不达意。书记官就许跟您作对，来一个缺席裁判。报事员的见习生，就许藏起一些证件来，就连报事员本人，也许看的是一回事，讲的又是一回事。您就算千小心，万小心，全都侥幸躲过，您那些审判员就许受了一些信教的人士或者他心爱的妇女的请托，许您败诉，您也只有干瞪眼。哎！老爷，您有办法的话，还是逃出这个虎口吧。您一告状，就算下了地狱啦。我一想到打官司，就恨不得爹娘多给我生两只脚，逃到印度去。

阿尔冈特	他估计那匹骡子要多少钱？
司卡班	老爷，那匹骡子，还有他的马和底下人的马、全部配备和几管手枪，还有他欠女东家的一笔小款子，他总共要两百皮司陶。
阿尔冈特	两百皮司陶？
司卡班	是啊。
阿尔冈特	（把他气得在台上来回走动。）算啦，算啦，我告状。
司卡班	考虑考虑看……
阿尔冈特	我告状。
司卡班	千万别告……
阿尔冈特	我偏告状。
司卡班	可是告状，您就得出钱：传票要钱；登记要钱；代诉要钱；出庭、答辩、提证件，还有代诉人的代诉日，

样样要钱。①还有律师的建议和辩护，还有抽查文件的权利②，还有誊写诉状，也得出钱。还有检察官的报告书，还有审判官的判决书，还有书记官的登记，假审判的誊写、初审宣判和末审宣判、查对、签名、派见习生送达，全得您出钱，还不说您该送的种种礼物。拿这笔钱给了这家伙，您就免去这些麻烦了。

阿尔冈特　怎么，两百皮司陶？

司卡班　是呀：您可省多啦。打官司的费用，我心里也做过一番小计算。我认为您给这家伙两百皮司陶，起码您要省五十，还不算您少操心，少跑腿，少怄气。③只要不听律师当众说的那些无理取闹的浑话，我宁可出三百皮司陶，也不打官司。

阿尔冈特　我才不在乎，我敢说律师没有什么话好挖苦我的。

司卡班　您爱怎么着就怎么着吧，不过我要是您的话，我决不打官司。

阿尔冈特　我决不给两百皮司陶。

司卡班　我说的那家伙来啦。

---

① 答辩 conseils：按照1667年规定，代诉人每代被告答复原告人一项控诉，被告人就要付酬十五苏。控诉项目愈多，被告人负担愈重。提证件 productions：代诉人每为被告提出一次有利证件，被告人就得付酬。代诉人为被告工作的这一天，被告应付这一天的工资。

② 抽查文件的权利：当时律师的文件都放在一只提囊里头，抽查相当费事。

③ 当时法院任何官员都是捐买到手的，而且是世袭的，所以营私舞弊也就是当然的了。

213

第 六 场

席耳外司特,阿尔冈特,司卡班。

席耳外司特[①] 司卡班,奥克达弗的父亲、阿尔冈特这小子,他是什么长相儿,你告诉我。

司卡班 先生,干什么?

席耳外司特 我方才听说,他打算告我,要法庭退我妹妹的亲事。

司卡班 我不晓得他告不告你,不过你要的那两百皮司陶,他不肯答应,嫌你要的太多。

席耳外司特 死狗蛋!臭狗蛋!活狗蛋!我见了他,一定打断他的脊梁骨,哪怕死在轮子上[②],我也甘心。

(阿尔冈特哆哆嗦嗦,躲在司卡班后头,怕被看见。)

司卡班 先生,奥克达弗的父亲有的是胆量,不见得就怕你。

席耳外司特 他?他?臭狗蛋!活狗蛋!他在这儿呀,我马上一剑刺穿他的肚子,[③]这人是谁?

司卡班 先生,他不是,他不是。

席耳外司特 不是他的朋友?

司卡班 不是,先生,正相反,是他的死对头。

席耳外司特 他的死对头。

司卡班 是啊。

---

① 1682年版增添:"(剑客打份。)"
② 这是法国对待强盗的一种刑法,先打坏犯人四肢与胸骨,然后仰天捆在一个平放的轮子上待毙。大革命时废除。
③ 1734年版增添:"(瞥见阿尔冈特。)"

席耳外司特　啊，妈的！这我就开心啦。①先生，你是阿尔冈特那小子的对头，哎？

司卡班　　是的，是的，我担保他是。

席耳外司特　（用力抓住他的手。）②拉拉手，拉拉手。说话算话，我以我的荣誉、我佩的剑、我会发的各样的誓，打赌在天黑以前，一定帮你把阿尔冈特那小子、那大无赖干掉。你放心好了。

司卡班　　先生，本地不许人行凶。

席耳外司特　我才不在乎，我豁出去啦。

司卡班　　他一定有提防。他有的是亲戚、朋友、听差，他会找他们保护的。

席耳外司特　我求之不得，妈的！我求之不得。（他拔出剑来，就像眼前有几个人一样，四面刺杀。）啊，臭狗蛋！啊，活狗蛋！我巴不得这就看见他和他那群护卫，我巴不得他在我面前出现，有三十个人跟着！我巴不得看见他们拿着凶器扑过来！怎么，坏东西，你们居然敢打我？来呀，妈的！杀呀，不留情。动手。稳住气。刺过去。立稳了，看准了。啊！混账东西，啊！下流东西，这是你自找的；我包你个够。放出本事来，坏东西，放出本事来。来啊。看剑。看剑。吃这一剑。吃这一剑。③怎么，你们往后退？稳住脚，妈的！稳住脚。

司卡班　　哎，哎，哎！先生，我们又不是那些人喽。

---

① 1734 年版增添："（向阿尔冈特。）"
② 1734 年版把动作改成："（乱摇阿尔冈特的手。）"
③ 1734 年版增添："（转向阿尔冈特和司卡班这一边。）"

席耳外司特	你敢作弄我呀,我叫你知道知道我的厉害。①
司卡班	好啦,为了两百皮司陶,您看要死多少人。得啦!我希望您走运。
阿尔冈特	(直打哆嗦。)司卡班。
司卡班	有什么吩咐?
阿尔冈特	我决定给两百皮司陶。
司卡班	这下子我为您开心啦。
阿尔冈特	你找他来,钱在我身上。
司卡班	您拿钱给我转交好了。方才您在这儿冒充别人,再出面就不合适了。再说,他晓得是您,我怕他心眼儿一动,多向您要也难说。
阿尔冈特	对;不过我愿意看看我拿钱给人。
司卡班	您是不是不信任我?
阿尔冈特	不是的;不过……
司卡班	家伙,老爷,我不是坏小子,就是正经人,两个里头总有一个。您打算和我的主人结成儿女亲家,难道我这么做,不是为您好,为我的主人好,难道我还有心骗您不成?您既然疑心我,我就什么事也不管了,从现在起,您另请高明居中调停吧。
阿尔冈特	你拿着。
司卡班	不,老爷,别拿您的钱给我转交。您找别人转交,我只有开心。
阿尔冈特	我的上帝!拿着。
司卡班	不,我说,千万信任我不得。谁知道我会不会拐走您的

---

① 1734 年版,下面另分一场,席耳外司特下。

钱啊?

阿尔冈特　拿着,我说,别再跟我瞎争执了。不过同他打交道,你可要放仔细啊。

司卡班　交给我办好了,我不是傻瓜,他别想胡弄得了我。

阿尔冈特　我回家等你。

司卡班　我不会不来的。①一位骗到了手。该找另一位了。嘻,妙啊!他倒来啦。倒像老天爷凑趣,一个又一个,把他们赶进我的鱼网。

第 七 场

皆隆特,司卡班。

司卡班②　哎呀,天啊!哎呀,想不到的祸事啊!哎呀,不幸的父亲!可怜的皆隆特,您怎么得了?

皆隆特③　他愁眉苦脸的,在那边说我什么?

司卡班　难道就没有一个人好告诉我,皆隆特先生在什么地方吗?

皆隆特　怎么啦,司卡班?

司卡班④　我到哪儿找他,告诉他这桩祸事呀?

皆隆特⑤　到底是什么事?

---

① 1734年版增添:"(一个人。)"
② 1682年版增添:"(假装没有看见皆隆特。)"
③ 1734年版增添:"(旁白。)"
④ 1734年版增添:"(在台上跑东跑西,装作没有听见、看见皆隆特。)"
⑤ 1734年版增添:"(跟着司卡班跑。)"

司卡班	我四处找他,就是找不见他。
皆隆特	我在这儿呀。
司卡班	他一定是藏到一个人不知鬼不觉的地方去啦。
皆隆特①	喂!你瞎了眼啦,怎么就看不见我?
司卡班	啊!老爷,就别想找得见您。
皆隆特	我在你眼面前有一小时了。到底出了什么事?
司卡班	老爷……
皆隆特	什么?
司卡班	老爷,少爷……
皆隆特	好!少爷……
司卡班	遭了世上少有的大难。
皆隆特	什么大难?
司卡班	我不晓得您对他说什么来的,连我也错怪在里头,我方才见他闷闷不乐。我们为了散心起见,就到码头散步去了。我们在那边看到各样东西,还有一条土耳其战船,配备相当齐全。就见来了一个好模好样的年轻土耳其人,邀我们上船玩,还给我们带路。我们上了船,他待我们彬彬有礼,请我们用点心,吃最可口的水果,喝世上最好的葡萄酒。
皆隆特	这不都挺好吗,也值得这么伤心?
司卡班	老爷别急,就到正点儿上啦。我们正在吃东西,船就开啦。他一看离码头远了,就把我搁到一条小船上,打发我对您说,您要不马上给我五百艾居送他,他就把少爷带到阿尔及利亚去了。

---

① 1734 年版增添:"(揪住司卡班。)"

皆隆特	怎么,活见鬼!五百艾居?
司卡班	是啊,老爷。而且,他限我两小时办妥。
皆隆特	啊,死鬼土耳其,这下子可把我坑啦!
司卡班	老爷,您一向心疼少爷,还是快想法子,别叫他们当奴隶使啊。
皆隆特	可他上那条船有什么鬼事干啊?
司卡班	他想不到会出这种乱子。
皆隆特	去,司卡班,快去对那个土耳其人讲,我报官来捉他。
司卡班	官到大海捉人!您想到哪儿去啦?
皆隆特	可他上那条战船有什么鬼事干啊?
司卡班	人偶尔不走运也是有的。
皆隆特	司卡班,事到如今,就看你作不作义仆了。
司卡班	老爷,什么?
皆隆特	你去对那个土耳其人讲,叫他送还少爷,你替他待在船上,等我凑齐了他要的数目,再来赎你。
司卡班	哎呀!老爷,您说这话,想过没有?您以为那个土耳其人就那么不懂事,会要我这样一个可怜虫替换少爷?
皆隆特	可他上那条战船有什么鬼事干啊?
司卡班	他料不到有这祸事呀。想想看,老爷,人家只给我两小时限期。
皆隆特	你说他要……
司卡班	五百艾居。
皆隆特	五百艾居!他有没有良心?
司卡班	真有您的,问土耳其人要良心。
皆隆特	他晓得五百艾居值多少吗?
司卡班	是啊,老爷,他晓得等于一千五百法郎。

皆隆特	坏东西，他以为一千五百法郎说有就有啊？
司卡班	这些人就无理可喻。
皆隆特	可他上那条战船有什么鬼事干啊？
司卡班	说的是啊。求您啦，老爷，快些吧。谁也不能未卜先知啊。求您啦，老爷，快些吧。
皆隆特	拿去，这是我的衣橱钥匙。
司卡班	好。
皆隆特	你开开它。
司卡班	很好。
皆隆特	左边有一把大钥匙，是我鸽楼的钥匙。
司卡班	是。
皆隆特	里头有一只大长柳条筐子，筐子里头全是破旧衣服，你拿去卖给收旧货的，赎少爷回来。
司卡班	（还他钥匙。）哎呀！老爷，您在做梦呀还是怎么的？您说的那些东西，我卖不到一百法郎，再说，您知道我有时间限制着。
皆隆特	可他上那条战船有什么鬼事干啊？
司卡班	哎呀，尽是空话！就别提那条战船啦，您就想着时间紧迫，眼看就要丢掉少爷了吧。哎呀！我可怜的小主人，说不定我这一辈子再也见不到您啦，我说话中间，人家早把您带到阿尔及利亚当奴隶使了。不过老天爷是我的见证，我为您用尽了我的心力。我要是没有能把您赎回来呀，您怪也只好怪您的父亲无情。
皆隆特	等着，司卡班，我去筹这笔钱来。
司卡班	那您就尽快吧，老爷，我直担心等不及。
皆隆特	你说的不是四百艾居？

司卡班　　不是四百，是五百。

皆隆特　　五百艾居？

司卡班　　对。

皆隆特　　可他上那条战船有什么鬼事干啊？

司卡班　　您说的对，不过还是赶快吧。

皆隆特　　他不好到别的地方散步？

司卡班　　话是不错的。不过还是快拿钱去吧。

皆隆特　　啊，该死的战船哟！

司卡班①　这条战船闹得他心神不安。

皆隆特　　拿去，司卡班，我没有想到，方才我有这么一笔进项，都是金子，谁想得到这么快就进了别人的腰包啊。（他拿钱包给他，但是并不松手，他太紧张了，胳膊一会儿左，一会儿右，司卡班也一左一右接钱包。）②拿去。去把少爷赎回来。

司卡班③　是，老爷。

皆隆特④　可是说给那个土耳其人听，他是一个大坏蛋。

司卡班⑤　对。

皆隆特⑥　一个不要脸的东西。

司卡班⑦　对。

───────

① 1734年版增添："（旁白。）"
② 1734年版把动作改成："（从他的衣袋取出钱包，给司卡班看。）"
③ 1734年版增添："（伸出手去。）"
④ 1734年版增添："（做出想拿钱包给司卡班的样子，却又不放手。）"
⑤ 1734年版增添："（又伸出手去。）"
⑥ 1734年版增添："（重复同样的动作。）"
⑦ 1734年版增添："（总伸出手去。）"

皆隆特① 一个不守信义的东西、一个贼。

司卡班 交给我办好了。

皆隆特② 他敲诈我五百艾居,完全违法。

司卡班 对。

皆隆特③ 他拿了我的钱去,不管他是死是活,也欠着我的。

司卡班 很好。

皆隆特④ 我要是捉住了他呀,有他受的。

司卡班 对。

皆隆特 (拿钱包放进他的衣袋,走开。)去,快去把少爷赎回来。

司卡班 (追他。)喂!老爷。

皆隆特 什么?

司卡班 那笔钱哪儿去啦?

皆隆特 我不是给你了吗?

司卡班 没有的事,您又放进您的衣袋啦。

皆隆特 啊!我心里难受,神志不清了。

司卡班 我也觉出来啦。

皆隆特 可他上那条战船有什么鬼事干啊?啊,该死的战船哟!鬼抓了这个奸诈的土耳其人去!

司卡班⑤ 我敲了他五百艾居,他心疼死了。不过我不能就这么便宜他。他在儿子跟前无故诽谤我,这笔账他也得给我吃下来。

---

① 1734年版增添:"(总伸出手去。)"
② 1734年版增添:"(总伸出手去。)"
③ 1734年版增添:"(总伸出手去。)"
④ 1734年版增添:"(总伸出手去。)"
⑤ 1734年版增添:"(一个人。)"

第 八 场

奥克达弗，赖昂德，司卡班。

奥克达弗　哎嗜！司卡班，你帮我办到了没有？

赖昂德　你有没有成全我的恋爱？

司卡班[①]　这是我从您父亲那边弄来的两百皮司陶。

奥克达弗　啊！我别提多欢喜啦！

司卡班[②]　您这方面，我什么也没有办成。

赖昂德　（打算走开。）那我只有死路一条了；我离开赛尔比奈特就活不成。

司卡班　喂，喂！慢走。您怎么走得这么急！

赖昂德　（转回身子。）你要我怎么着？

司卡班　得，这是您那笔钱。

赖昂德　（走回。）啊！你可救了我啦。

司卡班　不过有一个条件：老爷对我使坏，您答应我给他点儿小苦头吃。

赖昂德　你爱怎么着就怎么着。

司卡班　当着见证，您可别翻悔啊。

赖昂德　不会的。

司卡班　拿去，这是五百艾居。

赖昂德　快赎我的意中人去。

---

① 1734 年版增添："（向奥克达弗。）"
② 1734 年版增添："（向赖昂德。）"

第 三 幕

第 一 场

赛尔比奈特，雅散特，司卡班，席耳外司特。

席耳外司特 是啊，你们的相好商量定当，要你们住在一起；我们是照他们的吩咐做的。

雅散特[①] 这样的吩咐，很合我的意。有您这样一个人作伴儿，我只有欢喜。我们心爱的男子，彼此是好朋友，不过我们两个人会不会像他们一样，也成为好朋友，可就不是我一个人的事了。

赛尔比奈特 我接受您的好意。人家对我表示友谊，我决不会那样不识抬举。

司卡班 要是对您表示爱情呢？

赛尔比奈特 爱情就当别论了：谈爱要冒更多的险，我不敢那么大胆。

司卡班 依我看，您现在对我的主人就欠大胆。他对您够效劳的了，按理说，您也应该鼓起勇气，回报他的痴情才是。

赛尔比奈特 要我相信他，还得看他的痴情够不够正经。单凭他新近的

---

① 1734 年版增添："（向赛尔比奈特。）"

|||作为，我还不能完全相信。我这人性子爽朗，一来就笑个不停；可是笑归笑，有些事我照样认真。你的主人要是以为赎出我的身子，他就可以如愿以偿，那他就打错算盘了。他在这上头，光破费钱还不济事；他希望我回报他的爱情，就得对我掏出真心来，按照礼节，举行必要的仪式。

司卡班　他也是这种想法。他爱慕您，除掉好意和光明正大的念头以外，就没有别的。他有坏心思的话，我先不会管这种闲事的。

赛尔比奈特　你这么说，我也只好相信了；不过我看父亲那方面，不会答应这事的。

司卡班　我们有办法说合的。

雅散特①　正因为你我一样苦命，友谊也就容易建立了。我们两个人都是心惊胆战，都是前途并不乐观。

赛尔比奈特　您至少有一样比我强，您知道您父母是谁；您找到您父亲，有他给您的亲事作主张，就会得到男家父亲的同意，成全您一辈子的幸福。可是我就不同了，身世不明，这方面先没有丝毫指靠，偏偏男家父亲看重的又只是财产，我就别想希望人家能心回意转了。

雅散特　可是您也另有一种好处，就是不会有人对您的相好另提亲事。

赛尔比奈特　情人负心，不就顶顶可怕。一个人多少总有一点自信心，不怕情人远走高飞。我顶怕的就是那作父亲的，大权在握，正眼不拿你当人看待。

雅散特　哎呀！两个人正正经经要好，为什么中间就得起波折？彼

---

① 1734年版增添："（向赛尔比奈特。）"

此相爱，一点也没有障碍，该多称心啊！

司卡班　　这您就错了：一帆风顺的爱情，其实寡味；过久了幸福生涯，我们也嫌腻味。生活需要忽起忽落：困难越多，劲头儿也就越冲，乐趣也就越大。

赛尔比奈特　　我的上帝，司卡班，你那吝啬鬼老主人的钱，你定计骗到手，听说故事非常有趣，讲给我们听听吧。你知道，讲故事给我听，不会白讲的，单看我听故事那份儿喜欢，也要觉得很够本了。

司卡班　　叫席耳外司特讲好了，他讲起来，和我一样好。我受了人家一点气，心里正在计划报复，等着有好玩的看呐。

席耳外司特　　你何苦惹是生非，自讨苦吃？

司卡班　　我喜欢试试有险可冒的事。

席耳外司特　　我早已对你说过，还是相信我的话，放弃你先前的计划吧。

司卡班　　对；可是我就相信自己。

席耳外司特　　那有什么好开心的？

司卡班　　管你什么屁事？

席耳外司特　　原因是：我觉得，你犯不上冒不必要的险，挨一顿棍子。

司卡班　　算了吧，棍子打在我的背上，又不是打在你的背上。

席耳外司特　　话也是的，脊梁背是你自己的，你高兴要脊梁背怎么着就怎么着。

司卡班　　这一类危险，从来吓不倒我。我就恨那些胆小鬼，因为先见之明太多，缩手缩脚，反而什么也不敢干。

赛尔比奈特① 我们离不开你啊。

----

① 1734年版增添："（向司卡班。）"

司卡班　　去吧，我一会儿就找你们来。人家使坏，让我自己坍自己的台，把不该让人晓得的秘密给摊出来，还不受惩罚，我说什么也不答应。

第 二 场

皆隆特，司卡班。

皆隆特　　哎嗐，司卡班，少爷的事怎么样啦？
司卡班　　老爷，少爷平安无事，不过现在是您、您自己，大祸临头啦。我巴不得您待在家里别出来才好。
皆隆特　　出了什么事？
司卡班　　我说话这时候，人家到处找您，要弄死您。
皆隆特　　我？
司卡班　　是啊。
皆隆特　　"人家"是谁？
司卡班　　就是奥克达弗娶的那个姑娘的哥哥啊。他认为他妹妹作太太作得好好儿的，都是您有意要把女儿嫁过去顶她，这门亲事才有了变卦；他这么一想不要紧，就横了心，要在您身上出这口恶气，把您害死，争回他的面子。他的朋友全像他一样是剑客，四处找您，访问您的下落。我亲眼见到他的伙伴、一群当兵的，逢人就问，三三两两，把住通公馆的各个路口。看情形您是回不得家了，随您左走一步也好，右走一步也好，都要落在他们的手心的。
皆隆特　　我的好司卡班，我怎么办？

司卡班	我不晓得，老爷，这种事活要人命。我替您一想，就浑身上下打哆嗦……等一下。
	（他回转身子，走到舞台尽头，假装去看有没有人。）
皆隆特	（哆嗦。）哎？
司卡班	（回来。）不，不，不，没有事。
皆隆特	你能不能想一个法子救我？
司卡班	我想是想出了一个，不过我怕我会挨揍的。
皆隆特	哎！司卡班，对我表表忠心，作作义仆吧：我求你了，别丢下我不管。
司卡班	我一定尽力。我一向对您感情深，见您有难不救，我忍不下这个心。
皆隆特	你放心好了，我会酬谢你的。我这件礼服，等我有点穿旧了，给你就是。
司卡班	等一下。我眼下就有一个东西，救您再相宜不过。您只要钻进这条口袋……
皆隆特	（以为有人来。）啊！
司卡班	不，不，不，不，没有人。我说，您只要钻到这里头，一动不动就成。我把您扛在背上，像扛一包东西一样，从您的仇人当中走过，就回到家了。您一到家，我们就好一面布置障碍物，一面派人向官府求救，提防他们行凶。
皆隆特	好主意。
司卡班	再好不过。您看就是了。（旁白。）你诽谤我，有你受的。
皆隆特	哎？
司卡班	我说您的仇人会让我们胡弄过去的。您躲在紧里头，尤其要当心，千万别往外探头，不管出什么事，都别晃荡。

皆隆特	看我的吧。我不会晃……
司卡班	藏起来：那边来了一个剑客找您。（改变声音。）"啥？咱不走运，杀不了皆隆特这小子？就没个人行好指点俺，他在啥地方？"（向皆隆特，用他本人的声音。）别晃荡。（又改变声音。）"妈的，你就是躲到地的顶里头，咱也要把你找到。"（向皆隆特，恢复原来声音。）别探头。（全部加斯科尼语言，作为他假装的人说的，此外是他本人的话。）"喂！扛口袋的。"先生。"咱赏你一个路易，指点一下俺，皆隆特在啥地方？"你找皆隆特先生？"可不，死他妈的！咱在找他。"先生找他有事？"你问有啥事？"对。"咱呀，妈的，要拿棍打死他狗日的。"哎呀！先生，他那样的人，不是棍子打得的，这样做是不行的。"啥，皆隆特这蠢驴、坏东西、臭叫化子？"先生，皆隆特先生不是蠢驴、坏东西、臭叫化子，请你说话放客气。"怎么？你眼里头简直没有俺。"人家是体面人，你糟蹋人家，我卫护两句，也是应该的。"你是皆隆特这小子的朋友？"是啊，先生，我是他的朋友。"啊！妈的，你是他的朋友，那就好咧。"（他拿棍子打了几下口袋。）"着。咱揍你，就当揍他。"哎唷，哎唷，哎唷！哎唷，先生！哎唷，哎唷，先生！使不得。哎唷，轻点儿，哎唷，哎唷，哎唷！"好，带俺这几棍见他去好咧。再见！"哎唷！加斯科尼这家伙简直不是东西！哎唷！（一边喊疼，一边摇背，好像他真挨了棍子打似的。）
皆隆特	（从口袋内探出头来。）哎唷！司卡班，我受不了啦。
司卡班	哎唷！老爷，我可叫人打狠啦，肩膀疼死我啦。
皆隆特	怎么？他打的是我的肩膀。

司卡班	老爷,不对,他打的是我的后背。
皆隆特	你扯到哪儿去啦?我明明觉得挨打,现在还觉得疼。
司卡班	不是的,我说,是棍子的尖尖头扫到了您的肩膀。
皆隆特	那你就该往远闪开点儿,免得我……
司卡班	(又把他的头捺进口袋。)当心。又来了一个人,模样像是外国人。(语言改变与舞台动作,和加斯科尼人那一段相同。)"天呀,我跑的来像个巴司克人①,整日天寻勿着皆隆特底个死老头子?"藏好了。"老兄,对勿起,请侬讲一讲,我勒拉寻皆隆特底个坏坯子,侬阿晓得伊勒拉啥地方?"先生,我不知道皆隆特在什么地方。"侬老老实实搭我讲,我也勿想难为伊,顶多也不过勒伊背皮上打脱十几棍,胸口头杵伊三五剑。"说真的,先生,我不知道他在什么地方。"我觉着像煞有啥物事勒拉袋袋里向动。"你看花眼啦,先生。"格里向一定有花样经。"先生,什么也没有。"我有心对底个袋袋里向杵伊一剑。"啊!先生,千万别这么做。"好让我看看底格里向到底是啥物事。"先生,使不得。"哪能啊?勿成功啊?"我扛的东西,你想看呀,办不到。"我啊,偏生要看看,我。"你看不成。"啊!侬勿要多讲!"里头是我的旧衣服。"侬倒是爽爽气气打开来把我看。"我不干。"侬勿肯?"不干。"我呀,拿这棍子打杀侬。"我不在乎。"啊!侬嘎坏啊。"②哎唷,哎唷,哎唷,哎唷,先生,哎唷,哎唷,哎唷,哎唷。"再会:侬讲闲话勿讲道理,我现在叫侬尝尝

---

① 巴司克人 Basque:西班牙和法国交界一带的山地居民,行走如飞,善于山地作战。
② 1734 年版增添:"(拿棍子打口袋,像自己挨了打一样喊叫。)"

	味道,下趟还敢哦。"哎唷!这叽里咕噜的野人就欠黑死病!哎唷!
皆隆特	(从口袋内探出头来。)哎唷!打坏了我了。
司卡班	哎唷!我活不成了。
皆隆特	妈的,他们为什么非打我的后背不可?
司卡班	(又把他的头捺进口袋。)当心,那边有六七个兵在一起。(他学几个人的声音。)"走啊,想法子找出皆隆特这小子;四处找啊,别心疼我们的脚步,跑遍全城。一个地方也别漏掉。是地方就看。四面八方寻查。我们怎么走好?朝那边转。不对,这边走。往左去。往右去。不对。对的。"①藏好了。"啊!弟兄们,他是他的听差。好,混账东西,你主人在哪儿,你非告诉我们不可。"哎,先生们,别打我。"好,告诉我们他在哪儿。说。快。赶快。马上。现在。"哎,先生们,别急。(皆隆特从口袋内稍稍探出头来,发觉司卡班的诡计。)"你要是不立刻帮我们找出你主人来,看我们不把你揍个稀烂的。"再大的苦我也受,就是不说我主人待的地方。"我们要揍你啊。"请便。"你倒愿意挨打啊。"我决不出卖我的主人。"啦!你愿意尝尝味道?受吧……"哦!
	(他准备打,皆隆特爬出口袋,司卡班逃掉。)
皆隆特②	啊,不要脸的东西!啊,奸细!啊,恶棍!原来是你这样害我呀。

---

① 1734年版增添:"(向皆隆特,恢复正常声音。)"
② 1734年版增添:"(一个人。)"

第 三 场

赛尔比奈特,皆隆特。

赛尔比奈特① 哈,哈,我想吸吸新鲜空气。

皆隆特② 我不逮住你出气啊,誓不为人。

赛尔比奈特③ 哈,哈,哈,故事真好玩!老头子成了冤大头!

皆隆特 这没有什么好玩的;你没有什么好笑的。

赛尔比奈特 什么?先生,你说什么?

皆隆特 我是说,你不应该笑话我。

赛尔比奈特 笑话你?

皆隆特 对啦。

赛尔比奈特 怎么?谁想着笑话你来的?

皆隆特 那你干什么冲我乐?

赛尔比奈特 我乐我的,不和你相干。我方才听人说起一桩事来,太逗哏了,不由就一个人笑起来了。我不知道我笑,是不是为了同我有关系;不过我从来没有想到天下事有这么好笑的,新近有一个儿子要钱用,把父亲要得团团转。

皆隆特 儿子要钱用,把父亲要得团团转?

赛尔比奈特 是呀。哪怕你不求我讲,我也高兴讲给你听。我这人知道了什么故事,巴不得别人也知道。

皆隆特 我就求你讲给我听听。

----

① 1734 年版增添:"(笑,没有看见皆隆特。)"
② 1734 年版增添:"(旁白,没有看见赛尔比奈特。)"
③ 1734 年版增添:"(没有看见皆隆特。)"

赛尔比奈特　我呀,求之不得。讲给你听,对我也无所谓,反正事情瞒人也瞒不长久的。我不走运,落在叫作埃及人的那帮人手里,他们一省一省荡来荡去,给人算算命,有时候还干许多旁的事。到了这个城市,有一个年轻人看见我,起了爱慕的心思。从那时候起,他一步也不离开我,开头像一般年轻人一样,以为只要说话,有上三言两语,也就马到成功了;后来他见我心高气傲,这才换了想法。他对带我的那些人谈起他的痴情,他们一见有钱进账,就愿意把我留给他。不过糟糕的是,我这位情人,处境就和大部分公子相仿,就是说,手边无银;他父亲很富,然而十分啬刻,是世上顶坏不过的人。等一下。我不见得会忘掉他的名字吧。哎呀!帮我想想看。本城有谁出名顶吝啬来的?你能不能说一两个给我听听?

皆隆特　　　不知道。

赛尔比奈特　他的名字有隆……隆特两个字。奥……奥隆特。不对。皆……皆隆特,对了,皆隆特,就是它;坏人就叫这个名字,我想起来了,他就是我说起的那个吝啬鬼。话说回来,我们那帮人打算今天离开本城,我的情人因为没有钱,眼睁睁看着要把我丢了,幸而他有一个聪明的用人,想出主意救他,从他父亲那边把钱骗到手,这才没有把我丢了。用人的名字,我记得牢极了:他叫司卡班;他是一个了不起的人,夸奖他的话,他句句都配。

皆隆特①　　啊!混账东西!

赛尔比奈特　这就是他骗他的冤大头使的计。哈,哈,哈,哈。我一想

---

① 1734年版增添:"(旁白。)"

起来，就笑个半死。哈，哈，哈。他找那个吝啬鬼去了，哈，哈，哈；说他和他儿子在码头散步，嘻，嘻，他们看见一条土耳其战船，有人请他们到船上去；一个土耳其年轻人请他们用点心，哈；他们正在吃东西，就见船开到海里去了；土耳其人打发他独自一个人，坐了小船上岸，带话给他小主人的父亲，说他不立刻送五百艾居过来，就把他的儿子带到阿尔及利亚去。哈，哈，哈。那个吝啬鬼、那个坏人一听这话，急得不得了；他不知道疼儿子好，还是疼他的钱好，心乱死了。人家问他要五百艾居，简直等于扎他五百刺刀。哈，哈，哈。要他掏这笔钱，就像掏他的心肝一样舍不得，所以他呕尽心血，想出种种滑稽方法，救他儿子。哈，哈，哈。他想报官到大海捉拿土耳其战船。哈，哈，哈。他央告听差，替回他儿子来，等他筹好了钱赎他。其实不是没有钱，是他不想拿出钱来。哈，哈，哈。他想变卖四五件旧衣服，来凑五百艾居，可是衣服连三十艾居也不值。哈，哈。他每建议一次，听差就点破一次他的建议荒谬，他于是越想越苦恼，想一回，就说一句：“可他上那条战船有什么鬼事干啊？啊！该死的战船哟，这个奸诈的土耳其人哟！"总而言之，经过几番周折，又是哼唧，又是叹气……可是我讲的故事，我觉得你听了一点也不笑。你倒说怎么样？

皆隆特 我说呀，年轻人是一个死鬼、一个目无尊长的东西，他愚弄父亲，父亲不会饶他的；埃及姑娘是一个不明事理、不守规矩的丫头，她辱骂体面人，到本地败坏好人家子弟，他要叫她尝尝厉害的；听差是一个恶棍，不到明天，皆隆特就要打发他上绞刑架的。

第 四 场

席耳外司特，赛尔比奈特。

席耳外司特 您跑到这儿胡闹什么？您晓得方才和您说话的那人就是您情人的父亲吗？

赛尔比奈特 我适才也疑心到了。我没有往这上头想，就对他本人讲起他的故事来了。

席耳外司特 怎么，他的故事？

赛尔比奈特 是呀，我一脑子都是这个故事，直想学给别人听。听就听吧，有什么关系？活该他生气，对我们不会好到哪儿去，可我看也不会坏到哪儿去。

席耳外司特 您也太爱闲磕牙了。自己的事都瞒不了人，您也真叫舌头长啦。

赛尔比奈特 难道他不会听别人讲吗？

第 五 场

阿尔冈特，席耳外司特①。

阿尔冈特② 喂！席耳外司特。

---

① 1734年版，赛尔比奈特在场。
② 1734年版增添："（在舞台后面。）"

235

席耳外司特① 回家去吧。我主人在喊我。

阿尔冈特 混账东西，原来你们是勾搭好了的啊。司卡班和你和我儿子，你们勾搭好了来胡弄我啊。你以为我容忍得了？

席耳外司特 老爷，说实话，司卡班糊弄您，可没有我的份，我担保里头没有我的干系。

阿尔冈特 回头再说，死鬼，回头再说好了。反正拿我当傻瓜呀，不那么方便。

第 六 场

皆隆特，阿尔冈特，席耳外司特。

皆隆特 啊！阿尔冈特先生，你看我出尽了丑。

阿尔冈特 你看我也是一肚子气。

皆隆特 司卡班这死鬼，使诡计骗了我五百艾居。

阿尔冈特 就是这司卡班，也使诡计，骗了我两百皮司陶。

皆隆特 他骗了五百艾居还不知足，又狠收拾了我一场，怎么收拾，我简直不好意思出口，不过我饶不了他。

阿尔冈特 他作弄我，我要他对我交代明白。

皆隆特 我要世人看看他的好下场。

席耳外司特② 但愿上天保佑，我不在内！

皆隆特 不过阿尔冈特先生，祸不单行，倒楣的事还不止此。我本

---

① 1734 年版增添："（向赛尔比奈特。）"
② 1734 年版增添："（旁白。）"

来希望今天见到我女儿，我老来也就指望她安慰我了，可是方才我听我派去的人讲，她早就离开了大兰多，有人以为她乘的那条船沉了，她怕遇险了。

阿尔冈特　那你为什么，请问，留她在大兰多，不把她带到身边，享享天伦之乐？

皆隆特　我也是出于不得已啊。我续弦的事，家里不赞成，我到现在还不得不保守秘密，可我看见谁啦？

第 七 场

乃莉娜，阿尔冈特，皆隆特，席耳外司特。

皆隆特　啊！是你，奶妈。

乃莉娜　（跪在他面前。）啊！庞道尔弗老爷……

皆隆特　别叫我这个名字，叫我皆隆特吧。我在大兰多，不得不拿真姓名瞒着你们，现在已经没有这种必要了。

乃莉娜　哎呀！您改名换姓不要紧，我们来这儿找您，可为您改名换姓，吃了多少苦，受了多少艰辛！

皆隆特　小姐和她母亲在什么地方？

乃莉娜　老爷，小姐离这儿不远。不过您没有见她以前，我先求您宽恕我把她嫁给了人，原因是我找不到您，我和她无依无靠，只好擅自作主了。

皆隆特　小姐嫁了人？

乃莉娜　是啊，老爷。

皆隆特　嫁给谁？

乃莉娜　　　一个叫作奥克达弗的青年人,是一位阿尔冈特先生的少爷。

皆隆特　　　上天保佑!

阿尔冈特　　会有这种巧事!

皆隆特　　　带我们,带我们快到她住的地方去。

乃莉娜　　　你们走进这家房子,就看见她了。

皆隆特　　　你前头走。跟我来,跟我来,阿尔冈特先生。

席耳外司特[①]　这事可真出人意外!

第 八 场

司卡班,席耳外司特。

司卡班　　　哎嗐!席耳外司特,我们那帮老少怎么样啦?

席耳外司特　我有两件事奉告:一件事是奥克达弗已经没有事了。我们的雅散特姑娘原来就是皆隆特老爷的女儿。另一件事是两个老头子口口声声要收拾你,决不饶你,特别是皆隆特老爷。

司卡班　　　没有什么。他们吓唬我们的,从来没有能把我怎么样了;好比天上的黑云彩,过是过来了,可是离我们的头还有老远。

席耳外司特　你还是小心些好:儿子很可能跟父亲又好起来,把难题留给你一个人承当。

---

① 1734 年版增添:"(一个人。)"

司卡班　　　你看我的，我有法子息他们的怒……

席耳外司特　走开，他们出来啦。

第 九 场

皆隆特，阿尔冈特，席耳外司特，乃莉娜，雅散特。

皆隆特　　　好，女儿，跟我回家去。我要是能见到你母亲和你在一起的话，我就分外喜笑颜开了。

阿尔冈特　　才说起奥克达弗，他就来了。

第 十 场

奥克达弗，阿尔冈特，皆隆特，雅散特，乃莉娜，赛尔比奈特，席耳外司特。

阿尔冈特　　过来，儿子，你的亲事逢凶化吉，我们正在开心，你来和我们一道高兴高兴吧。老天爷……

奥克达弗　　（没有看见雅散特。）不，爸爸，您说的那门亲事，我应承不了。我用不着再隐瞒您，想必您已经知道我结了婚了。

阿尔冈特　　对；不过你不知道……

奥克达弗　　我全知道。

阿尔冈特　　我要告诉你的是，皆隆特先生的女儿……

奥克达弗　　皆隆特先生的女儿永远同我不相干。

皆隆特　她就是……

奥克达弗①　不成,先生;我打定了主意,您就饶了我吧。

席耳外司特②　您听我说……

奥克达弗　不,我什么也不要听,你就给我住口吧。

阿尔冈特　你女人……

奥克达弗　不,您听我说,爸爸,我宁死也不抛弃我可爱的雅散特。(跨过舞台,走向她。)是的,您说什么也不中用,她就是我娶的那位姑娘;我一辈子就爱她一个人,别人我不要。

阿尔冈特　好!我要你娶的就是她。活活儿一个冒失鬼,死心眼儿死到底!

雅散特③　是啊,奥克达弗,他就是我找到的父亲,我们平安无事啦。

皆隆特　到舍下去,我们在那边比在街上谈话要适意多了。

雅散特　啊!爸爸,这位可爱的姑娘,您也看见了,我求您别让她和我分开。她是一个好姑娘,您熟识过后,一定会敬重她的。

皆隆特　一个你哥哥喜爱的姑娘,方才当着我的面,又糟蹋了我一场,你也好要我收留下来?

赛尔比奈特　先生,我求您高高手吧。我知道是您呀,也就不会那样说话啦。我晓得您,也只是听人说起罢了。

皆隆特　说起我什么?

雅散特　爸爸,哥哥爱她,一点没有什么不正经的地方,至于人

---

①　1734 年版增添:"(向皆隆特。)"
②　1734 年版增添:"(向奥克达弗。)"
③　1734 年版增添:"(指着皆隆特。)"

	品，我保证她好。
皆隆特	就算很好吧，难道你要我儿子跟她结婚不成？一个来历不明、走江湖的姑娘？

第十一场

赖昂德，奥克达弗，雅散特，赛尔比奈特，阿尔冈特，皆隆特，席耳外司特，乃莉娜。

赖昂德	爸爸，您别埋怨我爱上一个来历不明、无家无业的姑娘。收我赎她的钱的那些人，方才对我讲：她是本城人，还是正经人家女儿，他们在她四岁上把她拐出来的。他们给了我一只镯子，可能帮我找到她的亲人。这就是。
阿尔冈特	哎呀！看这镯子，她正是我女儿，我丢她那年，正是你说起的岁数。
皆隆特	你女儿？
阿尔冈特	对，是她，我看她的脸相，活脱脱就是。
雅散特	天呀！出奇的事可也真多！

第十二场

卡尔，赖昂德，奥克达弗，皆隆特，阿尔冈特，雅散特，赛尔比奈特，席耳外司特，乃莉娜。

卡　尔	啊！老爷，方才出了一件祸事。
皆隆特	什么？
卡　尔	可怜的司卡班……
皆隆特	这混账东西我正要叫人绞死。
卡　尔	哎呀！老爷，您用不着操这份儿心。他路过一家房子，正在动工，石匠的锤子恰好落在他头上，不偏不倚，砸开了骨头，露出整个儿脑浆。眼看他就要死啦，他求人把他抬到这儿，有话要在死前和你们说明了。
阿尔冈特	他在哪儿？
卡　尔	那不是。

最后一场

司卡班，卡尔，皆隆特，阿尔冈特，等等。

司卡班	（两个人抬着他，头上裹着布，模样像是受了重伤。）哎唷，哎唷。老爷，你们看我……哎唷，你们看我这副可怜样子。哎唷。我得罪了许许多多人，不来求他们饶恕，我就闭不了眼睛。哎唷。是啊，老爷，在我没有咽气以前，我有什么对不住你们的地方，我诚心诚意恳求你们饶了我，尤其是阿尔冈特先生，还有皆隆特先生。哎唷。
阿尔冈特	我这方面，饶你就是。好，放心死吧。
司卡班[①]	老爷，我顶对不住您了，拿棍子打……

---

① 1734年版增添："（向皆隆特。）"

皆隆特　　别说下去啦，我也饶了你啦。

司卡班　　在我也真是忒放肆，居然拿棍子打……

皆隆特　　别提啦。

司卡班　　我临死说不出有多难过，一想到拿棍子打……

皆隆特　　我的上帝！住口。

司卡班　　我悔不该拿棍子打您……

皆隆特　　住口，我说，我全忘啦。

司卡班　　哎呀！真是好人！不过，老爷，您是真心饶我拿棍子打……

皆隆特　　哎！是真心。这话就别再说啦。我统统饶你，也就是了。

司卡班　　啊！老爷，您这话才一出口，我就心定了。

皆隆特　　对，可是我饶你也得你死才行。

司卡班　　怎么，老爷？

皆隆特　　你一有命，我就收回饶你这句话。

司卡班　　哎唷，哎唷。我觉得我又支不住啦。

阿尔冈特　　皆隆特先生，看在喜事分上，就该大大方方饶他才是。

皆隆特　　好吧。

阿尔冈特　　我们一道去用晚饭，痛痛快快乐它一回吧。

司卡班①　　还有我，趁我还没有咽气，把我抬到饭桌一旁吧。

---

①　按照传统的演法，司卡班被凯旋般抬走以前，在台上一跃而起，站直了。

· 艾斯喀尔巴雅斯伯爵夫人 ·

原作散文体,1671年12月2日,为国王演出!1672年7月8日,首次公演。

演员

艾斯喀尔巴雅斯伯爵夫人

伯爵 她的儿子。

玉莉 子爵的情人。

子爵 玉莉的情人。

狄包及耶先生 法官①，伯爵夫人的情人。

哈班先生 丁赋局局长②，伯爵夫人的另一情人。

包比奈先生 伯爵夫人的家庭教师。

昂德莱 伯爵夫人的丫环。

小约翰 狄包及耶先生的跟班。

蝗虫③ 伯爵夫人的跟班。

景在昂古赖莫④

---

① 县级法院的法官。
② 法国当时是包税制。昂古赖莫 Angouleme 是一个相当重要的丁赋区域，有269个教区，每年丁赋可以收到40万法郎（根据艾克斯皮意 Expilly 的数字，见于麦纳的注释）。
③ 蝗虫 Criquet 又有"又瘦又矮的马"的意思，兼指"又瘦又矮的人"。听差取这种名称，是当时的习俗。
④ 昂古赖莫在法国西南部，如今是沙朗特 Charente 省的省会，从前是一个公国的首府，在沙朗特河旁山上。

第 一 场

玉莉，子爵。

子　爵　什么？小姐，你早就来啦？

玉　莉　是啊，克莱昂特，你也不嫌难为情。两下约会好了，男的末一个来，太不像话啦。

子　爵　世上没有讨厌鬼的话，我一小时以前就到了这儿。一个贵人真讨厌，路上拦住我，问我朝廷有没有什么新闻，其实也就是找借口，对我卖弄那些莫名其妙的奇闻罢了。这些伟大消息家，到处贩卖他们道听途说的掌故。你知道，这成了小城镇的祸殃。老头子先拿两张纸给我看，上面密密麻麻，连边也写满了造谣生事的老生常谈。他告诉我，全有真实来历。随后他显出一副神秘模样，不怕我嫌烦，从头到尾，念《荷兰周刊》①上面那些趣味恶劣的东西给我听。他拥护这种刊物。在他看来，这位作家笔尖儿横扫法兰西，单是才气，就打垮了我们全部队伍。说着说着，他就不顾一切，议论各部大臣，左一句错，右一句不好，甭想他会有完有了。听他讲话，他比参加御前会议的人们知道内幕还要知道得详细。他说起国家大事来了如指掌，似乎每一件事，他都晓得来龙去脉。他拆穿内幕，说破邻邦

---

① 《荷兰周刊》Gazette de Hollande，更正确些，叫做《阿姆斯特丹周刊》Gazette d'Amsterdam，每星期四在荷兰出版。路易十四在1672年3月进攻荷兰，但是在进攻之前，御前会议早已决定了。《荷兰周刊》对路易十四方面的进攻准备以及宫廷生活常有报道。

的政策，照他的想法解释欧洲发生的大小事件。连非洲、亚洲也逃不出他的掌握，教士约翰和大可汗的最高会议①，他也全有情报。

玉　　莉　　你用足了心思找漂亮话解释，一方面让我听起来有趣，一方面让我也容易原谅你。

子　　爵　　美丽的玉莉，我确实是为了这个缘故来晚的。我要是有意找漂亮借口的话，我只要对你说：你怪我姗姗来迟，可是你挑的会面地点，我先腻味；你硬要我充这家女主人的情人，可是这样一来，我还真怕头一个来到这儿。我假装爱她，仅仅为了讨你欢喜，所以也就只有在众人面前嘻嘻哈哈，拿她打趣，我才忍受得了这种限制。你磨难我，要我和这位滑稽伯爵夫人在一起谈心，我这方面真是避还避不及。总而言之，我来这儿也就是为了你的缘故，所以我说什么也希望你先到。

玉　　莉　　你这人心眼灵活，犯了过失，总有话来抵挡，我们太清楚你这一手儿了。其实，你早来上半个钟头，我们也有好一阵工夫在一起了：因为我来到这儿，发现伯爵夫人出去了。你用她的名义叫人演喜剧②给我看，我相信，她一定是满城宣扬去了。

子　　爵　　可是，小姐，你到底打算什么时候结束这种限制，让我少花几个钱来买看你的幸福啊？

玉　　莉　　父母同意的时候。可是我怕这一天还到不了。你和我一样

---

① 教士约翰 Prete-Jean 是一个虚无飘渺的基督教人物，中世纪以为是中国皇帝，十七世纪认为是阿比西尼亚皇帝的名称（见于 1690 年夫尔地耶 Furetière 的《字典》）。大可汗指元朝皇帝。

② "喜剧"名称在这出戏连见几次，实际是载歌载舞的"牧歌剧"Partrcale。

知道，我们两家在闹纠纷，你我到别处见面不可能，我的兄长，还有你的父亲，不会答应你我相好的。

子　爵　他们结仇，你我难得会在一道，你做什么又逼我假装爱别人，把我在你身旁的时间白白糟蹋掉？

玉　莉　为了更好掩护我们的爱情啊。再者，对你实说了吧，你所说的假装爱别人，对我是一出非常有趣的喜剧，我不知道你今天叫人给我们演的这出喜剧，会不会使我更开心。我们这位艾斯喀尔巴雅斯伯爵夫人，一年到头夸耀门第，她本人就是戏台子上一个逗笑人物。她新近去了一趟巴黎，回到昂古赖莫，妙事越发层出不穷了。她呼吸了一下宫廷空气，变得分外滑稽，天天都有笑话传出来。

子　爵　对，可是你也不想想，这种游戏，你看了开心，可是我受活罪。一个人像我这样真心爱你，装假是装不成的。我情愿用我的时间，对你解说我的热情。然而这种游戏只是浪费我的时间，牺牲我的爱情；美丽的玉莉，这太残酷。昨天晚上，我写了几句诗发泄，你不要我背给你听，我也忍不住要背给你听，背自己的作品给别人听，已经成了诗人名下一种难割难舍的恶习了。

　　　　　《意丽丝，你让我受罪受的太久》：
　　　　　"意丽丝"你明白是代替玉莉用的。
　　　　　　　意丽丝，你让我受罪受的太久，
　　　　　　　我执行命令，却也低声怨尤：
　　　　　　　心中无限痛苦，不许说出，
　　　　　　　说也只是感觉不到的爱慕。

　　　　　　　我为你的眼睛叹气难过，

　　　　你也好眼中无人，拿我作乐？
　　　　难道为了美貌受罪还嫌轻，
　　　　再得为你的娱乐受罪才行？
　　　　同时受难两次，也未免太狠。
　　　　不许我讲也罢，许讲也罢，
　　　　在我的心头，一样都是残忍。

　　　　爱，点着了心；限制，拿它冻成冰。
　　　　要是你一点也不会怜惜的话，
　　　　假意是死，真心我也活不成。

玉　莉　我看你诗上说的，比实在情形苦多了。不过，诗人们有权利信口开河，配合一时的诗兴，撒撒谎，抱怨抱怨：情人残忍。不过，你把诗写出来送我，我会很高兴的。

子　爵　背给你听就够了，我可不要写出来送你。一个人偶尔发发疯写写诗，倒也无妨，可是拿给人看，大可不必了。

玉　莉　你就别假意谦虚了吧，反正不顶事；大家知道你才思骏发，所以你藏起诗来，不给我看，我觉得倒是多余。

子　爵　我的上帝！小姐，说起这话，还是请你多加小心，在社会上冒充才子，不是好事。这样做，显出某种滑稽情调，很容易被人看出来的，我们有些朋友就是我的榜样。

玉　莉　我的上帝！克莱昂特，你说归说，我看你巴不得拿诗送给我，我要是装出不在乎的样子，你倒反而窘了。

子　爵　我？小姐！你在开我的玩笑。我算不得什么诗人，你别以为我会……不过，你那位艾斯喀尔巴雅斯伯爵夫人来了。我走另一个门出去，免得撞见了她。我应你的娱乐，我趁这时候，也先去料理一下。

第 二 场

伯爵夫人,玉莉。①

伯爵夫人 啊,我的上帝!小姐,就你孤单单一个人?真糟!单单一个人?底下人好像告诉我,子爵在这儿来的。

玉　莉 不错,他来过,可是他一听说你不在,就又出去了。

伯爵夫人 怎么,他看到你啦?

玉　莉 看到啦。

伯爵夫人 他没有陪你说说话儿?

玉　莉 没有,夫人;他希望这样表示:他在全心全意爱你。

伯爵夫人 他这样做,我可真要不答应他啦。不管他爱我爱到什么地步,我喜欢爱我的男子对姑娘礼貌周到。有些女人,心眼儿窄,看见情人对别的漂亮女人不礼貌就开心,我不是那种女人。

玉　莉 夫人不必为他的行为感到惊奇。他一举一动显着爱你,除去看你之外,就谁也不要看。

伯爵夫人 我相信我能引起强烈的痴情,感谢上帝,我觉得自己也还好看、年轻、有身份。可是我惹人爱,并不禁止对别人彬

---

① 根据1734年版,上场人物改为:"伯爵夫人、玉莉、昂德莱与蝗虫(待在舞台后部)"。麦纳认为蝗虫相当靠前,站在伯爵夫人身后,或者举起她的袍子的后梢,随她走动,这是当时上流社会一种风气。麦纳指出,根据艾麦·马丁Aimé Martin 的注释,蝗虫戴着帽子,帽角向前,像一个乡下人,举起伯爵夫人的袍子的后梢,一边吃着樱桃,朝后台吐核。但是毛朗指出,根据《剧评》Courrier de Théâtres所载关于1836年1月17日的演出,蝗虫和昂德莱上场时,吃着一大块抹牛油的面包,还啃着一只苹果。

彬有礼①。跟班,你待在这儿干什么?难道没有前厅好待,听见喊再进来!简直怪气,人在外省就找不到一个跟班懂规矩。我在对谁讲话?小坏包,你去不去外头②?丫环们,过来。

昂德莱	太太,什么事?
伯爵夫人	头上的纱给我拿下来。笨丫头,轻点,看你这双笨手,把我的头揪什么样!
昂德莱	太太,我尽量往轻里揪就是。
伯爵夫人	对,可是你尽量往轻里揪,对我的头来说,就重得不得了,看你连我的脖子也扭啦。拿好我的手笼。别拿东西在地上拖过来拖过去。放到我的衣库去。喂,你到哪儿去,你到哪儿去?这蠢丫头,她打算干什么?
昂德莱	太太,我照你说的,打算搁到茅房③。
伯爵夫人	啊,我的上帝!不懂事的东西④!小姐,请你原谅我⑤。我对你说的是我的衣库,大笨蛋,就是搁衣服的地方。
昂德莱	太太,难道宫里头把衣橱叫衣库?
伯爵夫人	是啊!笨蛋,他们这样叫搁衣服的地方。
昂德莱	太太,我记住就是了,还有你的搁楼,要叫家具库⑥。
伯爵夫人	教育这些畜牲,真不简单。

---

① 根据1734年版,补加:"看见蝗虫。"
② 根据1734年版,补加:"(向昂德莱。)"同时"丫环们"改成单数"丫环"。
③ "茅房"garde-robes用成多数,伯爵夫人说的是单数。1669年,路易十四在内府设立衣库大臣 grand maitre de la garde-robe,造成模仿风气,"衣库"用的是单数。
④ 根据1734年版,补加:"(向玉莉。)"
⑤ 根据1734年版,补加:"(向昂德莱。)"
⑥ 昂德莱下。家具库 garde-meuble 是一种内府机构,设立于十四世纪,供应宫廷家具,伯爵夫人早就仿用了,"衣库"是新设立的机构,所以她到巴黎之后才听说起的。

玉　莉	夫人，她们有你指教，我觉得非常幸运。
伯爵夫人	她是我的奶妈的女儿，我当随身丫环使唤，她还不凑手。
玉　莉	夫人心善，像你这样待家人的，世上罕见。
伯爵夫人	来，端座儿过来。喂！跟班，跟班，跟班。说真的，简直可恶，喊不到跟班给你搬座儿。丫环们，跟班们，跟班们，来人呀。我看我的底下人死光了，我们非自己动手搬座儿不可①。
昂德莱	太太有什么吩咐？
伯爵夫人	你们要人喊破嗓子。
昂德莱	我拿你的手笼和你的头纱搁到你的衣橱……我说，你的衣库。
伯爵夫人	给我把那个跟班小坏包叫进来。
昂德莱	喂！蝗虫。
伯爵夫人	蠢丫头，别喊蝗虫，喊跟班。
昂德莱	那么，就是跟班，不是蝗虫，进来，太太有话。我看他耳朵聋了。蝗……跟班，跟班②。
蝗　虫	什么事？
伯爵夫人	小鬼头，你这半天在哪儿？
蝗　虫	太太，在街上。
伯爵夫人	干什么在街上？
蝗　虫	你叫我到外头的。
伯爵夫人	我的朋友，你是一个不懂事的小家伙。你应当知道"外头"在贵人用来，意思就是说"前厅"。昂德莱，你记好

---

① 昂德莱上。
② 蝗虫上。

	了，回头叫我的侍童①给这小坏包一顿鞭子。这小家伙就改不过来。
昂德莱	太太，你的侍童是什么意思？你说的是不是打杂儿的查理？
伯爵夫人	住口，你这傻东西；一开口就是蠢话②。端过座儿来③。你去拿我的银烛台，点上两枝蜡烛，天已经黑了。你干什么瞪直了眼睛看我？
昂德莱	太太……
伯爵夫人	怎么，"太太"？什么事？
昂德莱	是……
伯爵夫人	什么？
昂德莱	是我没有蜡烛。
伯爵夫人	怎么，你没有？
昂德莱	没有，太太。有也只有油烛。
伯爵夫人	蠢丫头！前几天我不是叫买蜡烛来的？搁到哪儿啦？
昂德莱	自打我来到这儿，就没有见过。
伯爵夫人	走开，混账东西。我要打发你回你的爹妈家去。给我拿一杯水来④。小姐。
	〔请她就座。
玉 莉	夫人。
伯爵夫人	啊！小姐。

---

① 侍童 ecyer de main 的职责是搀扶男女贵人上车、骑马、管理厩舍。原文仅用 écyer 一字，指"盾士"而言，是骑士的跟随和执盾的。
② 根据1734年版，补加："（向蝗虫。）"
③ 根据1734年版，补加："（向昂德莱。）"
④ 昂德莱下。

255

玉　莉	啊！夫人！
伯爵夫人	我的上帝！小姐。
玉　莉	我的上帝！夫人。
伯爵夫人	哦！小姐。
玉　莉	哦！夫人。
伯爵夫人	哎！小姐。
玉　莉	哎！夫人。
伯爵夫人	哟！请，小姐。
玉　莉	哟！请，夫人。
伯爵夫人	小姐，我是在自己家，这你是同意的了。小姐，你是拿我当做内地女人看啊？
玉　莉	夫人，我可不敢[①]！
伯爵夫人[②]	看，不懂事的东西，我喝水要用茶托。我告诉你，去给我找一个茶托来。
昂德莱	蝗虫，什么叫做茶托？
蝗　虫	茶托？
昂德莱	对。
蝗　虫	不知道。
伯爵夫人	你怎么不走啊？
蝗　虫	太太，我们两个全不知道什么叫做茶托。
伯爵夫人	记着，茶托就是一种碟子，拿玻璃杯放在上头。人要想伺候得好呀，就得住在巴黎！眼梢轻轻一转，人就明白你是什么意思。好！蠢牛，我叫你这么端来的？把碟子搁在

[①] 昂德莱上，根据1734年版，她"端了一杯水来"。
[②] 根据1734年版，补加："(向昂德莱。)"

	底下。
昂德莱	这还不容易。
	〔昂德莱失手打碎玻璃杯。〕
伯爵夫人	好!看你冒失不冒失?你得赔我。
昂德莱	好!太太,对,我赔。
伯爵夫人	看这个笨人、这个蠢丫头、这个笨蛋、这个……
昂德莱	(走开。)太太,我说过了赔,再骂我,我可不受。
伯爵夫人	给我滚得远远的。①说真的,小姐,小城镇就是一个怪物,一点也不懂礼貌。我方才去拜访了两三个人家,可把我难过死了。他们就不知道尊敬我的贵人身份。
玉　莉	他们到哪儿学呀?又没有去过巴黎。
伯爵夫人	只要肯虚心接受,就学得了。可是要命的就是,我在巴黎待过两个月,宫廷全看到了,他们也要同我比,说自己什么都懂。
玉　莉	简直糊涂!
伯爵夫人	他们要人一律平等,真是岂有此理,因为,说到临了,凡事都有个高低的。我顶气的就是,城里一位做了两天或者做了两百年贵人的,居然寡廉鲜耻,说他和我的先夫一样是贵人。他也不想想,先夫住在乡间,有一队猎狗,签什么字也要写明伯爵身份。
玉　莉	住过巴黎那些旅馆,就舍不得离开,人在那边才叫懂得生活。夫人,什么木意旅馆呀,什么里昂旅馆呀,什么荷兰旅馆呀,才算得上愉快住处②!

---

① 昂德莱下。
② 荷兰旅馆在当时比较上算是好的。木意旅馆 Hôtel de Mouy 是一个最次的旅馆。里昂旅馆根本不见经传。对内地人说,这些旅馆也许"算得上愉快住处"。

伯爵夫人	这些地方和本地一比，确实是不可同日而语。周围全是上等社会，处处对你表示尊敬，简直称心极了。你坐在座儿上还礼，不站起来也可以。你想看戏①，或者看《浦西色》大舞剧②，到时候票就送上门来。
玉　莉	夫人，我看你在巴黎期间，一定有好些贵人倾倒。
伯爵夫人	小姐，你算说对了。凡是宫廷风流人物，没有一个不来看我，同我谈情说爱的；他们的字条儿，我锁在我的首饰匣里，上面写着他们的要求。——我可没有答应。我用不着说出他们的名姓来，你知道宫廷风流人物都是一些什么样人。
玉　莉	夫人，我猜他们全是大贵人，可是我不明白，你怎么会委屈自己，和法院的狄包及耶先生和丁赋局的哈班先生来往。我就对你实说了吧，相去太远了。因为，你那位子爵，虽然是一位内地子爵，到底还是一位子爵，就算没去过巴黎吧，也总会去的。可是像你这样一位高贵的伯爵夫人，情人里头有审案子的、收税的，未免有点显得太寒碜啦。
伯爵夫人	人在内地，缺东少西的，没有办法，也就只好收留下来了啊。少说他们也还可以填填谈情说爱的空当，充实充实求婚者的人数。小姐，千万不要只要一个情人在心里头，那就糟了，他没有情敌，得意之下，他的爱情就会睡觉的。
玉　莉	夫人，凡是你的话，我承认听了全有好处。你说起话来，等于上课，我每天有东西学。

---

① 戏 Revue 指一种演唱时事与活人的喜剧。
② 《浦西色》Psyche 是莫里哀约请高乃依合写的歌舞剧，在 1671 年 7 月 24 日上演。

第 三 场

蝗虫，伯爵夫人，玉莉，昂德莱，小约翰。

蝗　虫①	太太，法官老爷的小约翰求见。
伯爵夫人	好哇！小坏包，你又做下了蠢事。一个懂规矩的跟班，一定会低声告诉太太的随身丫环，她再轻轻凑到太太耳朵跟前，说："太太，某某老爷的跟班有事求见。"太太听了，这才回答："叫他进来。"
蝗　虫②	小约翰，进来。
伯爵夫人	又胡来啦③。跟班，有什么事？你拿着什么？
小约翰	太太，法官老爷问候你好，他在来以前，叫我先拿园子里的梨送过来，还有一个小纸条子。
伯爵夫人	这梨是"好基督"种，名贵的很。昂德莱，把梨送到膳库④。来，我的孩子，给你小费。
小约翰	不用！太太。
伯爵夫人	听我的话，拿着吧！
小约翰	太太，主人什么东西也不许我拿你的。
伯爵夫人	没有关系。
小约翰	太太，我不敢。
蝗　虫	哎！小约翰，拿了吧！你不肯要，给我好啦。

---

① 根据1734年版，补加："（向伯爵夫人。）"
② 麦纳指出：蝗虫站在伯爵夫人旁边，向外大声呼喊。
③ 根据1734年版，补加："（向小约翰。）"
④ 根据1734年版，补加："（给小约翰钱。）"

伯爵夫人	告诉你的主人,我谢谢他。
蝗 虫①	把钱给我。
小约翰	我没有那么傻。
蝗 虫	是我叫你拿的。
小约翰	没有你,我会照样拿的。
伯爵夫人	我喜欢狄包及耶先生的,就是他很有礼貌,知道尊敬我这样有身份的人。

第 四 场

子爵,伯爵夫人,玉莉,蝗虫,昂德莱。

子 爵	夫人,我来告诉你,喜剧就快预备好了。再有一刻钟,我们就好去大厅看了。
伯爵夫人	说什么我也不要人多②。告诉门警③,不许放人进来。
子 爵	夫人,这样的话,你听我说,喜剧就演不成了。人不多,我就没有兴致。听我的话,你希望娱乐尽兴,就得关照底下人,放全城人进来。
伯爵夫人	跟班,端座儿来④。你来得正是时候,我愿意为你来一点小小的牺牲。好,这是狄包及耶先生的信,他送梨给我。我答应你高声读信,我自己还没有看过。

---

① 根据1734年版,补加:"(向走出的小约翰。)"
② 根据1734年版,补加:"(向蝗虫。)"
③ 麦纳指出:根本她就没有"门警"也没有"马童"。
④ 根据1734年版,补加:"(向坐下后的子爵。)"

子　爵[①]　　夫人，信的风格十分俊美，值得念出来大家听听。

（读。）"夫人，不是我的花园比我的爱情有更多果实给我，我也不会送礼给你的。"

伯爵夫人　你现在可以看出，我们的关系并不密切。

子　爵　　（继续。）"梨还没有熟透，不过这更衬出你的心狠。你一直看不起我，没有熟梨给我。——列举你的美德、美貌，那我就越发不可收拾了，所以，夫人，你就免了我列举吧。写到最后，我愿意给你指出来：像我送给你的梨一样，我也是一个好基督种，因为我是以德报怨，夫人，为了把话说清楚，我不妨换一句话说：我送'好基督'种梨给你，报答你天天让我吃的苦梨。

不配做你的奴隶的　狄包及耶。"

夫人，这封信值得保存好了。

伯爵夫人　信上有几个字，学院不见得采用[②]。不过我注意到，信上的口气相当尊敬，这我就很喜欢。

玉　莉　　夫人，你说得对。不怕得罪子爵先生，我就喜欢男子给我写这样的信。

第 五 场

狄包及耶先生，子爵，伯爵夫人，玉莉，昂德莱，蝗虫。

---

① 根据1734年版，补加："(低声读信之后。)"
② 法兰西学院 Académie francaise 成立(1635年)后，主要任务之一就是编订字典。

伯爵夫人　　过来，狄包及耶先生，不用怕，进来好了。你的信和你的梨一样受欢迎，小姐正在夸你比你的情敌好。

狄包及耶先生　　夫人，我很感激她。她在你跟前给我的爱情做律师，我忘不了她的大恩，将来她要是上我们的衙门打官司的话，她就知道了。

玉　莉　　先生，你用不着律师，公正在你这边。

狄包及耶先生　　小姐，不管怎么样，好花还得绿叶扶持，我耽心，我有理由比不过这样的情敌！夫人可能让子爵的头衔迷住。

子　爵　　你来信以前，狄包及耶先生，我还存着希望，可是信来了以后，我怕我站不住脚了。

狄包及耶先生　　夫人，这儿还有两首"外尔塞"或者两首"库坡赖"①，我写了歌颂你的。

子　爵　　啊！我没有想到狄包及耶先生是诗人，这两首小诗送了我的终。

伯爵夫人　　他意思是说两首"斯特洛弗"。②跟班，给狄包及耶先生看座儿③。一张活动凳子，小畜生。狄包及耶先生，坐到这儿，念你的诗给我们听。

狄包及耶先生　　"一位女贵人，

勾了我的魂；

她美得很，

---

① 外尔塞 verset 是《圣经》分节的名称。库坡赖 couplet 一般指对称诗句而言，可能也指十七世纪流行的一种谣体诗，每行节奏相同，有一定韵脚，最后是一小节警句。狄包及耶先生没有用对。

② 斯特洛弗 strophe 一般指诗的分节而言，或者指古希腊舞曲而言。伯爵夫人没有用对。

③ 根据1734年版，补加："（低声，向端来一张椅子的蝗虫。）"当时座位依不同身份而异：沙发椅子、椅子、活动凳子、凳子。

>   我爱得真；
>
>   她有一样不好：
>
>   眼眶子忒高。"

子　　爵　　这下子我毁定啦。

伯爵夫人　　头一行诗美："一位女贵人。"

玉　　莉　　我觉得有点太长，不过思想美，表现就是自由一点，也无妨于事。

伯爵夫人　　看另一首"斯特洛弗"。

狄包及耶先生

>   "我不知道你是否怀疑我的真纯之爱，
>
>   可是我太知道我的心，时时刻刻，
>
>   只要离开她的凄凉的住宅，
>
>   尊尊敬敬来拜望你住的所在。
>
>   如今你已经拿稳了我的情意，
>
>   和我对你的只此一家的信义，
>
>   就算你做伯爵夫人再美不过，
>
>   也该为我去掉那张虎皮，
>
>   因为它昼夜裹住你的姿色吓我。"

子　　爵　　这回狄包及耶先生抢到我前头了。

伯爵夫人　　你别开玩笑了吧：外省有人写这样的诗，就算很好啦。

子　　爵　　怎么，夫人，我开玩笑？别看我是他的情敌，我倒认为诗写得很好，我不但不像你一样，把它说成两首"斯特洛弗"，而且还要叫做"警句诗"①马尔席阿的全部"警句

---

① 警句诗épigramme是一种精练的讽刺小诗，如波瓦洛在《诗的艺术》第二章所形容："往往只是两个韵脚装潢出来的一个漂亮字。"

诗",也不过如此①。

伯爵夫人 什么?马尔席阿也写诗?我先前就以为他会做手套②。

狄包及耶先生 夫人,他说的不是这一个马尔席阿,他说的是三四十年前一位作家。

子　爵 你们看,狄包及耶先生读过不少书。不过,夫人,我们看看我的音乐和我的喜剧,还有我的舞剧,能不能从您心里击退两首"斯特洛弗"和我们方才看见的信的进展。

伯爵夫人 让我的儿子伯爵参加参加也好,他今天早晨和他的家庭教师从我的庄园来了。我看见他在那边屋里。

第 六 场

包比奈先生,狄包及耶先生,伯爵夫人,子爵,玉莉,昂德莱,蝗虫。

伯爵夫人 喂!包比奈先生,包比奈先生,过来见见礼。

包比奈先生 我问候众位仕女晚安。艾斯喀尔巴雅斯伯爵夫人把她的极谦卑的仆人包比奈叫来,有什么指教?

伯爵夫人 包比奈先生,你和伯爵我的儿子,什么时候离开艾斯喀尔巴雅斯的?

---

① 马尔席阿 martial 是公元一世纪罗马帝国时代诗人,有《警句诗集》行世。
② 伯爵夫人说起的马尔席阿,是巴黎一个有名的手套商人与香料商人,同时也是路易十四的兄弟的随身听差。

包比奈先生　夫人，照您的吩咐，在八时三刻动身。

伯爵夫人　侯爵和统领①，我的另外两个儿子怎么样？

狄包及耶先生　夫人，感谢上帝，他们十分健康。

伯爵夫人　伯爵在什么地方？

包比奈先生　在夫人的美丽的寝室。

伯爵夫人　包比奈先生，他在干什么？

包比奈先生　夫人，我方才照西塞罗一封书信②，出了一个题目，他正在做。

伯爵夫人　包比奈先生，叫他进来。

包比奈先生　我照夫人的吩咐，叫他进来就是。

子　爵　夫人，这位包比奈先生，看上去很聪明，我相信他有才情。

第 七 场

伯爵夫人，子爵，玉莉，伯爵，包比奈先生，狄包及耶先生，昂德莱，蝗虫。

包比奈先生　过来，伯爵先生，让大家看看我教你在学业上的进展。向众位仕女鞠躬。

伯爵夫人　伯爵，向小姐致敬。向子爵先生鞠躬。向法官先生致敬。

狄包及耶先生　夫人，我很高兴您赏我一个机会，吻抱令郎伯爵先生。

---

① 统领 Commandeur 是一种有军衔的骑士。

② 西塞罗 Cicéron（公元前 106—公元前 43 年）是罗马共和国时代大演说家与散文家，留下许多书信，成为研究当代社会风习的重要文献。

	爱树干就不可能不爱树枝。
伯爵夫人	我的上帝,狄包及耶先生,你打的是什么比方啊?
玉 莉	说实话,夫人,伯爵先生很有礼貌。
子 爵	他是一位风度翩翩的佳公子。
玉 莉	谁会想到夫人有这样大的一个孩子?
伯爵夫人	哎呀!生他的时候,我小得很,还抱着一个囡囡玩。
玉 莉	他像是你的兄弟,不像是你的儿子。
伯爵夫人	包比奈先生,千万当心他的教育啊!
包比奈先生	承蒙夫人不弃,把培养幼苗的责任交给本人,在下一定竭尽绵薄,把道德种在他的灵魂深处。
伯爵夫人	包比奈先生,你教他的功课,有什么风雅东西,不妨叫他说一两句。
包比奈先生	好,伯爵先生,背背你昨天上午的功课。
伯 爵	Omne viro soli quod couvenit esto virile. Omne viri...①
伯爵夫人	嗐!包比奈先生,你教的是什么无聊东西?
包比奈先生	夫人,这是拉丁,约翰·代波带尔的第一条法则②。
伯爵夫人	我的上帝,这位约翰·代波带尔简直要不得,我请你教那比他雅致的拉丁。
包比奈先生	夫人许他背完的话,他会解说明白文章的意思的。
伯爵夫人	不,不,这就够明白的啦③。
蝗 虫	演员传过话来,他们预备好啦。

---

① 意思是:"任何名词,只要和男子相关,就是阳性。任何……"
② 约翰·代波带尔 Jean Despautére(1460—1520)是福朗德(荷兰、比利时一带)的拉丁文法学者,他的文法大全 Commentavii gvammatici(1537 年)曾经风行一时。
③ 伯爵夫人听见 viro(男子)这个字联想到 virga(阳具)这个字(法文是 verge)。

伯爵夫人	我们坐过去吧①。狄包及耶先生扶着小姐②。
子　爵	我有一句声明：音乐和舞蹈组成娱乐的内容，喜剧只为前后包扎用的③……
伯爵夫人	我的上帝！别说下去啦：我们又不是笨人，自己看得懂的。
子　爵	开戏吧，越快越好，尽可能别放讨厌鬼进来吵我们的娱乐。

（小提琴演奏了一刻，大家全都坐好。）

第 八 场

伯爵夫人，伯爵，子爵，玉莉，哈班先生，狄包及耶先生（坐在伯爵夫人脚边），包比奈先生，昂德莱④。

哈班先生	他妈的！可真热闹啦，这下子我乐兴发啦。
伯爵夫人	喂！局长先生，你说这话是什么意思？你来就为搅乱喜剧，还是怎么的？
哈班先生	他妈的！夫人，看见你玩儿乐，我开心。我该怎么样相信你，现在我算明白啦。说什么你拿心给我，你发誓对我忠

---

① 根据1734年版，补加："（指着玉莉。）"
② 根据1734年版，补加："（蝗虫在舞台一侧安置座位；伯爵夫人、玉莉和子爵就坐；狄包及耶先生坐在伯爵夫人脚边。）"
③ 路易十四的兄弟续弦，莫里哀剧团奉命演戏庆贺。《艾斯喀尔巴雅斯伯爵夫人》就是为庆贺而写的独幕喜剧。在演出时，第七场与第八场之间，有一场载歌载舞的"牧歌剧"，演到中间，被哈班先生打断了。
④ 根据1734年版，上场人物没有昂德莱，但是有蝗虫。

	言,我可明白啦。
伯爵夫人	喜剧演得好好的,就这样打断了,搅得演员话也说不下去,可也真不应该。
哈班先生	哎嗜!妈的!你演的才是真正喜剧。我要是搅了的话,大爷我才不搁在心上。
伯爵夫人	说实话,你就不清楚你在说什么。
哈班先生	他妈的!我清楚得很,我清楚得很,他妈的!……①
伯爵夫人	哎呀!先生,你尽这样说粗话,可真不像样儿。
哈班先生	他妈的!要是有什么不像样儿呀,不是我的粗话,倒是你的行为。像你跟子爵先生这种样子,你倒不如说说粗话,他妈的!他妈的好受多了。
子　爵	局长先生,我不知道你抱怨什么,不过……
哈班先生	先生,我跟你没有话讲:你爱追谁就追谁,这是自然的,我一点也不觉得奇怪;我要是打断了你的喜剧的话,请你宽恕我就是。不过我不满意她的行为,你也不应该觉得奇怪,我们两个人不妨各行其是。
子　爵	我对你这番话没有意见,说到你为什么抱怨艾斯喀尔巴雅斯伯爵夫人,我就根本莫名其妙。
伯爵夫人	一个人吃醋,不好这样乱吵乱闹的,应该悄悄对他心爱的人诉苦才是。
哈班先生	我悄悄诉苦?
伯爵夫人	对。私底下说的话,就不该到戏台子上嚷嚷出来。
哈班先生	他妈的!我来这儿还就为了这个。我巴不得这是一座戏台

---

① 根据1734年版,补加:"(包比奈先生吓坏了,带了伯爵逃开,蝗虫跟着一道跑掉。)"

子，一五一十揭了你的底。

伯爵夫人　子爵先生叫人演一出喜剧给我看，有什么好大吵大闹的？你看见的，狄包及耶先生爱我，就比你对我有礼貌多了。

哈班先生　狄包及耶先生高兴怎么做就怎么做，我不晓得狄包及耶先生同你是什么关系，不过狄包及耶先生不是我的榜样，我不是那种冤大头，出了钱，看别人玩儿乐。

伯爵夫人　局长先生，你说话就没有走心，人不这样对待贵族妇女的，别人听了你的话，还以为你我之间有什么了不起的秘密哪。

哈班先生　他妈的！夫人，别扯谈啦。

伯爵夫人　你说"别扯谈"，你这话是什么意思？

哈班先生　我的意思是说，你欣赏子爵先生，我一点也不觉得奇怪。在社会上扮这种角色，身边有一位局长先生，可是为了一个她一时心喜的野小子，出卖他的爱情、他的钱口袋，你不是头一个女人。现下风骚女子一来就负心，可是我不上这种当，你也一点不必觉得奇怪，我来就为当着这些人告诉你，我和你断绝关系，收钱先生从今以后不再是你的出钱先生。

伯爵夫人　眼下就兴情人发脾气，也真是的，别的你就看不见。好啦，好啦，局长先生，息息怒吧，坐下来看看喜剧。

哈班先生　我，他妈的！坐下来！①到你脚跟前找你那些蠢才坐吧。伯爵夫人，我把你留给子爵先生了，回头我就拿你的信送到他那边。我这场戏完啦，我的角色也演完啦。失陪。

狄包及耶先生　局长先生，我们有话别处再讲，我要你知道，耍剑、耍

---

① 根据1734年版，补加："（指着狄包及耶先生。）"

鞭杆子，我全在行。

哈班先生[1]　　狄包及耶先生，你说得对。

伯爵夫人　　人会这样蛮不讲理，我还是头一回看见。

子　爵　　夫人，人吃起醋来，就像人输了官司一样，可以无话不讲。我们还是看喜剧吧。

最后一场

伯爵夫人，子爵，玉莉，狄包及耶先生，包比奈先生，昂德莱，小约翰，蝗虫。

小约翰[2]　　先生，这儿有一封信，送信的要我们尽快给你看。

子　爵　　（读。）"我所以立刻通知你，就为你能从容进行准备。你的父母和玉莉的父母已经和好如初，他们和好的条件就是你和她结婚。晚安。"[3]

玉　莉　　啊！克莱昂特，多幸福啊！这样幸福的结局，我们的恋爱哪儿敢有这奢望啊？

伯爵夫人　　什么？到底是怎么一回事？

子　爵　　夫人，这就是说，我娶玉莉；为了喜剧圆满起见，我希望你听我的话，就嫁给狄包及耶先生吧！再把昂德莱姑娘嫁给他的跟班，你也就好用他当随身听差了。[4]

---

[1]　根据1734年版，补加："（走出。）"
[2]　根据1734年版，补加："（向子爵。）"
[3]　根据1734年版，补加："（向玉莉。）"
[4]　根据1734年版，补加："（子爵、伯爵夫人、玉莉与狄包及耶先生站了起来。）"

伯爵夫人　　什么?作弄我这样一位女贵人?

子　爵　　夫人,我没有意思惹你生气,喜剧许可这类事的。

伯爵夫人　　对,狄包及耶先生,为了气死世上人,我就嫁给你。

狄包及耶先生　夫人,这太体面我了。

子　爵　　夫人,我们就一边气死人,一边看看下余的戏吧。①

---

① 被打断的"牧歌剧"继续演出。

・女学者・

原作是诗体。1672 年 3 月 11 日,在剧场首演。

人物

克里萨耳①	富裕的资产者。
费娜曼特②	克里萨耳的太太。
阿尔芒德 } 亨丽艾特 }	克里萨耳与费娜曼特的女儿。
阿里斯特	克里萨耳的兄弟。
白莉丝	克里萨耳的妹妹。
克利当德	亨丽艾特的情人。
特里扫丁③	才子。
法狄屋斯④	学者。
玛婷⑤	女厨子。
酸枣⑥	跟班。
玉连	法狄屋斯的听差。

---

① 莫里哀本人扮演这个角色。根据他的财产目录(他死后,别人编制的),克里萨耳的服装是:"(衣服),表演《女学者》曾用,有腰短大衣与底子亮橘色的花枝、青绒短裤;堇色与金色纺绸上衣,有纽扣;一条金绦,袜带、吊带与手套:值二十法郎。"
② 扮演这个角色的是男演员。
③ 特里扫丁 Trissotin 影射当时一位有名的才子诗人兼学者高旦 Cotin(1604—1682)。他和波瓦洛是死对头,回骂波瓦洛的时候,顺手带到波瓦洛的好友莫里哀。据说莫里哀用了四年工夫写《女学者》还击。他一字不改。把高旦的诗拿过来,作为戏里的诗用。特里扫丁的译音应当是特里扫"旦",戏里(第二幕第九场)需要它和拉丁同音,所以译成特里扫"丁"。
④ 法狄屋斯 Vadius 影射当时另一位有名的才子诗人兼学者麦纳吉 ménage (1613—1692)。他懂得好几种语言,是最早研究字根的语言学家。高旦是莫里哀的死对头,他们之间有过一场名闻遐迩的争吵,莫里哀用在第三幕。"屋斯"是希腊人名常有的一种字尾。麦纳吉懂古希腊文。
⑤ 传说扮演这个角色的是莫里哀的女用人,《水星》le mercure 杂志(1723年7月号)首先提出,但是一般学者认为不合实际情形。
⑥ 花草取做听差名字,是当时习俗。跟班一般都用童子。

景在巴黎①

---

① 根据1734年版,应作:"景在巴黎,克里萨耳家内。"马艾劳的《札记》有这样的记载:"《特里扫丁》或者《女学者》:舞台上是一个房间。需要两本书、四张椅子和一些纸张。"

第 一 幕

第 一 场

阿尔芒德，亨丽艾特。

阿尔芒德	什么？姑娘这个漂亮名称，妹妹，就是一个又好听、又称心的头衔，你不愿意当姑娘，倒把出嫁看成开心的事？这种庸俗念头，亏你怎么想到的？
亨丽艾特	是呀，姐姐。
阿尔芒德	啊！这句"是呀"，你也好意思出口？谁听了能不恶心？
亨丽艾特	姐姐，你倒说说看，结婚对你有什么不……？
阿尔芒德	啊，我的上帝！呸！
亨丽艾特	怎么？
阿尔芒德	啊，我说，呸！你一点也不觉得，单这两个字，听到耳朵，人就反感。这在人心勾起什么样古怪形象啊？人会想到什么样肮脏事啊？你一点也不嫌丑？妹妹，你真能横下心来，忍受结婚这个字样的后果？
亨丽艾特	这个字样的后果，在我看来，也不过是丈夫、儿女、家务；依我的浅见，我就看不出有什么肮脏，有什么丑。
阿尔芒德	天呀！你倒喜欢这种牵制？

亨丽艾特	在我这种年龄，用丈夫名义，找一个男人受我牵制，他爱我，我爱他，鹣鹣鲽鲽，恩恩爱爱，乐上一辈子，还有什么比这更相宜的？两下情投意合，白头到老，又有什么不好？
阿尔芒德	我的上帝！你的心思怎么这样下流！整天支应家务，除去偶像似的丈夫和猴子似的小孩之外，一点也感觉不到别的沦肌浃髓的快乐，你活在世上，多没有出息！这一类下流娱乐，还是留给伧夫、俗子享受去吧。你要有雄心壮志，试着培养一下最高贵的快乐，蔑视感觉和物质，像我们一样，拿心整个用在精神上来。你眼前就有母亲做你的好榜样，随便她走到什么地方，大家都以女学者的名义来尊敬她。所以你不妨学我，表现一下你是她的女儿。追求学问，好在近边就是。热心研究，研究具有无比的乐趣。妹妹，我们不该去做男人的奴才。要嫁就嫁哲学好了，因为有了哲学，全人类都会拜倒，而且理性君临天下，兽性归它支配，本能也就不会把我们拉下来，与动物为伍。这是真正美好的爱情、甜蜜的牵制，就该全部占有人生才是。许多女人，埋头家务，在我看来，无聊之至。
亨丽艾特	我们知道，天意莫测，它在我们落地的时候，就帮我们做好了不同的安排。人的脑壳不是一幅料子做的，随便就好裁成一位哲学家。学者们凌空设想，高不可及，如果你做得来，姐姐，我可没有那种才分，我顶多也就是守着地面，料理料理日常琐碎。你我禀赋不同，还是各行其是，千万别和上天的正当规定捣乱了吧。你既然英才卓跞，就振翅高飞，住到哲学仙宫去；我喜欢人间，还是由我尝尝尘世因缘的乐趣好了。我们的打算，彼此不同，这样一

	来，两个人倒也统统学到了母亲：你那方面学的是灵魂和崇高的欲望，我这方面学的是感觉和粗俗的快乐；你学的是精神和智慧的出品，我学的是，姐姐，物质的出品。
阿尔芒德	一个人照别人学，就该学别人的优点；拿人家当做自己的模范，妹妹，不就是学人家咳嗽、唾痰。
亨丽艾特	可是母亲先前要是只有那些优点的话，也就不会有你这人在夸口了。亏她没有拿她的高才总用在哲学上，你才有了今天这样子。你就是靠下流才有了性命的，所以我求你开开恩，还是由我下流好了。你要人家学你，那么小学者想出世，你可千万别把小学者给取消了啊。
阿尔芒德	我看你病根已深，一心就想出嫁，治也治不好啦。可是请你告诉我，你打算嫁谁：不至于是克利当德罢？
亨丽艾特	凭什么不是他？难道他有什么缺点？还是我看中的人下流？
阿尔芒德	不是下流；可是克利当德公开追我，人人知道，你把他抢过去，先就存心不良。
亨丽艾特	对；不过他对你唉声叹气，不起作用；你高高在上，人间下流事，正眼不理；你一心一意只爱哲学，一向就把婚姻打入冷宫。你心里头既然没有克利当德这个人，那么别人对他有意，关你什么事？
阿尔芒德	理性控制感觉，可是控制不就等于取消谈情说爱的快乐；我可以不要一个有才能的人做丈夫，但是我要他在我后面焚香顶礼。
亨丽艾特	我没有挡着他不继续焚香顶礼。我不过是见你不肯要他，这才接受他献给我的爱情的。
阿尔芒德	可是人家不要的情人，请问，他献上来的爱情，你以为十

　　　　　　分可靠？你以为他真就爱你爱得不得了，爱我的心整个死了不成？

亨丽艾特　姐姐，他对我这么说来的，我呐，相信他。

阿尔芒德　妹妹，先别那样一厢情愿；他说他不要我，爱上了你，你明白，他没有仔细想过，弄错了也难说。

亨丽艾特　我不知道他弄错了没有，不过你要是愿意的话，我们很容易在这上头辨别清楚。我望见他来了，他会对你我拿话交代明白的。

第 二 场

克利当德，阿尔芒德，亨丽艾特。

亨丽艾特　姐姐说你不一定爱我，克利当德，为了打消我的疑心，当着我们姐妹的面，你掏出真心话来，老老实实告诉我们，两个人里头，你到底爱谁。

阿尔芒德　不，不，我一点也没有意思要你拿话交代明白；我体谅人。心里的话，当着面讲，别别扭扭的，我知道多为难人。

克利当德　不，小姐，我这人不会装假，有话就说，一点不嫌别扭。我也没有丝毫为难的地方。我说话心口如一，而且公开承认，我是自投罗网，因为我的爱情和我的愿望都在她这一边①。你听了我这番话，千万不要动怒：是你自己要这样

---

① 根据1734年版，补加："（指着亨丽艾特。）"

的。我先前爱你美貌，嗜声叹气，充分证明我的欲望强烈。我向你献上长远不灭的爱火，可是你嫌胜利不够体面，仿佛一位不可一世的暴君，统治我的灵魂，见我披枷带锁，反而出以种种蔑视。我忍受不了许多痛苦，只好另外找寻比较仁慈的主宰和比较好受的锁链：小姐，我在她①那双眼睛里头找到了，我也永远宝贵这儿流露出来的情意。她可怜我，也没有因为你不要我，就看不起我。像她这样心慈，世上少有，所以我很受感动，说什么也不要挣开锁链，远走高飞。小姐，我现在斗胆求你，不要打算挽回我的感情了，我决计在这温柔乡待到老死。这颗心不是你的了，你也就不必再想收回了吧。

阿尔芒德　哎！谁告诉你，先生，我有这种心思，我那样恋你来的？你这样想，我已经觉得好笑了，再讲给我听，简直是岂有此理。

亨丽艾特　哎！慢着，姐姐。你那善于控制兽性，约束怒气的伦理学，又到哪儿去啦？

阿尔芒德　可是你没有父母之命，就接受人家的爱情表示，你对我说这话，你又从哪儿学来的？你要知道，子女的本分就是服从父母的教导，只有他们看中的男子，你才可以相爱，他们有权管你，你自作主张，就是大逆不道。

亨丽艾特　谢谢你的好意，帮我指出做女儿的本分。我一定照你的规劝来做就是。姐姐，为了你看见我利用你的规劝，克利当德，你就不负爱我这番心思，努力争取一下家父家母的同意。取得爱我的合法权利，你以后爱起我来，也不至于陷

---

① 根据1734年版，补加："（指着亨丽艾特。）"

	入大逆不道。
克利当德	我一定全力以赴。我一直在等你的许可。
阿尔芒德	你这下子可得意啦,妹妹,看你那副怪相,还以为我在伤心似的。
亨丽艾特	我,姐姐?没有的事。我知道理性对你的感觉,一向管得很紧,而且在智慧指导之下,你也不会那样脆弱。所以我不但不疑心你会恼怒,而且相信你肯在这方面助我一臂之力,支持他的要求,尽快促成我们的好事。我求你这样做。为了达到目的……
阿尔芒德	看你这副小傻样儿,居然也想寻人开心。人家扔掉的东西,你像得了宝似的,还自以为得意。
亨丽艾特	别瞧是扔掉的东西,你并不嫌弃;要是能够从我这儿再捡回去的话,你会马上弯下腰来的。
阿尔芒德	一派胡言乱语,我听了都嫌脏耳朵,尤其犯不上答理。
亨丽艾特	你可真行,像你这样约束自己的,我们做梦也想不到。

第 三 场

克利当德,亨丽艾特。

亨丽艾特	她想不到你话讲得这么真诚。
克利当德	直率对她还算好的。像她那种目空一切、高高在上的样子,我对她说话真诚,就嫌客气。不过,小姐,你既然许我求婚,我去见令尊……
亨丽艾特	顶可靠是取得家母同意。家父这人什么他也同意,就连他

自己决定下来的事，他也不会坚持到底。天性善良，太太一有主张，他立刻如响斯应。作主的是家母，她决定下来的事，她就用专制口吻，吩咐别人照办。我承认，我希望你对她、对我的姑母，性子再柔和一点，迎合她们那些架空的想法，得到她们的热烈的敬重。

克利当德　我这人生来心眼儿实在，就连令姐学她们，我也不敢领教。女博士根本不合我的脾胃。我同意一位妇女应当具有种种知识，不过为作学者而作学者，这种热情就要不得了，我一点也不希望她有。别人提出来的问题，她就算知道，我也希望她权当自己不知道。总而言之，我希望她不要显白自己是在用功，即使自己有学问，也不要外人知道，说话不铺张，不引证作家，随便一句话，都不卖弄才情。我十分尊重令堂，可是我绝对不能赞成她那些空心思，变成她的应声虫，恭维她心目之中的奇才。她那位特里扫丁先生，我一听说，就觉得气闷、腻味。看见她敬重这样一个人，拿他和真正伟大的天才放在一起，一个作品处处被人揶揄的傻瓜、一个大量供应全菜场包扎纸张的书呆子，我就心头有气。

亨丽艾特　他写的东西、他说的话，我都觉得无聊，我和你的兴趣、你的见解也全一致，不过他对家母很有影响，你就该多随和些才好。爱一个人就该爱她一家大小，博取人人的欢心。为了没有人反对他的爱情，就连看家的狗，他也想着讨好。

克利当德　是，你有道理；不过我从心灵深处，就对特里扫丁先生有莫大的反感。我不能为了取得他的赞成，就不顾一切，赞扬他的作品。我在认识到他以前，读过这些东西，所以我

　　　　　　老早也就晓得他这个人了。他处处摆出一副书呆子姿态，我在他写的那堆无聊东西里头已经领教够了：自命不凡，一贯盛气凌人，好话百听不厌，信心十足，怡然自得，永远踌躇满志，想到得意处时时发笑，自己写的东西篇篇可爱，拿他的名声和一位将军的全部荣誉对调，他都不会情愿的。

亨丽艾特　你倒好眼力啊，看得又准又全。

克利当德　我连他的脸相也看了出来。他一首诗一首诗拿给人看，我一看他那些诗，他这位诗人的风度就在我的眼里活了起来。我对他那副尊容先有了准谱儿，有一天我在法院①遇到一个人，我和人打赌，这人一定就是特里扫丁：果不其然，我打赌打对了。

亨丽艾特　有你说的！

克利当德　才不，我说的是真事。我望见你的姑母来了。请你允许我，就在这儿，对她说破我们的秘密，回头到了令堂面前，她也好帮我们说一句好话。

第 四 场

　　　　克利当德，白莉丝。

克利当德　小姐，允许一个情人，在这难得的机会，对你说起他的真

---

① 法院 Le palais de justice 附近，当时商贾云集，书店开在附近走廊，成了文人聚会所在。

诚的热情……

白莉丝　啊！慢着，别拿你心里的话都对我说出来。万一我把你算在我那些情人里头的话，有眼睛给你做翻译，你也就该知足了。千万不要另找语言对我解释你的欲望，在我看来，这种欲望就是侮辱。爱我好了，叹气好了，为我的美貌难过好了，但是用不着让我知道。只要你永远不出声，你私下爱不爱我，我也就随它去了。可是万一嘴想搀在里头起哄的话，你就必须走开，永远别让我看见。

克利当德　我对爱情的计划，没有什么值得你大惊小怪的。小姐，我爱的是亨丽艾特。我来就是为了恳求你，成全我对她的爱慕。

白莉丝　啊！你这套鬼话，我承认，编的确实聪明，遁词巧妙，值得夸奖。在我看过的传奇里头，比这狡黠的心计，我还没有遇到过。

克利当德　小姐，我说的是真心话，这和聪明主意一点也不相干。上天拿我的心给了美貌的亨丽艾特，我也决不变心；可爱的亨丽艾特迷住了我，我热望的就是和亨丽艾特结婚。你这方面是一言九鼎，我唯一的希望你肯赏脸，成全我的好事。

白莉丝　我明白你话里的意思，你说起的那个名字，我知道应该怎么领会。说法巧妙，所以我也就不必另兜圈子，干脆就拿我心里的话告诉你：亨丽艾特讨厌结婚，爱她无所谓，可是，不必再存别的想望。

克利当德　哎！小姐，你这样纠缠不清有什么用？没有影儿的事，你为什么偏以为有？

白莉丝　我的上帝，别装蒜啦。你的眼睛一来对我表白你的心思，你就不必声辩了。爱情使你想出这种鬼招儿，我既然满意，也就够了。礼貌所在，你不直着把话说出口来，可是我还是由着你说完了，也就大可不必再争了。只是有一点我要提醒你，就是你在荣誉指导之下，热情澎湃，向我的神座许愿，必须干净才成。

克利当德 可是……

白莉丝 再会。我对你说的话，比我想说的话还要多，你目前也该知足了。

克利当德 可是，你错会了……

白莉丝 好啦，我现在脸都红了，我这半天简直难为情死了。

克利当德 我要是爱你呀，我倒宁愿上吊。明白事理……

白莉丝 不，不，我不要再听下去了。①

克利当德 鬼抓了这一脑门子空中楼阁的疯女人去！谁见过一个像她这样成见深的？我还是托一位明白事理的人帮忙吧。

---

① 根据1734年版，下面另分一场。

第 二 幕

第 一 场

阿里斯特。

阿里斯特① 对,我尽快给你回信。我坚持,我催促,我尽力就是②。做情人的,一句话可以说了的事,也要啰嗦一个不了!他是予取予求,巴不得立刻如愿以偿!从来……

第 二 场

克里萨耳,阿里斯特。

阿里斯特 啊!哥哥,你好!
克里萨耳 兄弟,你好。
阿里斯特 你知道我来的目的吗?

---

① 根据1662年版,补加:"(向克利当德。)"
② 根据1734年版,补加:"(离开克利当德,但是还在朝他说话。)"从"做情人的……"起,是独白。

克里萨耳	不知道；可是，我准备好了听，只要你讲。
阿里斯特	你认识克利当德，很久了吧？
克里萨耳	那还用说，我看他常到我们家来。
阿里斯特	哥哥，你觉得他这人怎么样？
克里萨耳	为人正直、聪明、勇敢、稳重，像他这样的人，我看就不多。
阿里斯特	他有事托我问你。你器重他，这就好了。
克里萨耳	我从前到罗马旅行，认识他去世的父亲的。
阿里斯特	很好。
克里萨耳	兄弟，他是一个很好的贵人。
阿里斯特	我听说是。
克里萨耳	我们当时不过二十八岁，家伙！我们两个人全是公子多情。
阿里斯特	我相信是。
克里萨耳	我们穷追罗马女人。那边人人说起我们的风流韵事；好些人吃我们的醋。
阿里斯特	再好没有。不过还是谈谈我来问你的事吧。

第 三 场

白莉丝①，克里萨耳，阿里斯特。

阿里斯特	克利当德爱慕亨丽艾特，托我给他作媒。

---

① 根据 1734 年版，补加："(静悄悄进来，听他们讲话。)"

克里萨耳	什么,我的女儿?
阿里斯特	是啊,克利当德爱她,情人像他那样着迷的,我就没有见过。
白莉丝[①]	不对,不对:我明白你说的话。你不知道实情,事情不像你想的那样简单。
阿里斯特	妹妹,怎么会的?
白莉丝	克利当德把你骗了,迷住了他的,是另外一个女人。
阿里斯特	你开玩笑。他爱的不是亨丽艾特?
白莉丝	不是,我敢说不是。
阿里斯特	是他自己对我讲的。
白莉丝	哎,就算是吧!
阿里斯特	你看见的,妹妹,他托我向哥哥求婚。
白莉丝	很好。
阿里斯特	他那样子简直刻不容缓,催我尽早撮合他的亲事。
白莉丝	再好不过。没有更比他的骗术高明的了。我对你实说了吧,哥哥,亨丽艾特是一个幌子、一个灵巧的遮眼罩子、一种掩饰真相的托词。我清楚底细的。我情愿帮你们两个人打开这个哑谜。
阿里斯特	妹妹,你既然全知道,请你就告诉我们,谁是他爱的那个女人。
白莉丝	你想知道?
阿里斯特	对。是谁?
白莉丝	我。
阿里斯特	你?

---

① 根据1734年版,补加:"(向阿里斯特。)"

白莉丝	说的就是。
阿里斯特	哎嗐，妹妹！
白莉丝	你"哎嗐"什么？我说的话，有什么好大惊小怪的？我想，我仪态万千，倾倒我的，我可以说，就不止一个；道琅特、大密斯、克莱翁特和李希大斯，个个爱我，很足以说明，我相当貌美。
阿里斯特	他们这些人爱你？
白莉丝	是啊，爱得要命。
阿里斯特	他们告诉你来的？
白莉丝	他们没有一个人这样放肆。他们全很尊敬我，到今为止，还没有一言半语，提起他们的爱情。不过他们的眼睛，别看不会说话，却也表白出来他们的心情，献出了他们的忠忱。
阿里斯特	我难得看见大密斯到这儿来。
白莉丝	这是为了对我表示更大的尊敬。
阿里斯特	道琅特在四处挖苦你。
白莉丝	那是醋海兴波的缘故。
阿里斯特	克莱翁特和李希大斯都娶了太太。
白莉丝	那是我把他们逼上绝望之路的结果。
克里萨耳	说实话，我的亲爱的妹妹，这完全是空中楼阁。
阿里斯特	你就该丢了这些空心思才是。
白莉丝	啊！空心思！人家说，全是空心思！我，空心思！空心思，也真亏他们想得出！两位哥哥，我非常喜欢空心思这种字眼儿。我先前就不晓得我是空心思。

第 四 场

克里萨耳，阿里斯特。

克里萨耳　妹妹疯啦，真的。
阿里斯特　一天比一天疯。不过，还是继续我们的谈话吧。克利当德求你答应亨丽艾特嫁他：你打算拿什么话回答他？
克里萨耳　这还用求？我乐意就是了。这门亲事我觉得特别体面。
阿里斯特　你知道，他家私不大……
克里萨耳　这不是什么难事：他有人品，这就值钱；再说，他的父亲和我是两个身子、一条心。
阿里斯特　我们去找嫂子商量一下，想法子叫她也赞成……
克里萨耳　我要他做女婿，就成了。
阿里斯特　对；不过，哥哥，为了加强你这方面的同意，得到她的同意，也不算错。我们去吧……
克里萨耳　你是不是开玩笑？没有必要。我担保你的嫂子同意。一切唯我是问。
阿里斯特　不过……
克里萨耳　我说由我好了，没有什么好顾虑的。我现在就去关照她。
阿里斯特　好吧。我到楼上探探你的亨丽艾特的口风，回头再来问你……
克里萨耳　亲事就这么说定啦。我马上去告诉你的嫂子一声。

第 五 场

玛婷，克里萨耳。

玛　婷　　我可走运啦！哎呀！人家说的对：淹狗的人说狗疯，伺候别人置不了房子地。

克里萨耳　什么？玛婷，你怎么啦？

玛　婷　　我怎么啦？

克里萨耳　是啊。

玛　婷　　老爷，不怎么，人家今天把我歇啦。

克里萨耳　歇啦！

玛　婷　　是呀，太太撵我走。

克里萨耳　我不答应。怎么会的？

玛　婷　　她吓唬我，说我要是不走的话，就打我一百记。

克里萨耳　不行，你偏待下来：我满意你。太太一来就使性子。我可不愿意，我……

第 六 场

费娜曼特，白莉丝，克里萨耳，玛婷。

费娜曼特[①]　什么？贱人，你还在这儿？快给我走，贼丫头，离开这地

---

① 根据1734年版，补加："（望见玛婷。）"

	方，永远不许到我跟前来。
克里萨耳	慢着。
费娜曼特	不成，就这么定规啦。
克里萨耳	哎！
费娜曼特	我要她走。
克里萨耳	可是她做错了什么事，你要她走？……
费娜曼特	什么？你给她撑腰？
克里萨耳	没有的话。
费娜曼特	你跟她伙在一起反对我？
克里萨耳	我的上帝！没有，我不过是问问她犯下了什么大逆不道的事。
费娜曼特	难道我撵她走，会没有理由？
克里萨耳	我不是这个意思，不过，对付用人，就该……
费娜曼特	不成；我告诉你，她得离开。
克里萨耳	好啊，离开。谁又不赞成来的？
费娜曼特	我说出来的话，我不希望有人反对。
克里萨耳	同意。
费娜曼特	你作为明白事理的丈夫，就该和我一道骂她、恼她。
克里萨耳	我做给你看就是[①]。对，太太撵你有道理，刁丫头，你做事大逆不道，就该受罚。
玛　婷	我到底干了什么坏事？
克里萨耳[②]	家伙！我不知道。
费娜曼特	她到现在还不认账。

---

① 根据1734年版，补加："(转向玛婷。)"
② 根据1734年版，补加："(低声。)"

克里萨耳	她惹你生气,是砸了镜子,还是砸了磁器①?
费娜曼特	我会为了这个撵她走?你以为我会为了这么丁点小事生她的气?
克里萨耳②	这还叫话?③难道闯下了什么大祸不成?
费娜曼特	当然。你以为我是不明白事理的女人?
克里萨耳	难道是她做事粗心,丢掉什么水壶,还是什么银盘子不成?
费娜曼特	那倒好啦。
克里萨耳④	哦,哦!瘟死你这坏东西!⑤什么?难道你发见她不老实来的?
费娜曼特	还要糟。
克里萨耳	还要糟?
费娜曼特	糟不可言。
克里萨耳⑥	家伙!贼丫头!⑦嗯?难道她……
费娜曼特	我给她上课上了有三十回,她居然混账到了极点,不管该不该用,还拿一个俗不堪耐的下流字来糟蹋我的耳朵,可是这个字,渥日拉根本不许用⑧。

---

① 磁器在当时是从中国输去的名贵摆设。欧洲开始仿制,属于草创阶段。
② 根据 1734 年版,补加:"(向玛婷。)"
③ 根据 1734 年版,补加:"(向费娜曼特。)"
④ 根据 1734 年版,补加:"(向玛婷。)"
⑤ 根据 1734 年版,补加:"(向费娜曼特。)"
⑥ 根据 1734 年版,补加:"(向玛婷。)"
⑦ 根据 1734 年版,补加:"(向费娜曼特。)"
⑧ 渥日拉 Vaugelas(1595—1650)是法国语言学家。他的法兰西语言初解 Remarques Sur la langue francaise(1643 年)在当时影响很大。他认为:"语言只有一位主宰,就是用法这位暴君。"用法有好有坏,坏用法是大众促成的,好用法是少数人的果实,特别是宫廷。容易流于坏用法的文学体制是诙谐制作,或者喜剧和讽刺作品。本人是贵族,为法兰西学院工作,从事于语言清洁运动,他就免不了这种贵族阶级论调。

克里萨耳	原来是……
费娜曼特	什么？文法是一切科学的基础，就连国王也管，贵为九五之尊，也顺顺当当服从它的规范，她是什么东西，不听我的忠告，总在破坏？
克里萨耳	我以为她犯下了什么了不起的大罪。
费娜曼特	什么？这样大逆不道，你倒以为可以宽恕？
克里萨耳	不可以。
费娜曼特	我倒希望你原谅她。
克里萨耳	我没有这个意思。
白莉丝	说起来也真可恨：语言规范，我们教她教了一百回，可是全部句法，照样在她手上毁了。
玛 婷	你们讲道，我相信，讲的是好；可是我呐，就是说不来你们的怪话。
费娜曼特	不害臊的东西！有理性和上等习惯做基础的语言，居然说成怪话！
玛 婷	说出来的话有人懂，才叫说话，你们那些漂亮词儿，就没有一个派不上用处。
费娜曼特	听听看，她的风格又来啦！"没有一个派不上用处！"
白莉丝	哦！敲不开的脑壳！我们不住口用心教你，就教不会你说话正确！你又犯了"没有"和"不"的错误，我们对你说过，多了一个否定词。
玛 婷	我的上帝！我们不像你们受过"觉余"，我们说的话跟家里人一样。
费娜曼特	啊！谁受得了？
白莉丝	简直不合语法！
费娜曼特	听觉锐敏的人，听她说话，也要耳朵迟钝啦。

白莉丝	我相信你的心灵非常物质。你是单数,不可以说成"我们"。难道你要一辈子破坏文法不成?
玛 婷	谁又破坏什么王法呀家法来的①?
费娜曼特	天啊!
白莉丝	你错会了"文法"的意思,我对你讲过这两个字的来源。
玛 婷	沙姚来的也好,欧特意来的也好,彭杜瓦思来的也好②,关我屁事!
白莉丝	活活一个乡下人!文法教我们动词和主语的规则,还有形容词和名词的规则。
玛 婷	小姐,你听我说,我不认识这些人。
费娜曼特	真要人命!
白莉丝	这些是词类的名字,放在一起,怎么样才合适,我们应该研究一下。
玛 婷	它们合适也好,打架也好,吃什么劲?
费娜曼特	(向她的小姑。)哎!我的上帝!别再谈下去啦。(向她的丈夫。)你不情愿帮我撵她走?
克里萨耳	情愿。③我得顺着她的性子。④好,别招她生气啦。玛婷,走开。
费娜曼特	怎么?你怕得罪这刁丫头啊?你跟她说起话来,口气怎么那么客气啊?

---

① 原文不是"王法"和"家法",而是"祖母"和"祖父"。"祖母" grand'mère 一字的读音,在当时和"文法" grammare 一样,这才造成玛婷的误解。玛婷说的话是一般乡下人说的话,文法和字音都不正规化,原文在这一点远比译文有趣。
② 都是地名。
③ 根据 1734 年版,补加:"(旁白。)"
④ 从"好……"起,向玛婷。

| 克里萨耳 | 我？才不①。好，滚。（低声。）②去吧，我的可怜的孩子。 |

第 七 场

费娜曼特，克里萨耳，白莉丝。

克里萨耳	她走啦，你该知足啦；不过这样打发她走，我可不赞成：女孩子干活儿很有两手儿，你为了一点鸡毛蒜皮的事，就把她给我赶走了。
费娜曼特	她说起话来，不顾词性，满嘴胡言乱语，字也少头缺尾，还夹杂了一些菜市阴沟里头流来流去的谚语，你倒愿意我一直用她，长年磨难我的耳朵，破坏用法和理性的种种规则？
白莉丝	听她说话，人真要起一身鸡皮疙瘩：她天天作践渥日拉。本性伧俗，最小的错误不是拖沓重复，也是声音参差。
克里萨耳	只要她菜烧得好，遵守不遵守渥日拉的规则，有什么关系？拿我来说，我宁可要她乱用名词、动词，也要摘干净青菜，说一百回下流或者无聊的话，也别烧焦我的肉，或者把汤给我弄得太咸了。我活命靠汤好，不靠语言漂亮。渥日拉没有教人烧好了汤；马莱伯和巴尔扎克用起漂亮字

---

① 根据1734年版，补加："口吻强劲。"
② 根据1734年版，补加："（低声，口吻柔和。）"

	来那样有学问①，下厨房也许就成了傻瓜。
费娜曼特	你这些话，粗俗不文，叫人听了恶心！一个人自命是人，居然妄自菲薄，不提高精神生活，长年停在物质享受阶段！身体这块烂肉，有什么重要，有什么价值，也值得我们念念不忘？难道我们不该拿它扔得远远的？
克里萨耳	不对，我的身体就是我自己，我要加以护理。叫它烂肉，随你；可是我这块烂肉，我偏宝贵。
白莉丝	哥哥，身体体现精神，不过，你要是相信所有学者的话，你就知道精神的重要远在身体之上，我们最大的操心、最先的努力，就该拿科学的汁液把它培养起来才是。
克里萨耳	说实话，你要是想培养你的精神的话，像大家说的，你就该吃得精。用不着你那套操心，也用不着你那套关切……
费娜曼特	啊！我的耳朵听不来"关切"这两个字，它有一股古老的臭味道。
白莉丝	这两个字的确是太过时了②。
克里萨耳	你们要不要听我讲话？我简直憋不住啦，我一定要去掉假面具，拿脾气发出来：人家把你们说成疯子，我难过极了……
费娜曼特	你怎么啦？
克里萨耳	妹妹，我是同你讲话：别人说话，语法上芝麻大一点小

---

① 马莱伯 nalherbe(1555—1628)是法国宫廷诗人。主张语言纯洁，要求形势整饬，反对十六世纪文艺复兴时期诗人，成为古典主义诗学的先驱。
　　巴尔扎克 Guez de Balzac(1594—1654)是法国散文家，和马莱伯的见解相同，书信集(1624 年)成为古典主义散文的典范。
② 关切 Sollicitude 是一个老字，当时多见于神学家的文章，一般人不大使用。

错，你也讨厌。可是你自己做人，就非常有失检点。①我不喜欢常和你们在一起的那些书呆子，除去普鲁塔耳克写的那本大书压压我的拉巴②有用之外，那些没有用的东西就该统统烧掉，科学也交给城市的博士③钻研去。家里鸽楼那根吓人的老长的望远镜，还有那些面目可憎的许多小把戏，也老老实实给我送走了吧。你们少管管月亮的闲事，还是分心料理料理一塌糊涂的家务吧。一个女人做研究，知道许多事，就处处不相宜：把子女管教好了，家务照料好了，监督监督用人，节省节省开支，才是她的研究，她的哲学。我们的祖先，在这一点上，就很有道理；他们讲，一个女人有本事区别短裤和小领紧身短袄，才学也就够大的了。他们的女人不念书，可是也过活的不错。家务事是她们全部渊博谈话的内容；她们没有书，有的也就是一个针箍，还有线和针，她们拿这些东西给女儿做嫁妆。眼下女人不要这种风俗，她们要的是写，是变成作家；对于她们，就没有一门科学嫌太深：在我们家，比在世上任何地方都来得厉害。高深莫测的秘密，也在这儿想得出来；除去应该知道的不知道，此外就全知道。人在这

---

① 根据1682年版，补加："（向费娜曼特。）"
② 普鲁塔耳克Plutarque（50年左右—125年左右）是希腊历史家。他的名人传Vies des hommes illustres 影响很大。这种影响应归功于法国翻译家阿米奥 Amyot（1513—1593）的译本（1559年）。他生时出过三次正译本。

拉巴 rabat 是袍子前胸领口底下一种装饰：一小幅黑布，分成两个相等的长方形，四周滚一道小白边。
③ 博士用城市来形容，说明博士属于市民阶层、资产阶级。城市和宫廷对立。克里萨耳用城市来形容博士，有鄙薄意，证明克里耳本人层于上层资产阶级或者长袍贵人。他对宫廷有好感，年轻时候曾经和一位贵公子（克利当德的父亲）在罗马一道冶游。

儿晓得月亮、北极星、金星、土星、火星的运行；这种无补于实际的知识，人到老远的地方找寻；可是我要吃的那锅菜怎么样了，没有人知道。我的用人讨你们好，也醉心科学，可是该干的活儿，个个丢在一旁不管。推理成了全家大小的工作，推来推去，就是不见理性。有的一边烤肉，一边念历史，把肉给烤焦了；有的思索诗句，赶着我要他拿酒给我喝。总而言之，他们学你的榜样。我有听差，不见应差。一个可怜的丫头，总算给我留下来了，没有染上这种恶劣风气，如今也大吵大闹撵了出去，理由是她不会照渥日拉的规则说话。你听我讲，妹妹，我讨厌这种做法。（我方才说过，我是在对你讲话。）我不喜欢你那些说拉丁话的客人，尤其是那位特里扫丁先生。都是他和他的诗，拿你们变成了人人的笑柄。他讲的话句句莫名其妙：听他说话，人要想上半天才懂。依我看呀，他那颗脑袋，我相信有一点糊涂。

费娜曼特　　天呀，灵魂和语言都多下流！
白莉丝　　　小粒子数他这一堆笨重！原子构成的心灵，数他这一颗商人气①！而我会和他是同一父母所生！我恨极了和你是一家人，我走，你不嫌丢脸，我嫌。

第 八 场

费娜曼特，克里萨耳。

---

① "小粒子"和"原子"是古代哲学家伊壁鸠鲁对物质的天才解释。

费娜曼特	你还有什么话要教训我？
克里萨耳	我？没有。吵闹的事，过都过去了，我们就不谈了吧。谈谈别的。你的大女儿，我看，厌恶结婚：反正她是一位哲学家，你管教得很好，我不说什么了。不过她的妹妹，又是一种性格，我想还是给亨丽艾特找一个丈夫……
费娜曼特	我正在盘算这事。我不妨把我的意思说给你听。你不敬重特里扫丁先生，怪我们不该和他往来，我觉得他倒可以做她的丈夫，我比你清楚他的人品。我这方面已经决定下来了，争执也是多余。我看中了的女婿，随你赞成不赞成，反正我不要听你唠叨。我这样做，有我的理由。大家会称道的。你要是通知她的话，也瞒不住我。

第 九 场

阿里斯特，克里萨耳。

阿里斯特	怎么样？哥哥，太太走啦，我看出你方才和她在一起谈话来的。
克里萨耳	是的。
阿里斯特	结果怎么样？亨丽艾特嫁得成？她同意啦？事情解决啦？
克里萨耳	还没有完全解决。
阿里斯特	她不赞成？
克里萨耳	不是。
阿里斯特	她拿不定主意？

克里萨耳	一点也不是。
阿里斯特	到底怎么样？
克里萨耳	她向我建议，要另一个人做女婿。
阿里斯特	另一个人做女婿？
克里萨耳	另一个人。
阿里斯特	这人是谁？
克里萨耳	特里扫丁先生。
阿里斯特	什么？这位特里扫丁先生……
克里萨耳	是啊，说起话来，总是诗和拉丁。
阿里斯特	你要他做女婿？
克里萨耳	我？老天在上，没有。
阿里斯特	你怎么回答？
克里萨耳	没有回答；幸而我没有开口，否则倒留下把柄啦。
阿里斯特	理由十分充足。这已经显出你的威风来了。少说你也对她提出克利当德来的？
克里萨耳	没有提出；因为我看她要另一个人做女婿，我想我还是不提为妙。
阿里斯特	你可真是谨慎到了家！这样软弱，你不嫌难为情？天下会有这种懦汉，唯太太之命是听，她决定下来的事，说什么也不敢反驳？
克里萨耳	我的上帝！你说起话来，满不在乎，可是，兄弟，你不知道我多怕嘈杂。我顶爱安宁、清净、悠闲，可是你的嫂子一动气，天也塌了下来。她非常重视哲学家这个称呼，然而她并不因此就少发怒。她根据她的伦理学，看不起财富，可是伦理学对她的肝火，毫无作用。她决定了什么事，你露出半句口风反对，整整一星期，你别想能够安

	静。她一瞪眼睛,我就打战,不知道躲到哪儿才好。她简直就是母夜叉。可是泼妇归泼妇,我得喊她心肝肉肉。
阿里斯特	得啦,你是寻自己开心。我对你实说了吧,嫂子压制你,是你纵容成的。你的懦弱是她的权势的来由。主妇的名称是你给她的。她之所以能够高高在上,还不是你依顺的结果。你像牲口一样由她牵着鼻子。什么?你不管别人怎么样称呼你,就不能够挺起胸脯来做一回男人?就不能够叫女人顺从你的心思?不能够大起胆子讲上一句"我要这样做"?难道你家里有人想入非非还不够,还得女儿陪着做牺牲?难道你拿你的全部家当送给一个蠢人,就只为他会说六句拉丁唬人?就只为嫂子时时刻刻把这书呆子吹成大才子、大哲学家?就只为这家伙写些关于爱情的诗句,谁也赛不过,然而大家知道,糟不可言?你眼睁睁看着女儿牺牲,拱手把全部家当送给这种人,也不害臊?得啦,再说一遍,你是在胡闹,你的懦怯行为只配大家笑话。
克里萨耳	对,你有道理,我看出来是我错。好,兄弟,我一定要显出我比往常刚强。
阿里斯特	说得好。
克里萨耳	像我这样受女人制,简直丢人。
阿里斯特	很好。
克里萨耳	她利用我随和也利用得太过分。
阿里斯特	对。
克里萨耳	欺我性子好也太过分。
阿里斯特	毫无疑问。
克里萨耳	我今天要她知道,我的女儿是我的女儿,我是她的主子,

	我要照我的意思给她找一个丈夫。
阿里斯特	现在你明白事理啦，我总算盼着啦。
克里萨耳	兄弟，你喜欢克利当德，晓得他的住处，叫他立时就来。
阿里斯特	我马上去，跑着去。
克里萨耳	我忍受得也太长久了，我要叫大家看看我也是人。

第 三 幕

第 一 场

费娜曼特,阿尔芒德,白莉丝,特里扫丁,酸枣。

费娜曼特　啊!我们在这儿坐下来吧,诗里每一个字需要我们欣赏,坐下来听,方便多了。

阿尔芒德　我是望眼欲穿。

白莉丝　我们是盼也盼死了。

费娜曼特[①]　你写出来的东西,在我看来,妙不可言。

阿尔芒德　这对我是一种空前绝后的快感。

白莉丝　这是我的耳朵的美食盛馔。

费娜曼特　你就别拖延了,我们是病也急出来了。

阿尔芒德　快念罢。

白莉丝　你就尽早让我们开心吧。

费娜曼特　我们恨不即时听到你的警句诗,你就读给我们听吧。

特里扫丁[②]　哎呀,夫人,这是一个新生的婴儿,它的命运必然能够感

---

① 根据1734年版,补加:"(向特里扫丁。)"
② 根据1734年版,补加:"(向费娜曼特。)"

	动你,因为我方才在你的院子生出它来。
费娜曼特	有你做父亲,就够我心疼它的了。
特里扫丁	你的称赞可以给它做母亲。
白莉丝	真是妙语如珠!

第 二 场

亨丽艾特,费娜曼特,阿尔芒德,白莉丝,特里扫丁,酸枣。

费娜曼特①	喂!你干什么走开?
亨丽艾特	你们谈话谈得好好的,我怕吵了你们。
费娜曼特	过来,用心和我们一道欣赏欣赏这首神异之作。
亨丽艾特	我不懂文章好坏,我对才学这种事,本来就是外行。
费娜曼特	没有关系。再说,我回头还有话要讲给你听。
特里扫丁②	你一心一意只在姿色上下功夫,学问难得引起你的热情。
亨丽艾特	两样没有一样我喜欢的,我一点也不想……
白莉丝	啊!还是想着新生的婴儿吧,我求你们了。
费娜曼特③	来,小伙计,快端座儿来。(跟班端椅子,绊了一跤。)看他多笨!你学过平衡,怎么还会摔倒了?
白莉丝	无知的东西,你看出你跌倒的原因了没有?你离开我们叫做重心的固定点,这才摔了的。
酸 枣	小姐,我倒在地上就看到了。

---

① 根据1734年版,补加:"(向有意走开的亨丽艾特。)"
② 根据1734年版,补加:"(向亨丽艾特。)"
③ 根据1734年版,补加:"(酸枣。)"

费娜曼特①	蠢才！
特里扫丁	幸而他不是玻璃做的！
阿尔芒德	啊！无往而不是才华！
白莉丝	就干不了。②
费娜曼特	快给我们端上你的好菜吧。
特里扫丁	你们饥饿到了这步田地，一盘八行诗，我看似乎也太不丰盛了，所以我在警句诗或者情歌③之外，现在添一首十四行诗来调味，我想，没有什么不相宜吧。有一位亲王夫人就夸这首十四行诗来的。诗里撒遍了精盐，我相信你们会十分欣赏的。
阿尔芒德	哦！那是一定的。
费娜曼特	我们就快用心听吧。
白莉丝	（他每次想读，她打断了他。）我兴奋的心已经先跳起来了。我爱疯了诗歌，特别是关于爱情的妙句。
费娜曼特	我们老说话，他就念不成了。
特里扫丁	"十四……"
白莉丝④	侄女，别出声！
特里扫丁	"十四行诗，与余拉尼亲王夫人，关于她的寒热。

> 你的谨慎睡着了，
> 待你最凶的仇敌，
> 好得不得了，请他住，
> 而且富丽堂皇地。"

---

① 根据1734年版，补加："（向走出的酸枣。）"
② 根据1734年版，补加："（他们就座。）"
③ 情歌 madrigal 是一种抒情小诗，情愫比较优美。
④ 根据1682年版，补加："（向亨丽艾特。）"

白莉丝	啊!起句可爱!
阿尔芒德	造语惊人!
费娜曼特	只他一个人有出语畅达的诗才!
阿尔芒德	"谨慎睡着了",令人五体投地。
白莉丝	我觉得"请他住"令人心醉。
费娜曼特	我喜欢"好得不得了"和"富丽堂皇地",两个短语,相映成辉。
白莉丝	我们听下面的。
特里扫丁	

> "你的谨慎睡着了,
> 待你最凶的仇敌,
> 好得不得了,请他住,
> 而且富丽堂皇地。"

阿尔芒德	"谨慎睡着了"!
白莉丝	"请他住"!
费娜曼特	"好得不得了"和"富丽堂皇地"。
特里扫丁	

> "负心的东西,竟敢
> 害你的美好的性命,
> 从你的绣房把他
> 赶走,决不容情。"

白莉丝	啊!慢些,求你让我喘一口气。
阿尔芒德	请你给我们留出时间赞赏。
费娜曼特	听到这些诗句,心里起来一种无名感觉,就像我要晕倒了一样。
阿尔芒德	"从你的绣房把他

	赶走，决不容情。"
	"绣房"两个字用在这儿，非常漂亮，比喻也恰到好处！
费娜曼特	"赶走，决不容情。"
	啊！"决不容情"，真是不同凡响！在我看来，单这一句，就是无价之宝。
阿尔芒德	我也爱这句"决不容情"。
白莉丝	我和你的意思一样，"决不容情"很好。
阿尔芒德	我希望我能写出这种诗句。
白莉丝	一首整诗也不过如此。
费娜曼特	可是你们真像我一样，了解那些微妙的地方吗？
阿尔芒德 白莉丝	哦，哦！
费娜曼特	"赶走，决不容情"。
	即使有人为寒热说话，你也由它去，不理那些闲话。
	"赶走，决不容情。"
	"决不容情，决不容情"。
	这句"决不容情"涵意很深，我不知道别人会不会像我一样，听出许许多多意思，反正我是听出来了。
白莉丝	句子不长，可是意思真多。
费娜曼特[①]	可是你写这句可爱的"决不容情"的时候，你，倒说，你真就明白它的全部力量？你自己真就想到我们体会出来的全部意义？当时你以为自己用尽了才气？
特里扫丁	哎，哎。
阿尔芒德	"负心的东西"，我也割舍不下。这负心的寒热，不公

---

① 根据1734年版，补加："（向特里扫丁。）"

	道,不礼貌,人家接它住进来,它倒反脸无情害人。
费娜曼特	总而言之,这两节四行诗都很难得。 我们快听后面两节三行诗罢,我求你了。
阿尔芒德	啊,请你再说一遍"决不容情"。
特里扫丁	"赶走,决不容情。"
费娜曼特 阿尔芒德 白莉丝 }	"决不容情"!
特里扫丁	"从你的绣房把他 赶走,决不容情。"
费娜曼特 阿尔芒德 白莉丝 }	"绣房"!
特里扫丁	"负心的东西,竟敢"……
费娜曼特 阿尔芒德 白莉丝 }	"负心的"寒热!
特里扫丁	"害你的美好的性命。"
费娜曼特	"美好的性命"。
阿尔芒德 白莉丝 }	啊!
特里扫丁	"从你的绣房把他赶走,决不容情。 什么?吸你的血,不尊敬金枝玉叶。"
费娜曼特 阿尔芒德 白莉丝 }	啊!

特里扫丁	"日夜对你放肆!
	你把他带到浴室,
	不要再对他顾忌,
	就亲手把他淹死。"
费娜曼特	我受不了啦。
白莉丝	我晕过去啦。
阿尔芒德	我开心死啦。
费娜曼特	千万种快感在你心里交流。
阿尔芒德	"你把他带到浴室"。
白莉丝	"不要再对他顾忌"。
费娜曼特	"就亲手把他淹死"。
	用你一双手,在浴盆里头,把他淹死。
阿尔芒德	你的诗是一步一放光。
白莉丝	人在里面散步,心旷神怡。
费娜曼特	脚底下全是美丽的东西。
阿尔芒德	里面是撒遍玫瑰花的小径。
特里扫丁	那么,这首十四行诗,你们觉得……
费娜曼特	可爱,新颖,从来没有人写过这样美的诗。
白莉丝①	什么?你听了会无动于衷?侄女,你这副脸相实在难看!
亨丽艾特	姑妈,人的脸相,不由自主,就是才气,也不人人都有。
特里扫丁	也许小姐嫌我的诗不好。
亨丽艾特	不:我没有听。
费娜曼特	哦!我们听听"警句诗"吧。
特里扫丁	"一辆鸡冠花颜色的马车,与一位相熟的贵夫人"。

---

① 根据 1734 年版,补加:"(向亨丽艾特。)"

费娜曼特　　标题总是与众不同。

阿尔芒德　　标题新颖,就准备好了妙语如珠。

特里扫丁　　"爱情高价出卖它的锁链"。

费娜曼特
阿尔芒德｝啊!
白莉丝

特里扫丁　　"我的钱财已经用掉一半;

　　　　　　　就说这辆漂亮马车,

　　　　　　　也是金子前横后遮,

　　　　　　　轰动全国,我的娜易斯

　　　　　　坐在里头,好不洋洋得意。"

费娜曼特　　啊!"我的娜易斯"!学问渊博。

白莉丝　　　比得好,单这就值一百万①。

特里扫丁　　"就说这辆漂亮马车"。

　　　　　　　也是金子前横后遮,

　　　　　　　轰动全国,我的娜易斯

　　　　　　坐在里头,好不洋洋得意:

　　　　　　　马车是我的收入所得,

　　　　　　　别再说成鸡冠花颜色。"

阿尔芒德　　哦,哦,哦!谁也想不到会有这么一句。

费娜曼特　　只有他能写出这种警句。

白莉丝　　　"马车是我的收入所得,

　　　　　　　别再说成鸡冠花颜色。"

---

① 娜易斯 Lais 是古希腊的一个著名妓女。诗是与一位"贵夫人"的,用妓女相比,未免不伦不类。

	语尾变化是:"我的收入、关于我的收入、属于我的收入。"①
费娜曼特	自从你我相识以来,我不知道我对你是否先有好感,不过你的诗和你的散文,我可是处处欣赏来的。
特里扫丁	要是你肯拿大作给我看的话,我也一定照样欣赏。
费娜曼特	我新近没有写诗,不过,我有八章关于我们的学会的计划,希望不久能够向你请教。柏拉图写他的理想国论文,停留在设计阶段②,我想用散文方式,彻底发挥一下。原因是我对一般人的诬蔑,认定我们没有才情,深感愤恨。男子把我们贬在不名誉的地位,限制我们的才分,仅仅做些无谓小事,不许我们问津崇高的知识,根本不通,我要帮我们全体妇女把这口气争过来。
阿尔芒德	我们的理性活动不得超出判断裙子和斗篷样式的好坏,花边或者新锦绣的美丑,这对我们女性是一种莫大的侮辱。
白莉丝	我们一定要消灭这种可耻的地位,公开粉碎我们的精神的羁缚。
特里扫丁	你们知道我一向尊敬妇女,我礼赞她们的眼睛的晶莹,同时也称道她们的精神的光明。
费娜曼特	所以女性这方面还你公道。可是有些人就不然了,包办知识,夜郎自大,小看我们;我要他们知道妇女照样也有学

---

① 这种语尾变化,在法文就看不出来。
② 学院académie的组织当时盛行一时,在黎希留首相保护之下,法兰西学院Acdémie francaise首先成立(1635年),民间效尤,纷纷成立学院。王家绘画与雕刻学院(1648年)、碑铭与文艺学院(1663年)、科学学院(1666年)、王家建筑学院(1671年)和法兰西学院都是政府机构,没有妇女会员。妇女的不平是自然的。

    柏拉图在他的《理想国》(第五章第三节到第七节)谈到妇女问题,主张男女受同等教育,共同担负国家义务,子女公有,但是没有详细发挥。

问，可以像他们一样，举行学术会议，而且具有更高的原则。他们分裂，我联合，把美丽的语言和高尚的知识并在一起①，以形形色色的实验，揭露自然的秘密，讨论任何一个学派的问题，决不有所偏袒。

特里扫丁　关于次序的说法，我拥护亚里士多德学派。

费娜曼特　关于观念的说法，我热爱柏拉图学派。

阿尔芒德　我喜欢伊壁鸠鲁，理论引人入胜。

白莉丝　就我来说，我非常同意小粒子说法；可是空虚说法，我就接受不了，倒是液体说法，我还可以欣赏欣赏②。

特里扫丁　笛卡儿关于磁性的解释，很合我的看法③。

阿尔芒德　我爱他的旋涡学说④。

费娜曼特　我爱他的陨星学说⑤。

阿尔芒德　我盼望我们的会议早开，也叫大家看看我们发明上的造诣。

特里扫丁　大自然对你们没有隐秘可言，我热切期待你们这方面的卓越成就。

---

① 指法兰西学院，活动范围是法国文学、语言。科学不在研究范围以内。
② 笛卡儿认为没有空虚 Vide，参看他的《哲学原则》第二卷第一六节与以后各节。物体之间的空当是表面现象，实际充满了人看不见的"液体细质"matiére subtile et fluide。这种"细质"只有"广延"属性。
③ 磁性的解释，参看他的《哲学原则》第四卷第一四五节与以后各节。他认为磁性穿过空气比穿过地球还要容易。钢比铁更易于吸受磁性，等等。
④ 旋涡 tourbillon 学说，参看他的《哲学原则》第三卷第四八节与以后各节，尤其是第六五节与第六六节。笛卡儿认为天空星球运行，各成一个旋涡，太阳是一个大旋涡，地球和月亮是一个小旋涡，有一定方向，环绕一个轴，形成一种圆形运动。
⑤ 陨星 mondes tombants 学说，参看他的《哲学原则》第三卷第一二六节与以后各节。一颗陨星落进一个旋涡以后，如果小于主要星球，就被迫围绕主要星球旋转。

费娜曼特　　拿我来说,不是我夸口,我已经有了一种发现:我清清楚楚望见月亮里头有人。

白莉丝　　我想,我还没有望见人,可是像望见你一样,我望到了一些钟楼①。

阿尔芒德　　我们像钻研物理一样,钻研文法、历史、诗词、伦理学和政治。

费娜曼特　　伦理学有些实例,我很喜欢,从前就有大学者们专研究它来的。可是我顶欣赏的,倒是斯多葛派,我觉得没有比他们的理想再美的了②。

阿尔芒德　　大家用不了多久,就会看到我们的语言法则的,我们希望在这方面引起革命来。有一类字,动词也好,名词也好,我们根据一种理论的或者本能的仇恨,同它们誓不两立,相互约好了不用。我们决计判处它们死刑,举行学术会议的时候,我们就会宣布这些形形色色的字不合法,把它们从散文和诗词中间清洗出去。

费娜曼特　　但是我们的学会有一个最美的方案、一个我特别欣赏的高贵企图、一个充满光荣的计划,将来一定得到全体明哲之士的赞扬,就是:取消那些肮脏的音节,因为它们破坏字句的和谐;取消那些我们恶劣的滑稽家爱用的滥调;取消

---

① 月亮里头有没有人住,当时很引大家注意。西哈诺 Cyrano de Bergerac 写过一部《月亮各国纪行》Description des Etats et Empires de la lune(1650 年)。扫耐 Sorel 在他的小说《夫朗西永》Francion(1622 年)里面,说起一个书呆子郝尔唐席屋斯 Hortensius 计划描写月亮和它的居民。

② 斯多葛派是古希腊一个哲学派别。"斯多葛派的学说极为纷繁和矛盾。在斯多葛派的学说中有许多积极因素,但整个说来,这种学说是奴隶占有制度崩溃和哲学衰落时期的反映。"(《简明哲学辞典》,537 页,人民出版社)他们反对伊壁鸠鲁的伦理学,认为恬淡寡欲,捐弃享乐,才是人生美德,同时他们也相信鬼神。

那些大量下流双关语的来源，因为它们有害于妇女的尊严。

特里扫丁　这些方案，确实令人钦佩。

白莉丝　我们写出章程以后，一定请教。

特里扫丁　章程一定是句句漂亮，条条清楚。

阿尔芒德　我们根据我们的法则裁判作品优劣。散文和诗词，通过我们的法则，接受我们的领导：除去我们和我们的朋友之外，没有一个人有才情。我们篇篇挑剔，原因是除去我们之外，就没有一个人能写得好。

第 三 场

酸枣，特里扫丁，费娜曼特，白莉丝，阿尔芒德，亨丽艾特，法狄屋斯。

酸　枣①　先生，外边有一个人找你，他穿一身黑，说起话来柔声柔气的。②

特里扫丁　这是那位有学问的朋友。他三番四次要我引见。

费娜曼特　有你介绍，决错不了。③我们表示欢迎，起码也该显显我们的才情。④喂！我要你有用，我方才不对你说得明明白

---

①　根据1734年版，补加："（向特里扫丁。）"
②　根据1734年版，补加："（他们站起。）"
③　根据1773年版，补加："（特里扫丁去迎法狄屋斯。）"
　　同时，根据1734年版，这里另分一场，补加："（向阿尔芒德和白莉丝。）"
④　根据1734年版，补加："（向想出去的亨丽艾特。）"

白的。

亨丽艾特　要我干什么？

费娜曼特　过来，回头你就知道。

特里扫丁①　他就是那位渴想一见你们的先生。我介绍他给你，夫人，我不怕有人怪我给你引荐一位俗人，因为才子名下有他在内的。

费娜曼特　介绍人充分说明他的价值。

特里扫丁　他对古代作家非常熟悉，而且懂得希腊文，夫人，谁也比不上他。

费娜曼特②　希腊文，天呀！希腊文！妹妹，他懂希腊文！

白莉丝③　啊，侄女，希腊文！

阿尔芒德　希腊文！真可以！

费娜曼特　什么？先生懂希腊文？啊！看在希腊文分上，先生，求你许我吻抱吻抱你。（他吻每一个妇女，临到亨丽艾特，她拒绝他吻。）

亨丽艾特　原谅我，先生，我不懂希腊文。④

费娜曼特　我一百二十分尊敬希腊书。

法狄屋斯　夫人，我今天向你表示敬意，唯恐热心过分，惹人讨厌，反而打搅你们的渊博谈话。

费娜曼特　先生，懂希腊文，就不会造成损害的。

特里扫丁　而且，他在诗和散文上，造诣非凡，只要他肯，会有作品给你看的。

---

① 根据 1734 年版，这里另分一场，补加："（介绍法狄屋斯。）"
② 根据 1734 年版，补加："（向白莉丝。）"
③ 根据 1734 年版，补加："（向阿尔芒德。）"
④ 根据 1734 年版，补加："（他们就座。）"

法狄屋斯	作家们有一个缺点，就是强迫别人老谈自己的作品，在法院，在林荫道，在小巷①，在用饭时，不知疲倦地读自己的令人疲倦的诗。一个作家到处求人恭维，自己熬夜不说，还要看见张三李四，耳提面命，要人家随时陪自己受难，在我看来，再胡闹不过。从来没有人见我这样乱来过；我在这方面，和一个希腊人见解相同。他特地订了一种学规，禁止他的全体学员，辱没身份，急于读他们的作品。我为年轻的情人们写了一些小诗，很愿意听到你们的见解。
特里扫丁	你写出来的诗，与众不同，分外美丽。
法狄屋斯	格娜丝、维纳丝②光临在所有你的诗里。
特里扫丁	你写出来的诗，气势自然，推敲入微。
法狄屋斯	你写出来的诗，句句"依陶"、"怕陶"③。
特里扫丁	你写的田园诗，风格恬雅，远在代奥克里特、维吉尔之上④。
法狄屋斯	你写的颂歌，气度轩昂、妍丽、旖旎，你的贺拉斯也远不

---

① 林荫道指王后林荫道 Cours la Reine，在巴黎中心，沿塞纳河，1414 年造林辟路，成为上等社会散步所在，后来并入香榭丽舍 Champs-Elysées。
　　小巷 ruelle 是十七世纪贵族在寝室会客的地点。主人在床上半坐半卧，床的一侧留给用人走动，另一侧所谓"小巷"，有种种椅、凳，专备来客使用。
② 格娜丝 Grâces 是三位希腊女神的总称。她们是维纳丝 Venus（爱神）的女儿（有各种不同的说法），经常跟在维纳丝后边，她们年轻、美丽、谦和，象征善、美。
③ 依陶 ithos 是希腊字，意思近乎"畅通"。怕陶 pathos 是希腊字，意思近乎"激动"。
④ 代奥克里特 Théocrite 是公元前三世纪古希腊诗人，有三十首《牧歌》Tdylles 传世。
　　维吉尔 Virgile（前 70—前 19）是罗马帝国时代大诗人。他继承代奥克里特的传统，写了十首《田园诗》Églogues。他的更知名的作品是史诗《阿奈德》。

如你①。

特里扫丁 还有比你的小民歌更多情的?

法狄屋斯 还有什么赶得上你的十四行诗的?

特里扫丁 还有什么比你的小回旋曲②更动人的?

法狄屋斯 还有什么像你的情歌那样颖思骏发的?

特里扫丁 你的三节䤚韵诗③,特别可爱。

法狄屋斯 你的限韵诗④,令我倾倒。

特里扫丁 假如法兰西能了解你的价值……

法狄屋斯 假如世纪领会你的才情……

特里扫丁 你上街一定乘镀金马车。

法狄屋斯 公众一定给你建立雕像。可不!这是一首三节䤚韵诗,我希望你直言无隐,把你的意见告诉我……

特里扫丁 有一首十四行小诗,关于余拉尼亲王夫人的寒热的,你看到了没有?

法狄屋斯 是的,昨天有人在会上读给我听来的。

特里扫丁 你晓得作者是谁吗?

法狄屋斯 不晓得;不过,不瞒你说,他的十四行诗没有丝毫可取之处。

特里扫丁 可是许多人觉得可爱。

---

① 贺拉斯 Horace(前 65 年—前 8)是罗马帝国时代诗人,他的《歌行集》Odes 共有三卷,八十八首,变化多端,成为后人模仿的典范。
② 回旋曲 rondeau 共十三行,两韵,第一行头一个字或者头几个字,在第八行与第十三行后,两次重现,不协韵。有一种回环诗是二十行,四行一节,共五节,每节第一行诗作为另一节末一行诗再现。
③ 三节䤚韵诗 ballade 在中世纪盛行一时,十六世纪趋于衰落,共四节,末一节是献词 envoi。每节末一行相同。前三节行数相等,末一节不拘。
④ 限韵诗 bouts-rimés 是根据别人的韵脚写诗,盛行于十七世纪。

法狄屋斯	这挡不住诗是坏诗。要是你看见的话，你会同意我的看法的。
特里扫丁	我知道，我的看法根本和你不一样，而且很少有人写得出来那样一首十四行诗。
法狄屋斯	上天保佑我不写那种坏诗！
特里扫丁	我坚持谁也写不出再好的诗来，最大的理由就是：我是作者。
法狄屋斯	你？
特里扫丁	我。
法狄屋斯	我简直不晓得这是怎么搞的。
特里扫丁	那是因为我不幸没有能讨你欢喜。
法狄屋斯	想必是听的时候，我心不在焉，或者读诗的人把诗读坏了。不过，我们不谈这个，还是谈谈我的三节聊韵诗。
特里扫丁	依我看来，三节聊韵诗是一种淡而无味的东西，味道古老，已经不时兴了。
法狄屋斯	可是三节聊韵诗有许多人爱好。
特里扫丁	这挡不住我不喜欢。
法狄屋斯	不见得为了你不喜欢就更坏吧。
特里扫丁	只有书呆子不忍释手。
法狄屋斯	其实你不见得就不喜欢。
特里扫丁	你是无中生有，乱将自己比别人。①
法狄屋斯	你是岂有此理，错拿本人看成我。
特里扫丁	算啦，低班学生，纸上涂鸦的能手。
法狄屋斯	算啦，不成材的歪诗人，诗人之中的败类。

---

① 根据1734年版，补加："（全体站起。）"

特里扫丁　　算啦，拼凑大师，无耻的抄袭家。

法狄屋斯　　算啦，村学究……

费娜曼特　　哎！先生们，你们想怎么着？

特里扫丁　　你不要脸，剽窃希腊作品、拉丁作品，人家问你讨还，快，快去还给原主罢。

法狄屋斯　　你拿你的诗把贺拉斯弄成残废，快，快上帕耳纳索斯山谢罪吧。

特里扫丁　　想想你的书吧，一直没有人注意。

法狄屋斯　　想想你的书商吧，他进了救济院。

特里扫丁　　我早已名满天下，你侮蔑我也没有用。

法狄屋斯　　对，对，请教请教《讽刺诗》的作者吧①。

特里扫丁　　你也去请教一下吧。

法狄屋斯　　我是满意的，大家看见，他待我体面多了。他仅仅顺手捎带了我一下，法院那边几位被人尊敬的作家，教我少挨骂了；可是他在诗里头，从来就不给你喘气的机会，你处处成了他的箭靶子。

特里扫丁　　正其如此，我的身份也就显得更高了。他把你看成无名小卒，和群众放在一起；他觉得打你一记，就够你受了，所以也就从来不赏你脸，光顾两回。但是他攻击了我，就像攻击一位高贵的仇敌，似乎要他拿出全副力量单独对付。他随时随地攻击我，正好说明他从不相信自己胜利。

法狄屋斯　　我的笔会让你知道我是什么样人。

特里扫丁　　我的笔会告诉你谁是你的师傅。

---

① 《讽刺诗》Satires 的作者是莫里哀的朋友波瓦洛 Boilcou(1636—1711)。高旦的名字在《讽刺诗》里面经常出现，在《讽刺诗》第九(1668 年)，出现了九次。

法狄屋斯	诗、散文、希腊文、拉丁文,我们就比比看。
特里扫丁	好,我们就单打单,在巴尔班①见。

第 四 场

特里扫丁,费娜曼特,阿尔芒德,白莉丝,亨丽艾特。

特里扫丁	你称赞的十四行诗,他居然攻击,夫人,我辩护的是你的见解,你一定不要怪我生气才好。
费娜曼特	我希望设法给你们和解。不过我们还是谈谈别的事吧。过来,亨丽艾特。你一点才情也没有,我老早就在担心了,现在我想出一个让你有才情的办法来了。
亨丽艾特	引经据典的谈话,我干不来,没有必要为我操这种心。我喜欢过自在日子,句句话都有才情,也太辛苦。我可不存这种野心。做一个笨人,母亲,我觉得就很好了。我宁可说说家常,也不情愿绞尽脑汁,谈吐儒雅。
费娜曼特	对,不过我可看不下去。我今天有这么一个女儿,我咽不下这口气。面貌美丽,是一种脆弱的装饰、一朵瞬息凋零的花、一道转眼消逝的光彩,也就是和表皮发生关联,只有心灵美丽,才是本生的、坚定的。所以我许久就在寻思一种方法,能够给你一种经年不残的美丽,引起你对学问逐渐的爱好,获得渊博的知识。我照我的愿望,最后想到

---

① 巴尔班 Barbin 是一家书商的名字,书店在法院附近,曾经印行莫里哀的喜剧。

	物色一位富有才情的男子和你待在一起。①这位男子就是先生：我看中了他，我要你拿他当丈夫看待。
亨丽艾特	我，母亲？
费娜曼特	对，你。表示表示好感吧。
白莉丝②	我明白你的意思。你的眼睛求我放出你的心，同意你把心献给别人。好吧，我赞成就是。我答应你和别人结婚。你结了这门亲，在社会就站稳脚跟了。
特里扫丁③	小姐，我是喜出望外，不晓得说什么才好。我有荣幸和你结婚，我……
亨丽艾特	且慢，先生，还没有行礼，先别这么着急。
费娜曼特	有你这样回答的！你要知道，万一……够啦，你明白我的意思。她会听话的；我们走吧，由她想去。

第 五 场

亨丽艾特，阿尔芒德。

阿尔芒德	你看母亲对你操足了心，给你挑了一个名满天下的丈夫……
亨丽艾特	既然好得不得了，你为什么不嫁他？
阿尔芒德	是给你订的亲事，又不是给我订的。

---

① 根据1734年版，补加："（指着特里扫丁。）"
② 根据1734年版，补加："（向特里扫丁。）"
③ 根据1734年版，补加："（向亨丽艾特。）"

亨丽艾特　你是姐姐，我奉让就是。

阿尔芒德　你认为婚姻可爱，如果我也认为可爱的话，我会欢欢喜喜答应的。

亨丽艾特　我如果像你一样，也爱书呆子的话，我也许会觉得这门亲事称心的。

阿尔芒德　我们的爱好虽然不一样，可是，妹妹，我们应当服从父母才是：母亲有全权管我们，你抗拒也没有用……

第 六 场

克里萨耳，阿里斯特，克利当德，亨丽艾特，阿尔芒德。

克里萨耳[①]　好，女儿，你一定赞成我的安排。脱掉手套。握先生的手。我愿你们成为夫妇，从今以后，你要拿他当自己心爱的人看。

阿尔芒德　妹妹，你盼这门亲事盼红了眼。

亨丽艾特　姐姐，我们应当服从父母；父亲有全权作主。

阿尔芒德　母亲也有权要我们服从。

克里萨耳　你这话是什么意思？

阿尔芒德　我是说，关于这门亲事，我很担心母亲和你意见不一致，她给妹妹另外安排了一个丈夫……

克里萨耳　住口，是非精。你爱谈哲学，去同她谈一个够，我的事不

---

① 根据1734年版，补加："（向亨丽艾特，正式介绍克利当德。）"

	劳你管。拿我的心思告诉她，再提醒她：别惹我生气。快走。①
阿里斯特	很好：有你的！
克利当德	多兴奋！多开心！啊！我多走运！
克里萨耳②	好，握着她的手，从我们面前走过，带她到她的房间去。啊，两个人多亲热！③看，孩子们的柔情蜜意，把我看得心也动了；我简直返老还童，想起我年轻时候的恋爱事由来了。

---

① 阿尔芒德下。
② 根据 1734 年版，补加："（向克利当德。）"
③ 根据 1734 年版，补加："（向阿里斯特。）"

第 四 幕

第 一 场

阿尔芒德，费娜曼特。

阿尔芒德 是啊，什么也不在她心上，卖弄她是父亲的孝顺女儿，听见吩咐，想也不想，连声应了下来。她那份神气，不像是依顺父亲的主张，倒像故意不拿母亲的吩咐当话。

费娜曼特 我倒要让她看看，她应该听哪一个人的话，我们两个人里头，谁的主张有理性，谁应当管她，是母亲，还是父亲；是精神，还是肉体；是形式①，还是物质。

阿尔芒德 他们少说也该同你商量一声才是。可是那位公子哥儿，作风特别，不管你同意不同意，硬要做你的女婿。

费娜曼特 他是一厢情愿，离事实还远得很呐。我先前觉得他好，赞成你们相爱，可是后来我看他做事，又不喜欢他了。你知道，感谢上帝！我也写写东西，他就从来没有求我读给他听过。

---

① 依照亚里士多德，灵魂是身体的"形式"form，"物质"matière 不明确，决定特征的是"形式"，属于第一义。

第 二 场

克利当德①，阿尔芒德，费娜曼特。

阿尔芒德	我是你的话，说什么也不答应他做亨丽艾特的丈夫。如果以为我说这话，是为自己，因为他对我使坏，所以我私下恼他，那就冤枉我这番意思了。我有哲学做我的强大的后盾，可以看破一切，抵挡类似这样的打击。可是待你也这样可恶，那就太欺人了。荣誉要你反对他，何况他这个人，你并不喜欢，对你实说了吧，我就没有见他对你有过丝毫敬重的心思。
费娜曼特	小蠢东西！
阿尔芒德	你在社会上有了名声，他也总是冷冷淡淡的，不要捧你一句。
费娜曼特	混账东西！
阿尔芒德	你写出的新诗，我有许多回念给他听，他也不说一句好话。
费娜曼特	无礼的东西！
阿尔芒德	我们常常为了这事争论，他那些怪话，你想不到……
克利当德	哎！少说两句吧，我求你啦。小姐，发一点慈悲，否则，少说也要有一点诚实。我怎么对不起你来的？有什么地方得罪了你，你说我坏话？你处心积虑，破坏我的信用，使我需要的人讨厌我，说呀，讲呀，你怎么会这样大怒不

---

① 根据1734年版，补加："（轻轻进来，闪在一旁，听她们讲话。）"

	止的?我希望夫人做一下公正的裁判。
阿尔芒德	你说我动怒,就算是吧,我也有的是理由动怒。我太该生你的气了。初恋是一种神圣权利,人宁可牺牲地位,捐弃性命,也不另寻新欢的,世上数负心可恶了,一个人喜新厌旧,品行坏到极点。
克利当德	小姐,你不理我,怎么也好说成是我负心?我这样做,不过是照你的意思做罢了,万一我得罪你的话,你怪也只好怪自己目中无人。我一见你就爱上了你。我一心一意爱了你足足两年。殷勤、礼貌、敬奉、服侍:我没有一样没有献给你。可是我的热情、我的心思,没有一样对你有用。我发现你拒绝我的情意。你不收留,我就拿我的情意献给别人。你说,小姐,这是我错,还是你错?是我变心,还是你逼我变心?是我丢了你,还是你赶掉我?
阿尔芒德	先生,取消你的爱情的庸俗成分,把它弄干净了,你也好说是跟你作对?难道真正爱情的美丽不是纯洁?难道你不能为我一刀两断,割开思想和感觉的联系?难道心心相印的欢娱,没有身体在内,你不欣赏?难道你除了世俗之爱就没有别的爱?难道你除了物质结合就不能相爱?难道我在你心里燃起的爱火,必须结婚和婚后的种种,才旺得起来?啊!多古怪的爱!伟大灵魂离这种夫妇之道,又多远哟!他们的热情没有感觉搀在里头:这种美丽的爱火要的只是心与心的结合,此外统统不在他们的话下。这像天火一般洁净。这样相爱,不但叹气合乎礼法,而且决不至于淫心荡漾。他们的目的没有丝毫邪念夹杂进来。他们为爱而爱,不为别的。全部兴奋集中在精神方面,谁也看不出自己还有一个身体。

克利当德	对不住,不幸的是,小姐,我这方面不光看出自己有一个灵魂,也看出自己有一个身体。我觉得关系密切,丢开身体也不可能。我不知道有什么方法和它隔离。上天没有给我这种哲学,我的灵魂和我的身体只好走在一道。像你说的,世上最美丽的东西就是集中在精神方面的纯洁爱情、心与心的结合、斩断感觉联系的情意。可是像你说的,我是一个俗人,这种爱情对我未免是太细致了。我以全部存在相爱,我所需要于对方的爱情,我承认,也是对方的全部生命。这不是什么应该严加惩罚的事。我没有意思指摘你的崇高见解,不过,依我看,世上通行的倒是我这种方法:婚姻不但很时髦,而且还是一种正当、甜蜜的锁链。所以我如果曾经希望做你的丈夫的话,当时你也犯不上为我这种鲁莽想法就和我生气。
阿尔芒德	好吧,先生,好吧,你既然不听我的劝告,要人满足你的粗鄙的见解,而且要你忠心相爱,非肉体结合、有形的锁链不可,只要母亲答应,我决定同意你的要求。
克利当德	小姐,来不及了;位子已经让别人抢了去了。你不要我,我另找了一个存身的地方,人家待我恩至义尽,我再反复无常,就对不起人了。
费娜曼特	可是,先生,你打算娶我另一个女儿,也指望我赞成来的?请问,你一厢情愿的时候,知不知道我已经给亨丽艾特另外预备好了一位丈夫?
克利当德	哎,夫人!看看你挑的人吧,我求你啦。做特里扫丁先生的情敌,请你就行行好,别让我丢这分脸,受这分委曲吧。你器重才子,看不上我,可是你给我挑的这位对手,没有比他不高贵的了。我们的世纪缺乏欣赏力,有些人得

以自命才子，可是特里扫丁先生，就连骗人也骗不过，他写的那些东西，人人看了摇头。除了府上之外，别处就没有他立脚的地方。有许多回，见你把这些无聊东西夸上了天，我简直惊讶的什么也似的，假如是你写的，你一定会否认的。

费娜曼特　　假如你看他不同于我们看他，那是因为我们不用你的眼睛看他。

第 三 场

特里扫丁，阿尔芒德，费娜曼特，克利当德。

特里扫丁[①]　　我来告诉你一件重要新闻。夫人，我们睡觉的时候，神不知鬼不觉，就逃出了这场大难：一颗星球走过我们附近，穿过我们的旋涡，落下去了。它要是在半路遇到我们的地球的话，会像玻璃一样粉碎的。

费娜曼特　　我们改天再谈好了，先生对这种事丝毫不感兴趣。他爱的是愚昧，恨的是才学。

克利当德　　这话需要一点修正。夫人，我来解释：我恨的仅仅是有害于人的才学。才学本身又好又美，然而我宁可和愚人待在一起，也不要某些人去做学者。

特里扫丁　　别人怎么说，我不知道，不过就我看来，学问并不有害于人。

---

① 根据1734年版，补加："（向费娜曼特。）"

克利当德	我的见解却是：在行为上，在语言上，学问都能制造大傻瓜。
特里扫丁	谬误。
克利当德	我想我不用卖弄聪明，就很容易举出证据来的。我要是理由不充足的话，无论如何，我拿稳了不会缺少有名的实例。
特里扫丁	引证帮你作不出结论。
克利当德	我不必到远处寻找。
特里扫丁	我这方面就没有看见这些有名的实例。
克利当德	我呀，我看得一清二楚，眼睛也看花了。
特里扫丁	截到现在为止，我以为制造大傻瓜的是愚昧，不是学问。
克利当德	你的想法并不正确，我不妨告诉你：一个傻瓜学者比一个傻瓜愚人还要傻瓜。
特里扫丁	你的格言违反一般见解，因为愚人和傻瓜是同义字。
克利当德	要是你照字的用法来看的话，书呆子和傻瓜的结合，才分外密切。
特里扫丁	傻瓜的傻，不证自明。
克利当德	书呆子的研究，滋长傻瓜。
特里扫丁	知识本身就有绝高的价值。
克利当德	知识给了傻瓜，两不对头。
特里扫丁	你对愚昧一定很感兴趣，才卖足气力帮它辩护。
克利当德	我要是对愚昧兴致淋漓的话，那是因为我看到了某些学者的缘故。
特里扫丁	所谓某些学者，我们深入一下，就能看出比我们眼前某些人士高明。
克利当德	对，假如我们可以相信某些学者。不过某些人士并不

	同意。
费娜曼特	先生,我觉得……
克利当德	哎,夫人!求求你了,先生不用支援,就够强大的了:这样厉害的对手,我已经应付不过来了,我的进攻只是掩护自己退却而已。
阿尔芒德	可是你说出来的话句句尖锐……
克利当德	又添一位帮手,我不干啦。
费娜曼特	谈话允许这类争论,只要不作人身攻击,争论本来是可以的。
克利当德	哎,我的上帝!我前前后后的话,并不惹他生气:他像每一个法兰西人,晓得这是玩笑话,并不介意。他过去受尽旁敲侧击,也只是一笑置之,因为动摇不了他的名声。
特里扫丁	先生和我争论,支持相反的论点,我听了并不惊奇。他出入宫廷,宫廷两个字说明一切。大家知道,宫廷不但不看重才情,而且有意支持愚昧。他是以宫臣身份,辩护他的论点的。
克利当德	你非常憎恨这可怜的宫廷。它也就够倒楣的了,天天有你们这些才子骂它,说成你们痛苦的根源,怪它缺乏欣赏力,把你们的失败统统搁到它的头上。特里扫丁先生,我十分尊敬你,但是允许我说给你听;你和你的同事,谈到宫廷,顶好声调还是放柔一点,因为说正确些,事实上它不就像你们这些先生想的那样蠢。辨别好坏的常识,宫廷照样也有,人在宫廷照样也培养得出欣赏力;不是我夸口,宫廷社会的才情抵得过书呆子全部莫测高深的知识。

特里扫丁　宫廷欣赏力的成效,先生,我们领教过了。

克利当德　你在什么地方,先生,看见宫廷欣赏力低来的?

特里扫丁　先生,我看见拉西屋斯和巴耳都斯给法兰西学术争光,人人承认他们的造诣,然而得不到宫廷的注意和赏赐。

克利当德　我明白你的痛苦来由了。你由于谦虚的缘故,先生,没有拿自己算在里头,我也就不在话下了。请问,你那些聪明人物,对国家有什么贡献?他们的作品对国家有什么功劳,也嫌朝廷太不公道,处处抱怨朝廷漠视饱学之士,不曾恩赏有加?法兰西迫切需要他们的知识,朝廷也很用得着他们的书?三个叫化子①,异想天开,把写的东西印出来,用小牛皮装订出来,居然就在国家成了要人。帝王的命运,只看他们笔杆一摇。他们一有出品,风声所至,就该有恩给金自天而降;全世界也唯他们马首是瞻;他们名满天下,自以为是学问巨子,因为他们知道前人说过的话,因为他们用了三十年的眼睛和耳朵,因为他们熬了九千或者一万夜晚,东抄一句希腊文,西抄一句拉丁文,把书上的陈词滥调,当作战利品塞了整整一脑壳。这些人永远沉醉在他们的知识里头,再了不起也不过是废话连篇,惹人讨厌,空洞无物,缺乏常识,语无伦次,滑稽可笑,不但对才学没有帮助,而且处处使人反感。

费娜曼特　你这番话,慷慨激昂,显出你的本心:在你心头作祟的,是情敌的身份……

---

① 麦纳认为"三个"是泛指多的意思。欧皆 Auger 认为拉西屋斯与巴尔都斯之外,添上特里扫丁,正是克利当德心目中的"三个叫化子"。

第 四 场

玉连，特里扫丁，费娜曼特，克利当德，阿尔芒德。

玉　连　　方才拜访你的学者，我有荣誉做他的听差。夫人，他鼓励你读一下这个便笺①。

费娜曼特　送信给我，不管信多重要，我的朋友，你要记着：一个懂规矩的听差，到别人家去，就该先找底下人接头，否则，人家谈话谈得好好的，横插一脚进来，就是胡闹。

玉　连　　夫人，我要拿这话记在我的本子上。

费娜曼特　（读。）"夫人，特里扫丁逢人夸耀他要娶令嫒。我警告你，他的哲学仅仅要他看中你的财富。我在写一首诗骂他。你在未读之前，对婚事最好不作决定。我打算淋漓尽致地把他刻划出来。在等待期间，我先送上贺拉斯、维吉尔、泰伦斯和喀土耳的诗集②请你过目，他剽窃的诗句，我全在旁边注出。"（继续。）这门亲事我以为很好，可是我这方面才一出口，就有许多人反对。今天这样一闹，我倒要气气那些心怀妒嫉的人，叫他们看看妒嫉顶得了什么事。破坏人家的好事，结果只是促使好事早日实现。③赶快回禀你的主人，就说，我对他的好意十分领

---

① 麦纳指出玉连是一位学者的听差，有一本言行录，说话胡诌，不说"请你读"，而说"鼓励你读"。
② 泰伦斯 Térence 是罗马共和国公元前二世纪的喜剧家，有六部喜剧传世。喀土耳 Catulle 是罗马帝国公元一世纪的抒情诗人。
③ 根据1734年版，补加："（向玉连。）"

　　　　　情，相信也应当接受才是，所以我决定，①今天黄昏，就让我的女儿和先生成亲②。至于你，先生，作为家庭的朋友，你不妨参加他们的婚礼，我这方面欢迎你来。阿尔芒德，当心把公证人给我请来，再去通知你的妹妹一声。

阿尔芒德　　说到通知妹妹，不用我去，这儿这位先生会当心的。他会马上跑过去，递消息给她，挑拨她跟你作对。

费娜曼特　　我倒要看看，谁对她势力大，我能不能使她听话。

　　　　　〔她走出。

阿尔芒德　　先生，我非常遗憾，事情没有完全照你的心思进行。

克利当德　　小姐，我努力帮你去掉心里的重大遗憾。

阿尔芒德　　我怕你的努力到头只是枉然。

克利当德　　也许你要发现你的畏惧缺乏根据。

阿尔芒德　　我也这样希望。

克利当德　　我相信一定成功，你也一定会助我一臂之力。

阿尔芒德　　对，我要尽我的能力效劳。

克利当德　　你的效劳一定会得到我的感激。

第 五 场

克里萨耳，阿里斯特，亨丽艾特，克利当德。

---

① 根据1734年版，补加："(指着特里扫丁。)"
② 根据1734年版，这里另分一场，在场人物只有费娜曼特、阿尔芒德与克利当德，同时补加："(向克利当德。)"

克利当德	先生，你不支持我，我就毁了：你的太太不答应我的婚事，她心里早已有了特里扫丁做女婿。
克里萨耳	她哪儿来的这种邪心思？家伙！她为什么要特里扫丁这位先生做女婿？
阿里斯特	原因是他的名字和拉丁两个字正好押韵，所以他就赢了他的情敌了。
克利当德	她要今天黄昏就举行婚礼。
克里萨耳	今天黄昏？
克利当德	今天黄昏。
克里萨耳	我偏同她作对，要你们两个人今天黄昏就成亲。
克利当德	她请公证人来立婚约。
克里萨耳	我找他来，立他应当立的婚约。
克利当德①	小姐的姐姐回头就来通知她，准备行礼。
克里萨耳	我这方面，以绝对权威，命令她准备嫁给另一个人。啊！我倒要他们看看，在我家里，做主张的是我，还是别人。②我们去去就来。小心等着我们。来，兄弟。跟我走，还有你，我的女婿。
亨丽艾特③	哎呀！他永远保持有这种勇气才好。
阿里斯特	我尽力帮助你们就是。④
克利当德	他们答应帮我进行婚事，可是最大的希望，小姐，是你的心。
亨丽艾特	你放心好了。

---

① 根据 1734 年版，补加："(指着亨丽艾特。)"
② 根据 1734 年版，补加："(向亨丽艾特。)"
③ 根据 1734 年版，补加："(向阿里斯特。)"
④ 根据 1734 年版，这里另分一场。

克利当德　有你的心做后盾，我不快活也会快活。

亨丽艾特　你看，他们妄想逼我嫁别人。

克利当德　只要你的心是我的，我就什么也不怕。

亨丽艾特　我一定在各方面努力，实现我们最甜蜜的愿望；万一我的种种努力没有效果，我还有一个地方可以去，住到里头①，谁也不能逼我嫁我讨厌的男人。

克利当德　但愿上天有眼，不让我有一天接受你这种爱我的证据！

---

① 指修道院而言。

第 五 幕

第 一 场

亨丽艾特，特里扫丁。

亨丽艾特　先生，家母作主的亲事，我希望同你私下谈谈。家里人老闹意见，我看了难过，心想你是明白人，听了我的话，一定会改主意。我知道，你以为我嫁给你，可以带一大笔家当过来。许多人看重银钱，不过对一位真正的哲学家，银钱也就失了它的魅力。在你这样的人，看不起荣华富贵，不该只是两句空谈。

特里扫丁　所以我迷恋你，并非为了这个。你的仪态、你的风姿、你的绝世的美丽、你的明媚的眼睛，才是我所钟情于你的财富；我爱的只是这些宝物。

亨丽艾特　我对你的纯洁的爱慕，十分承情；这太出乎我的意外，而且，先生，我抱歉没有什么可以回报。我万分敬重你，但是我不能爱你。我觉得克利当德已经有了我的心，你知道，一颗心不能给两个人。我晓得他不如你，我选丈夫的眼光并不高明，我也应当喜欢你多方面的大才。我明白我错，不过我没有办法，我白同自己讲道理，结果也就是责备自己瞎了眼睛。

特里扫丁　　你这颗心虽说归了克利当德,但是婚约会让你慢慢拿心给了我的。我敢说,靠我侍奉殷勤,我会有方法使你见爱。

亨丽艾特　　不会的。初恋停在我的心灵深处,先生,你再殷勤,也打动不了我。我说的话不该有什么地方得罪你,不过事已至此,我现在还是索性同你说开了吧。大家知道,爱由心生,起作用的是任性,不是什么才能。我们喜欢什么人,我们往往很难说出为了什么原因。如果相爱是选择和明智的结果,先生,你会得到我整个的心和整个的情意,不过我们知道,爱情并非这么一回事。所以我求你,还是由我瞎眼好了,千万不要附和家母,强人所难。父母有权管我们,可是君子人决不肯利用这种权力。他不要所爱的女子有丝毫委屈,希望她相爱出于本心。母亲有权给我挑选丈夫,可是你不要火上浇油,让她逼我。收回你对我的爱,你这极可宝贵的心,还是献给别人的好。

特里扫丁　　我这心怎么才能使你满足?你制定法律,命令它执行吧。小姐,要它不爱你,除非是你不再可爱,除非是你香消玉殒……

亨丽艾特　　哎,先生!别信口开河了吧。你有的是意丽丝、菲莉丝、婀玛朗特①,在诗里把她们形容得个个都像天仙一般,为她们对天盟誓,说你倾心相与……

特里扫丁　　说那种话的是我的头,不是我的心。作为诗人,我爱她们,可是我爱亨丽艾特,出于我的真意。

---

① 十七世纪诗人爱用这些名字表示理想的情人或者影射真正的对象。高旦是其中之一。

亨丽艾特	哎！先生，请你……
特里扫丁	假如我这叫做得罪你，看样子我要永远得罪下去。直到如今，你不拿我的热情放在眼里，可是尽管你不放在眼里，我还是对你献上我的天长地久的爱情。什么也拦不住我不魂思梦想。所以即使你怪我不该相爱，然而令堂好意成全我这极可宝贵的爱情，我也就不能拒绝。只要我能得到这样美好的幸福，只要我能娶你到手，怎么做都成。
亨丽艾特	可是你知道，强人所难，后患比你意料到的，不要大多了吗？我干脆对你实说了吧，不顾女孩子反对，硬要娶她到手，你能拿稳她不怀恨在心，干出丈夫应当害怕的事来？
特里扫丁	你这番话，我听了并不惊奇。明智之士，对任何意外，全有准备。他借重理性，治好一般弱点，所以这类意外，也就惊动不了他。事变既然不由他作主，他也就不会因而感到丝毫痛苦。
亨丽艾特	说实话，先生，我听了这话，满心欢喜。祸害当前，人能刚强不屈，我想不到哲学会这样美，收这样大的成效。像你这样坚贞的性格，世上少有，值得大事相配，长年扶持，才能大显身手。说实话，我不敢相信自己就够资格，帮它发扬光大，这种任务我还是留给别人担当吧。对你实说了吧，我发誓不做你的太太，我当不了这种荣誉。
特里扫丁[①]	公证人已经请来了，在那边房间，你能不能如意，我们一会儿就知道了。

---

① 根据1734年版，补加："（走出。）"

第 二 场

克里萨耳，克利当德，玛婷，亨丽艾特。

克里萨耳	啊，我的女儿，我看见你，满心欢喜。过来，尽尽孝心，照父亲的主张做。我决定，我决定要教训教训你的母亲。我不管她高贵不高贵，把玛婷找回来，看她能把我怎么样。
亨丽艾特	你的决定值得赞扬。父亲，你这种性子，要当心不改才好。你想做什么事，一定要坚持到底，别心一软，又回到老路上去。千万不要半路泄气，一定要想法子别让母亲把你比输了。
克里萨耳	怎么？你把我看成蠢蛋？
亨丽艾特	我可不敢！
克里萨耳	难道我是傻瓜？
亨丽艾特	我可没有说这话。
克里萨耳	一个明理的人做出了主张，你以为我坚持不下吗？
亨丽艾特	父亲，我不。
克里萨耳	那么，难道活到我这种岁数，我还拿不定主意当家作主？
亨丽艾特	拿得定。
克里萨耳	难道我真就性格软弱，由太太牵着我的鼻子？
亨丽艾特	哎！父亲，不是的。
克里萨耳	哎嗜！那你这话是什么意思？我觉得你这话说得滑稽。
亨丽艾特	我不是故意惹你生气。
克里萨耳	我决定下来的事，家里全得照办。

亨丽艾特　　很好，父亲。

克里萨耳　　除我之外，家里谁也无权发号施令。

亨丽艾特　　是，你说的对。

克里萨耳　　家长是我。

亨丽艾特　　同意。

克里萨耳　　女儿嫁谁，由我。

亨丽艾特　　哎！是。

克里萨耳　　我有全权管你。

亨丽艾特　　谁说没有来的？

克里萨耳　　我要你知道，嫁人的事，你应当服从父亲，不是母亲。

亨丽艾特　　哎呀！我一心一意盼的就是这个。我唯一的愿望，就是你坚持要我服从。

克里萨耳　　我倒要看看，我的太太是不是反对我的主张……

克利当德　　她带公证人来了。

克里萨耳　　你们都要给我撑腰啊。

玛　婷　　放心吧，到了紧要关头，我会帮你一把的。

第 三 场

费娜曼特，白莉丝，阿尔芒德，特里扫丁，公证人，克里萨耳，克利当德，亨丽艾特，玛婷。

费娜曼特① 你能不能改动改动你的野蛮格式，给我们立一份词句优雅

---

① 根据1734年版，补加："（向公证人。）"

	的婚约？
公证人	我们的格式很好，夫人，我要是改动一个字的话，我成了傻瓜。
白莉丝	啊！人在法兰西京城，像在化外一样！不过，先生，看在学问面上，你给我们写嫁赀，改用米纳和达朗，至少别用艾居、里如、法郎这些字眼，写日子也改用伊德和喀朗德吧①。
公证人	我？小姐，我要是照你的吩咐写的话，我的同事全要嘘我了。
费娜曼特	这种野蛮语言，不是抱怨两句就取消得了的。过来，先生，到桌子这边来写。②啊！啊！这不要脸的东西居然还敢露面？请问，你是什么理由把她找回家来？
克里萨耳	什么理由，回头有了空闲，再告诉你也不迟。我们现在还有别的事干。
公证人	立婚约吧。谁是未婚妻？
费娜曼特	我要嫁的是我的小女儿。
公证人	好。
克里萨耳③	对。先生，她就是。亨丽艾特是她的名字。
公证人	很好，未婚夫是谁？

---

① 米纳 mine 是古希腊银币。达朗 talent 是古希腊币名，有金、银两种，金币比银币约贵十六倍。艾居 écu 是当时通用的一种银币，有值三法郎与六法郎两种，里如 livre 是法郎的别名。

伊德 ides 是古罗马历法的名称，三月、五月、七月与十月的第十五日，其他月份的第十三日，都这样叫。喀朗德 calendes 是古罗马历法每月第一日的名称。

② 根据 1734 年版，补加："（发见玛婷。）"

③ 根据 1734 年版，补加："（指着亨丽艾特。）"

费娜曼特①	我给她看中的丈夫,是先生。
克里萨耳②	我要她嫁的不是别人,是先生。
公证人	两位丈夫!这就习惯法来说,太多。
费娜曼特③	你干什么停住不写?写,先生,我的女婿,写特里扫丁。
克里萨耳	写,我的女婿,先生,写克利当德。
公证人	你们先考虑仔细,商量好了,到底同意谁做未婚夫。
费娜曼特	就照我看中的人写吧,先生,写吧。
克里萨耳	就照我的意思写吧,先生,写吧。
公证人	你们倒是告诉我,我听谁的话好。
费娜曼特④	什么?你反对我的主张?
克里萨耳	向我的女儿求婚,只为她家里有钱,我不能答应。
费娜曼特	倒像人家想的是你的家当!倒像它真配明智之士分心似的!
克里萨耳	总而言之,我看中了克利当德做她的丈夫。
费娜曼特	我要她嫁的丈夫⑤,就在这儿:我看中了谁就是谁。
克里萨耳	哎嗐!你这事怎么做得这么专制?
玛 婷	做主张的不该是女人,我就事事全让男人打先。
克里萨耳	说得好。
玛 婷	哪怕歇我歇一百回,我也要讲:公鸡不鸣,母鸡不叫。
克里萨耳	有道理。
玛 婷	我要是有了丈夫的话,我就对他讲,我要他摆出做家长的

---

① 根据1682年版,补加:"(指着特里扫丁。)"
② 根据1682年版,补加:"(指着克利当德。)"
③ 根据1734年版,补加:"(向公证人。)"
④ 根据1734年版,补加:"(向克里萨耳。)"
⑤ 根据1734年版,补加:"(指着特里扫丁。)"

谱儿来。他要是成了乏小子呀，我先不待见他；万一我对他使性子，万一我讲话嗓门太高，他打我几个耳光子，把调门给我拉低，我会觉得挺称心的。

克里萨耳　　这才像话。

玛　婷　　老爷打算给女儿找一个合适的丈夫，合情合理。

克里萨耳　　着啊。

玛　婷　　克利当德又年轻，又漂亮，凭哪条理由不要人家，请问，干吗拿她许配一个说天道地的学者？她要的是丈夫，不是学究先生。她又不要学什么希莱①、拉丁，用不着特里扫丁。

克里萨耳　　很好。

费娜曼特　　我们就由她叽里呱啦说下去吧。

玛　婷　　学者的用处，也就是上讲台讲道理。可是给我们挑丈夫，我说过一千回了，我决不要才子。家务事也根本用不着才气。书本子跟结婚就合不拢来。我要是成亲呀，我要丈夫除我之外，一本书也没有，什么之乎者也，一个也不认识，对不住太太，做博士也就是为了太太。

费娜曼特②　　她说完啦？我安安静静听够了你这位高明的传话人。

克里萨耳　　她说的句句合理。

费娜曼特　　我这方面也不要同你争论，干脆一句话，非实现我的愿望不可。亨丽艾特和先生，立刻成亲；我说过的话，一定要做到：驳也不顶事。你要是许了克利当德的话，请他娶姐姐好了。

---

① 希莱即希腊，从前这样读音。
② 根据1734年版，补加："（向克里萨耳。）"

克里萨耳	这倒是一个解决的办法,你们同意吗?
亨丽艾特	哎!父亲!
克利当德	哎!先生!
白莉丝	我们本来可以为他作出他更喜欢的建议,不过我们建立了一种爱情,仿佛全是一样纯洁,可以接受思维实体,但是取消广延实体①。

最后一场

阿里斯特,克里萨耳,费娜曼特,白莉丝,亨丽艾特,阿尔芒德,特里扫丁,公证人,克利当德,玛婷。

阿里斯特	一家人聚在一起,快快活活的,我这一来,搅了你们,很不过意,可是这不幸的消息,我又非讲不可。我带来的是两封信,都是坏消息,对你们非常不利。②一封信关系着你,是你的律师写给我的;③另一封信关系着你,是里昂方面写给我的。
费娜曼特	什么祸事,也值得人写信通知我们。
阿里斯特	这封信说的有,你看好了。
费娜曼特	"我托令弟转上这封信,因为有些话我不敢对你直说,只

---

① 笛卡儿"断言存在着两种实体:具有广延属性的肉体实体和具有思维属性的灵魂实体。这样他就是承认有两种互不依赖的本原,即物质的本原和精神的本原"(《简明哲学词典》第 507 页,人民出版社版)。参看他的《形而上学的沉思》(1641 年)第六与《哲学原理》(1644 年)第 1 卷第 51 条后各条,尤其是第 63 条。
② 根据 1734 年版,补加:"(向费娜曼特。)"
③ 根据 1734 年版,补加:"(向克里萨耳。)"

得请他说了。你对诉讼进行毫不关心，法官的书记不在事前通知我，所以你本该胜诉的官司，也完全败诉了。"

克里萨耳　　败诉！

费娜曼特　　你慌什么！我输了官司，一点也不心急。别像一般人那样垂头丧气，学学我，对命运的打击就不搁在心上。"由于你的大意，你损失了四万艾居。法院判决，罚你付清这笔钱和一应开支。""罚"我！啊！多要不得的字眼！这是给罪人用的。

阿里斯特　　的确不对，你的抗议是正当的。法院判决，就该改成"求你在最短期间付清四万艾居与一应开支"才是。

费娜曼特　　看看另一封信。

克里萨耳　　"先生，一切有关你的事，由于令弟和我的友谊，我一向关心。我知道你的财产存在阿尔冈特和大蒙那边，我告诉你，他们两个人在同一天都破产了。"天呀！我的财产一下子就全完啦！

费娜曼特　　啊！激动什么，不嫌难为情！可不，这全算不了什么。对于真正明智之士，就无所谓灾难。他丧失一切，但是还有自己。办完我们的事，别尽难过啦：①他的财产足够他和我们用的。

特里扫丁　　不，夫人。不必急。我看，这门亲事，人人反对，我没有意思强人所难。

费娜曼特　　你一瞬间变了心思！先生，这来得也太靠近我们的不幸了。

特里扫丁　　总而言之，反对的力量太大，我疲倦了。我宁可在困难面

---

① 根据1734年版，补加："（指着特里扫丁。）"

347

	前低头，也不愿意娶一个不爱我的姑娘。
费娜曼特	现在我明白你是什么样人了，我一直不肯相信人家的话，也不得不相信了。
特里扫丁	你爱相信什么，就相信什么，你是什么看法，我也管不着。可是由人拒绝，无故加以侮辱，我不是那种人。他们不器重我，有人器重我。我吻你们的手，不要我吻，我也无所谓。①
费娜曼特	活活一个唯利是图的灵魂！他这种作风，简直不像一位哲学家！
克利当德	我不夸耀我是哲学家，不过，夫人，我愿意分享你的命运。我的家当不大，可是，我希望通过结亲供你用。
费娜曼特	先生，你这种高贵举措感动了我，我愿意成全你的恋爱。是的，你爱亨丽艾特，我答应她嫁给你……
亨丽艾特	不，母亲：我现在改了主意。我不听话，你饶了我吧。
克利当德	什么？你反对我幸福？现在人人希望我的爱情成功……
亨丽艾特	克利当德，我知道你没有什么财产。我一直盼着嫁你，一方面满足我的愿望，一方面也帮你改善一下地位。可是今天你我情形变了，我越爱你，越不想拿我们的苦难加到你头上。
克利当德	同你在一起，什么日子我也过得开心，没有你在一起，什么日子我也过不下去。
亨丽艾特	人在感情用事的时候，总要这样说话。可是这种结合，一接触日常生活，经不起实际考验，稍不如意，就会你怪我，我怪你的。与其来日懊悔，觉得多此一举，倒不如即

---

① "特里扫丁下"。根据 1734 年版，这里另分一场。

	早免了的好。
阿里斯特①	你不肯和克利当德结婚，这是不是唯一的理由？
亨丽艾特	不是这个，你会看见我欢天喜地奔上去的。我不嫁他，只为太爱他。
阿里斯特	那你还是嫁了他吧。我给你们带来的是假消息。这是一种策略，一支意想不到的援军。我为了促成你们的婚事，才想出这条计来，希望嫂子睁开眼睛，看看她的哲学家受到考验，变成什么模样。
克里萨耳	谢谢上天！
费娜曼特	想到重财轻义的坏家伙晓得了会难过，我就满心欢喜。这就是他爱财如命的报应，单看人家举行盛大的婚礼，他也要气坏了。
克里萨耳②	我早就知道你会娶到她的。
阿尔芒德③	这么说来，你让他们如愿以偿，把我牺牲了？
费娜曼特	我没有把你牺牲了：你有哲学做靠山，会心满意足，看他们结为夫妇的。
白莉丝	有我在他心里，他还是当心的好。有人结婚，常常就是在别的女人方面失恋赌气的结果。事后懊悔一辈子。
克里萨耳④	好，先生，照我的吩咐，给我把婚约写好。

---

① 根据1734年版，补加："（向亨丽艾特。）"
② 根据1682年版，补加："（向克利当德。）"
③ 根据1734年版，补加："（向费娜曼特。）"
④ 根据1734年版，补加："（向公证人。）"

349

· 没病找病 ·

原作是散文体。喜剧——舞剧。1673年2月10日在巴黎公演。演到第四场即2月17日，作者下戏，当夜过劳逝世。

演员

阿尔冈①	没病找病的人。
贝利娜	阿尔冈的续弦夫人。
昂皆利克	阿尔冈的女儿、克莱昂特的情人。
路易松	阿尔冈的小女儿、昂皆利克的妹妹。
贝拉耳德	阿尔冈的兄弟。
克莱昂特	昂皆利克的情人。
狄阿夫瓦吕斯②先生	医生。
陶马·狄阿夫瓦吕斯	他的儿子,昂皆利克的求婚人。
皮尔贡③先生	阿尔冈的医生。
福勒朗④先生	药剂师。
保夫瓦先生	公证人。
杜瓦内特	女仆。

---

① 莫里哀饰演。角色的服装,财产目录没有登记,可能由于咳血过多,汗染外衣,不便作为财产登记。
② 名字从"泄肚"foircr 一字变来。"狄亚"是古希腊文"经过"的意思。
③ "皮尔贡"从"洗肠"Purgcr 一字变化而得。
④ 福勒朗从"嗅觉灵敏"flairer 一字变化而得。

景在巴黎①

---

① 当时《札记》有记载:"舞台上是一个房内一间靠里的卧室。第一幕,一张大椅、桌子、铃铛、筹码口袋、皮大衣、六个枕头、一根手杖。——第一插曲:一个吉他琴 guitare 或者吕特琴 luth、四管短筒枪、四只手提风灯、四根手杖、一只膀胱。——第二幕,四张椅子、一条家法、纸张。——第二插曲:四只巴司克铃鼓。——第三插曲:院长椅子和两条长凳、八具灌肠器、四张梯子、四只钟、四只臼、四只杵、六个圆凳。几件皮(字迹不清,推测为'皮')红袍。第一插曲将舞台改为城市或者街巷;然后房内像开始那样出现。三张垂直的综丝挂毯,几条竿子和一些绳子,为……""膀胱"即放假枪的器皿。"家法"是打小孩子的东西。"纸张"可能是公证人所用或一对情人所用的曲谱。"梯子"不知作何用,也不知译法正确与否。"臼"与"杵"可能是药剂师的器皿,也可能用做乐器。"竿子和一些绳子"大概是搭典礼棚的用物,和"梯子"一样。

序　　曲

在我们尊严国王的光荣的疲劳与胜利的战迹①之后，所有作者从事于他的歌颂或者他的娱乐，是十分合理的。这也正是我现在所要做的。这个序曲就是歌颂这位伟大国王的一个尝试，它是《没病找病》的一个引子，它的企图是他能在他的高贵工作之余得以消遣。

〔布景表示一个赏心悦目的田野景象。

歌舞牧景

花神，牧神②，克利梅娜，大芙内，提尔席斯，道里拉斯，两位和风仙女，男女牧羊人群。

---

① 1672年8月1日，路易十四远征荷兰，退回巴黎。依照"序曲"说明，这出"喜剧——舞剧"本是祝胜之作，不过，实际上，并未进宫演出，路易十四并未看到。歌舞剧的乐谱也不是向例由吕里 lulli 填写。他已经是"王家音乐学院"的院长，向国王讨了许多演出特权。莫里哀气忿不过，乐谱另请沙尔邦地耶 Charpentier(1634—1704)填写。路易十四宠信小人得意的吕里，在莫里哀逝世之后，把他的剧团的公演地点也给了不讲道义的吕里。
② 牧神即古希腊的潘 Pan，公山羊足。

花　神

　　　　　离开呀离开你们的羊群，
　　　　　　来，牧羊人，来，牧羊女郎，
　　　　　快跑呀快跑到这小榆树山隈，
　　　　　我有珍贵的消息向你们宣讲，
　　　　　　家家户户都要为之欢狂，
　　　　　离开呀离开你们的羊群，
　　　　　　来，牧羊人，来，牧羊女郎，
　　　　　快跑呀快跑到这小榆树山隈。

克利梅娜与大芙内

　　　　　牧羊人，把你的爱情摆到一旁，
　　　　　花神呀在那边呼唤我们。

提尔席斯与道里拉斯

　　　　　可是，至少告诉我，狠心人，

提尔席斯

　　　　　你满足不满足我一点点希望？

道里拉斯

　　　　　你喜欢不喜欢我的不二的热忱？

克利梅娜与大芙内

　　　　　花神呀在那边呼唤我们。

提尔席斯与道里拉斯

　　　　　我也就是问你一句话、一句话啰。

提尔席斯

　　　　　我不死不活就永远受这样的折磨？

道里拉斯

　　　　　我能不能希望你有一天使我快活？

克利梅娜与大芙内

　　　　　　花神呀在那边呼唤我们。

芭蕾舞进场

〔全体牧羊男女过来，和着节奏，把花神团团围住。

克利梅娜

　　　　　　花神有什么消息，
　　　　　　使我们这样欢喜？

大芙内

　　　　　　我们急于要听你
　　　　　　讲这重要的消息。

道里拉斯

　　　　　　我们全都是满腔的热望。

全　体

　　　　　　我们求你再也不要延宕。

花　神

　　　　　　　消息就是：安静、安静！
　　　　　　你们的愿望满足了，路易凯旋，
　　　　　　他给本地带回欢乐和爱情，
　　　　　　你们看见的只是忧患的虚惊。
　　　　　　他的煌煌战果消灭了前嫌：
　　　　　　　他放下武器，
　　　　　　　没有了仇敌。

全　体

　　　啊！消息多甜蜜！

　　　多伟大！又多美丽！

　　多少欢乐！多少喜笑！多少游戏！

　　　多少幸福的胜利！

　　上天完全满足了我们的目的！

　　　啊！消息多甜蜜！

　　　多伟大！又多美丽！

芭蕾舞进场

〔所有的牧羊男女翩翩起舞，表示他们喜悦异常。

花　神

　　　到小树林吹你们的排箫，

　　　去唤醒那最悦耳的音标：

　　路易已经为你们的歌唱

　　安排下了最美丽的词章。

　　　大战上一百回合，

　　　他轻悠悠就摘落

　　　丰盈的胜利凯歌，

　　　你们不妨也来个

　　　小战上一百回合，

　　　为他的光荣高歌。

全　体

你们不妨也来个

小战上一百回合，

为他的光荣高歌。

花　神

我的年轻情人，在这树林里，

用我的帝国的贺礼，

准备一下奖品来鼓励

那最美好的歌唱，

来歌颂最庄严的国王

和他的品德与战迹。

克利梅娜　　倘使提尔席斯领先，

大芙内　　倘使道里拉斯战胜，

克利梅娜　　我爱他也不同一般，

大芙内　　我决定接受他的热情。

提尔席斯

噢！亲爱、亲爱的希望！

道里拉斯

噢！甜蜜、甜蜜的语言！

二　人

更美的题旨、更美的酬庸

能使人心分外激动？

〔提琴演奏一种曲调，刺激两个牧羊人战斗，同时花神作为裁判，和两位和风仙女坐在树根上，其余作为观众，站满舞台两角。

提尔席斯

　　　　融化的雪水溢满一道著名的山涧，
　　　　白浪翻天，骤然往下冲溅，
　　　　坚固的东西不够坚固：
　　　　庄园、堤坝、城市和树林，
　　　　还有成群的牛羊和男女
　　　　都在为奔流的激湍让路：
　　　　就这样，更勇武、更急遽，
　　　　路易在他的战军之中行进。

芭 蕾 舞

〔他那一侧的牧羊男女围着他跳舞，谐着乐谱，表示他们的称赞。

道里拉斯

　　　　一声霹雳下来，电在闪、雷在震怒，
　　　火红云霓在幽暗之中令人万分畏惧，
　　　　　最坚定的意志也在忧虑，
　　　　　又是心惊、又是恐怖，
　　　　　但是站在军队的前沿，
　　　　　路易投出更多的忿恨。

芭 蕾 舞

〔他那一侧的牧羊男女同样围着跳舞。

提尔席斯

    希腊曾经歌唱的传说战迹,
    所有那些著名的半神的人们,
    都曾经受到过去历史的恭维,
    现在我们看见光荣已然消失,
    由于大量的美好的时事,
    他们来在我们的想象,
    远不及路易那样光芒万丈。

芭 蕾 舞

〔他那一边的牧羊男女依然跳舞。

道里拉斯

    我们相信历史歌唱的过去的世纪
    和全部功业,因为我们看见路易
     和他惊天动地的事迹,
     可是我们的子孙无聊,
     信口称道自己的荣耀,
     都无一桩比得过路易。

芭 蕾 舞

〔他那一边的牧羊男女同样跳舞。随后双方混合在一道舞蹈。

牧 神　　　（后面跟着六个田野仙子①。）
　　　　　　牧羊人,放下、放下这轻率的尝试。
　　　　　　　　嗐！你们想做什么事？
　　　　　　　　阿波罗拨他的弦琴,
　　　　　　　　唱他最动听的歌子,
　　　　　　　　也决不像你们这样转,
　　　　　　　　拿一管芦笛瞎胡来,
　　　　　　你们把自己的灵感估计得太高,
　　　　　　好比蜡做的翅膀也要飞向九霄,
　　　　　　　　跌下水别想捞得起来。

　　　　　　你们想歌颂路易无比的勇猛,
　　　　　　　　声音的训练不够过硬,
　　　　　　语言也不足以描画他的伟大形象,
　　　　　　　　誉扬他的战迹,
　　　　　　　　语言就该沉默。
　　　　　　用别的方式来表现他的全面胜利,

---

① 田野仙子 Faunes 是拉丁的神话人物,母山羊足,后人不把她误当作潘,即看为潘的随从,其实都是田野之神。

>你们的歌颂一点也鼓不起他的意兴。
>放下他的光荣,
>想着他要欢乐。

全　体

>放下他的光荣,
>想着他要欢乐。

花　神

>显示他的不朽的大德,
>　　你们的才力虽说浅薄,
>奖品还是两个人应该全有,
>　　伟大而美好的考核,
>　　有从事的意图就够。

芭蕾舞进场

〔两位和风仙女跳舞,手里拿着两顶花冠,她随后分赠给两个牧羊人。

克利梅娜与大芙内 （拿手给他们。）

>伟大而美好的考核,
>有从事的意图就够。

提尔席斯与道里拉斯

>哈！我们的鲁莽得到甜蜜的着落！

花神与牧神

>为路易做事,从来不会白做。

四个情人

从今以后,我们当心他的欢乐。

花神与牧神

为他献出生命的人有福,有福!

全　体

> 今天是个好日子,
> 全都来到树林子,
> 吹着排箫唱歌子,
> 回声在一千遍、一万遍地重复:
> "最伟大的国王是路易,
> 为他献出生命的人有福,有福!"

最后与伟大的芭蕾舞进场。

〔田野仙子、牧羊人与牧羊女郎聚在一起,他们互相表演舞蹈游戏,过后,他们去准备喜剧。

第二序曲[1]

〔舞台上出现一座森林。

〔舞台开幕是一片悦耳的乐器音响。随即进来一个牧羊女郎,轻轻抱怨她得不到任何医药来治疗她所受的痛苦。好几个田野仙女和牧神随从,为他们所热爱的佳节和游戏聚在一起,遇见牧羊女郎。他们听她抱怨,构成一种极有娱乐意味的情景。

牧羊女郎的怨歌

　　　　你们最高的学问只是纯粹的幻想,
　　　　　　虚荣和不懂事的大夫,
　　　　你们伟大的拉丁文字也不济事,先生,
　　　　　　都治不了我的痛苦:
　　　　你们最高的学问只是纯粹的幻想。

　　　　　　哎呀!我不敢揭开
　　　　　　我爱情上的创伤,
　　　　　　我爱上了个男牧羊,

---

[1] 这第二首"序曲"是公演时真正使用的序曲,第一首序曲歌颂路易十四战功的复杂形式,在演出时被剧团放弃了。

只有他是救我的医才。
　　你们根本是做梦,
无知的大夫,你们就治不了我的病,
你们最高的学问只是纯粹的幻想。

那些药方子不晓得是些什么东西,
只有头脑简单的傻瓜才说它们灵,
一点也医治不了我的疑难之症,
你们唧嘎像只鸡,
谁请,就是"没病找病"。

你们最高的学问只是纯粹的幻想,
　　　虚荣和不懂事的大夫,
你们伟大的拉丁文字也不济事,先生,
　　　就治不了我的痛苦:
你们最高的学问只是纯粹的幻想。

第 一 幕

第 一 场

阿尔冈　（独自坐在他的房内，前面一张桌子，用筹码①计算药剂师的账单，他自言自语，说着下面的对话。）

三加二是五，五加五是十，十加十是二十，三加二是五。"又，二十四日，试探性、预备性与缓和性小灌肠一次，为软化、湿化、爽化先生的脏腑。"我喜欢我的药剂师福勒朗先生的，就是他的账单总是这样彬彬有礼："先生的脏腑，三十苏。"是的，不过，福勒朗先生，光有礼算不了什么，还得讲道理，不敲病人的竹杠。三十苏洗一次肠：我对你已经讲过了，我通不过。你在别的账单开的也只是二十苏，用药剂师的语言来讲，二十苏的意思等于十苏；那就好吧，十苏。"又，同日，清洗性大灌肠一次，内有双料万应剂、大黄、玫瑰精与其他药品，照药方配足，以便打扫、洗涤、清除先生之下腹，三十苏。"对不住你啦，十苏。"又，同日，黄昏，平肝、安息与安眠甜药水一瓶，为先生睡觉之用，三十五苏。"这个药我没有

---

①　筹码是一种为算账专造的假币，自下而上地加减、移动。

什么好抱怨的,我喝过以后,睡得很美。十、十五、十六、十七苏,六代尼耶。"又,二十五日,上等轻泻与滋补药水一瓶,内有新旃那①、东方决明与其他药料,照皮尔贡先生的药方配,以便驱除与排泄先生之胆汁,四法郎。"啊!福勒朗先生你在寻开心;你得跟病人一道活下去呀。皮尔贡先生的药方可没有叫你写上四法郎啊。请啦,就改,改成三法郎吧。二十、三十苏。"又,同日,止痛收敛药水一瓶,为安静先生之用,三十苏。"好,十跟十五苏。"又,二十六日,化散性灌肠一次,以便先生放屁,三十苏。"十苏,福勒朗先生。"又,先生黄昏重复灌肠一次,如上,三十苏。"福勒朗先生,十苏。"又,二十七日,上等药水一瓶,为催动与驱散先生胆汁之用,三法郎。"好,二十与三十苏:我很高兴,你居然讲理啦。"又,二十八日,奶水一瓶,沥清加糖,以便镇静、安定、缓和与凉爽先生之血,二十苏。"好,十苏。"又,预防补药一瓶,照方配十二粒结石②,柠檬汁、石榴汁与其他药品,五法郎。"啊!福勒朗先生,慢着,请啦,你要是乱讨价的话,没有人再肯生病啦,你就乖乖儿算四法郎吧。二十与四十苏。三加二是五,五加五是十,十加十是二十。六十三法郎、四苏、六代尼耶。归总来看,这个月我服了一、二、三、四、五、六、七、八剂药;灌了一、二、三、四、五、六、七、八、九、十、十一、十二次肠;上个月,十二剂药,二十次灌肠。我这个月身子不像

---

① 旃那是一种泻药。
② 结石 bizoard 是在肠、胃与肾中凝结的石灰质东西,来自波斯,认为解毒,起预防作用。

上个月那样好，我不奇怪啦。我得讲给皮尔贡先生听，他好安排一下。成啦，把这些东西全好搬开啦。一个人也没有：我白说，总是把我一个人丢了下来；就没有法子叫他们待在这儿。（他摇铃铛叫人。）他们听不见，我的铃铛的声音不算响。得铃、得铃、得铃。不中用。得铃、得铃、得铃：他们全聋啦。杜瓦内特！得铃、得铃、得铃：就跟我没有摇铃一样。狗东西，坏东西！得铃、得铃、得铃：气死我啦。（他不摇铃铛了，可是他嚷嚷。）得铃、得铃、得铃。死东西，给我见鬼去！把一个可怜的病人像这样孤单单丢了不管，谁见过？得铃、得铃、得铃：真是再糟不过啦！得铃、得铃、得铃：啊！我的上帝！他们把我丢在这儿让我死。得铃、得铃、得铃。

第 二 场

杜瓦内特，阿尔冈。

杜瓦内特	（走进房内。）这不来了嘛。
阿尔冈	啊，狗东西！啊，死东西……
杜瓦内特	（假装撞了头。）见了鬼了，您急个什么呀！您逼得人发慌，我一脑壳正好撞在护窗板的棱角头。
阿尔冈	（发怒。）啊，贼骨头……！
杜瓦内特	（为了打断他，阻止他喊叫，总在诉苦。）啊，咿！
阿尔冈	还有……
杜瓦内特	啊咿！

阿尔冈	足有一个钟头……
杜瓦内特	啊咿!
阿尔冈	你丢开我不管……
杜瓦内特	啊咿!
阿尔冈	你倒是住口呀,坏东西,也好让我骂骂你呀。
杜瓦内特	成,我的天!我那一撞呀,倒把我撞得跟您一样有气啦。
阿尔冈	死东西,你叫我喊哑了嗓子。
杜瓦内特	您呀,您叫我撞破了头;一个半斤,一个八两;两清,您啦。
阿尔冈	什么?坏东西……
杜瓦内特	您要骂啊,我就哭。
阿尔冈	贼骨头,把我丢下……
杜瓦内特	(总在打断他。)啊咿!
阿尔冈	狗东西,你想……
杜瓦内特	啊咿!
阿尔冈	什么?我连骂她骂个痛快都捞不到手。
杜瓦内特	您就骂个够:我巴不得有人骂。
阿尔冈	狗东西,你尽打断我的话,我就骂不了。
杜瓦内特	您要是骂个痛快呀,我这边,我就得哭个痛快:各干各的正经,谁都不欠谁的。啊咿!
阿尔冈	算啦,就这么拉倒。把这给我挪开,坏东西,把这给我挪开。(阿尔冈站起。)今天我洗肠的药弄好了吗?
杜瓦内特	您洗肠的药?
阿尔冈	是呀。我不难受来的?
杜瓦内特	我的天!我管不着这些事:应该过问的是福勒朗先生,他有利可图啊。

阿尔冈　　　当心把汤给我煮好，回头我另有用处。

杜瓦内特　　那位福勒朗先生跟这位皮尔贡先生在拿您的身子骨儿穷开心；他们拿您当奶牛挤；我倒想问问他们，您到底害了什么病，给您开了那么多的药。

阿尔冈　　　住口，没知识的东西，药方还轮不到你开。去喊我的女儿昂皆利克来，我有话同她讲。

杜瓦内特　　她本人来啦：她猜出了您的心思。

第 三 场

昂皆利克，杜瓦内特，阿尔冈。

阿尔冈　　　过来，昂皆利克，你来巧啦，我正想跟你讲话。

昂皆利克　　我乖乖儿在听您讲呐。

阿尔冈　　　（奔往药盆）等等①，拿手杖给我。我去去就来。

杜瓦内特　　快些走吧，老爷，走吧。福勒朗先生有的是活儿要我们忙呐。

第 四 场

昂皆利克，杜瓦内特。

---

① 1734 年版，补加："（向杜瓦内特。）"

昂皆利克	（目光焦虑地看着她，引为知己地向她。）杜瓦内特。
杜瓦内特	什么？
昂皆利克	你倒是看着我呀。
杜瓦内特	好吧！我看着你。
昂皆利克	杜瓦内特。
杜瓦内特	好啦，什么"杜瓦内特"？
昂皆利克	你真就猜不出来我想说什么？
杜瓦内特	我够明白的啦，左不过是我们的年轻的情人；因为六天以来，他一直就是我们的话题；你要是一时不谈他呀，那你可难受呐。
昂皆利克	你既然知道，那，你为什么不头一个跟我谈他，不就避免了我这个羞羞答答的难题？
杜瓦内特	可你也得给我时间呀，我在这上头怎么凑合你，我还不知道呐。
昂皆利克	我承认，我一跟你谈起他来，就没完没了，我利用每一分钟，都急着对你把心打开。可你也得告诉我，杜瓦内特，你怪罪我对他的感情吗？
杜瓦内特	我没那个心。
昂皆利克	我尽想着这些甜蜜的印象了，我错吗？
杜瓦内特	我不这么说。
昂皆利克	他向我表示的这种热烈的激情，做出的有情有意的保证，你要我不理会吗？
杜瓦内特	愿上帝不叫我想这个！
昂皆利克	你倒是说给我听呀。你不觉得跟我一样，我们的认识出人意料地巧，不是什么天意，不是命里注定的？
杜瓦内特	是。

昂皆利克	他并不认识我，就挺身而出保护我，你不认为这种行为完全符合一位君子人吗？
杜瓦内特	符合。
昂皆利克	人不能比他再不顾性命了吧？
杜瓦内特	同意。
昂皆利克	他当时的风度是不是最高？
杜瓦内特	噢！是的。
昂皆利克	你不觉得，杜瓦内特，他的形体美好？
杜瓦内特	当然。
昂皆利克	他有最好的风度？
杜瓦内特	那还用说。
昂皆利克	他的言谈，和他的举止一样，不都高人一等？
杜瓦内特	一定的。
昂皆利克	他跟我说的话，人能听到比这更热情的？
杜瓦内特	对。
昂皆利克	上天使我们相爱无间，可是人家不许我们往来，阻止我们交谈，还有比这更糟的？
杜瓦内特	你有道理。
昂皆利克	不过，我的好杜瓦内特，你相信他心口如一吗？
杜瓦内特	哎，哎！这些事呀，有时候，还是小心一点的好。闹恋爱的鬼花样就和真的没有什么两样；我在这上头见过好些大演员了。
昂皆利克	啊！杜瓦内特，你怎么说起这种话啦？哎呀！他讲话的那种样式，可能同我说的不是真话？
杜瓦内特	不管怎么样，不久你也就清楚啦，昨天他写信给你，说他下决心向你求婚，倒是一条快路，让你明白他说的是真话

373

还是假话了：只有这个，才算真凭实据。

昂皆利克　啊！杜瓦内特，这个人要是骗我呀，我这辈子谁也不信啦。

杜瓦内特　你父亲从那边回来啦。

第 五 场

阿尔冈，昂皆利克，杜瓦内特。

阿尔冈　（坐在他的大椅里。）噢，好，我的女儿，我有一个消息告诉你，你也许连想也没有想到：有人向你求婚啦。怎么的啦？你笑。这句话有趣，是的，求婚这句话：对年轻女孩们，没有比这再好玩的了。啊！人性！人性！在我看来，我的女儿，我用不着问你，你想不想嫁人了。

昂皆利克　父亲，您高兴怎么吩咐，我就怎么办才是。

阿尔冈　有这么一个孝顺的女儿，我真高兴。事情就这么定啦，我把你许了人啦。

昂皆利克　父亲，我对您的意愿，只能唯命是从。

阿尔冈　我女人，你的继母，一直想让我送你做修女，连你的小妹妹路易松也送，她一直坚持要这么做。

杜瓦内特　（低声。）这坏女人有她的鬼打算。

阿尔冈　她怎么也不赞成这件婚事，可是我赢了，我已经把你许给人了。

昂皆利克　啊！父亲，您的恩德我一向感激在怀。

杜瓦内特　说实话，你这么做，我也欢喜，你这一辈子做的事就数这

	件事做得顶呱呱。
阿尔冈	我还没有看到他本人；不过，人家对我讲，我一定满意，你也一定满意。
昂皆利克	当然了，父亲。
阿尔冈	你怎么看到他啦。
昂皆利克	既然您已经同意了，我也就不妨把实情讲给您听。不瞒您说，我们有机会相识，已经六天了，从这第一次相会，两下里就都有了意，相爱的结果就是他向您求婚。
阿尔冈	他们没有对我讲起这话；不过，事已至此，好上添好，我只能更加高兴。他们说这是一个五官端正的高个儿年轻人。
昂皆利克	是的，父亲。
阿尔冈	好身材。
昂皆利克	还用说。
阿尔冈	性情和善。
昂皆利克	当然。
阿尔冈	面相好。
昂皆利克	非常之好。
阿尔冈	知书识礼，家世清白。
昂皆利克	完全是。
阿尔冈	十分正派。
昂皆利克	世上最正派的人了。
阿尔冈	会说拉丁、希腊语。
昂皆利克	这我就不知道了。
阿尔冈	三天之内，他就要是医生啦。
昂皆利克	他，父亲?

阿尔冈	是呀。难道他没有告诉你？
昂皆利克	真的没有。谁告诉您的？
阿尔冈	皮尔贡先生。
昂皆利克	皮尔贡先生认识他？
阿尔冈	这你也问！他当然认识了，那是他的外甥。
昂皆利克	克莱昂特，皮尔贡先生的外甥？
阿尔冈	什么克莱昂特？我们说的那个人，人家正在为他向你求婚呐。
昂皆利克	哎！是呀。
阿尔冈	好啦，那是皮尔贡先生的外甥、他的妹夫的儿子，他妹夫是医生，狄阿夫瓦吕斯先生，这个儿子叫陶马·狄阿夫瓦吕斯，不叫克莱昂特；今天早晌，我们说定了这门亲事，皮尔贡先生、福勒朗先生和我，明天，他父亲就带这位未婚的姑爷来见我。怎么啦？你吓呆啦？
昂皆利克	那是，父亲，因为呀，我现在才知道，你说的是一个人，我错听成另一个人。
杜瓦内特	什么？老爷，您会做出这种滑稽打算？您那样有钱有业的，会把女儿嫁给一个医生？
阿尔冈	是的。关你什么事，坏东西，厚脸皮，要你搀到里头？
杜瓦内特	我的上帝！慢着：先别一来就骂人。难道我们不火冒三丈，就不能一道议论议论？来吧，让我们心平气和地谈谈吧。请问，结这门亲，您凭什么？
阿尔冈	我凭的是，看见我一来就病，身子不好，我愿意姑爷是医生，跟医生们走亲，我病了可以有好帮手，家里有我需要的药品，手头有诊断和方子。
杜瓦内特	哎！好嘛，这也算理由，有问有答，和和气气的，多招人

	喜欢。不过，老爷，摸摸良心：您真有病吗？
阿尔冈	怎么，坏东西，我真有病吗？厚脸皮，我真有病吗？
杜瓦内特	算啦！是呀，老爷，您有病：我们犯不上在这上头寻相骂；可不，您病可沉重啦，我完全同意，比您想的病还要沉重：没有二话，不用讲啦。可是您女儿应当为她本人找一个丈夫，她没有病，没有必要嫁一个医生。
阿尔冈	这是为我，我才把她许给这位医生的；一个天性孝顺的女儿，嫁给对她父亲健康有用处的男人，就该开心才是。
杜瓦内特	我的天！老爷，您愿意把我当作自己人，叫我给您出个主意吗？
阿尔冈	什么主意？
杜瓦内特	别想着那门亲事啦。
阿尔冈	哎，凭什么？
杜瓦内特	凭什么？光您女儿就决不同意。
阿尔冈	她决不同意？
杜瓦内特	决不。
阿尔冈	我女儿？
杜瓦内特	您女儿。她要告诉您，狄阿夫瓦吕斯先生跟她不相干，他儿子陶马·狄阿夫瓦吕斯跟她更不相干，世上的狄阿夫瓦吕斯统统跟她不相干。
阿尔冈	我呀，我要他，还不说对方比人能想的好处多着呐。狄阿夫瓦吕斯先生只有这个儿子做他的继承人，再说，皮尔贡先生没有太太，没有儿女，为了这门亲事，把他的家产全部给他；皮尔贡先生是一位一年有八千法郎收入的人。
杜瓦内特	发家发到这个地步，他得看死多少人。
阿尔冈	一年八千法郎收入是个老大的数目，还不算父亲的财产。

杜瓦内特	老爷,好是好极了,不过,我还是那个老主意:我私下里劝您给她另相一位丈夫,她生下来就不是给狄阿夫瓦吕斯当太太的。
阿尔冈	我呀,我偏要她当。
杜瓦内特	哎!可别这么说。
阿尔冈	怎么,我别这么说?
杜瓦内特	哎,不!
阿尔冈	为什么我不这么说?
杜瓦内特	人家要说,您就没有想到您说的是什么?
阿尔冈	人家爱说什么,不关我的事;可是我告诉你,我要她照着我的吩咐去做。
杜瓦内特	不行:我拿稳了,她才不做呐。
阿尔冈	我逼她做。
杜瓦内特	听我说,她不做。
阿尔冈	她要做,不然的话,我要她进修道院。
杜瓦内特	您?
阿尔冈	我。
杜瓦内特	好。
阿尔冈	怎么,"好"?
杜瓦内特	您才不让她进修道院呐。
阿尔冈	我不让她进修道院?
杜瓦内特	不。
阿尔冈	不?
杜瓦内特	不。
阿尔冈	家伙!这倒成了怪事啦:只要我愿意,我不让我女儿进修道院?

杜瓦内特	不,您听我说。
阿尔冈	谁拦着我?
杜瓦内特	您自己。
阿尔冈	我?
杜瓦内特	是呀,你狠不下那份心。
阿尔冈	我狠得下。
杜瓦内特	您在说笑。
阿尔冈	我不说笑。
杜瓦内特	您是父亲,心慈着呐。
阿尔冈	偏不慈。
杜瓦内特	一两滴小眼泪,两只胳膊勾住脖子,一句"我的心肝小爸爸",甜甜蜜蜜地叫一声,就够您受的了。
阿尔冈	全不顶事。
杜瓦内特	顶事,顶事。
阿尔冈	我告诉你,我决不反悔。
杜瓦内特	不作数。
阿尔冈	千万别讲"不作数"。
杜瓦内特	我的上帝!我知道您,您这人呀,天性慈祥。
阿尔冈	(动怒。)我不慈祥,我高兴起来呀,无恶不作。
杜瓦内特	轻点儿,老爷:您忘了您有病。
阿尔冈	我以最高的口吻命令她,准备嫁给我说起的丈夫。
杜瓦内特	我呀,我绝对不许她这么做。
阿尔冈	请教,我们是在哪儿?一个坏东西女用人,敢当着主人讲这话,哪儿来的胆子?
杜瓦内特	一个主人不朝正路想,一个懂事的女用人就有权来改正。
阿尔冈	(追赶杜瓦内特。)啊!混账东西,我得揍你一顿。

杜瓦内特　　（逃开。）对您不体面的事，反对嘛就成了我的责任。

阿尔冈　　　（大怒，拿起手杖，围着椅子追她。）来，来。该怎么说话，让我来教训教训你。

杜瓦内特　　（跑着，逃往阿尔冈不在的椅子的另一边。）您胡来，我就该关心。

阿尔冈　　　狗东西！

杜瓦内特　　不，说什么我也不赞成这门亲事。

阿尔冈　　　该吊死的东西！

杜瓦内特　　我不答应她嫁您的陶马·狄阿夫瓦吕斯。

阿尔冈　　　死东西！

杜瓦内特　　她呀听您的，不如说听我的。

阿尔冈　　　昂皆利克，你不愿意帮我拦住这坏东西？

昂皆利克　　哎！父亲，您别急出病来。

阿尔冈　　　你不帮我把她拦住呀，我有得诅咒你。

杜瓦内特　　我呀，她要听您的话，我就不要她继承我。

阿尔冈　　　（倒入他的大椅，追不动了。）啊！啊！我不成啦。我看我快死了。

第 六 场

贝利娜，昂皆利克，杜瓦内特，阿尔冈。

阿尔冈　　　啊！我的太太，你过来。

贝利娜　　　你怎么啦，我的可怜的丈夫？

阿尔冈　　　你到这儿来救救我。

贝利娜	到底是怎么回事，我的小宝贝？
阿尔冈	我的亲肉肉。
贝利娜	我的亲肉肉。
阿尔冈	刚才有人惹我生气。
贝利娜	哎呀！可怜的小丈夫，到底怎么啦，我的心肝？
阿尔冈	你那个坏东西杜瓦内特变得比从前越发混账了。
贝利娜	你千万动怒不得。
阿尔冈	她把我气死了，我的心肝。
贝利娜	看开些，我的宝贝。
阿尔冈	整整一小时，我想做的事，她一直在跟我顶牛。
贝利娜	好，好，别急。
阿尔冈	她居然对我讲，我没有病，简直是恬不知耻。
贝利娜	她不知体统。
阿尔冈	你知道，我的心肝，是怎么回事。
贝利娜	是的，我的心肝，她错。
阿尔冈	亲肉肉，这坏娘们会气死我的。
贝利娜	哎！真是的。哎！真是的。
阿尔冈	我动肝火，都是她惹起来的。
贝利娜	你别生那么大的气。
阿尔冈	我不知道对你说过多少回了，把她给我赶走。
贝利娜	我的上帝！天下老鸹一般黑，我的宝贝，男用人跟女用人就难得有一个好的。人有时候不得不容忍他们的坏地方，由于还有好地方。这个人机灵、心细、勤快，尤其难得的是，可靠。你知道，如今用底下人呀，得陪老大的小心。喂！杜瓦内特。
杜瓦内特	太太。

贝利娜	你干什么惹我丈夫生气啊?
杜瓦内特	(怪柔声柔气的。)我,太太,哎呀!我不知道您要对我说什么,可是我一心一意就想着讨老爷欢心。
阿尔冈	啊!贱东西!
杜瓦内特	他告诉我们,他想把小姐嫁给狄阿夫瓦吕斯先生的少爷,我回答说,这门亲事便宜了小姐,依我想呀,顶好还是把她送进一家修道院。
贝利娜	这没有什么大不了的,我觉得她在理。
阿尔冈	啊!亲肉肉,你相信她。她是一个坏蛋:她对我说了上百句放肆的话。
贝利娜	好啦!我的心肝,我相信你。好,放宽心。听我说,杜瓦内特,你要是再惹我丈夫生气,我可就不用你了。来,把他的皮外套给我,还有枕头,我让他在椅子里头坐舒坦。你看你成了个什么样子。把你的睡帽一直拉到你的耳朵上头:风从耳朵进去啊,可厉害呐,人一定感冒。
阿尔冈	啊,好肉肉,你处处当心我,我多感激你呀!
贝利娜	(填好枕头,拿它们围住阿尔冈。)起来一下,我把这个放在你身子底下。让我放好这个,你好倚靠,这个放在那边。这个放在你后背,另一个贴着你的头。
杜瓦内特	(拿起一个枕头猛然放在他的头上,然后逃开。)这个给您挡露水。
阿尔冈	(发怒,站起,拿起枕头一个一个朝杜瓦内特扔去。)啊!坏东西,你想憋死我。
贝利娜	嗐,好,嗐,好!又怎的啦?
阿尔冈	(喘气,倒入他的大椅。)啊,啊,啊!我支不住啦。
贝利娜	你做什么生这么大的气?她以为是对你好。

阿尔冈	你不知道，亲肉肉，这该死的东西可坏啦。啊！她简直把我毁啦；想要恢复元气呀，得服八剂药，洗十二次肠，还得多。
贝利娜	好，好，我的小乖乖，放安静点。
阿尔冈	肉肉，你是我唯一的安慰。
贝利娜	可怜的小宝贝。
阿尔冈	心肝，你爱我，我对你讲过啦，我要立遗嘱，想法子报答你的恩情。
贝利娜	啊！我的心肝，求你啦，我们别谈这个：单往这上头想，我就容忍不了；单单立遗嘱这句话，就让我痛苦得直打哆嗦。
阿尔冈	我先前对你讲过，要跟你的公证人谈谈这事。
贝利娜	我带他来了，他在那边屋子。
阿尔冈	肉肉，请他进来呀。
贝利娜	哎呀！我的心肝，女人心痛丈夫啊，就没心思往这上头想。

第 七 场

公证人，贝利娜，阿尔冈。

阿尔冈	过来呀，保夫瓦先生，过来呀。请坐。我太太告诉我，先生是一个十分正直的人，朋友当中数你可靠；我要立一份遗嘱，这我已经叫她跟先生谈过了。
贝利娜	哎呀！谈这种事，我可一点也没有这种心情。

保夫瓦	先生，她曾经对我解释过你的用意，还有你为她的着想；我要告诉你的，就是：你不能在这方面用遗嘱给你太太任何东西。
阿尔冈	为什么？
保夫瓦	习惯法反对。假如你是在成文法的国家，这也许通得过；可是，在巴黎和习惯法盛行的国家，至少在多数国家，这行不通，立遗嘱也不顶事。结婚男女唯一可行的办法，就是活着的时候互相赠送；然而就是赠送，也得双方没有儿女，或者在另一个去世的时候，一方没有儿女。
阿尔冈	这个习惯法简直是胡闹，太太一心一意照料自己的丈夫，有情有义地钟爱自己的丈夫，丈夫却什么也不能留给她！我倒要请教一下我的律师，看看我能做什么。
保夫瓦	这就犯不上去向律师们讨教了，他们平时在这上头可严啦，以为不照法律办事就罪莫大焉。这种人是死心眼儿，根本不懂得良心也有转弯抹角的门道。讨教的人多的是，他们凡事好商量，有的是轻轻就能跳过法律的办法，把不许可的事一变而为正当行为，知道怎么样排除遇到的困难，寻找间接有利可图的方法来回避习惯法。不这样做，我们每天怎么活下去呀？凡事都有方便之门；否则，我们就只好坐以待毙，我这门职业也就成了死路一条，只有西北风好喝了。
阿尔冈	我太太先前告诉我，先生非常能干，为人十分正直。请问，我怎么样才能把我的财产交给她，不让孩子们到手？
保夫瓦	你怎么样才能做到？你可以就你的夫人的朋友当中，选出一位知心人，按照正式规格，把你所能给的全部给他，立下遗嘱，然后这位朋友再全交给你的夫人。你还可以跟

	几位债权人订立契约,处处对他们有利,毫无漏洞,私下把名姓交给你的夫人,他们另写一张声明给她,说他们这样做,只是为了她的缘故。在你活着的时候,你还可以把现钱给她,或者见票即付的单据交她保存。
贝利娜	我的上帝!你可不能为这事把自己折磨坏了。我要是没有了你呀,我的宝贝,我也不要留在人世啦。
阿尔冈	亲肉肉。
贝利娜	是呀,亲肉肉,万一我不幸运,失去了你……
阿尔冈	我的心肝太太!
贝利娜	活下去也就没有意思了。
阿尔冈	我的好人!
贝利娜	你前脚走,我后脚来,好让你知道我疼你疼到什么地步。
阿尔冈	心肝,想着你,我就心碎。我求你了,安慰一下自己吧。
保夫瓦	这些眼泪流得不合宜,事情还没有坏到这种田地。
贝利娜	啊!先生,你不知道什么叫心爱的丈夫。
阿尔冈	万一我死了的话,我的亲肉肉,我唯一的遗憾就是没有给你留下一个孩子。皮尔贡先生曾经告诉我,他会让我有一个的。
保夫瓦	还会有孩子的。
阿尔冈	我的心肝肉,我一定要照先生说起的法子立遗嘱;不过,为了小心起见,我想交给你两万金法郎,我藏在我睡觉的屋子的板壁里头,还有两张见票付现的单据,一张是达蒙先生欠我的,一张是皆隆特先生欠我的。
贝利娜	不,不,我不要这个。啊!你说你睡觉的屋子有多少来的?
阿尔冈	两万法郎,我的肉肉。

贝利娜	我求你了,别跟我说财产的事。啊!那两张单据是多少来的?
阿尔冈	它们是,我的心肝肉,一张是四千法郎,一张是六千。
贝利娜	我的好人,全世上的财富同你相比都算不了什么。
保夫瓦	你要不要我们就拟遗嘱?
阿尔冈	先生,就拟;不过,到我的小书房去,那边好多了。心肝,请你过来搀着我。
贝利娜	来啦,我的可怜小宝贝。

第 八 场

昂皆利克,杜瓦内特。

杜瓦内特	他们跟公证人在一起,我听见讲起遗嘱。你的后妈在忙活,不用说,她逼着你父亲在背地里干什么对不起你的坏事。
昂皆利克	只要他不拿我的心给人,他爱拿他的财产给谁就给谁。你看见的,杜瓦内特,人家用尽苦心在想主意逼他。我的处境可不好过啦,求你千万别丢下我不管。
杜瓦内特	我,丢下你不管?我还不如死了拉倒。你的后妈想收我做她的心腹,要我替她卖力气,没有用,我对她从来就没有好感,一直站在你这边。由我来吧,我要使尽力量来帮助你;不过,为了见效更快,我想换一下作战方式,收起我对你的热心肠,假装和你父亲和你后妈是一条心。
昂皆利克	我求求你,想法子叫克莱昂特知道人家给我定的那门

亲事。

杜瓦内特	我就没有人能担承这种事，除非是那个放高利贷的老家伙，叫波里实内勒①②的，他是我的情人呐。我为这事得对他说几句甜甜蜜蜜的话，只要是为了你，我什么也干。今天太迟啦；不过，明天一大清早，我去叫他来，那他要开心死了……
贝利娜	杜瓦内特。
杜瓦内特	有人在喊我。回头见。放心好啦，有我呐。

---

① 下面的话是向阿尔冈说的。
② 波里实内勒 Polichinell 是意大利即兴喜剧的一个定型人物，高个子，拱背，高鼻子，戴小黑面具，戴灰小尖帽，又机警，又爱吵，而且是个老色鬼。

第一插曲

舞台换景，出现一座城市。

波里实内勒　（夜晚，波里实内勒来为他的情妇唱一支夜行曲。起先有小提琴打断他，他正在对那些小提琴家生气，后来又为歌唱家和舞蹈家组织的假巡逻队①所打断。）噢！爱情，爱情，爱情，爱情，爱情！可怜的波里实内勒，你给脑子里头塞了些什么鬼念头？你有什么好开心的，你这傻瓜倒楣蛋？你把买卖丢开了不照料，生意也不搁在心上。你东西不吃，水也几乎不喝，晚晌也不好好睡觉；这一切为了谁？为了一个野女人，泼而又泼的野女人，能把你折磨死的一个鬼怪，你对她讲什么她全不搁在心上。可是这上头也没有什么道理好讲。你要它嘛，爱情：跟许多人一样，你得发疯才成。活到我这把子年纪，碰到这种事，糟透了；可是有什么办法？要你明白事理，你偏不干，上了年纪的人的脑壳一乱呀，就跟年轻人一样。

我来看看，我能不能拿一首夜行曲感动我的母老虎。一个

---

① 这个巡逻队即后面出现的弓箭手，当时的警察。他们一共是六名，是寻欢作乐的人们装扮的。

情人来到他的情妇门口,门关得死严,唱唱哀歌,有时候比什么也中听。①这儿有给我的声音伴奏的乐器。噢!夜晚!噢!亲爱的夜晚!把我的爱情的哀怨一直送到我的硬心肠的女人的床头。

〔他唱着这些歌词:

Notte e di v'amo e v'adoro,

Cerco un si per mio ristoro;

Ma se voi dite di no,

Bell'ingrata, io moriro.

      Fra la speranza

      S'afflige il cuore,

      In lontananza

      Consuma l'hore;

      Si dolce inganno,

      Che mi figura

      Breve l'affanno

      Ahi! troppo dura!

Cosi per tropp'amar languisco e muoro

      Notte e di v'amo e v'adoro.

      Cerco un si per mio ristoro;

      Ma se voi dite di no,

      Bell, ingrata, io morird.

---

① 1734年版,补加:"(拿起他的吕特琴。)"

> Se non dormite,
>
> Almen pensate
>
> Alle ferite
>
> Ch'al cuor mi fate;
>
> Deh! almen fingete,
>
> Per mio conforto,
>
> Se m'uccidete,
>
> D'haver il torto;
>
> Vostra pietà mi scemerà il martoro.
>
> Notte e di v'amo e v'adaro,
>
> Cerco un si per mio ristoro,
>
> Ma se voi dite di no,
>
> Bell'ingrata, io moriro.①

一位老太婆 （来到窗口,边回答,边取笑波里实内勒。）

> Zerlinetti ch'ogn'fior con finti sguardi,
>
> Mentiti desiri,
>
> Fallaci Sospiri,
>
> Accenti bugiardi,
>
> Di fede vi pregiate,

---

① 意大利文,大意是:"我昼夜爱你、崇拜你,我为我的妄想寻找一声'是';不过你说一声'不',负心的美人,我要死。

"在希望之中,我的心忧伤,看不见你,我时间过得无聊;那甜蜜的幻象,对我绘出我的苦恼短暂,唉!太实太长!所以为了太爱你,我忧悒到死。

"我昼夜爱你、崇拜你,……"

"假如你没有睡眠,至少想一想,你在我心里留下的创伤,唉!假使你杀害了我,为了安慰我,至少也该装做是你错;你的怜慰将要减轻我的痛苦。

"我昼夜爱你、崇拜你,……"

Ah! che non m'ingannate,

Che già so per prova

ch'in voi non si trova

Constanza ne fede;

Oh! quanto è pazza colci che vi crede!

Quei sguardi languidi

Non m'innamorano,

Quei sospir fervidi

Piu non m'infiammano,

Vel giuro a fè.

Zerbino misero,

Del vostro piangere

Il mio cor libero

Vuol sempre ridere,

Credet' a me.

Che già so per prcva

Ch'in voi non si trova

Constanza ne fede;

Oh! quanto e pazza colei que vi crede! ①

---

① 意大利文，大意是："多情的年轻人，永远带着狡诈的视线、虚伪的欲望、欺骗的呻吟、撒谎的字句，夸说你的忠心。啊！你骗不了我，因为我早已由经验知道，不要妄想由你找到忠诚：噢！傻瓜才相信你!

"那些忧悒的视线引不起我的喜爱，那些热烈的呻吟也燃烧不了我，我敢发誓。无耻的多情人，看着你哭，我的心无动于衷，将要永远大笑，相信我吧：因为我早已由经验知道，不要妄想由你找到忠诚：噢！傻瓜才相信你！"

〔小提琴。①

波里实内勒　什么音乐这样不识好歹，在这里打断我的声音？

〔小提琴。

波里实内勒　静点，住手，拉小提琴的。让我畅畅快快申诉一番我铁面心肠的女人的残酷。

〔小提琴。

波里实内勒　我告诉你们，住手。我要唱啦。

〔小提琴。

波里实内勒　安静。

〔小提琴。

波里实内勒　呕唉！

〔小提琴。

波里实内勒　啊咿！

〔小提琴。

波里实内勒　是为取兴吗？

〔小提琴。

波里实内勒　啊！多嘈杂！

〔小提琴。

波里实内勒　见你们的鬼！

〔小提琴。

波里实内勒　气死我啦。

〔小提琴。

波里实内勒　你们住不住手？啊，赞美上帝！

〔小提琴。

---

① 1734年版，补加："(在舞台后面。)"

波里实内勒　又来啦？

〔小提琴。

波里实内勒　瘟死这些拉小提琴的！

〔小提琴。

波里实内勒　不是音乐，倒是胡闹！

〔小提琴。

波里实内勒　拉、拉、拉、拉、拉、拉。

〔小提琴。

波里实内勒　拉、拉、拉、拉、拉。

〔小提琴。

波里实内勒　拉、拉、拉、拉、拉、拉、拉。

〔小提琴。

波里实内勒　拉、拉、拉、拉、拉。

〔小提琴。

波里实内勒　拉、拉、拉、拉、拉。

〔小提琴。

波里实内勒　我的天！这反而逼我开心。拉小提琴的先生们，拉下去吧，我高兴听。来呀，接下去拉呀。我请你们拉。要他们不拉，只有这法子。你要唱啦！音乐老不凑手。好啦，轮到我们啦！①唱歌以前，我得先试试嗓子，弹弹乐器，别让我的声音走调。普朗、普朗、普朗。普朗、普朗、普朗。要琴声来给你配音呀，时间就不称心。普兰、普兰、普兰。普兰、唐，普朗。普兰、普兰。这种时间，琴弦就不

---

① 1734年版，补加："（他拿起他的吕特琴，装出弹的样子，用嘴唇和舌头模仿这个乐器的声音。）"

	得力。普兰、普朗。我听见响声，拿我的琴靠门放下来。
弓箭手	谁在那边？谁在那边？
波里实内勒	活见鬼，他们是干什么的？难道唱歌变成了时髦？
弓箭手	谁在那边？谁在那边？谁在那边？
波里实内勒	我，我，我。
弓箭手	告诉我，谁在那边，谁在那边？
波里实内勒	告诉你们，我，我。
弓箭手	你是谁？你是谁？
波里实内勒	我，我，我，我，我。
弓箭手	别让我们等，报上姓名、报上姓名。
波里实内勒	我的名姓是："绞死你自己。"
弓箭手	这边，伙伴，这边。捉住这样回答我们的混蛋。

芭蕾舞进场

〔全体巡逻队过来，在夜晚搜寻波里实内勒。
〔小提琴家和舞蹈家。

波里实内勒	谁在那边？
	〔小提琴家和舞蹈家。
波里实内勒	谁是我听见的坏蛋？
	〔小提琴家与舞蹈家。
波里实内勒	哦？
	〔小提琴家与舞蹈家。
波里实内勒	喂，我的跟班，我的用人！

〔小提琴家与舞蹈家。

波里实内勒　混账!

〔小提琴家与舞蹈家。

波里实内勒　放肆!

〔小提琴家与舞蹈家。

波里实内勒　我把你们全摔到地上。

〔小提琴家与舞蹈家。

波里实内勒　香槟人、普瓦提埃人、皮卡尔狄人、巴司克人、布列塔尼人!①

〔小提琴家与舞蹈家。

波里实内勒　拿我的短筒枪给我。

〔小提琴家与舞蹈家。

波里实内勒② 噗!

〔他们统统躺下,逃走了。

波里实内勒　啊,啊,啊,啊,看我把他们吓得那副鬼样子! 我怕别人,他们怕我,活活一群傻包! 我的天! 活在世上,全凭斗智。我不冒充大贵人,不装作好汉,他们会把我活捉了去。啊,啊,啊。

弓箭手③　我们把他逮住啦。来呀,伙伴,来呀:快来呀,拿灯来。

---

① 全是他假想的仆从,用出生的地方当下人的名字喊,中国也流行,如同"来呀,山东人"。
② 口中做出放枪的声音。
③ 1675 年版,补加:"(弓箭手走近了,听见他说的话;他们揪住他的衣领。)"

芭蕾舞

〔全体巡逻队带着灯过来。

弓箭手　　啊，贼骨头！啊，捣蛋鬼！原来是你？下流、坏蛋、死鬼、大胆、厚脸皮、混账、不要脸、坏蛋、扒手、小偷。你敢吓唬我们，来这一套？

波里实内勒　　大老爷，那是因为我喝醉了酒。

弓箭手　　不行，不行，说什么也不行：非教训教训你不成。牢房、牢房，快关牢房。

波里实内勒　　大老爷，我决不是小偷。

弓箭手　　牢房。

波里实内勒　　我是城市的一位资产者。

弓箭手　　牢房。

波里实内勒　　我犯了什么法？

弓箭手　　牢房，快进牢房。

波里实内勒　　大老爷，放我走吧。

弓箭手　　不行。

波里实内勒　　我央求央求你们。

弓箭手　　不行。

波里实内勒　　哎！

弓箭手　　不行。

波里实内勒　　高高手。

弓箭手　　不行，不行。

波里实内勒　　大老爷。

弓箭手	不行，不行，不行。
波里实内勒	行行好。
弓箭手	不行，不行。
波里实内勒	发发慈悲。
弓箭手	不行，不行。
波里实内勒	看在上天分上！
弓箭手	不行，不行。
波里实内勒	可怜可怜！
弓箭手	不行，不行，说什么也不行： 非教训教训你不成。 牢房，牢房，快关牢房。
波里实内勒	哎！就没有办法，大老爷，能打动你们的心肠？
弓箭手	打动我们也容易， 我们比天底下什么人也心慈： 你只要掏出六个皮司陶送我们， 　　我们就放你。
波里实内勒	哎呀！大老爷，我身上连一个小钱也没有，我敢发誓。
弓箭手	没有六个皮司陶， 你就随便挑一样儿： 靠鼻子敲三十下子，要不就打十二棍子。
波里实内勒	要是非挑不可，非挨揍不可，我就挑指头敲。
弓箭手	行，你就准备鼻子吧，打几下，你数着吧。

芭 蕾 舞

〔弓箭手边舞蹈,边和着拍子,边弹他的鼻子。

波里实内勒　一、二、三、四、五、六、七、八、九、十、十一、十二、十四、十五。
弓箭手　　　啊,啊!你想跳,好,咱们从头敲。
波里实内勒　啊!大老爷,我可怜的头受不了啦,你们要把它敲成一只煮熟的苹果啦。我宁可挨棍子揍,也不要从头起再敲鼻子。
弓箭手　　　好!既然棍子对你的劲,我们让你称心。

芭 蕾 舞

〔弓箭手舞蹈,和着拍子,举起棍子打他。

波里实内勒　一下、两下、三下、四下、五下、六下,啊,啊,啊,我顶不住啦。好啦,大老爷,我还是送你们六个皮司陶吧。
弓箭手　　　啊!高贵的,美丽的灵魂!啊,正直人!再见,大人,再见,波里实内勒大人。
波里实内勒　大老爷,祝你们晚安。
弓箭手　　　再见,大人,再见,波里实内勒大人。
波里实内勒　为你们效劳。
弓箭手　　　再见,大人,再见,波里实内勒大人。

波里实内勒　非常谦恭的仆人。

弓箭手　再见,大人,再见,波里实内勒大人。

波里实内勒　改天奉陪。

芭 蕾 舞

〔他们统统跳舞,由于弄到了钱而喜悦。

第 二 幕

〔舞台换景,出现同一房间。

第 一 场

杜瓦内特,克莱昂特。

杜瓦内特 先生,你要什么?
克莱昂特 我要什么?
杜瓦内特 啊,啊,是你?真想不到!你来这里干什么?
克莱昂特 知道我的命运呀,同可爱的昂皆利克谈谈呀,领会领会她的心情呀,还有这件人家告诉我的致命的亲事,问问她的决心呀。
杜瓦内特 好,可是一下子像你这样就跟昂皆利克谈不了话,得有办法才成。人家不对你讲,家里把她管得严严的,不许她出门,不许她跟生人谈话,前次还不靠老姑妈好奇,我们才捞到自由去看那出喜剧,成全了你激情的产生;我们平时千小心、万小心,绝口不谈这次巧遇。
克莱昂特 所以我也不是作为克莱昂特,用她情人的名义来这里的;

	是作为她的音乐师的朋友来这里的,我得到这位音乐师的允许,替他来教歌唱。
杜瓦内特	她父亲来啦。你先闪开,让我告诉他,你在这儿。

第 二 场

阿尔冈,杜瓦内特,克莱昂特。

阿尔冈	皮尔贡先生告诉我,早晨在我的房内散步,来回走十二趟,可是我忘记了问他是直着走,还是横着走。
杜瓦内特	老爷,有一位……
阿尔冈	死鬼,嗓门要放低,你这么一来,搅乱了我的整个脑壳;你想都不想,跟病人讲话,就不该用这么大的嗓门。
杜瓦内特	老爷,我要告诉您……
阿尔冈	我告诉你,嗓门要放低。
杜瓦内特	老爷。……
	〔她装作说话的样子。
阿尔冈	哎?
杜瓦内特	我告诉您……
	〔她装作说话的样子。
阿尔冈	你在说什么?
杜瓦内特	(高声)我说,有一位先生想同您说话。
阿尔冈	叫他过来。
	〔杜瓦内特做手势,叫克莱昂特过来。
克莱昂特	先生……

杜瓦内特	（揶揄）嗓门别太大，小心扰乱老爷的脑子。
克莱昂特	先生，看见您站直了，气色好，我很高兴。
杜瓦内特	（假装生气）怎么他"气色好"？不对。老爷一直不好。
克莱昂特	我听说先生好些了，我发现他脸色好。
杜瓦内特	你说脸色好是什么意思？老爷的脸色可坏啦，对你讲他好些了的人就不识相。他从来还没有像现在这么坏过。
阿尔冈	她对。
杜瓦内特	他走路、睡觉、吃饭、喝水，全跟别人一样，可是这挡不住他病重。
阿尔冈	这是真的。
克莱昂特	先生，听了这话，我非常难过。我是教您小姐唱歌的先生派遣来的，他见自己不得不在乡下有几天耽搁，作为他的亲近朋友，他让我替他代课，害怕一中断，她会忘掉她已经学会的课程。
阿尔冈	很好。叫昂皆利克来。
杜瓦内特	我想，老爷，还是带先生到小姐的房间好。
阿尔冈	不，叫她来吧。
杜瓦内特	他们不单在一起的话，他教功课怕教不好。
阿尔冈	教得好，教得好。
杜瓦内特	老爷，那样一来，您可就要受罪啦：像您现在这副样子，一点点刺激也受不得，您的脑子要受震动的。
阿尔冈	不会的，不会的：我爱听音乐，我也高兴……啊！她来啦。你嘛，你去看看太太穿好了没有。

第 三 场

阿尔冈，昂皆利克，杜瓦内特。

阿尔冈	过来，我的女儿：你的音乐教师去了乡下，这里是他派来替他给你上课的一位先生。
昂皆利克	啊，天！
阿尔冈	什么事？有什么好吃惊的？
昂皆利克	那是……
阿尔冈	怎么？什么让你激动成了这个样子？
昂皆利克	那是因为，父亲，恰巧出了一件怪事。
阿尔冈	怎么？
昂皆利克	昨天晚晌我梦见，我遇到人世最大的危险，有一个人长相活活就跟先生一模一样，来在我身边，我求他救我，他从危难之中把我救了出来；所以来到这里，想不到看见我一整夜梦里的那个人，我才吃了那么一大惊。
克莱昂特	你睡着也好，醒着也好，只要能占住你的心，就不能说是不幸；假如你在什么危难之中，认为我配得上帮你一把，毫无疑问，我的幸福就不小，世上就没有我不能为……

第 四 场

杜瓦内特，克莱昂特，昂皆利克，阿尔冈。

杜瓦内特	（揶揄。）我的天，老爷，我现在可信服了你啦，昨天我说过的话就当我没有说。狄阿夫瓦吕斯老爷和狄阿夫瓦吕斯少爷拜望您来啦。您可把姑爷相着啦！您就要看见世界上最端正和最聪明的年轻人啦。他只跟我说了两句话，我就欢天喜地的啦，您的女儿也要入迷的。
阿尔冈	（向装出要走的克莱昂特。）先生，别就走。我在嫁女儿；她还没有见过她的未婚夫，现在他们把他带来了。
克莱昂特	先生，太赏我脸了，这样愉快的会面，也让我做见证人。
阿尔冈	他是一位能医的儿子，婚礼将在四天之内举行。
克莱昂特	很好。
阿尔冈	说给她的音乐教师知道，行礼的时候请他来。
克莱昂特	我一定做到。
阿尔冈	请你也来。
克莱昂特	您太赏我脸啦。
杜瓦内特	好啦，闪开吧，他们来啦。

第 五 场

狄阿夫瓦吕斯先生，陶马·狄阿夫瓦吕斯，阿尔冈，昂皆利克，克莱昂特，杜瓦内特。

阿尔冈	（手放在睡帽上，并不摘掉。）先生，皮尔贡先生禁止我不戴帽子。你是内行，你清楚后果的。
狄阿夫瓦吕斯	我们所有的拜访，都是为了帮病人好得快，不是给他们添麻烦来的。

阿尔冈　　　　先生，我招待……

〔他们两个人同时说话，互相打断和互相干扰。

狄阿夫瓦吕斯　先生，我们来府上……

阿尔冈　　　　我以最大的喜悦……

狄阿夫瓦吕斯　小儿陶马与敝人……

阿尔冈　　　　承蒙光临……

狄阿夫瓦吕斯　先生，向你表示……

阿尔冈　　　　鄙人未能……

狄阿夫瓦吕斯　我们喜悦……

阿尔冈　　　　亲赴贵府……

狄阿夫瓦吕斯　感谢先生的盛情……

阿尔冈　　　　敢向先生保证……

狄阿夫瓦吕斯　承蒙接见愚父子……

阿尔冈　　　　不过，先生知道……

狄阿夫瓦吕斯　先生，我们有幸……

阿尔冈　　　　一个病人……

狄阿夫瓦吕斯　和你联姻……

阿尔冈　　　　不能有所为力……

狄阿夫瓦吕斯　敢向先生保证……

阿尔冈　　　　仅能在舍下对你讲……

狄阿夫瓦吕斯　凡在我们的业务范围以内……

阿尔冈　　　　我将寻求一切机会……

狄阿夫瓦吕斯　以及凡力之所能及者……

阿尔冈　　　　先生，认识阁下……

狄阿夫瓦吕斯　先生，我们将时刻准备……

阿尔冈　　　　为先生效劳……

狄阿夫瓦吕斯　　该你表示我们的热衷啦。(他转向他的儿子，向他道。)过来，陶马，往前走。向先生致敬。

陶马·狄阿夫瓦吕斯　　(一个高个儿笨蛋，才从学校毕业，每做一件事，都笨手笨脚，不合时宜。)是不是先由父亲开始?

狄阿夫瓦吕斯　　是的。

陶马·狄阿夫瓦吕斯　　先生，你是我的再生之父，我向你致敬，我向你承认，我向你珍惜，我向你敬礼。对再生之父，我所欠的情分，远在初生之父之上。初生之父生育我；而你选择我。他接受我，由于必然；而你接受我，却发于慈心。我所得于他的，是一件属于身体的作品；而我所得于你的，却是一件意志的作品；精神特征高于肉体特征，高多少我就欠你多少，正因为我珍重这种未来的联系，我今天先向先生献上这万分卑微而又万分尊敬的敬意。

杜瓦内特　　学校万岁，出来这样聪明的学生!

陶马·狄阿夫瓦吕斯　　父亲，这很好吧?

狄阿夫瓦吕斯　　Optime。①

阿尔冈　　(向昂皆利克。)过来，向先生致敬。

陶马·狄阿夫瓦吕斯　　我接吻吗?

狄阿夫瓦吕斯　　是的，是的。

陶马·狄阿夫瓦吕斯　　(向昂皆利克。)夫人，上天以至公之道，赐夫人以继母之名，既然我……

阿尔冈　　你说话的不是我的太太，是我的女儿。

陶马·狄阿夫瓦吕斯　　她在什么地方?

阿尔冈　　她这就来。

---

① 拉丁文，意思是"很好"。

陶马·狄阿夫瓦吕斯　父亲，我等她来了再说?

狄阿夫瓦吕斯　你对小姐致词好了。

陶马·狄阿夫瓦吕斯　小姐，你就像梅木龙的石像①，阳光一照亮，就发出一种和谐的音响，同样是你美丽的太阳一出现，我就被一种柔情所感动。博物学家说有一种花，叫向日葵，不时在向白昼之星移动，正如在下的心，今而后，将永远围着你的可爱的眼睛的光耀的星宿移动，如同朝着它唯一的地极。所以，小姐，允许我今天献上这颗心，悬挂在你的魅力的神坛，这颗心不保存别的野心，不向往别的光荣，除非以其有生之日，充当小姐的万分卑微、万分服从与万分忠诚的仆人和丈夫。

杜瓦内特　（嘲笑他。）这才叫念书呐，学会说那么好听的词句。

阿尔冈　哎！你说怎么样?

克莱昂特　先生是个奇迹，假如他做医生跟做演说家一样好，做他的病人一定将是一种快乐。

杜瓦内特　当然。假如他治病能像他演说一样美，一定是一个了不起的人物。

阿尔冈　快拿我的椅子来，大家都请坐。你坐在那边，我的女儿。你看见的，先生，人人称赞你的少爷，你有这样一个儿子，我认为先生一定很愉快。

狄阿夫瓦吕斯　并非由于我是他的父亲，我才有理由对他表示满意，而是由于凡是看见他的人全这样夸他，说他是一个不顽皮捣蛋的孩子。他的想象从来不很活跃，我们从别人身上看到的

---

① 梅木龙 Memnon 是古代传说中的一位埃塞俄比亚王子，率军应援特洛伊 Troy，为希腊军所杀。据说，他是黎明女神的儿子，所以太阳出来，他的石雕像就发出音乐的声音。这个典故常被后人用来歌颂帝王。

才气他也没有；也正由于这一点，我一向就预言他有法官的判断能力、我们行医所需要的品德。在他幼小时期，他就从来不曾被人视为淘气、活泼。他一向是柔和、安静、缄默，不爱说话，也从来不玩所有那些小孩游戏，即所谓儿童娱乐者是。教他读书识字，人费尽了九牛二虎之力，九岁了，他还不认识字母。我对自己讲："好吧，晚生的树结最好的果子，大理石上刻字，当然要比沙子上难；可是刻上去的东西，留得更久，这缓慢的理解力，这种迟钝的想象力，是将来有好判断力的标记。"我送他上学，他觉得吃力，可是他顶住困难，坚持下来，他的班主任总对我夸奖他的勤奋和他的习作。总之，靠着死拼活拼，他终于光荣地得到了他的毕业证书；我可以不虚荣地说，两年以来，他坐在会议所的长板凳上，每逢我们学派举行任何辩论会，没有一个应试生像他那样更有声有色的了。他的样子才叫可怕，没有一次议案通过，他不论列激昂，发言反对的。他在辩论之中坚定自如，像一个土耳其的脚夫那样强壮有力，坚持他的原则，永不改口，议论滔滔，横扫逻辑的每一个角落。然而最后使我喜欢他的，是他以我为范，盲目坚持我们古人的意见，从来不肯了解也不肯听取本世纪所谓发明的理论和实验，关于血的循环①，以及其他谬论。

陶马·狄阿夫瓦吕斯 （他从他的口袋掏出一大卷论文，献给昂皆利

---

① 血液循环是美国医生哈尔外 William Harvey (1578—1657)的发现。他受到法国学院派的抵制，甚至以"江湖郎中"circulator 的双关语来称呼主张血液循环论者。1672年，尚有人写论文反对新兴的学说。1673年，路易十四在植物园设立讲座，新派才取得决定性胜利。莫里哀就在这一年写出了这出反对旧派医生的喜剧。

克。)我写了一篇论文，排击主张循环论者，在先生允许之下①，我斗胆献给小姐，作为我的精神的处女之作，聊表敬意。

昂皆利克　先生，这对我是一件无用之物，我不懂这类事情。

杜瓦内特②　给我，给我，上面的画总有用处，装潢一下我们的房间也好。

陶马·狄阿夫瓦吕斯　在先生再度允许之下③，我请你随便哪一天，作为娱乐，来观看解剖一个女人，我将发表我的观点。

杜瓦内特　娱乐一定开心。有的男人请他们的未婚妻看喜剧，自当比不上请看解剖，那要多情多了。

狄阿夫瓦吕斯　而且，就婚姻和繁殖所要求的品质来看，我可以告诉你们，按照我们医生的规则，他可以说是标准最高，他的多儿多女的程度相当大，他的气质也正适合生产和生殖婴儿取得优良的条件。

阿尔冈　先生，你没有意思让他到宫廷走走，为他谋一个学医职位？

狄阿夫瓦吕斯　实对你说了吧，我们在大人物身边行医，向来不合我的心意，我总认为，就我们而言，还是留在一般社会为宜。一般社会自有其便利之处。你不必为你的医道负责；只要你按照道行的医学规则看病，你就不用为任何后果负责。可是在大人物身边，苦恼就在，他们不病则已，一病就希望他们的医生要绝对把病治好。

杜瓦内特　这可真滑稽啦，他们太不识抬举，一定要你们医生把他们

---

① 1743年版，补加："(向阿尔冈致敬。)"
② 1743年版，补加："(接过论文。)"论文中有印制的图画。
③ 1743年版，补加："(再向阿尔冈致敬。)"

治好；你们不是为了这个才待在他们身边的；你们在那里也就是为了收费，给他们开药方；要治好病，如果可能的话，全看自己。

狄阿夫瓦吕斯 这话有道理。我们不得不按照形式来料理病人。

阿尔冈 （向克莱昂特。）您先生，让我女儿当着大家唱唱歌吧。

克莱昂特 先生，我在等您吩咐。为了娱乐大家，我有一个想法，和小姐唱一折新近写成的一出小歌剧。看吧，这是你的唱词。

昂皆利克 我？

克莱昂特 请你不要拒绝才好。让我向你解释一下我们要唱的那场戏。我的声音不适宜歌唱；不过，能让大家听懂，也就够了，务请大家善意谅解，我处在必须使小姐歌唱的地位。

阿尔冈 歌词美吗？

克莱昂特 就其本身而论，这是一个即兴小歌剧，你回头听到的，只是歌唱有节奏的散文，或者如同自由诗的体例，正如两个人的激情和困难迫使他们立即说出而且自己说起的话来那样。

阿尔冈 很好。我们听吧。

克莱昂特 （以一个牧羊人的名义，向他的情人解释他们相识以来的爱情，过后他们便用歌唱宣泄他们的思想。）这是这场戏的故事。一个牧羊人正在用心欣赏一场美丽的戏，戏才开始，他的注意被旁边的响声吸引过去。他转过身子，看见一个野小子说着不讲道理的浑话，欺负一个牧羊女郎。每一个男子应当尊重妇女，他当即狠狠教训了那野小子一顿，走到牧羊女郎跟前；他看见的是一个年轻姑娘，从他一向没有见过最美丽的眼睛，流出世上最美丽的眼泪。他对自己说："唉呀！这样一位可爱的姑娘，居然有人欺负？

什么样无人性的人、什么样的野蛮人,才能不被这样的眼泪所感动?"他觉得这些眼泪这样美,他努力让它们不流,同时可爱的牧羊女郎也深深感谢他的小小的照看,风度十分可爱,十分温存,十分热情,牧羊人不能抗拒了,每一个字、每一道视线,都像火热的箭,射在他的心里。他说:"有什么能配得上这些可爱的语言,这样一种感谢呢?还有什么人不肯效劳、不赴汤蹈火呢?还有什么人不高兴去奔波,为赢取这样一个女郎的感谢,哪怕是一刹那的动人的甜蜜之情呢?"整个一场戏过去了,也没有得到任何注意;可是他抱怨戏太短,因为戏一散,他和他所膜拜的牧羊女郎就要分手了;从这头一面、头一时起,他带回去的爱情就有好几年的最热烈的强度。他立即感到分别的种种痛苦;他为他不再看见那匆匆一面的女郎而苦恼。他尽力寻求再见的机会,他日日夜夜都保留着那次机会的亲爱的形象;可是牧羊女郎受到的严格管制使他无路可走。他的强烈的激情让他决心向可爱的美人求婚;没有她,他就活不下去;他想方设法,递给她一个条子,回信是答应他这样做。可是就在同时,人家提醒他,这个美人的父亲把她许给另一个人,婚礼眼看就要举行了。想想这可怜的牧羊人,心里受到多么残酷的打击!一种致命的痛苦如今把他沉沉地压倒。看着他所爱的女郎拥入别人的怀抱,他忍受不了这可怕的思想,他的爱情从绝望这里找到办法混入牧羊女郎的家,想弄清楚她的想法,也好从她这里知道他该怎么决定他的命运。他害怕在这里遇到的一切,他全遇到了;他看见了那不相称的情敌,父亲的任性拿他来反对他的绵绵的情意。他看见他神气十足,这可笑的情敌，靠近可爱的牧羊女郎，好像靠近他满载而归的战利品。他看在眼里，怒火万丈，不克自恃。他向他所膜拜的女郎投去痛苦的视线。但是对她的尊敬，有父亲的存在，使他不能说话，除去用眼睛表白以外。他最后破除所有的拘束，他的热狂的爱情迫使他这样唱道：

〔他唱：这太，太吃苦，

  美丽的费丽丝；

  打破这残忍的沉默，把你的想法告诉我。告诉我该做些什么：

  活下去，还是寻死？

昂皆利克	（用歌唱回答。）
	提尔席斯，你畏惧的，准备好了的婚礼，
	你看我对它也是一样的忧伤和愁苦：我举目望天，我看着你，我的叹气，这些都是我的言语。
阿尔冈	妙啊！想不到我女儿这样能干，打开本子就唱，也不迟疑。
克莱昂特	
	哎呀！美丽的费丽丝，
	难道多情的提尔席斯，真有福气，在你心里有位置？
昂皆利克	
	万分苦难，我没有力量拒绝你，是的，我爱你，我亲爱的提尔席斯。
克莱昂特	
	噢！话里充满了力气，唉！难道我没有听错，再说一遍吧，费丽丝，让我别再起疑心。
昂皆利克	
	是的，我爱你，提尔席斯。

克莱昂特　　请你再说一回，费丽丝。

昂皆利克　　我爱你。

克莱昂特　　你不要嫌累，再说上一百回。

昂皆利克　　我爱你，我爱你，是的，我爱你，提尔席斯。

克莱昂特　　神仙、帝王，高居于人民之上，

你们能拿你们的幸福和我相比？

可是费丽丝，一个思想搅乱这甜蜜的热狂：一个情敌，一个情敌……

昂皆利克　　啊！我恨他比死还恨，

对我和对你一样，他的存在是一种残酷的活罪。

克莱昂特　　可是父亲偏偏要你做成这个买卖。

昂皆利克　　宁可，宁可死，

我也决不承认，

宁可，宁可死，宁可死。

阿尔冈　　　父亲对这说什么了没有？

克莱昂特　　他什么也没有说。

阿尔冈　　　听他们这样胡闹，一言不发，这位父亲可真是一位胡涂父亲！

克莱昂特①　啊！我的爱情……

阿尔冈　　　不，不，够啦，这出喜剧是个极坏的范例。牧羊人提尔席斯是不识好歹，牧羊女郎是厚颜无耻，在父亲面前这样说话②。拿那张纸给我看。啊，啊。你们方才唱的词儿在哪儿？这上头怎么只有写的谱子？

---

① 1743 年版，补加："（想继续唱歌。）"

② 1743 年版，补加："（向昂皆利克。）"

克莱昂特	先生,您不知道新近有人发明用音符来写歌词?
阿尔冈	很好。我是你的仆人,先生;再见吧。没有你的不识好歹的歌剧,我们也过好日子。
克莱昂特	我以为在娱乐您。
阿尔冈	瞎胡闹的东西就不娱乐人。啊!我太太来啦。

第 六 场

贝利娜,阿尔冈,杜瓦内特,昂皆利克,狄阿夫瓦吕斯先生,陶马·狄阿夫瓦吕斯。

阿尔冈	我的心肝,这是狄阿夫瓦吕斯先生的少爷。
陶马·狄阿夫瓦吕斯	(开始他先前背熟的敬礼之词,但是记不住,说不下去了。)上天公道,赐您以继母名义,既然我从您的脸上看到……
贝利娜	我能及时来到,有荣幸见到你,十分高兴。
陶马·狄阿夫瓦吕斯	既然我从你的脸上看到……既然我从您的脸上看到……夫人,您在我的句子中间打断我,弄乱了我的记忆力。
狄阿夫瓦吕斯	陶马,把这留到下一次讲。
阿尔冈	我的肉肉,我直盼望你方才在这里。
杜瓦内特	啊!太太,你可错过了机会,没有听到再生之父梅木龙的石像叫向日葵的花。
阿尔冈	好啦,女儿,握先生的手,作为你的丈夫,你向他表示忠心。

昂皆利克　我的父亲。

阿尔冈　好啊！"我的父亲"？这是什么意思？

昂皆利克　请您先别这么快马加鞭。至少也得给我们时间，让我们彼此熟识，产生互相爱慕之心，因为只有这样，才能构成完美的姻缘。

陶马·狄阿夫瓦吕斯　至于我，小姐，我已经有了爱慕之心，用不着再等下去。

昂皆利克　先生，你快，我可快不了，实对你说，你的才能还没有在我心里留下印象哩。

阿尔冈　噢，好啦，好啦！等你们成亲以后，有的是时间来什么印象的。

昂皆利克　哎！我的父亲，给我时间，我求您啦。婚姻是一条链子，千万别逼人把自己套进去。假如先生是一位正人君子，他就决不肯接受一个人，靠压制才隶属自己。

陶马·狄阿夫瓦吕斯　Nego Consequentiam①，小姐，我可以是正人君子，同时也肯从令尊大人的手中接受你。

昂皆利克　用暴力使人来相爱，是一个坏办法。

陶马·狄阿夫瓦吕斯　小姐，我们读古书，书上讲：他们的习俗是把姑娘们从女家抢过来成亲，想见她们落入一个男人的怀抱，并非出自她们的同意。

昂皆利克　先生，古人是古人，我们都是现代人。我们的世纪用不着虚伪；我们喜欢一门亲事，不用人拉，就会自愿前去的。你就忍耐一下吧：假如你爱我，先生，你一定乐于做我要你做的事情。

---

① 拉丁文，意思是："我否认结论"。

| 陶马·狄阿夫瓦吕斯 | 是的,小姐,直到我的爱情的利益全部归我所有。 |

| 昂皆利克 | 不过爱情最大的标记,是顺从所爱的女子的意愿。 |

| 陶马·狄阿夫瓦吕斯 | Distinguo①,小姐,这不关系到占有她,Concedo②,可是,说到关系,nego③。 |

| 杜瓦内特 | 你白费口舌,你理论不过先生,人家是学校的新毕业生,永远要把你比输了的。你做什么不答应,拒绝跟医学院联亲的光荣? |

| 贝利娜 | 她也许心里有了人。 |

| 昂皆利克 | 倘使我有,继母,那一定是理性和道德所允许于我的。 |

| 阿尔冈 | 好啊!我现在扮了一个什么滑稽角色。 |

| 贝利娜 | 我要是你呀,我的宝贝,我才不逼她出嫁呐,我晓得我该怎么做。 |

| 昂皆利克 | 继母,我知道您想说什么,你待我的一片心真是太好啦;可是也许您的主张就没有运气实现得了。 |

| 贝利娜 | 那是由于像你这样听话和规矩的女儿,都不肯把服从和依顺父亲的意愿搁在心上。 |

| 昂皆利克 | 继母,一个女儿的孝心也有限,理性和法律并不把形形色色的事情都一把垄断。 |

| 贝利娜 | 这就是说,你一心扑在婚姻上,可是要由着你的性子挑男人。 |

| 昂皆利克 | 假如父亲不肯给我一个我喜爱的丈夫,我哀求他至少也不要逼我嫁一个我不能相爱的丈夫。 |

---

① 拉丁文,意思是:"我有区别"。
② 拉丁文,意思是:"我承认"。
③ 拉丁文,意思是:"我否认"。

阿尔冈	先生们,我请你们原谅这一切。
昂皆利克	各人结婚有各人的目的。拿我来说,要一个丈夫只为了真心爱他。正因为我要跟他过活一辈子,我承认我必须加意小心。世上有的是女人,嫁丈夫只为不受她们父母的约束,想维持做事方便的权利。继母,世上还有一种女人,把婚姻看成一种纯粹有利的交易,嫁人只为赚一笔遗产,为了发财希望男人早死,昧着良心,一个男人一个男人嫁,好席卷她们的战利品。这一类女人呀,说实话,就不关心什么方式不方式,连对方看也不看一眼。
贝利娜	我觉得你今天就议论个没完没了,我倒想知道,你说这话是什么意思。
昂皆利克	我呀,继母,我说这话有什么意思?
贝利娜	好小姐,你太胡闹啦,谁也受不了你这一套。
昂皆利克	继母,您想逼我回敬你几句不识体统的话呀,可是我把话扯明了吧,这份便宜您得不到。
贝利娜	你简直无理到了头啦。
昂皆利克	不,继母,您是白费口舌。
贝利娜	你那副滑稽的骄傲样子、那种目无尊长的自命不凡的样子,人人看了好笑。
昂皆利克	继母,您这些话,完全没有用。随您说什么,我反正有分寸。为了取消您得到成功的希望起见,我从您的眼面前走开。
阿尔冈[①]	听着,事情没有折衷的余地:四天之内挑选一个丈夫,

---

① 1734年版,补加:"(向走出的昂皆利克。)"

	不是先生，就进修道院①。你千万别难过，我会叫她改的。
贝利娜	我的宝贝，离开你我难受，可是我城里有事，不去还不成。我去去就回来。
阿尔冈	去吧，我的心肝，顺路看一下你的公证人，催他快点把事办好，那你知道。
贝利娜	再见，我的小宝贝。
阿尔冈	再见，我的心肝②。我这个女人真爱我，……这简直意想不到。
狄阿夫瓦吕斯	先生，我们向你告辞。
阿尔冈	先生，请你看一下我的情形怎么样。
狄阿夫瓦吕斯	（给他按脉。）来，陶马，按按先生的另一只胳膊，看看你对先生的脉搏的判断正确不正确。Quid dicis③?
陶马·狄阿夫瓦吕斯	Pico④，先生的脉搏是一位身体不很好的人的脉搏。
狄阿夫瓦吕斯	对。
陶马·狄阿夫瓦吕斯	不说强烈，也有点坚强。
狄阿夫瓦吕斯	很好。
陶马·狄阿夫瓦吕斯	有冲力。
狄阿夫瓦吕斯	Bene⑤。
陶马·狄阿夫瓦吕斯	甚至还有点跳跃。

---

① 1734年版，补加："（向贝利娜。）"
② 贝利娜下场。
③ 拉丁文，意思是："你说"。
④ 拉丁文，意思是："我说"。
⑤ 拉丁文，意思是："好"。

狄阿夫瓦吕斯　　Optime①。

陶马·狄阿夫瓦吕斯　　这表示腺性器官失调，就是脾脏失调。

狄阿夫瓦吕斯　　很好。

阿尔冈　　不对：皮尔贡先生说，是我的肝脏有病。

狄阿夫瓦吕斯　　哎！是的；说腺性，两种就都包括进来了，因为二者全有密切的同一性能，由于 Vas breve dn pylore②，往往还有 mests cholidoques③。不用说，他的处方是让你吃大量烤肉。

阿尔冈　　不是，也就是炖肉。

狄阿夫瓦吕斯　　哎：是的，烤肉，炖肉，全一样。他给你开的处方十分小心，你遇到的医生数他高明。

阿尔冈　　先生，一只鸡蛋里应当放几颗盐？

狄阿夫瓦吕斯　　六颗、八颗、十颗，用双数；只有吃丸药，才能用单数。

阿尔冈　　先生，下次见吧。

第 七 场

贝利娜，阿尔冈。

贝利娜　　出门之前，我的宝贝，我告诉你一件怪事，你可得当心才

---

① 见前，"很好"。
② 前两字为拉丁文，意思是："短血管"，在胃的底部；后两字是法文，意思是："胃的幽门"。合起来是"胃的幽门短血管"。
③ 医学名词，意思是："输送胆汁的管道"。

	是。我方才走过昂皆利克的房间,看见一个年轻的男人跟她在一起,他一看见我,马上就逃掉了。
阿尔冈	一个年轻的男人跟我女儿在一起?
贝利娜	是的。你的小女儿跟他们在一起,她会有新闻告诉你的。
阿尔冈	叫她过来,我的肉肉,叫她过来①,啊!不要脸的东西!她反对婚事的缘故我明白了。

第 八 场

路易松,阿尔冈。

路易松	我的爸爸,你找我有什么事?我的后妈告诉我,你找我。
阿尔冈	是呀,过来,到前头来。转过身子,抬起眼睛,看着我。哎!
路易松	爸爸,怎么的啦?
阿尔冈	好啊。
路易松	怎么的啦?
阿尔冈	你没话对我讲?
路易松	给你解闷儿,你愿意听的话,我就对你讲《驴皮》的故

---

① 1734年版,补加:"(一个人。)"

	事①，要不就讲《乌鸦和狐狸》的寓言②，前不久人教我的。
阿尔冈	我不是问这个。
路易松	到底问什么？
阿尔冈	啊！小滑头，你清楚我要问什么。
路易松	我的爸爸，我真不清楚。
阿尔冈	你这就叫听话？
路易松	你要问什么呀？

---

① 《驴皮》的故事在民间已经盛行了，后来到了 1696 年，才由佩娄 Charles Perrault(1628—1703)写成诗体，收入他的童话集中。其实，早在 1651 年，司卡隆 Scarron 在他的《演员传奇》Roman cornique 中就说起了。一位公主拒绝父王的非礼要求，三番四次用珍贵的物品来难他的父王，最后一次是一只神驴的皮。她逃到猪棚，遇见一位王子，便结婚了。

② 《乌鸦和狐狸》的寓言是莫里哀的好友拉·封丹根据伊索寓言重写的一个寓言，1668 年问世，见于《寓言集》卷一之二：

"乌鸦大爷站在树上，
嘴里噙着一块干酪。
味道吸住了狐狸大爷，
对它说着下面的话：
'哎呀！日安，乌鸦先生，
'你真漂亮！我看你真美！
　'不打谎语，你的嗓音
'如果能有你的羽毛这样美，
你就是林里客人当中的凤凰。'
乌鸦听了并不喜在心头，
为了表示他的嗓音好听，
他张开大嘴，吃食落到地上，
狐狸抢过来就吃，说：'我的好先生，
　'记住：任何马屁精
　'都靠爱听的人生活，
'毫无疑问，这个教训就值一块干酪。'
乌鸦又气又羞，
但是迟了，即使不想再来上当。"

阿尔冈	我没有吩咐过你，一看见什么，就马上对我全讲吗？
路易松	吩咐过。
阿尔冈	你做到了啦？
路易松	做啦，我的爸爸。我看见什么，就对你全讲。
阿尔冈	今天你就什么也没看见？
路易松	没，爸爸。
阿尔冈	没有？
路易松	没，爸爸。
阿尔冈	当真没有？
路易松	当真没。
阿尔冈	好吧！我拿点东西给你看，我。
	〔他去拿家法。①
路易松	啊！爸爸。
阿尔冈	啊，啊！小鬼头，你不对我讲，你在姐姐房里见到一个男人？
路易松②	爸爸。
阿尔冈③	你敢撒谎，我要教训教训你。
路易松	（下跪。）啊，爸爸，你饶了我吧。那是因为姐姐对我说，别对你讲；不过，我全对你讲。
阿尔冈	为了你撒谎，先得挨一顿打。过后我们再看好了。
路易松	饶了我，爸爸。
阿尔冈	不饶，不饶。
路易松	我的好爸爸，你别打我。

---

① 家法是一捆有弹性的又短又细的棍子，打人用的。
② 1734年版，补加："（哭。）"
③ 1734年版，补加："（揪住路易松的胳膊。）"

阿尔冈	要打你。
路易松	看上帝分上！爸爸，就别打我了吧。
阿尔冈	（揪住她，要打她。）非打不可，非打不可。
路易松	啊！爸爸，你打坏我啦。看：我死啦。

〔她装死人。

阿尔冈	喂！怎么的啦？路易松，路易松。啊，我的上帝！路易松。啊！我的闺女！啊，倒楣了，我可怜的女儿死啦。我在干什么呀，混账东西？啊！狗家法。瘟死这些家法！啊！我的好女儿、我的好小路易松。
路易松	得，得，爸爸，别哭得那么伤心，我还没有死。
阿尔冈	你们看这个小滑头；噢，好，好；我饶你这一遭，可你得全说给我听。
路易松	噢；全说，爸爸。
阿尔冈	你可千万要当心呀，因为这里有一个小指头，什么全知道，你撒谎没有，会说给我听的。
路易松	不过，爸爸，你可别告诉姐姐，是我对你说的。
阿尔冈	不说，不说。
路易松	那是，爸爸，我在姐姐屋里，屋里来了一个男人。
阿尔冈	怎么样？
路易松	我问他要干什么，他对我讲，他是她的唱歌老师。
阿尔冈	哼，哼。好看的来啦。怎么样？
路易松	姐姐后来就来啦。
阿尔冈	怎么样？
路易松	她就对他讲："出去，出去，出去，我的上帝；出去，你让我绝望。"
阿尔冈	怎么样？

路易松	他呀,他不肯出去。
阿尔冈	他对她讲什么来的?
路易松	他对她讲了我不知道有多少话。
阿尔冈	还怎么样?
路易松	他对她讲这、讲那。什么他顶爱她喽,她是世上顶美的人喽。
阿尔冈	后来呢?
路易松	后来呀,他就跪在她前头。
阿尔冈	后来呢?
路易松	后来呀,他亲她的手。
阿尔冈	后来呢?
路易松	后来呀,后妈来到门口,他就逃了。
阿尔冈	没别的啦?
路易松	没,爸爸。
阿尔冈	可是我的小手指头偏偏有话怪罪。(他把手指放在耳边。)听。哎!啊,啊!是吗?噢,噢!我的小手指对我讲,有些事你看见了,你没有对我讲。
路易松	啊!爸爸,你的小手指在撒谎。
阿尔冈	当心哟。
路易松	不,爸爸,别相信它,我向你担保它撒谎。
阿尔冈	噢,好吧,好吧!过后看吧。去吧,可千万处处要当心呀:去吧。①啊!小孩子全不对头啦。啊!多少麻烦,我连光想着我的病的空闲都没有。说实话,我支持不住啦。

---

① 1734 年版,补加:"(一个人。)"

〔他坐在他的大椅子里面。

第 九 场

贝拉耳德,阿尔冈。

贝拉耳德	好啊!哥哥,怎么啦?你这一向可好?
阿尔冈	啊!兄弟,坏极啦。
贝拉耳德	怎么,坏极啦?
阿尔冈	是呀,我软弱得不得了,说起来谁也想不到。
贝拉耳德	真糟。
阿尔冈	我连说话的气力都没有。
贝拉耳德	我呀,哥哥,是为我的侄女昂皆利克提亲来的。
阿尔冈	(说话激动,从椅子上站起。)兄弟,别跟我讲起这个臭东西。她是一个女流氓、一个不识好歹的货、一个无耻之尤,我要把她送进修道院,两天以内。
贝拉耳德	啊!这下子我就放心啦,我高兴你又有了点儿力气,总算我没有白来看你。好吧,事情我们回头再谈。我碰见了一群爱玩爱闹的人,带来给你消遣,帮你解解闷,恢复恢复心境,就有兴致谈我们的事了。他们是些埃及人,打扮成摩尔人,又跳舞,又唱歌,我相信你一定会喜欢的,它抵得过皮尔贡先生的一副药。看来吧。

第二插曲

　　以为自己有病的人的兄弟为了娱乐他，带来几位埃及男女，摩尔人①打扮，载歌载舞。

第一摩尔女人

　　　　　　赶着你正年轻，
　　　　　　利用一下春天，
　　　　　　你可爱的青年；
　　　　　　利用一下春天，
　　　　　　赶着你正年轻，
　　　　　　把你交给爱情。

　　　　　　若不是爱情烧人心，
　　　　　　这些最迷人的欢乐，
　　　　　　就满足不了一个人，
　　　　　　强大的魅力也变得软弱。

　　　　　　赶着你正年轻，

---

① 摩尔人 maures 是非洲北部一带的民族，后来延伸到西班牙南部，信奉伊斯兰教。

利用一下春天,

你可爱的青年;

利用一下春天,

赶着你正年轻,

把你交给爱情。

这些宝贵的岁月要知道珍惜:

美丽变粪土,

时间留不住,

转眼就冷酷,

春天一移步,

我们就不爱好甜蜜的游戏。

赶着你正年轻,

利用一下春天,

你可爱的青年;

利用一下春天,

赶着你正年轻,

把你交给爱情。

第二个摩尔女人

人家催我们相爱,

　你在想什么?

我们正当年轻,

　关心只有一个,

这个呀还是相爱,

　爱情的魅力,

　　　　　对我们那样甜蜜，
　　　　　　一箭射过来，
　　　　　　即令不算快，
　　　　　　我们也溃败：
　　　　　可是我们听人说，
　　　　　　痛苦长在，
　　　　　　眼泪长流，
　　　　　　苦恼在喉，
　　　　　两情就算相投，
　　　　　　我们胆怯。

第三个摩尔女人

　　　　　我们正当年轻
　　　　　　和个情人，
　　　　　　相好无间，
　　　　　两下里心心相印：
　　　　　万一他三心二意，
　　　　　嗐！烦恼无比！

第四个摩尔女人

　　　　　万一情人舍弃，
　　　　　也算不了倒楣，
　　　　　不忿恨，不痛苦，
　　　　　因为三心二意，
　　　　　护着我们的心。

第二个摩尔女人

　　　　　我们这些年轻人
　　　　　　做什么主张？

第四个摩尔女人
> 难道它又凶又狠,
> 　我们也投降?

全　体
> 是呀,我们要依顺它的热情、
> 它的激昂、它的任性,
> 它的甜蜜的懒腔;
> 万一它的刑罚不同寻常,
> 却也有千百样乐趣,
> 迷惑心肠。

芭蕾舞进场

〔全体摩尔人舞蹈,他们带来了一些猴子,也在一起蹦跳。

第 三 幕

第 一 场

贝拉耳德，阿尔冈，杜瓦内特。

贝拉耳德	好啦！哥哥，你说怎么样？这比得过用一回旃那吧
杜瓦内特	哼，见效的旃那才是好旃那。
贝拉耳德	噢！说吧，你愿意不愿意我们在一起谈谈话？
阿尔冈	兄弟，等一下①，我去去就来。
杜瓦内特	看，老爷，你也不想想，没有手杖，你就走不了路。
阿尔冈	这话你说对了。

第 二 场

贝拉耳德，杜瓦内特。

杜瓦内特　　您侄女的事，您可不能不管。

---

① 皮尔贡医生用泻药的结果，如第一幕第三场。

贝拉耳德　　我尽力量来让她满意。

杜瓦内特　　他脑子里就是这门荒唐亲事,说什么也得打消,前些时我自己还在想,找一个合我们意的医生,来抵消皮尔贡先生,让他讨厌他,反对他的药方子。不过,我们身边没有这么一个人,我就打定主意亲自来放这一炮。

贝拉耳德　　怎么样?

杜瓦内特　　这是一个滑稽想法。不合理,可是也许能成功。由着我来吧;您那边也多活动活动。我们的人来啦。

第 三 场

贝拉耳德,阿尔冈。

贝拉耳德　　哥哥,我们谈话中间,我请你千万别激动才是。

阿尔冈　　我不激动就是了。

贝拉耳德　　我跟你谈的一些事,回答归回答,你可生气不得。

阿尔冈　　对。

贝拉耳德　　我们在一起议论,就事论事,可一定要心平气和。

阿尔冈　　我的上帝!就这么着。这篇开场白够味儿。

贝拉耳德　　哥哥,你有产有业,不算顶小的一个,孩子也就是两个女儿,我说,有什么理由,你说要把她送进一家修道院,这到底为了什么?

阿尔冈　　要什么理由,兄弟,我是一家之长,我认为对,我就做,不是吗?

贝拉耳德　　嫂子不见得不劝你这样打发掉你的两个女儿,我相信,她

	喜欢看她们两个成为善良的女修士，是出于一种慈悲心情。
阿尔冈	对啦！这下子你说到点子上啦。说起她们来，马上就把可怜的女人卷进去，坏事统统是她干的，人人恨她。
贝拉耳德	我可不那么说，哥哥，我们就撇下她不谈了吧：嫂子这人，对你们家真是再好没有，一点不留私心，待你万分有情有义，待你的孩子们感情又重，心又慈，人就想不出来有多好，这是千真万确，不言自明。我们用不着谈她啦，还是谈谈你的女儿吧。是什么思想，哥哥，你想把她嫁给一个医生的儿子吗？
阿尔冈	兄弟，我的思想是给我找一个需要的女婿。
贝拉耳德	哥哥，这关系不到你女儿，现在有一家对她更合适。
阿尔冈	对，可是那家人，兄弟，对我更合适。
贝拉耳德	可是，哥哥，她嫁是为她，还是为你？
阿尔冈	兄弟，也该为她，也该为我，我要给我家里增添我需要的人。
贝拉耳德	根据这种理由，等你的小女儿长大了，你该让她嫁一个药剂师了。
阿尔冈	凭什么不？
贝拉耳德	你真就老迷着你那些药剂师跟你那些医生，不顾人和自然，一心要当病人？
阿尔冈	兄弟，你这话是什么意思？
贝拉耳德	我的意思嘛，哥哥，我还没见过人像你那样不爱生病的，我要的体质也没有比你再好的。一个了不起的标记是，你的气色好，你有一个完全结实的身子，你千保重万保重，居然还没有祸害你的健康的气质，你服了各式各样的药，

	居然还没有死掉。
阿尔冈	可是你知道不知道,兄弟,正是靠了这些药,我才活下来的?皮尔贡先生说,只要三天他不当心我,我就会完蛋的。
贝拉耳德	你要是不在意呀,他当心来当心去,要把你当心到阴曹地府的。
阿尔冈	可是,兄弟,我们理论理论看。你是一点也不相信医学的了?
贝拉耳德	不相信,哥哥,为了解救它,我看不出有必要相信这个。
阿尔冈	什么?一件人人承认的真正事业,受到每一世纪的尊重,你都不认账?
贝拉耳德	不仅不承认它的真正性,我觉得我们不妨讲,还是人类干出来的最大的谬举之一;就哲学观点来看,我看没有比这更滑稽的欺骗;一个人自命不凡,想把另一个人治好,我看没有比这再可笑的了。
阿尔冈	你为什么不愿意,兄弟,一个人能治好另一个人?
贝拉耳德	理由就是,哥哥,我们这架机器的发条还是些秘密,直到今天,人们就什么也没有看出来,自然在我们的眼前放下一些太厚的面幕,我们就无法认识后边的东西。
阿尔冈	依你看,医生全一无所知?
贝拉耳德	是的,哥哥。他们知道大部分了不起的好的人文科学,能说漂亮的拉丁话,会用希腊文列举种种疾病的名称,加以形容,加以分类;可是,就治疗而言,他们简直是愚昧无知。
阿尔冈	不过总有一点你得同意:关于这件事,医生比平常人知道得多。

贝拉耳德	哥哥，他们知道的也就是我说给你听的，治不了什么病；他们行医的本领只是一种浮夸的怪话，一种似是而非的老生常谈，你要道理，他们给你字句，你要实效，他们许你诺言。
阿尔冈	可是，兄弟，说到临了，世上有的是人，跟你一样聪明、一样能干；我们亲眼看见，遇见疾病，人人向医生求救。
贝拉耳德	这是人类弱点的标志，并不表示他们行医有真理。
阿尔冈	可是医生一定相信他们在真正行医，因为他们自己也在医治自己。
贝拉耳德	这是因为他们中间有些人，自己就是夜间的谬论，从而加以利用，另外有些人利用这种谬论，却不是谬论。你的皮尔贡先生，举例来看，就不了然个中的差异：他是一个医生的医生，从头到脚都是医生；这位先生相信自己的规则，比任何数学公式都厉害，谁想加以审查，谁就是犯罪；他丝毫看不见医学有不懂、可疑、为难之处，于是以一种剧烈的偏见、一种固执的信心、一种粗暴的常识与理论，专心致志于洗肠和放血，此外概不考虑，他所能为你做的，也没有必要埋怨，他有世上最好的心肠，为你治病，送你上路，他害死你，正如害死他的妻室和他的儿女一样，需要的时候，他也将一样治死自己。
阿尔冈	那是因为，兄弟，你打出奶牙起就讨厌他。不过，还是回到本题来谈吧。依你看，人病了该怎么着？
贝拉耳德	哥哥，一无所为。
阿尔冈	一无所为？
贝拉耳德	一无所为。有了病，只要安心休养就得。自然一乱了套，

	我们就听之任之，自然就从本身慢慢恢复过来。坏事的是我们杞人忧天，急躁不安，人死不是由于生病，而是由于医治。
阿尔冈	可是，兄弟，有些事物可以帮助那种自然，这你该同意了吧。
贝拉耳德	我的上帝！哥哥，这些事物是空洞的观念，我们就爱拿它们来满足自己；在任何时期，都有美好的虚构之物溜到人的意识领域，我们相信它们，因为它们奉承我们，我们就满腔希望它们是真理。一个医生告诉你，他能帮助、援救、接济自然，去掉伤害它的东西，给它缺少的东西，使它重新获得它的运用自如的机能，于是同你说起他能纠正血、缓和内脏与头脑、放出脾气、修理胸肺、恢复肝功能、巩固心机能、整顿并保持自然的热量，并有延长寿命的秘方：他告诉你的正是医学传奇，可是你回到真理与经验之后，你所遇到的全不是这些东西，就像那些美好的梦，你醒过来以后，给你留下的只有曾经相信它们的不快之感。
阿尔冈	这就是说，世上的学问都装在你的脑壳里头，你以为你比本世纪的全体大医生都知道得多。
贝拉耳德	一类是说，一类是做，你的大医生就是这两类。听他们说话，世上最聪明的人；看他们做，天下最无知的人。
阿尔冈	妙啊！依我看，你是一位大医生喽，我倒希望眼前来几位先生，推翻你的言论，压倒你的嘶叫。
贝拉耳德	我嘛，哥哥，我可一点也不想攻击医学；人爱相信什么，就相信什么，出乱子，不走运，只能怪罪自己。我那些话也只是在你我之间谈谈而已，我还真盼望自己能有那种本

事，把你从错误之中拉出来，并且为了娱乐你，关于这个问题，带你去看一两出莫里哀的喜剧。

阿尔冈 你的莫里哀和他的喜剧呀，是一片胡言乱语；他取笑医生那样的正人君子，我认为他自己才十分可笑。

贝拉耳德 他取笑的不是医生，而是可笑的医学。

阿尔冈 他管的哪家子闲事，要他插手医学，活活一个蠢才，活活一个不识抬举的东西，拿诊断和药方子寻开心，对医生进行人身攻击，把这些可敬的先生们摆在台子上耍把。

贝拉耳德 不演人类的各行各业，你倒要他演什么？公侯和帝王天天在台子上露面，他们的家世和医生一样好。

阿尔冈 活见他妈的鬼！我要是医生呀，我会报复他的胡言乱语的；他生了病，我由着他死，就是不救。他白急，白央求，我偏不给他放一滴血、灌一次肠，还要告诉他："死吧，死吧！看你下次还取笑不取笑医学院。"

贝拉耳德 你可真生了他的大气。

阿尔冈 可不，这是一个信口胡扯的人，医生要是懂事呀，就会按着我的话做。

贝拉耳德 他比你的医生更懂事，因为他就不要他们给他治病。

阿尔冈 他不肯用药呀，活该他遭殃。

贝拉耳德 他不肯用药，有他的道理；他主张，身子强壮结实的人可以用药，他们有多余的力量用药治病；可是，说到他呀，他那点子力量也就只够他害病。

阿尔冈 什么理由，简直是胡涂思想！够啦，兄弟，别再谈这个家伙啦，因为这刺激肝火，你要让我生病的。

贝拉耳德 哥哥，我也很愿意，换一个题目吧，我要对你讲的，是你有一点厌恶你的女儿，可也不能单单为了这个，就打定主意把她送进修道院呀；至于挑选女婿嘛，也不好就盲目地照着你的激情办；关于这件事，还是将就一下女儿的心思才好，因为这关系到她一辈子，婚姻幸福不幸福全靠这个。

第 四 场

福勒朗先生（拿着一个灌肠器），阿尔冈，贝拉耳德。

阿尔冈　　啊！兄弟，对不住，失陪。

贝拉耳德　怎么？你想做什么？

阿尔冈　　洗一下肠子；用不了多久。

贝拉耳德　你在拿自己开心。难道你就不能一时不洗肠，不用药？下一次再用吧，先安养一下再说。

阿尔冈　　福勒朗先生，今天黄昏，要不就明天早晌。

福勒朗　　（向贝拉耳德。）你凭什么理由横插进来，反对医学治疗，阻挠先生用我的洗肠剂？哪儿来的这种胆子，真是胡闹！

贝拉耳德　得啦，先生，人家一看，你没有养成同人说话的习惯。

福勒朗　　你就不该这样拿药开心，浪费我的时间。我来这里，有一个可靠的药方，我这就去告诉皮尔贡先生，有人阻挠我执行他的吩咐，履行我的职责。你看好了，你看好了……①

---

①　福勒朗先生下。1734 年版，在这里另分一场。

阿尔冈　　　　兄弟，你要在这里给我闯祸。

贝拉耳德　　大祸临头，也不过就是不照皮尔贡先生指示洗一次肠子。哥哥，再问一句，真就没有法子治好你的医生病？你就甘心一辈子埋在他们的医药之中？

阿尔冈　　　我的上帝！兄弟，你说这话，因为你是一个身体健康的人；可是，你是我的话，你就要改口啦。人在健康的时候，反对医学，当然容易。

贝拉耳德　　可你有什么病呀？

阿尔冈　　　你要把我气死。我真恨不得你害我的病，看你还瞎扯蛋不扯蛋。啊！皮尔贡先生来啦。

第 五 场

皮尔贡先生，阿尔冈，贝拉耳德，杜瓦内特。

皮尔贡　　　我方才在那边、在大门口听见一些有趣的新闻：这儿有人看不起我的方子，拒绝用我开的药。

阿尔冈　　　先生，那可不是……

皮尔贡　　　简直是胆大包天，病人居然反抗他的医生。

杜瓦内特　　真可怕。

皮尔贡　　　我高高兴兴亲自配出来的洗肠剂。

阿尔冈　　　那可不是我……

皮尔贡　　　按照全部行医规则创造和组成的。

杜瓦内特　　他可真不该啊。

皮尔贡　　　应当在内脏起一种神异的效果。

阿尔冈	兄弟,看你?
皮尔贡	看不上眼,把它退了!
阿尔冈	那是他……
皮尔贡	这是一种过分的行动。
杜瓦内特	的确是。
皮尔贡	目无医学院,罪当万死。
杜瓦内特	言之有理。
皮尔贡	我宣布,我同你断绝来往。
阿尔冈	那是我兄弟……
皮尔贡	我不要再跟你走亲。
杜瓦内特	就该这么做。
皮尔贡	为了结束和你的一切关系,这里是我为了亲事给我外甥立的财产移转证明书。①②
阿尔冈	都是我兄弟惹的祸。
皮尔贡	蔑视我的洗肠剂!
阿尔冈	叫它来吧,我这就用。
皮尔贡	眼看用不了多久就治好你的病。
杜瓦内特	他就不配。
皮尔贡	眼看我就要洗干净你的身子,把浊气完全除清。
阿尔冈	啊,兄弟!
皮尔贡	我原想再用十一二剂药把肚肠打扫干净。
杜瓦内特	他就不值得你料理。
皮尔贡	可是,既然你不要经我的手把你治好……

---

① 1734年版,补加:"(他撕掉证明书,怒火重重,扔掉碎片。)"
② 杜瓦内特下。1734年版在这里另分一场。

阿尔冈	这不是我错。
皮尔贡	既然你自作主张,不听医生的指示……
杜瓦内特	这要求报复。
皮尔贡	既然你宣告反抗我给你开的药……
阿尔冈	嗐!绝不是这样的。
皮尔贡	我就非告诉你不可,我放弃你,让你的恶劣的体质、失常的内脏、腐败的血液、旺盛的肝火跟混浊的毒气来收拾你。
杜瓦内特	就该这样做。
阿尔冈	我的上帝!
皮尔贡	我要你在四天之内,就变成不治之症。
阿尔冈	啊,行行好吧!
皮尔贡	你就消化减低……
阿尔冈	皮尔贡先生。
皮尔贡	从消化减低,再消化无力……
阿尔冈	皮尔贡先生。
皮尔贡	从消化无力,再消化停滞……
阿尔冈	皮尔贡先生。
皮尔贡	从消化停滞,再消化关闭……
阿尔冈	皮尔贡先生。
皮尔贡	从消化关闭,再害痢疾……
阿尔冈	皮尔贡先生。
皮尔贡	从痢疾,再害水肿之疾……
阿尔冈	皮尔贡先生。
皮尔贡	从水肿之疾,再一命归天,这就是你胡闹的终极。

第 六 场

阿尔冈，贝拉耳德。

阿尔冈　啊！我的上帝！我死啦。兄弟，你害了我。

贝拉耳德　什么？怎么的啦？

阿尔冈　我支不住啦。我已经觉得医学在报复啦。

贝拉耳德　我的天！哥哥，你疯啦；我宁可什么也不要，也不要人家看见你现在这种样子。听听你的脉，求你啦，放清醒，别跟着你的胡思乱想跑。

阿尔冈　你看见的，兄弟，他拿各种怪病吓唬我。

贝拉耳德　你这人可真头脑简单。

阿尔冈　他说，不到四天，我就没救啦。

贝拉耳德　随他说什么，对事可有什么作用？难道他说话是预言？听你这么一讲，好像皮尔贡先生紧紧掌握着你的寿命之线；他有至高的权力，可以随心所欲，缩短、放长你的寿命。记住吧，你的寿命的规律在你本身，皮尔贡先生的大怒不能叫你死，正如他的医药不能叫你活一样。假如你愿意，正好利用这个奇遇，甩掉那些医生，否则，假如你天生没有他们就活不下去，另来一个医生也容易，哥哥，跟这位新医生在一起，你还可以少冒点子风险。

阿尔冈　啊！兄弟，他了解我的全部气质，懂得治疗我的方式。

贝拉耳德　实对你说了吧，你这人成见太深，看事另有一双古怪的眼睛。

第 七 场

杜瓦内特，阿尔冈，贝拉耳德。

杜瓦内特	老爷，外头有一位医生要见您。
阿尔冈	哪位医生？
杜瓦内特	一位医学医生。
阿尔冈	我问你，他是谁？
杜瓦内特	我不认识他，不过他长得挺像我，活像一个模子印出来的，我要不是拿稳了我娘是个正经女人，我会说，这是什么小兄弟，是我爹死了以后她给我添的。
阿尔冈	叫他进来吧。
贝拉耳德	一位医生才走，就自动又来了一位，你真是如愿以偿啦。
阿尔冈	我就怕你惹乱子。
贝拉耳德	又是我！你钉上我啦？
阿尔冈	你不明白呀？我放不下心，我害的我不认识的种种病症……

第 八 场

杜瓦内特（医生装束），阿尔冈，贝拉耳德。

杜瓦内特	先生，不揣冒昧，特来拜访，供先生需要，放血，洗肠，均可应命。

阿尔冈　　　先生，承情之至。①我的天！简直就是杜瓦内特本人。

杜瓦内特　　先生，请你原谅，我忘记交代我的听差一件事，我去去就来。②

阿尔冈　　　哎！这不活脱脱是杜瓦内特吗？你说怎么样？

贝拉耳德　　确实，相像之至。不过，这类事，人也不是头一回看见，历史就充满了这些自然的把戏。

阿尔冈　　　对于我，真是惊奇万分……

第 九 场

杜瓦内特，阿尔冈，贝拉耳德。

杜瓦内特　　（脱掉医生服装，如此迅速，很难相信她曾经是医生来的。）老爷，您要什么？

阿尔冈　　　什么？

杜瓦内特　　您没有叫我？

阿尔冈　　　我？没有。

杜瓦内特　　那一定是我的耳朵在叫唤。

阿尔冈　　　你在这儿待一下，看看那位医生多像你。

杜瓦内特　　（边走边说。）不成，真的，我那边有事，我看够他啦③。

阿尔冈　　　我要不是两个人全看见，我会以为是一个人的。

贝拉耳德　　这类相貌相似的怪事，我在书里读到过，我们在我们这个

---

① 1734 年版，补加："（向贝拉耳德。）"
② 杜瓦内特下。1734 年版在这里另分一场。
③ 杜瓦内特下。1734 年版在这里另分一场。

时代也看见来的，人人受了骗。

阿尔冈　　　拿我来说，我就受了骗，我想发誓，说他们是一个人来的。

第 十 场

杜瓦内特（医生打扮），阿尔冈，贝拉耳德。

杜瓦内特　　先生，请你千万要原谅我的无礼。

阿尔冈①　　真有这种怪事！

杜瓦内特　　像你这样一位有名的病人，我好奇瞻仰，请你不要看成冒昧；你的大名，四海飞扬，足可为我辩解唐突之罪。

阿尔冈　　　先生，不敢当。

杜瓦内特　　先生，我看你在盯着看我。你猜我有多大年纪？

阿尔冈　　　我猜你顶多也就是二十六岁，或者二十七岁。

杜瓦内特　　哈，哈，哈，哈！我九十岁。

阿尔冈　　　九十岁？

杜瓦内特　　是啊。你看，把我保养得这样活泼、有力，就是我行医有秘方的效果。

阿尔冈　　　我的天！九十岁，简直是一位漂亮、年轻的老年人。

杜瓦内特　　我是一位过路医生，一个城又一个城旅行，一个省又一个省旅行，一个王国又一个王国旅行，为了寻访著名的病例来考验我的才干，为了搜索配我医治的病人，能使用我在医学上找到的伟大而又美好的秘诀。糟蹋在那种无聊的

---

① 1734年版，补加："（低声，向贝拉耳德。）"

通常小病，那些微不足道的风湿病和各种感冒症、那些发烧、那些浑身难过以及那些偏头疼，我觉得是浪费时间。我要看的是疑难重症：什么高烧不断还精神错乱、什么猩红热、什么鼠疫、什么成熟的水肿，什么肋膜炎外加肺炎；我喜欢的是这些病，这些病才是我看家的本领；先生，方才我说起的各种大病，我恨不得你全有、各个医生抛下你不管，没救，等死，然后你就知道我用药高明，急于为先生效犬马之劳了。

阿尔冈　　先生，我感谢你对我的好意。

杜瓦内特　让我听听你的脉①。得啦，你就乖乖儿给我跳吧。啊咿，你不好好儿跳，看我不收拾你的。嘻！这脉简直是岂有此理！我看出来了，你还不认识我。②谁是你的医生？

阿尔冈　　皮尔贡先生。

杜瓦内特　我的笔记本写的大医生当中没有他这个人。他说你害的是什么病？

阿尔冈　　他说是肝有病，有人说是脾有病。

杜瓦内特　全是些无知之徒：你是肺有病。

阿尔冈　　肺？

杜瓦内特　可不是。你感觉怎么样？

阿尔冈　　我一来就感觉头疼。

杜瓦内特　正对，肺。

阿尔冈　　有时候觉得眼花。

杜瓦内特　肺。

---

①　杜瓦内特对脉讲话。
②　她转问阿尔冈。

阿尔冈	我有时候恶心。
杜瓦内特	肺。
阿尔冈	我有时感觉四肢无力。
杜瓦内特	肺。
阿尔冈	有时候我肚子疼,就跟肠绞疼一样。
杜瓦内特	肺。你吃东西,有食欲吗?
阿尔冈	有,先生。
杜瓦内特	肺。你喜欢喝一点葡萄酒?
阿尔冈	喜欢,先生。
杜瓦内特	肺。你饭后好打个小盹?爱睡觉?
阿尔冈	爱,先生。
杜瓦内特	肺,肺,我告诉你。你的医生都吩咐你吃些什么?
阿尔冈	他吩咐我喝稀汤。
杜瓦内特	无知。
阿尔冈	家禽。
杜瓦内特	无知。
阿尔冈	小牛肉。
杜瓦内特	无知。
阿尔冈	肉汤。
杜瓦内特	无知。
阿尔冈	鲜蛋。
杜瓦内特	无知。
阿尔冈	晚晌,吃几枚小李子干,清清肚子。
杜瓦内特	无知。
阿尔冈	尤其是,要喝兑水的葡萄酒。
杜瓦内特	无知之极,无知之尤,最最无知。你应当喝纯葡萄酒;

	你的血液过于稀薄，为了变稠、为了聚合、为了胶合起见，应当吃上等肥牛肉、上等肥猪肉、上等荷兰干酪、粗粮、大米、板栗、蛋卷才是。你的医生是蠢驴。我要给你派一个我自己的医生来，只要我在城里，我就随时过来看你。
阿尔冈	承情之至。
杜瓦内特	你要这条鬼胳膊干什么？
阿尔冈	怎么的啦？
杜瓦内特	我要是你的话，马上就把这条胳膊锯掉。
阿尔冈	为什么？
杜瓦内特	你不看它把养料全独吞了，妨害那边吸收？
阿尔冈	对，可是我需要我的胳膊。
杜瓦内特	我要是你的话，我会叫人把右眼也给挖掉。
阿尔冈	挖掉一只眼睛？
杜瓦内特	你看它不妨害另一只，把营养全抢给自己？相信我吧，及早叫人给你挖掉，留下左眼，你看东西看得更清楚。
阿尔冈	不忙。
杜瓦内特	再见。对不起，这么快就离开你；不过，我必须参加一个诊断大会，处理昨天死了的一个人。
阿尔冈	昨天死了的一个人？
杜瓦内特	是的，为了一道商量，看有没有法子治好他。改天见。
阿尔冈	你知道，病人不送客[①]。
贝拉耳德	这位医生看上去非常高明。
阿尔冈	是呀，可走得未免太急了点。

[①] 她下。1734年版在这里另分一场。

贝拉耳德	大医生全是这样的。
阿尔冈	割掉我一条胳膊，挖掉我一只眼睛，为了另一条胳膊、另一只眼睛长好？我倒愿意它们不那么好。把我变成独眼龙，单膀子，好漂亮的手术！

第十一场

杜瓦内特，阿尔冈，贝拉耳德。

杜瓦内特	走吧，走吧，对不起，我不想笑。
阿尔冈	什么事？
杜瓦内特	你那位医生，我的天！想听听我的脉。
阿尔冈	真可以，都九十岁啦！
贝拉耳德	好啦！哥哥，你的皮尔贡先生既然跟你闹翻了，好不好让我跟你谈谈对我侄女的另一门亲事？
阿尔冈	没有必要，兄弟。她反对我的主张，我要把她送进一家修道院。我看出来了，暗里有一个恋爱故事，我发现她私下里幽会，她还不晓得我已经发现呐。
贝拉耳德	得啦！哥哥，就算有这么丁点儿私情，只要朝着婚姻正道上走，就算不得犯罪，何至于把你气到这步田地？
阿尔冈	兄弟，不管怎么样，她做定了女修士，这是一桩已经决定了的事。
贝拉耳德	你想讨别人欢喜。
阿尔冈	我明白你话里有话：你总朝这上头绕，你算把我女人记住了。

贝拉耳德	好吧！是的，哥哥，打开天窗说亮话，我要说的就是你女人。我忍受不了你对医学的执迷不悟。你对她的执迷不悟，我一样也忍受不了，她为你设下的陷阱，我看你脑壳朝下，说栽就栽进去。
杜瓦内特	啊，二爷，您可别那样说太太，她这个人呀，好到了无话可讲，不要诡计、爱我们的老爷，爱他……人简直无话可说。
阿尔冈	你问问她看，她可疼我呐。
杜瓦内特	这是真的。
阿尔冈	她为我的病担足了心。
杜瓦内特	那还用说。
阿尔冈	还不提她在我身边那份操心、那份辛苦。
杜瓦内特	的确是这样。您要我说服您，给您马上看看太太多么爱我们老爷吗？老爷，他不懂事，您就答应我把他改正过来。
阿尔冈	怎么改正？
杜瓦内特	太太这就回来。您在这张椅子上躺直了，假装死人。我把消息告诉她，您就看出她多痛苦了。
阿尔冈	我愿意的。
杜瓦内特	好；可别让她难过久了，她会难过死的。
阿尔冈	让我来吧。
杜瓦内特	（向贝拉耳德。）您，您就躲起来，在那个角落。
阿尔冈	假装死人会不会带来祸害？
杜瓦内特	不会，不会：有什么祸害？你只要挺得直直的就成。（低声。）这下子你兄弟就没得话说了，该多好玩呀。那不是太太来啦。快挺直。

第十二场

贝利娜,杜瓦内特,阿尔冈,贝拉耳德。

杜瓦内特　　（哭叫。）啊,我的上帝!啊,祸事!多古怪的意外!

贝利娜　　　怎么啦,杜瓦内特?

杜瓦内特　　啊,太太!

贝利娜　　　出了什么事?

杜瓦内特　　你丈夫死啦?

贝利娜　　　我丈夫死啦?

杜瓦内特　　哎呀!是的。可怜人过世啦。

贝利娜　　　真的?

杜瓦内特　　真的。还没有人知道这个祸事,就我一个人在这儿。他在我胳膊当中咽的气。你看,他直挺挺躺在这张椅子里头。

贝利娜　　　谢天谢地!我这下子可去掉了一副重担子。杜瓦内特,死了就死了,伤心有什么用,看你多傻!

杜瓦内特　　我先前想,太太,应该哭的。

贝利娜　　　算啦,算啦,才犯不上呐。去了他,不是好好的?他在世上有什么用?一个人对人人不方便,脏得要命,叫人恶心,一天到晚不是洗肠子,就是往肚子里头灌药水,总在擤鼻涕,咳嗽,吐痰,又笨,又腻味人,脾气坏,整天劳累旁人,白天黑夜骂听差老妈子。

杜瓦内特　　您这篇出殡的祷告辞可绝啦。

贝利娜　　　杜瓦内特,你得帮我执行我的计划,你可以相信,你帮我忙，少不了有你报酬。幸好还没有人知道这事，你我把他送上床，瞒住他的死信，等我把我的事弄完了再说。有些证件、有些银钱，我要抓到手，我在他身边过掉我最美好的年月，白白过掉，也太不公道。来，杜瓦内特，我们先把他的全部钥匙拿走。

阿尔冈　（猛然坐起。）慢着。

贝利娜　（既惊且惧。）啊咿！

阿尔冈　好啊，我的夫人，你就这样爱我呀？

杜瓦内特　啊，啊！死人没有死。

阿尔冈　（向走出的贝利娜。）你的友谊我领教过了，也听到了你为我做的那篇漂亮的赞辞。这在我是警钟，我以后变聪明了，许多傻事也不劳我张罗了。

贝拉耳德　（从他躲藏的地方出来。）哎呀！哥哥，你全看见了。

杜瓦内特　我的天！我简直不相信。可是，我听见你女儿来啦：跟刚才一样挺直了，看看她听见您死了又怎么样。考验考验她也不是坏事；好在您已经试开了头，试下去您也好知道您一家人对您的想法①。

第十三场

昂皆利克，阿尔冈，杜瓦内特，贝拉耳德。

杜瓦内特　（哭叫。）噢，天呀！啊！倒楣的祸事！遭殃的日子！

---

① 1734年版，补加："（贝拉耳德又躲藏起来。）"

昂皆利克	杜瓦内特,你怎么啦,哭什么?
杜瓦内特	哎呀!我有伤心的消息告诉你。
昂皆利克	到底怎么啦?
杜瓦内特	你父亲死啦。
昂皆利克	我父亲死啦,杜瓦内特?
杜瓦内特	可不,你看他就在这里呀。他才刚一晕,人就死了。
昂皆利克	噢,天呀!多不幸呀!多伤心的祸事呀!哎!难道我真就丢了我父亲,我世上唯一的亲人?还有,顶难受的是,他丢我的时候,偏巧就是他生我气的时候。可怜人,我该怎么办,把最亲的人丢了,我到哪儿去找安慰啊?

第十四场

克莱昂特,昂皆利克,阿尔冈,杜瓦内特,贝拉耳德。

克莱昂特	出了什么事,美丽的昂皆利克?有什么伤心事,你哭成这样子?
昂皆利克	唉呀!我哭我丢了一生最亲近、最宝贵的人:我哭我父亲死了。
克莱昂特	噢,天呀!多大的祸事!多意料不到的打击!哎呀!我原先还指望你叔父能帮我问问他,过后我又自己来见他,试图用我的尊敬和我的哀求,求他回心转意,把你许配给我来的。
昂皆利克	啊!克莱昂特,不要谈这些了。把结婚的念头完全丢

开了吧。我父亲一去世，我在人世活着也没有味道，我要永远抛弃人世。是的，父亲，我要是不久以前反抗您的主张，您有一个想法我要坚决照办，补救我先前留给您的伤痛①。父亲，我在这里对您发誓，一定依照您的指示去做，让我拥抱您，表示一下我对您的心情。

阿尔冈　　（站起。）啊，我的女儿！

昂皆利克　　（一惊。）啊咿！

阿尔冈　　过来。别怕，我没死。乖，你是我的亲骨肉、我的真正的女儿，你天性善良，我高兴我看出来了。

昂皆利克　　啊！一场虚惊，父亲！上天既然把一件极大的喜悦赐给了我，了却我的心愿，您就允许我如今跪在您前头，答应我一件事。您要是不欣赏我的私情，不接受克莱昂特做女婿，我求您至少也不要逼我嫁给另一个人。我求您的也就只有这个了。

克莱昂特　　（下跪。）哎！先生，但愿她的哀求和我的哀求都能感动您，不表示反对这件好事和我们相爱的热诚。

贝拉耳德　　哥哥，你能狠得下这个心？

杜瓦内特　　要好到这步田地，您真就无动于衷？

阿尔冈　　他变成医生，我就同意婚事。是的，当医生吧，我把女儿给你。

克莱昂特　　情愿之至，先生：假如做您的女婿，单靠这个，我就当医生，连药剂师也当，如果您愿意的话。这算不了一回什么事，为了得到美丽的昂皆利克，我要做的事多着啦。

---

① 1734年版，补加："（跪下。）"

贝拉耳德	不过，哥哥，我倒有一个想法：你自己当医生好了。你要自己怎么样，自己就怎么样，岂不方便多了。
杜瓦内特	这话可说到点儿上呐。这是尽快治好你的病的真正办法；还没有见过病那么大胆，敢生到医生身上。
阿尔冈	兄弟，我想，你是寻我的开心：我这么大的年纪，还能念书吗？
贝拉耳德	什么，念书？你就足够渊博的啦；他们中间就有许多人还跟不上你高明。
阿尔冈	可是必须懂得说拉丁话，认识病情和应该开的方子呀。
贝拉耳德	你一穿上医生袍子，戴上医生帽子，你就全会了，随后你要多精明就多精明。
阿尔冈	什么？人一穿上那种衣服，就懂得议论病情啦？
贝拉耳德	可不。穿上一件袍子，戴上一顶帽子，你就痛快说去好了，叽里咕噜就成了渊博，愚昧就成了道理。
杜瓦内特	好啦，老爷，单有您这把胡子，就够瞧老半天的啦，胡子就是半个医生。
克莱昂特	无论如何，我做什么都行。
贝拉耳德	你要事情马上就成功?
阿尔冈	怎么，马上？
贝拉耳德	是的，就在你家。
阿尔冈	就在我家？
贝拉耳德	可不。我认识一家医学院，都是我的朋友，他们马上就来大厅给你举行典礼。不花你一文钱。
阿尔冈	可是我，说什么，答什么呀？
贝拉耳德	他们两句话就教会了你，你该说的话，他们会帮你写好了的。你去换上干净的礼服，我叫人去请他们来。

阿尔冈	来吧，就这么办①。
克莱昂特	你说什么这家医院？都是我的朋友，是什么意思？
杜瓦内特	您到底有什么打算？
贝拉耳德	今天晚晌我们娱乐娱乐。演员们排好了一个医生领受学位证书的小小插曲，有歌有舞，我要我们在一道娱乐，我哥哥扮演主角。
昂皆利克	不过，叔叔，我觉得您有点儿过分耍笑我父亲啦。
贝拉耳德	不过，侄女，这也就是迎合他的那些怪想法，也就算不得怎么耍笑。一切只有我们自己知道。我们每人可以演一个角色，彼此演戏给彼此看。狂欢节允许这样做的。我们快准备去吧。
克莱昂特	（向昂皆利克。）你同意这么做？
昂皆利克	有叔叔带领我们，就这么做吧。

---

① 阿尔冈下。1734 年版在这里另分一场。

第三插曲

〔这是使人成为医生的滑稽典礼,有叙述,有歌,有舞。〕

芭蕾舞进场

〔几个挂毯商①过来布置大厅,安排长凳,谐着拍子;其后,会场全部人物(包括八个捧灌肠器的人们、六名药剂师、二十二位博士、八位舞蹈与两位唱歌的外科医生和领受医生名义的先生②)进场,按照身份就座。

---

① 挂毯商即以四墙悬挂织毯为主的室内陈设商。莫里哀的父亲就是这样一位宫内陈设商,如国王出行,轮到他服务,他就先去某目的地,为国王下榻的房间布置一切,因之有小贵人身份,而且取得接近国王的机会。莫里哀本来有这个身份,为了演戏,放弃了,后来从外地回到巴黎,便从去世的兄弟那里,收回这个职位,便于接近路易十四。这种权利共有八名陈设商享受,每季有两名轮班伺候。一般社会因循成风,委托陈设商布置房间。按说织毯是一种艰苦的工艺,应当有织毯作坊,莫里哀没有留下这样一出戏,不是不熟悉他们的生活,只是不写罢了。

② 这位"先生"即阿尔冈,亦即下文的"学士"。

院　长①

Sçavantissimi doctores,

---

① "第三插曲"的诗句，每句杂有拉丁文、意大利文、法文……希奇古怪，根本不能翻译。由于中文距离过远，勉强翻译如下：

"院长　最渊博的博士、医学教授，在这里聚会，和你们其他先生、医学院的理论的忠实执行者、外科医生和药剂师以及全体人士，敬礼、荣誉、银钱和良好的食欲。

"渊博的同人，我不能十足表示我的赞美，医生是多么好的一个发明、多么美丽的东西和难得的创造，医学有福了，仅仅这个名字就是惊人的奇迹，许久以来，一直使众多人士活得满意。

"我看见名声在全世（我活在其中）高扬，大大小小都迷着我们，人人追随我们的治疗，视我们如神明；我们的药方，大小国王全得服从。

"所以，这就是我们的才能、常识与谨慎，努力工作，好好保持人家对我们的信任、名声和荣誉，小心在意、不接受太聪明的人到我们渊博的团体，和那些足能维护他们荣耀的地位的人们。

"大家为了这个才聚会，我相信所要寻找的人才，堪作医学表率，就是这位学者，你们不妨以你们的本事，从各方面加以问难，彻底加以测验。

"第一博士　如蒙尊贵的院长、众多渊博的博士和列席的名流和我所敬重的富有学问的学士允许，我问，是什么原因和性质，鸦片使人睡眠。

"学士　渊博的博士问我，是什么原因和性质，鸦片使人睡眠；这我回答：是因为它有睡眠的力量，所以自然就有催眠的感觉。

"全体　回答得好，好，好，好。他值得进我们的渊博的团体。

"第二博士　承蒙尊贵的院长、最渊博的医学院和我们全体列席的人士允许，我问你，渊博的学士，关于那种叫水肿的病，应当怎样治，用什么药。

"学士　先灌肠，后放血，再洗肠。

"全体　回答得好，好，好，好。他值得进我们渊博的团体。

"第三博士　假如尊贵的院长、最渊博的医学院和出席的人士认为可以，我问你，渊博的学士，关于肺病，还有喘病，你觉得怎样治才好，用什么药。

"学士　先灌肠，后放血，再洗肠。

"全体　回答得好，好，好，好。他值得进我们渊博的团体。

"第四博士　关于这些病，渊博的学士说得非常之好，不过，假如我不厌烦贵尊的院长、最渊博的医学院和全体荣耀的听众，我们一同提出这个问题，昨天我遇到一个病人，寒热加倍在滋长，头疼，腰胁难受，呼吸艰难而又痛苦；渊博的学士，请你告诉我，应该怎样治疗？

"学士　先灌肠，后放血，再洗肠。

"第五博士　但是，假如病势顽强，不肯就好，应当怎样治疗？

"学士　先灌肠，后放血，再洗肠，再放血，再洗肠，再灌肠。　　（转下页）

Medecinae professores,

Qui hic assemblati estis,

Et vos, altri Messiores,

Sententiarum Facultatis,

Fideles executores,

Chiruriani et apothicari,

　　Atque tota compania aussi,

（接上页）"全体　回答得好，好，好，好。他值得进我们渊博的团体。

"院长　你肯发誓，感情重，理性强，遵守医学院颁布的规章？

"学士　我宣誓。

"院长　不管好坏，每次诊断，照古法子医治？

"学士　我宣誓。

"院长　除非是渊博的医学院规定的医药，病人死了，为他的病死了，也永远不用别的药？

"学士　我宣誓。

"院长　我以尊敬而渊博的仁心，经过严格与有效的考试，许你在世上处方，洗肠、放血、扎、剪、割、杀，不受处罚。

"学士　精于大黄和决明的大博士，不用说，这在我是轻举妄动、胡涂而又可笑，假如我也想夸扬你们一番，试着拿亮光添给太阳，拿星星添给天，拿波浪添给海洋，拿玫瑰添给春季。允许我用一句话，代替全部谢辞，对那样渊博的团体表示一点感激之情。我欠下你们许许多多，远在自然和我的父母之上。自然和我父母做成人；但是你们还要好，把我做成医生，荣誉、恩宠和感激，将和世纪同长。

"全体　新医生万岁，万岁，万岁，万岁，一百次万岁，他那样会说话！一千、一千年又吃又喝，又放血，又杀人！

"外科医生　但愿他看见他渊博的处方，充满家家外科医生和药剂师的铺子！

全体　新医生万岁，万岁，万岁，万岁，一百次万岁，他那样会说话！一千、一千年又吃又喝，又放血，又杀人！

"外科医生　但愿年年对他吉利，永远不来鼠疫、天花、高烧、肋膜炎、吐血、痢疾！

"全体　新医生万岁，万岁，万岁，万岁，一百次万岁，他那样会说话！一千、一千年又吃又喝，又放血，又杀人！"

Salus, honor et argentum,
Atqul bonum appetitum.

Non possum, docti Confreri,
En moi satis admirari
Qualis bona inventio
Est medici professio,
Quam bella chosa et bene trovata,
Medicina illa benedicta,
Quae suo nomine solo,
Surprenanti miraculo,
Depuis si longo tempore,
Facit à gogo vivere
Tant de gens omni genere.

Per totam terram videmus
Nrandam vogam ubi sumus,
Et quod grandes et petiti
Sunt de nobis infatuti.
Totus mundus currens ad nostros remedios,
Nos regardat sicut Deos;
Et nostris ordonnanciis
Principes et reges soumissos videtis.

Donque il est nostrae sapientiae,
Boni sensus atque pedentiae,

De fortement travaillare

A nos bene conservare

In tali credito, voga, et honore,

Et prandere gardam à non recevere

In nostro docto corpore

Quam personas capabiles,

Et totas dignas ramplire

Has plaças honorabiles.

C'est pour cela que nunc convocati estis,

Et credo quod trovalitis

Dignam matieram medici

In sçavanti homine que voici,

Lequel in chosis omnibus

Dono ad interrogandum

Et à fond examinandum

Vostris capacitatibus.

第一博士

Si mihi licenciam dat Dominus praeses,

Et tanti doeti Doctores,

Et assistantes illustres,

Très sçavanti Bacheliero,

Quem estimo et honoro,

Domandabo causam et rationem quare

Opium facit dormire.

学 士

Mihi à docto Doctore

　　　　　Domondatur causam et rationem quare
　　　　　　Opium facit dormire：
　　　　　　A quoi respondeo,
　　　　　　Quia est in eo
　　　　　　Virtus dormitiva,
　　　　　　Cujus est natura
　　　　　　Sensus assoupire.

全　体

　　　　　　Bene, bene, bene, bene respondere.
　　　　　　　Dignus, dignus est entrare
　　　　　　　In nostro docto corpore.

第二博士

　　　　　　Cum permissione Domini Praesidis,
　　　　　　　Doctissimae Facultatis,
　　　　　　　Et totius his nostris actis
　　　　　　　Componine assistantis,
　　　　　　Domandabo tibi, docte Bacheliere,
　　　　　　　Quae sunt remedia
　　　　　　　Quae in maladia
　　　　　　　Ditte hydropisia
　　　　　　　Convenit facere.

学　士

　　　　　　Clysterium donare,
　　　　　　　postea seignare,
　　　　　　　Ensuitta purgare.

全　体

  Bene, bene, bene bene, respondere.

   Dignus, dignus est entrare

   In nostro docto corpore.

第三博士

  Si bonum semblatur Domino Praesidi,

   Doctissimae Facultati,

   Et companiae presenti,

  Domandabo tibi, docte Bacheliere,

   Quae remedia eticis,

   Pulmonicis, atque asmaticis,

  Trovas à propos facere.

学　士

  Clysterium donare,

   Postea seignare,

   Ensuitta purgare.

全　体

  Bene, bene, bene, bene respondere.

   Dignus, dignus est entrare

   In nostro docto corpore.

第四博士

   Super illas maladias

  Doctus Bachelierus dixit maravillas;

  Mais si non ennuyo Dominum Praesidem,

   Doctissimam Facultatem,

   Et totam honorabilem

Companiam écoutantem,

Faciam illi unam quaestionem.

De hiero maladus unus

Tombavit in meas manus:

Halet grandam fievram cum redoublamantis,

Grandum dolorem capitis,

Et grandum malum all côte,

Cum granda difficultate

Et pena de respirare:

Veillas mihi dire,

Docte Bacheliere,

Quid illi facere?

学 士

Clysterium donare,

Postea seignare,

Ensuitta purgare.

第五博士

Mais si maladia

Opiniatria

Non vult se garire,

Quid illi facere?

学 士

Clysterium donare,

Postea seignare,

Ensuitta purgare.

全　体

> Bene, bene, bene, bene respondere.
> Dignus, dignus est entrare
> In nostro docto corpore.

院　长

Furas gardare statuta
Per Facultatem praescripta
Cum sensu et jugeamento?

学　士

Furo.

院　长

Essere in omnibus
Consultationibus,
Ancieni aviso,
Aut bono,
Aut mauvaiso?

学　士

Furo.

院　长

> De non jamais te servire
> De remediis aucunis
Quam de ceux seulement doctae Facultatis,
> maladus dût-il crevare,
> Et mori de suo malo?

学　士

Furo.

院　长

>Ego, cum isto boneto
>Venerabili et docto,
>Dono tibi et concedo
>Virtutem et puissanciam
>>Medicandi,
>>Purgandi,
>>Seignandi,
>>Perçandi,
>>Taillandi,
>>Coupandi,
>>Et occidendi
>Impune per totam terram.

芭蕾舞进场

〔全体外科医生与药剂师和着拍子，向他致敬。

学　士

>>Grandes doctores doctrinae
>>De la rhubarbe et du séné
>Ce serait sans douta à moi chosra folla,
>>Inepta et ridicula,
>>Si j'alloibam, m'engageare
>>Vobis louangeas donare,

  Et entreprenoibam adjoutare
   Des lumieras au soleillo,
   Et des etoilas au cielo,
   Des ondas à l'oceano,
   Et des rosas au printanno.
  Agreate qu'avec uno moto,
    Pro toto remercimento,
  Rendam gratiam corfori tam docto.
  Vobis, vobis debeo
Bien plus qu'à naturae et qu'à patri meo;
   Natura et pater meus
   Hominem me habent factum;
  Mais vos me, ce qui erst bien plus;
   Avetis factum medicum,
   Honor, favor, et gratia
  Qui, in hoc corde que voilà,
   Imprimant ressentimenta
   Qui dureront in secula.

全体

  Vivat, vivat, vivat, vivat, cent fois vivat
   Novus Doctor, qui tam bene parlat!
  Mille, mille annis et manget et bibat,
    Et seignet et tuat!

芭蕾舞进场

〔全体外科医生和药剂师舞蹈,有乐器、歌唱、拍手和药剂师的白①伴奏。

外科医生

>Puisse-t-il voir doctas
>
>Suas ordonnancias
>
>Omnium chirurgorum
>
>Et apothiquarum
>
>Remplire boutiquas!

全　体

>Vivat, vivat, vivat, vivat, cent fois vivat
>
>　　Novus Doctor, qui tam bene pareat!
>
>Mille, mille annis et manget et bibat,
>
>　　Et seignet et tuat!

外科医生

>Puissen toti anni
>
>Lui essere boni
>
>Et favorabiles,
>
>Et n'habere jamais
>
>Quam pestas, verolas,
>
>Fievras, pluresias,

---

① "臼"在这里作为打击乐器使用。

全 体

Fluxus de sang et dyssenterias!

Vivat, vivat, vivat, vivat, cent fois vivat
Novus Doctor, qui tam bene parlat!
Mille, mille annis et manget et bibat,
Et seignet et tuat!

最后一次芭蕾舞进场